가거라
용감하게,
아들아!

# 가거라 용감하게, 아들아!

ⓒ박홍규 2016

초판 1쇄 발행일 2016년 8월 30일

지은이  박홍규
펴낸이  이정원

편집  선우미정 · 강수연
디자인  이재희
마케팅  나다연 · 이광호
경영지원  김은주 · 박소희
제작  송세언
관리  구법모 · 엄철용

펴낸곳  도서출판 들녘
등록일자  1987년 12월 12일
등록번호  10-156
주소  경기도 파주시 회동길 198번지
전화  편집부 031-955-7385  마케팅 031-955-7378
팩시밀리  031-955-7393
홈페이지  www.ddd21.co.kr
페이스북  www.facebook.com/bluefield198

ISBN  979-11-5925-181-8(44820)

# 가거라
# 용감하게,
# 아들아!

루쉰의 외침을 듣다

박홍규 지음

푸른들녘

**루쉰**(魯迅, 1881.9.25.~1936.10.19)

# 다시, 지식인의 초상을 그리다

몇 년 전, 베이징대학교에서 중국인 교수와 학생들을 만났습니다. 그들은 누구할 것 없이 루쉰의 글을 "재미있다"고 말했지요. "어떻게 재미있는데요?"라는 제물음에 그들은 주위를 살피고는 속삭이듯 대답했어요. "국민당을 비판한 그의글이 지금에 와서는 공산당에 대한 비판으로도 읽히는 게 재미있어요." 그러고는 이내 입을 닫았습니다.

아니 일당독재를 하는 공산당에서 이런 말들이 오간다는 사실을 모르는 걸까요? 아니면 알고도 그냥 두는 걸까요? 공산당이 그 사실을 모를 리 없습니다.그러나 루쉰은 이미 수십 년 전에 공산당에 의해 중국 문학의 아버지로 공인되었지요. 따라서 오늘날의 공산당도 함부로 손대지 못하는 것이고요. 공산당처럼 그를 사회주의 작가라고 보는 사람들도 있지만 저는 그렇게 보지 않아요.

이런 태도는 과거 소련이 톨스토이에 대해 취한 것과 같아요. 루쉰도 레닌 이후 소련에서 톨스토이의 재주를 칭찬하되 사상을 폄하한 것에 반대하며 언젠가다른 평가가 내려질 것이라고 했어요. 그것이 바로 지식인의 역할 문제로 지식인은 권력에 복종하거나 아부해서는 안 되고, 자본은 물론 지식이나 기술의 노예가 되어서도 안 되며, 언제나 도덕적 힘을 가지고 저항해야 된다는 점을 루쉰은특히 강조했어요. 즉 지배계급에 평생 저항한 점에서 톨스토이를 높이 평가했어요. 제가 『내 친구 톨스토이』에서 썼듯이 루쉰의 그런 톨스토이 평가에 동의하지만, 동시에 루쉰에 대해서도 그렇게 평가합니다. 『내 친구 톨스토이』와 마찬가지로 권력에 저항하는 지식인의 초상으로 루쉰을 그리는 것이 이 책의 핵심입니다. 특히 루쉰은 권력에 항상 의존했던 중국의 전통 사대부들을 노예근성의 소유자라고 철저히 비판했어요. 나아가 그런 노예근성 DNA가 당대 중국을 지배한 해외유학파에서 가장 두드러진다고 비판했고요. 이 점 역시 톨스토이가 살았던 러시아의 경우에도 마찬가지였지만, 지금 우리가 살고 있는 21세기 한국에서도 마찬가지이지요.

현재의 중국에 대해서는 여러 이야기가 있습니다. 그런데 저는 중국을 '공산당이 지배할 뿐인 자본주의 나라'라고 봐요. 그것도 최악의 공산주의와 최악의 자본주의의 결합이지요. 즉 영원히 지속하고자 하는 전체주의적 공산당과 자본기업당의 결합입니다. 파시즘인 것이지요. 누군가는 이 말을 이상하게 생각할지도 모릅니다. 하지만 현재 중국의 정치나 경제 체제를 보면 꽤 현실을 적절하게 짚어낸 말임을 깨닫게 될 거예요. 공산당의 이념은 원래 자본주의를 무너트리고 공산주의를 도입하는 거잖아요? 하지만 지금 중국은 거꾸로 가고 있어요. 아니, 사실 공산당 체제란 결국에는 이렇게 원래 이념과는 반대로 갈 수밖에 없는 운명일지도 모릅니다.

그렇다면 중국은 앞으로 어디로 가게 될까요? 저도 잘 모르겠어요. 그러나 분명한 것은 인권과 평화를 보장하는 사회로 나아가야 한다는 점입니다. 그리고 그렇게 나아가야 한다고 주장한 선구자가 루쉰이지요. 따라서 그런 소망을 품고 볼 때 루쉰은 우리에게 더욱 중요하고 흥미로운 친구가 됩니다. 우리 사회가 나아가야 할 방향을 짚어줄 훌륭한 길잡이가 되어주기 때문이기도 해요.

저는 4, 50년 전 군사독재의 그늘 아래 청소년기를 보내면서 루쉰을 친구로 삼았습니다. 세상이 그리 변하지 않은 지금도 그를 변함없는 친구로 여기고 있고요. 그런데 루쉰에 대해 '안다'고 자랑하는 사람들은 루쉰을 지나치게 심각한 사람으로 여기는 것 같아요. 사회주의자니, 민족주의자니, 동양주의자니, 비서양주의자니 하며 떠드는 걸 보면요. 물론 루쉰에게 그런 모습들이 없는 건 아닙니다. 그렇지만 루쉰은 그중 하나만으로 규정할 수 없어요. 루쉰이 걸어온 발자취는 너무나 다양하고 변화무쌍하기 때문입니다. 그러나 저항하는 지식인이라는 핵심은 언제 어디에서나 한결같았어요.

지금까지는 루쉰을 바라보는 시선에 선입견이 너무 많았어요. 이제는 지루하기만 한 이념들로부터 루쉰을 해방하고 그의 맨얼굴을 보아야 할 때가 아닐까요? 가까운 친구처럼 목욕탕에서 함께 벗고서 그를 만나보는 겁니다. 제가 본 루쉰은 다양한 면모를 동시에 갖춘 비판적 지식인입니다. 권력과 권위를 부정하는 자유인이기도 하고요. 그런 자유로운 지식인의 초상으로서 루쉰을 그려보고자 하는 것이 제가 이 책을 쓴 동기입니다.

또한, 하필 지금 루쉰을 돌아보고자 하는 이유가 있어요. 세계화니, 지구화니 떠들수록 세상은 더욱 자본주의의 색으로 물들고 있습니다. 그것에 대한 저항 또한 만만치는 않지만 백 년 전부터 이에 대한 경고에 앞장선 루쉰이 보기에는 모자란 면이 많겠죠. 지금 루쉰이 살아 있다면 여전히 비판의 칼날을 갈 것이고요. 그렇지만 서두를 필요는 없습니다. 무조건 그를 심각하게만 접할 필요가 없다고 했잖아요?

루쉰이 아직도 살아 있는 이유는 '재미있기' 때문입니다. 그의 저서를 읽다 보면 쓸쓸함과 동시에 웃음과 풍자를 느낄 수 있어요. 비판적인 통찰에서 그의 작가적인 열정을 읽어낼 수도 있고요. 그의 입담에는 르네상스기를 빛낸 프랑스 사상가 미셸 몽테뉴나 18세기 영국의 소설가 조너선 스위프트, 그리고 19세기 러시아 작가 톨스토이에 뒤지지 않는 모럴리스트(moralist)의 정신이 배어 있습니다. 그래서 저는 그를 서양의 몽테뉴나 스위프트나 톨스토이에 견줄 만한 동양의 모럴리스트로 생각합니다. 그런 비평적 정신으로 이 책을 출판하는 푸른들녘에 깊은 감사를 드립니다.

2016년 8월
박홍규

차례

# 제5장 루쉰의 지식인론

# 제6장  루쉰이 본 중국과 중국인

## 일러두기와 인용 문헌 해제

### 저자 일러두기

중국 인명과 지명은 시대에 관계없이 모두 중국어 발음에 가깝게 표기했습니다. 단 인용문 안의 인명과 지명은 그대로 표기했습니다.

인용문 가운데 독자가 이해하기에 불편하다고 생각되는 문장은 의미가 훼손되지 않는 범위 내에서 최소한 수정했습니다.

### 편집자 일러두기

본문에 소개한 문헌 중 단행본은 『 』, 글 제목과 영화 제목은 「 」, 잡지는 《 》, 신문과 연재물은 〈 〉로 표기했습니다.

본문에 사용한 모든 사진은 wikipedia.com과 셔터스톡 이미지뱅크에서 제공하는 자유저작권 이미지로서 그 이용에 있어 저작권법에서 명시하는 인용의 범위를 벗어나지 않도록 노력했습니다.

### 인용문헌 해제

이 책에서 자주 인용되는 문헌은 다음과 같습니다.

#### 1. 루쉰의 저작

「아Q정전」을 비롯한 루쉰의 대표적인 소설을 번역한 책들은 지난 수십 년간 여러 출판사에서 쏟아져 나왔습니다. 하지만 여기서 그 모든 책을 언급할 필요는 없겠지요. 우리말로 된 루쉰 저작의 가장 완벽한 형태를 고르자면, 저는 일월서각에서 1965년에 출간된 『노신문집』을 꼽겠습니다. 이 책은 총 여섯 권으로 이루어져 있습니다. 일본의 다케우치 요시미[竹內好, 1910~1977]가 역주(譯註)[1]한 것을 한무희(韓武熙) 등이 다시 번역한 것이지요. 다케우치는 루쉰에 대한 연구자로서는 일본에서 최고로 손꼽히는 사람이에요. 이 책은 그가 10년 이상 자료를 준비하여 1974년부터 병으로 사망한 1977년까지 집필한 것으로, 루쉰의 거의 모든 저작을 수록하고 있습니다. 비록 일본어 번역을 중역했다는 한계가 있긴 하지만, 지금까지 우리말로 된 루쉰 번역으로서는 가장 방대하고 정확하며 유려하다고 볼 수 있지요. 따라서 저는 제 글에서 루쉰의 작품을 인용할 때 대부분 이 책에 의존하였습니

---

1) 번역하고 주석을 다는 일을 말한다.

다. 앞으로 이 책을 『노신문집』으로 인용하겠습니다.

또 하나의 선집[2] 번역을 들자면 이철준 등이 번역하여 중국에서 한글로 출판된 『노신선집』이 있습니다. 여강출판사에서 네 권으로 출간되었지요. 그렇지만 이 선집은 위의 『노신문집』과 중복되는 부분이 많고,[3] 중국식 한글 번역이라는 점에서 이 책에서는 인용하지 않겠습니다.

2010년부터 총 20권의 『노신전집』이 간행되고 있습니다만 2016년 8월 현재 현재 9권만 간행되었기에 이 책에서는 인용하지 않겠습니다.

『노신문집』 이후 루쉰의 작품을 번역한 책들이 여럿 나왔는데요. 그중 서울대학교 중국어문학과 교수 김시준이 번역해 서울대학교 출판사에서 1996년에 출간된 『루쉰 소설전집』은 위 『노신문집』의 제1권과 수록된 작품들이 같습니다. 본문에서 언급했듯 저는 이 번역에 반드시 동의하는 것은 아닙니다만, 적어도 중국어로부터 직접 번역한 최근작인 점에서 인용할 필요가 있다고 판단했습니다. 따라서 위 『노신문집』 제1권에 해당되는 부분은 『루쉰 소설전집』에 따라 인용했습니다.

이 책에는 루쉰의 제1 소설집인 『외침』과 제2 소설집인 『방황』 그리고 『고사신편』이 들어 있습니다. 제1, 2 소설집은 『루쉰 소설전집』에서 인용했으나 『고사신편』은 『노신문집』의 번역에 따랐습니다. 『고사신편』의 다른 번역으로는 우리교육에서 1995년에 낸 유세종의 『호루라기를 부는 장자』가 있습니다.

위 『노신문집』은 말했듯이 루쉰의 작품을 정확하고 폭넓게 수록했습니다만, 다소간의 아쉬운 점도 있습니다. 가령 루쉰의 초기 작품이 생략되어 있다는 점이 그렇지요. 그가 초기에 집필한 작품들은 홍석표가 번역해 선학사에서 2001년에 낸 『무덤』에 가장 충실하게 번역되어 있습니다. 이하 이 책은 『무덤』으로 인용하겠습니다. 그렇지만 초기 작품 외에는 『노신문집』의 번역을 인용했는데, 왜냐하면 『무덤』이 직역임에도 불구하고 그 번역이 딱 들어맞는다고 볼 수 없는 부분들이 많기 때문입니다. 또한 『노신문집』에는 루쉰의 서간이 전혀 번역되어 있지 않아요. 루쉰 서간집의 번역서로는 유세종이 편역한 서한선집 『청년들아, 나를 딛고 오르거라』가 창에서 1991년에 출간되었고, 『양지서(兩地書)』의 제1부를 박병태가 번역한 『루쉰 선생님』이 청사에서 1983년에 나왔습니다. 전자는 『청년들아, 나를 딛고 오르거라』, 후자는 『루쉰 선생님』으로 인용했습니다.

'루쉰 산문선집'이라고 부를 만한 책으로는 몇 종류가 있습니다. 예를 들면 이욱연이 편역해 창에서 1991년 출간한 『아침 꽃을 저녁에 줍다』, 유세종·전형준이 편역해 솔에서 1997년에 낸 『투창과 비수』 등입니다. 하지만 여기에 나온 작품들은 앞서 언급한 책들에 이미 수록되어 있기에 이 책에서는 인용하지 않았습니다. 단 『투창과 비수』의 해설은 본문에서 검토했기에, 이 책은 이하 『투창과 비수』로 인용하겠습니다.

그 밖의 저작으로는 학연사에서 1987년 출판한 『중국소설사략』이 있는데, 이는 정범진이 우리말로 번역하여 국내에도 출간되었습니다. 또한, 루쉰의 미술론을 정리한 책으로 정하은이 편저해 열화당

---

2) 누군가의 작품 중에서 대표작만 모아 출간한 것을 뜻한다. 따라서 그 사람의 모든 작품을 모아내는 전집과는 차이가 있다.

3) 단 루쉰이 주고받은 서간들은 이 선집 제4권에서만 번역되어 있다.

에서 1987년에 낸 『케테 콜비츠와 루쉰』이 있습니다. 루쉰의 미술작품을 소개한 책으로는 왕시룽 엮음, 김태성 옮김, 『그림쟁이, 루쉰』(일빛, 2010)이 있습니다.

중국에서 출간된 1973년 판 루쉰 전집은 총 20권인데요. 그중 10권은 외국 소설을 중국어로 번역한 것이고,[4] 이를 제외한 10권 정도가 그가 창작한 작품입니다. 현재 한국어로 옮겨진 작품은 그 절반 정도인데, 같은 작품들만 되풀이해서 번역되고 있지요. 따라서 나머지 반은 아예 국내에 소개되지도 못하고 있고요. 혹자는 중요한 작품은 대부분 국내 독자들도 읽을 수 있으니 전집을 들여올 필요는 없다고도 하지만, 이미 번역된 것을 몇 번이나 재탕하는 것보다야 아예 전집을 출간하는 것이 낫다는 게 제 생각입니다.

## 2. 루쉰에 대한 저작

### (1) 루쉰의 전기

우리말로 읽을 수 있는 루쉰의 전기는 두 권입니다. 하나는 중국의 왕스징[王士菁]이 저술하고, 신영복·유세종이 번역한 『루쉰 전』이 다섯수레에서 1992년에 출간된 것인데요, 가장 상세하게 그의 생을 기록한 점이 장점이라고 할 수 있지요. 이 책의 원본은 1948년 간행된 이래 여러 차례 수정되었는데, 국내 번역본은 1979년의 제6판을 대본으로 합니다. 다만 원저를 그대로 옮겨온 것이 아니라 역자들이 '마르크시즘에 입각한 교조적이고 기계적인' 부분 등을 과감하게 삭제했음에도 불구하고 여전히 그런 부분이 많이 보인다는 점은 아쉽다고 하겠네요. 이하 이 책은 『루쉰 전』으로 인용했습니다.

또 하나의 전기는 왕샤오밍이 저술하고 이윤희가 번역해 동과서에서 1997년에 낸 『인간 루쉰』입니다. 이 책의 원저는 '무법직면(無法直面)의 인생'인데요. 무법천지에 직면했다는 제목처럼 이 책은 루쉰의 '정신의 위기감과 내면의 고통'을 드러내고자 한다는 점에서 앞의 책들과 다릅니다. 하지만 제가 보기에는 루쉰의 영웅화에 반발해 일부러 인간적인 부분을 과장한 측면이 있어요. 여하튼 이 책의 원저는 1993년 간행된 것이므로 루쉰에 대한 최근의 이해를 보여준다고 할 수 있지요. 이하 이 책은 『인간 루쉰』으로 인용하겠습니다.

최근에 나온 루쉰 평전은 다음과 같은 것들인데 사진을 많이 포함한 특징이 있습니다.
- 주정 홍윤기 옮김, 『루쉰 평전』, 북폴리오, 2006
- 임현치 김태성 옮김, 『노신 평전』, 실천문학, 2006
- 린시엔즈 김진홍 옮김, 『인간 루쉰』, 사회평론, 2007
- 왕시룽 이보경 옮김, 『루쉰 그림전기』, 그린비, 2014

그 밖에 일본인이 저술한 『노신 평전』의 번역이 있으나 이 책에서는 인용하지 않았습니다.

### (2) 기타 참고서

한글로 쓰인 루쉰 연구서로 성원경의 『노신』이 건국대학교 출판부에서 1995년에 나왔지만, 간략한 전기와 작품 해설만으로 이루어져 '연구서'라고는 하기 어렵습니다. 게다가 전기 부분의 설명은 너무

---

4) 뒤에서 말하겠지만, 루쉰은 당시 중국 문학보다도 외국의 작품들에 더욱 관심이 많았다. 따라서 평생 수많은 외국 문헌들을 중국어로 번역하였다.

고루하고 작품 해설도 지극히 평범하므로 이 책에서는 인용하지 않겠습니다.

따라서 제대로 된 연구서로서는 중국현대문학학회 편역에 백산서당에서 1996년에 나온 『노신의 문학과 사상』이 유일합니다. 이 책은 13명의 중국 문학자가 노신에 관해 각자 연구한 논문을 모은 것인데요. 그 13편의 글이 제각기 독립적이기 때문에 체계적이라고 하기는 어렵습니다. 사회주의자의 입장에서 쓰인 것도 있고, 그렇지 않은 글도 있으며, 무슨 내용인지 알 수 없을 정도로 지극히 난해한 글도 있지요. 따라서 이 책에서는 그중 일부만을 소개했는데, 대부분 제 생각과는 다른 경우가 많습니다. 책 자체는 루쉰 연구에 대한 일정한 수준을 보여준다고 할 수 있으므로, 동의하지 못할 부분이 많은 점은 저로서도 유감입니다. 이하 이 책은 『노신의 문학과 사상』으로 인용하겠습니다.

우리나라 사람이 쓴 루쉰 유적 탐방기로는 전인초 외의 여러 저자가 펴낸 『민족혼으로 살다』가 학고재에서 1995년에 출판되었습니다. 이 책은 중국을 연구하는 교수들이 현대그룹으로부터 여행비를 받아 루쉰 유적을 탐방한 기록인데요. 이하 『민족혼으로 살다』로 인용하겠습니다. 다만 머리말이나 본문에서도 언급하듯이 이 책은 루쉰의 '민족주의'적 색채만을 강조하거나 그를 숭배하는 냄새가 너무 강하다는 점에서 한계를 보여줍니다. 또한, 전기 부분의 설명이 고루한 점은 성원경의 책과 마찬가지이지요.

# 루쉰의 외침을 들어라!

"이른바 중국의 문명이란 사실 부자들이 누리도록 마련된 인육의 연회에 지나지 않는다."

"군중—특히 중국의 군중—은 영원히 연극의 관객이다."

"먹으로 쓴 거짓말은 피로 쓴 사실을 감출 수 없다. 피의 빚은 반드시 같은 것으로 갚아야 한다. 그리고 그 갚음이 늦으면 늦을수록 이자는 늘어나기 마련이다."

"예전에 경기가 좋았던 자는 복고를 주장하고, 지금 경기가 좋은 자는 현상유지를, 아직 경기가 좋지 않은 자는 혁신을 주장한다. 시세란 이런 것이다. 시세란!"

"혁명 이전에 나는 노예 짓을 하였다. 그런데 혁명이 발생한 얼마 뒤에 노예들의 속임수에 당하여 그들의 노예로 탈바꿈하였다."

위 문장에는 루쉰이 평생 추구해온 주제가 담겨 있습니다. 절대적인 권력을 쥔 지배자와 노예 취급을 받는 대다수 민중, 평등하지도 자유롭지도 못한 사회, 그것을 합리화한 유교와 도교 등의 전통 문화, 사회주의란 권력을 앞세운 지식인들의 이데올로기적 허위…. 루쉰은 이를 비판하고 더 나은 사회를 세우기 위해 노력했어요.

그가 바라본 중국은 갈 길이 멀었습니다. 특히 그는 나라 전체에 부정적인 사상이 퍼져 있는 것을 보았어요. 독재에 굴복해 정신승리만을 일삼는 허위주의,[1] 실사구시를 거부하는 관념주의,[2] 무엇이나 과장하는 거대주의,[3] 개인에 대한 집단의 횡포, 혈연·지연·학연에 따른 대인(對人)주의, 아무렇게 나 대처하는 편의주의, 객관을 핑계로 시시비비를 가리지 않는 상대주의,[4] 직무에 철저하지 못하고 처세술에 의존하는 적당주의 말이지요.

이 책에서 우리는 루쉰이 어떻게 이를 문학으로 녹여냈는지를 살펴볼 것 입니다. 그렇지만 일단은 접어두고 그의 문장을 잠시 음미해보도록 할게요. 위의 경구들을 보세요. 이렇게 짧은 글로 분명한 메시지를 전해주는 문장 이 또 있던가요? 그런데 위에 인용한 구절들은 우리나라에 소개된 그의 저 서나 전기에서는 제대로 언급조차 되지 않습니다. 누구나 아는 그의 대표작 이자 우리나라에서도 수없이 연구된 「아Q정전」이나 「광인일기」 같은 소설 에 나오는 구절이 아니거든요. 주로 그의 잡문에 쓰인 문구입니다. 잡문이라 고 하면 가볍게 생각되기 쉽지만 저는 도리어 루쉰의 정수는 여기에 있다고 생각합니다.

이 책은 그간 나온 다른 평론서와는 루쉰을 이해하는 방식이나 관점에서 차이가 있는데요. 루쉰의 잡문을 중시한다는 것도 그중 하나겠죠. 물론 그 렇다고 그의 중요한 소설들에 대해 언급하지 않겠다는 것은 아닙니다. 그렇 지만 저는 문학적 연구를 목적으로 이 책을 쓰지 않았음을 분명히 밝히고

---

1) 허위의식이라고도 한다. 독일의 사회주의자였던 프리드리히 엥겔스는 가난한 노동계급이 보수적인 정당에 투표함으로써 특권층을 살찌우고 스스로를 불리하게 하는 것에 불만을 품고 있었다. 그는 독재에 익숙해진 민중이 현실을 제대로 파악하지 못하는 상황을 비판했다.

2) 실사구시란 사실을 근거로 진실을 탐구하려는 태도를 뜻한다. 이와 반대로 관념주의란 현실에 존재하는 것을 외면하고 정신적인 것만이 본질이라고 인정하는 사상이다.

3) 대도시, 고급 아파트, 대형 승용차 등 무조건 거대한 것만을 추앙하는 사고방식. 실속보다는 겉으로 보이는 허세만을 중시한다는 면에서 비판할 수 있다. 무엇이든 세계 최고가 아니면 관심을 주지 않는 태도 역시 포함된다.

4) 절대적으로 올바른 진리란 존재하지 않는다는 사상으로 무엇이 옳은지는 각자 정해놓은 기준에 따라 바뀔 수 있다는 사고방식을 뜻한다. 그러나 이를 지나치게 적용하면 누군가 불합리한 것을 저질러도 관대하게 넘어가는 오류를 범할 수 있다.

싶어요. 사실 이 책도 잡서라고 할 수 있겠죠. 아는 사람들은 알겠지만 저는 제가 좋아하는 사람이나 소재에 관한 이야기를 이미 몇 권 썼거든요. 이를 테면 『윌리엄 모리스의 생애와 사상』, 『내 친구 빈센트』, 『오노레 도미에』, 『고야』, 『내 친구 톨스토이』 등입니다. 이 책도 그런 것 중의 하나예요. 따라서 이 책은 루쉰에 대해 문학적으로 관심이 있는 학자나 전문가들에게는 별로 유용하지 않을지도 모릅니다. 또는 그들의 생각과는 많이 다를 수도 있고요. 저는 이 책을 쓰면서 전문적인 논문을 거의 참고하지 않고 루쉰의 글만을 기반으로 했습니다.

그의 글을 보면 조금도 어렵지 않고 술술 읽혀요. 화려한 수식을 즐기는 사람은 잘 쓴 문장은커녕 시시하다고 할지도 모르겠습니다. 그는 글을 쓸 때 군더더기를 두지 않거든요. 장식도 허식도 없지요. 그야말로 마지막 한마디 외침과도 같습니다. 루쉰의 첫 소설집 제목이 『외침』인 것처럼요.

그러나 루쉰의 글이 건조하기만 한 것은 아닙니다. 아무리 냉철한 통찰과 처절한 절규에도 따뜻하게 웃을 수 있는 여지가 있답니다. 그것이 바로 인간미입니다. "문학의 첫 번째 자격은 유머다"라는 말이 있는데요. 그 점에서 루쉰은 최고의 모범이라 할 수 있겠죠. 지난 30여 년간 저는 그의 글을 보며 울고 웃었어요. 그러면서 글이란, 아니 말이란 바로 이래야 한다고 생각했습니다. 바로 그의 문장들 속에 앞서 말한 주제와 강직한 태도가 그대로 드러나거든요. 그러니 우리도 루쉰의 글을 배워야 하지 않겠어요? 그래서 허세에 찬 문장과 유머 없는 구호가 판을 치는 우리 독서계에 그의 글을 소개하고자 합니다. 이미 여러 번 알려진 작가이기는 하지만, 되새겨볼 만한 구절들을 모아 곱씹어보고자 해요. 그래서 우리의 글쓰기와 생각하기에 하나의 본보기를 세우고자 합니다.

제가 이 책을 쓰며 특히 관심을 둔 것은 '지식인으로서의 루쉰'입니다. 그는 지식인 가정에서 태어나 지식인으로 살다가 지식인으로 죽었습니다. 다른 민중들처럼 농기구를 쥐는 대신 그는 펜을 들었지요. 그리고 인생의 마지막까지 민중을 비판했습니다. 한마디로 중국인의 인간성, 국민성을 개혁하려고 했어요. 그는 또한 민중을 위한다는 핑계로 이념에 치우치는 삶을 거부했습니다. 도리어 민중을 사랑했기에 그들의 모순을 끝없이 지적했습니다. 민중을 사랑한다는 이유로 민중에게 아양을 떨지 않았어요. 사이비 정치인들처럼 언제나 국민의 뜻을 받든다는 식의 헛소리를 하면서 자기들 멋대로 자기들의 이익을 위해 광분하는 짓도 하지 않았어요.

물론 그는 자신을 포함한 지식인이나 권력자도 신랄하게 공격했지요. 민중을 억압하는 전통 사상은 당연하고, 그것을 부활시키고자 하는 민족주의, 그리고 민중을 미화하면서 인민에 아부하는 사회주의도 그의 비판을 벗어나지 못했습니다. 중국 내에서 그의 비판을 피해간 대상은 없다고 볼 수 있어요. 물론 그가 젊어서는 민족주의, 나이 들어서는 민중주의, 그리고 말년에는 사회주의에 관심을 가지지 않았냐고 따질 수도 있겠지요. 그것은 사실입니다. 그러나 그는 어떤 대세와도 타협하지 않았어요. 오히려 항상 회의하고 비판하면서 언제나 자유로운 사고를 유지했다는 점을 상기해둘 필요가 있습니다.

그래서 루쉰은 늘 소수파였습니다. 다수파와는 대립하는 삶을 살았지요. 죽어서 그는 공산당에 의해 공인(公認)되었지만 이는 도리어 정치적으로 이용당했다고 보는 편이 적절합니다. 그는 공산주의를 인정하는 어떤 글도 쓴 적이 없어요. 공산당원도 아니었고 공산주의자를 자처한 적도 없습니다. 도리어 그는 공산당이 행한 노동조합의 관제 데모를 비판했습니다. 그래서 생전에 공산당의 비난을 받았지요. 또한, 사후에도 사회주의에 어긋난다는 이유로 작품이 폄훼당하기도 했습니다. 따라서 그는 결코 공산당에게 인정받을 인간이 아니었습니다. 당의 기준에 맞춘 규격품을 저술하지 않았으니까요. 설령 그의 작품 중 일부는 민족주의 또는 사회주의로 해석될 여지가 있을 수 있어도 그렇게 규정될 수는 없다는 겁니다.

우리나라에서도 루쉰은 분명 유명 작가입니다. 그의 작품들은 대부분 번역되어 서점에서 찾아볼 수 있지요. 그와 관련된 서적도 여럿 출간되었고요. 그러나 이런 책들에서 루쉰은 대체로 민족주의자 또는 사회주의자라고 소개됩니다. 위에서 말한 자유로운 지식인의 모습은 찾아볼 수 없지요. 제게 그가 위대한 것은 특정한 사상에 갇혀 있기 때문이 아니라 도리어 어떤 이념에도 얽매이지 않았기 때문인데도 말입니다. 그는 모든 사상에 회의적인 시선을 던졌습니다. 그 덕분에 영원한 자유인으로 남을 수 있었어요. 또한, 저는 국내외를 막론하고 그러한 비판적 지식인으로 루쉰 이상 가는 사람이 없으므로 그를 더욱 좋아합니다. 지난 30여 년 루쉰은 그 누구보다도 제게 참된 가르침을 주는 스승이었습니다. 저는 감히 말할 수 있습니다. 칼 마르크스든, 막스 베버든, 미셸 푸코든, 그 어떤 사상가도 루쉰을 따를 수는 없다고요. 물론 객관적이라기보다 주관적인 관점이긴 하지만요. 그저 제가 누구보다도 루쉰을 좋아한다는 고백에 불과합니다.[5]

이 책의 관점을 하나 더 일러두자면 '루쉰은 중국인'이라는 사실을 전제로 한다는 겁니다. 루쉰을 아무리 좋아해도 그는 중국인이에요. 따라서 중국인에 대한 이해 없이 그를 함부로 말할 수 없지요. 물론 그는 동아시아인이라는 점에서 서양인보다는 우리에게 가깝게 느껴집니다. 이는 중국을 여행할 때 당연히 느끼게 되는 친숙함과 같아요. 게다가 우리는 중국으로부터

---

5) 한편으로는 우리나라 선배 중에선 그렇게 좋아하는 사람을 두지 못한 것이 아쉽기도 하다. 제대로 찾아보지 않은 탓이라고 할지도 모르지만 나름으로는 열심히 찾았는데도 아직 만나지 못했다. 내가 내린 결론은 루쉰은 조선시대 식의 선비가 아니라는 것이다. 그는 어떤 전통도 답습하려 들지 않았고, 민족이나 국가에 종속되기도 싫어했기 때문이다. 말하자면 그는 끝없이 인간을 추구하면서도 인간조차 회의했다고 할 수 있다.

전해 내려온 전통 문화를 공유하고 있기도 하니까요. 그렇지만 저는 중국은 역시 중국이라고 생각합니다. 즉 중국은 우리나라와 다르다는 점을 잊으면 안 된다는 뜻입니다.

학자 중에는 같은 유교 문화권이라는 이유로 그를 동아시아 작가라며 우리와 같은 테두리에 묶으려는 입장도 있습니다. 어쩌면 유교로 상징되는 동아시아문화는 일본은 물론이고 중국보다 한국에 더욱 뚜렷이 남아 있다고 볼 수 있겠죠. 지금 일본은 물론이고 중국에서 공자나 맹자를 논하는 것은 우스운 일이지만(당연히 북한에서는 상상조차 할 수 없고요), 우리에게는 절대 우습지 않으니까요. '국민 교양'이라고 칭할 만큼 유교나 도교 열병은 대한민국의 방송과 출판계를 휩쓸고 있습니다. 이에 반발하여 『공자가 망해야 나라가 산다』는 책이 나오는 것도 그만큼 우리나라의 유교 사랑이 거세다는 것을 방증하는 것이겠지요. 같은 맥락에서 동아시아적인 사상이 이 시대의 유일한 해답인 양 회자되고요. 루쉰을 읽는 이유 중에도 동아시아적인 관점이 포함되는 경우가 있습니다. 그러나 루쉰은 그런 것들을 철저히 배격한 사람이에요. 저도 그러한 그의 관점에 동조하고요.

따라서 저는 루쉰을 동아시아 지식인으로 간주하고자 하는 학계의 일부 입장에 반대합니다. 지식인이면 지식인이지 '동아시아' 특유의 지식인이 따로 있을 수 없다는 것이 제 생각입니다. 그런데도 저는 루쉰은 중국인이라는 점을 다시 한 번 강조하고 싶어요. 이는 루쉰을 통해 중국을 정확하게 이해하기 위해서입니다. 또한 중국과는 다른 길을 걸어온 한국을 타인의 거울에 비추어 차분하게 돌아보기 위해서이기도 하지요.

루쉰은 1881년에 태어나 1936년에 사망했습니다. 그가 작품 활동을 한 시기는 주로 1920~30년대입니다. 그 후 중국은 공산당에 의해 지배되어 지금은 사회주의적 시장경제를 도입하고 있습니다. 많은 사람이 그 당시와 지금의 중국은 다르다고 하지요. 그러나 중국은 기본적으로는 변하지 않았어요. 루쉰이 그렇게도 변혁을 외쳤음에도 불구하고 제게 비친 중국은 여전히 권력에 의해 평범한 이들이 권리를 빼앗기는 사회입니다. 한편 한국 역사를 기준으로 보면 루쉰이 활약한 시대는 일제강점기였는데요. 그 후로 한국도 격동하는 현대사를 겪으며 많이 나아갔다고 하지요. 그렇지만 정말로 근본적인 것들이 바뀌었을까요? 저는 여기에 회의적인 답을 하고 싶어요. 우리 사회도 여전히 사람이 소유물로 부려지는 일을 곧잘 볼 수 있으니까요. 따라서 반권력과 반노예를 향한 루쉰의 외침은 중국뿐 아니라 오늘날의 한국에도 설득력이 있습니다.

그런 관점에서 저는 이 책을 썼습니다. 제가 좋아하는 작품들을 골라 제 방식대로 루쉰 읽기를 시도한 것이죠. 먼저 제1장에서는 우리가 루쉰을 다시 보는 이유를 돌아보고요. 이어서 제2장에서는 20대까지의 '성장과 모색'(1881~1908), 제3장에서는 30~40대의 '외침과 방황'(1909~1924), 제4장에서는 40~50대의 '혁명과 문학'(1925~1936) 순으로 그의 생애를 따라갈 겁니다. 제5장에서는 루쉰이 말한 지식인의 「입론(立論)」을 검토하고, 마지막 제6장에서는 루쉰이 본 중국과 중국인에 대해 살펴볼 겁니다.

루쉰은 체계적인 글을 쓴 사람이 아니었습니다. 그야말로 잡문가였지요. 따라서 그의 글을 체계적으로 분석한다는 것 자체가 거의 불가능에 가깝고 사실은 불필요합니다. 어쩌면 이 책에서 제가 나름대로 체계를 세우는 것도 무의미할지 모르지요. 그는 서재의 글쟁이가 아니라 거리의 행동가였다고나 할까요. 글의 혁명가인 동시에 사상의 혁명가였습니다. 앞서 저는 그를 무슨 '주의자'로 취급하는 것이 꺼려진다고 했습니다. 하지만 그의 삶과 글을 따라가다 보면 역설적으로 루쉰이야말로 진정한 인간주의자, 민주주의자, 사회주의자였다는 것을 알게 될 것입니다.

제1장

**왜 루쉰인가?**

# 우리나라에 소개된 루쉰

## 세계 최초로 루쉰을 번역하다

앞에서도 언급한 『민족혼으로 살다』에서 전인초는 루쉰이 국내에 '본격적으로 소개된 것은 극히 최근'이라고 했습니다.[1] 그러나 제가 알기로 루쉰은 우리나라에 상당히 빠른 시기부터 소개되었어요. 우리나라가 일제강점기를 맞고 있을 때 식민지 조선에 이미 그의 작품이 번역되어 들어왔으니까요. 이는 중국을 제외한 외국으로서는 세계 최초였지요. 물론 세계에서 제일 빨랐다고 해서 우리나라가 루쉰 연구에 있어 최고라는 뜻은 아닙니다. 하지만 이를 통해 그만큼 우리의 선배들이 세계의 그 어느 사람들보다 루쉰에 주목하고 공감했음을 엿볼 수 있지요.

외국어로 번역된 루쉰 작품 중 최초의 것은 《동광》 1927년 8월 호에 실린 「광인일기」입니다. 번역자는 당시 북경에 살았고 루쉰과 친분도 있었던 유기석(柳基錫, 호는 樹人)이에요. 이는 1927년 10월에 일본인이 번역한 판본[2]보다 2개월이 빠른, 세계 최초의 루쉰 번역이었습니다. 여기서 눈여겨볼 점은 조선에서는 유교를 비판한 「광인일기」가, 일본에서는 애수가 짙게 깔린 「고향」이 각각 처음으로 번역되었다는 것입니다. 두 작품이 선택된 이유는 번역자의 개인적 관심에 의한 것도 있겠습니다만, 어쩌면 당시의 조선과 일본의 상황, 그리고 그 안에서 살았던 지식인들의 성향을 보여주는 것이라

---

1) 『민족혼으로 살다』, 6쪽. 여기서 그가 '본격적'이라거나 '극히 최근'이란 말을 무슨 의미로 사용한 것인지 정확하게는 알 수 없으나, 아마도 학계에서 루쉰을 연구하게 된 사정을 말하는 듯하다.

2) 일본인에 의해 최초로 번역된 작품은 잡지 《대조화(大調和)》에 실린 「고향」이다.

볼 수 있지 않을까요? 일본에는 이때 '다이쇼 데모크라시'라 하여 민주주의와 개인주의·자유주의적 사조가 움트고 있었고, 우리나라는 유교적 관습을 극복하고 조국 해방을 이뤄낼 길을 모색하고 있었으니까요.

잡지에 이어 2년 후에는 단행본으로도 루쉰의 작품이 나옵니다. 1929년 개벽사에서 우리나라 최초의 중국현대소설집인 『중국단편소설집』을 출간해요. 이 책은 5·4혁명기에 활동한 소설가 10명의 단편을 수록한 것인데요. 여기에 루쉰의 「머리털 이야기」가 실린 거지요. 이어 1930년대가 오면 「아Q정전」, 「죽음을 슬퍼하며」, 「고향」이 번역됩니다.

## 일제강점기 지식인의 눈에 비친 루쉰

이렇듯 일제강점기에도 루쉰의 작품은 수두룩하게 읽혔으므로 그에게 감화를 받은 문인들 또한 많았어요. 해방 후에도 마찬가지였고요. 그런데 저는 루쉰을 가장 정확하게 이해한 이는 이육사(李陸史, 1904~1944)가 아니었을까 합니다. 실제로 그는 베이징에서 독립운동을 하며 루쉰과 가깝게 지내기도 했으니까요. 물론 제가 이육사의 루쉰 해석을 그렇게 높게 평가하는 이유는 따로 있어요. 바로 그가 본 루쉰이 제가 이 책에서 주장하는 지식인의 초상이기 때문입니다.

1936년 10월, 루쉰이 죽자 이육사는 〈조선일보〉에 「노신 추도문」을 연재했습니다. 이는 고인을 기리는 글 중 거의 유일하게 조선인의 손으로 쓴 것이었지요. 이육사는 3년 전 국민당에 의해 암살당한 진보 작가 양싱포[楊行仏, 1893~1933]의 장례식에서 만난 루쉰을 회상하면서, 민족개량에 대한 루쉰의 굳은 신념을 강조했어요. 또한, 루쉰의 예술이란 정치에 앞서는 것이었다고 말했습니다. 그는 특히 "수많은 중국의 아Q들이 자신의 운명을 개척하여 가는 길을 루쉰에게 배웠다"라고 하면서 루쉰 작품의 주인공들을

이육사
루쉰이 사대부 가문 출신이었으나 사대부와 유교를
철저히 비판했듯이 이육사도 당시의 양반이나 유교적인 봉건제도를
무의미하고 해로운 것으로 보았다.

예로 들었는데요. 그는 「쿵이지」의 시대착오적인 지식인인 주인공 쿵이지와
「아Q정전」의 주인공인 일용직 노동자 아Q가 기본적으로 같은 인물이라고
보았습니다. 이육사는 쿵이지로부터 조선의 썩은 봉건 사대부를 보았고, 아
Q로부터 어리석은 대중을 본 것입니다. 나아가 이육사는 정치의식 없이 기
교에만 매달리는 당시의 조선 문단을 향해 루쉰의 삶과 문학을 배워야 한다
고 주장했습니다. 여기서 우리는 양반문화의 본거지인 경북 안동의 사대부
가문에서 태어났음에도 불구하고 이육사가 루쉰과 같은 저항정신을 지닌
시인이었음을 다시 확인할 수 있어요.

　이육사 하면 대표작인 「청포도」나 「광야」 같은 서정적인 이미지들이 먼
저 떠오릅니다. 하지만 그는 평생을 일제와 직접 투쟁해온 독립투사였어요.
그는 1925년경 항일테러단체인 의열단에 가입했습니다. 그리고 1927년에
는 조선은행 대구지점 폭파사건에 관련되어 구속되었고, 1929년 석방된 후
에는 중국에 건너가 의열단의 조선혁명간부학교를 제1기로 졸업하고 귀국
했습니다. 그 후 여러 명작 시들을 발표하지만, 이를 결코 아름답기만 한 서
정시로 보아서는 안 됩니다. 이육사의 시는 그의 저항정신을 서정적으로 노
래한 것이니까요. 그는 1943년 북경으로 탈출했으나, 4월에 귀국했다가 경
찰에 체포되어 북경 감옥에서 숨을 거두었습니다. 유감스럽게도 이육사는

루쉰과 같은 비판적 소설이나 촌철살인의 잡문을 남기지 못했어요. 그것이 안동 양반 출신인 이육사가 갖고 태어난 한계인지, 그가 작품을 쓴 1930년대 식민지 조선의 상황 탓인지는 모르겠습니다.

루쉰의 영향을 받은 당시 다른 한국 작가의 소설로는 무엇이 있는지 볼까요. 우선 KAPF[3]에서 활동한 한설야(韓雪野, 1900~1970)의 1930년대 작품인 「모색」이나 「파도」 등을 들 수 있습니다. 이 작품들은 시대착오적인 지식인을 주인공으로 하며, 그에 따라 「쿵이지」나 「광인일기」와 같은 지식인 비판이 그대로 나타나기 때문입니다. 또한 이광수(李光洙, 1892~1950)가 1936년 8월, 일본 잡지 《개조》에 발표한 「만야(万爺)의 죽음」의 주인공인 '조선의 아Q'는 식민지시대의 민중을 형상화한 것입니다.

그러나 소설에서 루쉰의 영향을 가장 뚜렷하게 보여준 작가는 일제강점기 말기의 김사량(金史良, 1914~1950)입니다. 그는 루쉰 작품에서 나올 법한 등장인물을 가지고 소설을 여럿 썼는데요. 1941년에 발표한 단편 「천마」에 묘사된 비뚤어진 성격의 문인도 그렇지만, 더욱 눈여겨볼 만한 작품은 제목부터 「아Q정전」을 연상시키는 「Q백작」입니다. 이 단편에서 그는 식민지의 자학적 지식인상을 그려냈습니다. 일본 황실에서 작위를 받아 도지사가 된 아버지에 반발한 왕 백작은 아나키스트를 자칭하고, 사상범으로 구속되고자 어리석은 짓을 되풀이합니다. 그러면서 유치장에 갇히거나, 만주행 난민 열차에 몸을 싣고서 술에 취해 자신은 구원받았다며 정신승리를 자축하지요.

---

3) Korea Artista Proleta Federatio(조선프롤레타리아 예술동맹)는 1925년 8월에 결성된 사회주의 문학단체로 계급의식에 입각한 조직적인 프롤레타리아 문학과 계급혁명운동을 목적으로 삼았다. 대표작가로는 최서해, 조명희, 이기영, 한설야 등이다.

## 루쉰이 사회주의자라고?

그런데 일제강점기 루쉰의 작품을 이해하던 관점은 기본적으로 1920년대 일본의 프롤레타리아 문학관에 젖어 있다는 한계가 있어요. 이는 우리나라에 처음으로 소개된 루쉰이 일본인의 글을 번역한 것이기 때문입니다. 우리나라에 최초로 루쉰을 소개한 글은 양백화(梁白華, 1889~1944)가 잡지《개벽(開闢)》에서 1920년 9월 호부터 11월 호까지 연재한 「호적(胡適)을 중심으로 소용돌이치는 문학혁명」입니다. 5·4혁명기의 중국 문학에 대한 일반적인 소개를 하다 루쉰을 언급한 것이었는데요. 말했듯이 일본인 아오키 마사루[靑木正兒]가 쓴 글을 번역한 것이어서 특별한 의미를 부여하기는 어렵습니다. 물론 일본 최초로 루쉰을 소개한 글이라는 의의는 있지만요.

한국인이 내놓은 최초의 루쉰론은 정래동(鄭來東)이 1931년 〈조선일보〉에 「노신과 그의 작품」 8장을 연재한 것입니다. 여기서 그는 루쉰을 프롤레타리아 사상가이자 진보적인 작가로 보았습니다. 정래동은 루쉰의 작품을 여럿 번역한 만큼, 당시로서는 가장 충실한 루쉰 소개를 내놓았다고 할 수 있습니다. 다만 루쉰 창작의 형성 과정[4]에서 볼 수 있는 다양한 측면을 드러내지 못한 점이 아쉽지요. 이는 『조선소설사』를 쓴 김태준(金台俊, 1905~1949)이 1930년 11월 〈동아일보〉에 연재한 「문학혁명 후의 중국문예관-과거 14년간」에서 루쉰을 언급한 방식과 대조적입니다. 그는 「아Q정전」을 '매우 유머러스한 사실주의 작품'이라고만 소개하고, 중국의 혁명문학만을 중점적으로 소개했거든요. 당시 그는 경성제국대학 문학부 지나문학과에 다니고 있었습니다. 그러니 당연히 그가 작성한 논문은 당대 일본의 연구를 토대로 한 것이었고, 학과의 교수들도 일본인이었지요.

그렇지만 루쉰에 대한 일반적인 견해는 정래동처럼 그를 진보적인 작가로

---

4) 이 점에 대해서는 나중에 상세하게 설명하도록 하겠다.

28

신언준
《동아일보》특파원으로 중국에 머물면서
한국 독립에 대한 목소리를 높이려 노력했다.

보는 것이었어요. 이러한 관점은 《신동아》 1934년 4월 호에 발표된 신언준(申
彦俊, 1904~1938)[5]의 「중국의 대문호 노신 방문기」에서도 드러납니다. 이는
조선인으로서는 처음으로 루쉰을 인터뷰한 것인데요. 신언준은 1933년 5월,
루쉰을 회견했고 인터뷰 기사는 그로부터 1년 뒤에 발표되었습니다.[6]

　신언준은 과연 루쉰을 어떻게 소개했을까요? 루쉰은 문학을 대중을 각성
시키는 데에 가장 필요한 기술이라고 보았습니다. 또한, 톨스토이나 간디와
같은 인도주의에 반대하며 차라리 전투를 주장했지요. 이에 신언준은 그의
비판정신을 "메스를 손에 들고 만나는 사람마다 남김없이 마취약도 사용하
지 않고 그들의 환부를 도려내고 마는 기이한 의사"로 비유하기도 했습니다.
그 외에도 루쉰은 당시 중국과 세계의 정세에 대해 여러 발언을 남겼는데요.
"장개석이 중국 혁명을 이끌 수 없게 된 것과 마찬가지로 자산계급[7] 문인의
의식은 무용의 꿈이 되었다"라고 자조하며 지식인 계층을 스스로 비판했습

---

5) 평안남도에서 태어나 오산학교에서 민족주의 교육을 받은 신언준은 1923년 중국에 망명하고, 1927년
　안창호의 흥사단에 입단하고 상해 임시정부에서 활동하였다.
6) 여기서 신언준은 루쉰의 문학만이 아니라 그의 생활 자체가 프롤레타리아의 전형이라고 소개했다. 그러나
　나는 그 말이 과연 사실일지 의문을 느낀다. 1933년에 루쉰은 중국에서도 가장 화려한 도시인 상하이
　교외의 대저택에서 부르주아로 살았기 때문이다. '반체제작가'이기는 했어도 전업작가로서 경제적으로
　부족할 것 없는 생활을 누렸던 것이다.
7) 자본가 계급을 말한다.

니다. 그러면서도 한편으로는 "인생은 길을 가는 것과 같다. 한 걸음 한 걸음 전진하면서 다리를 만들고 길을 개척하는 것이 인생이다", "세계 혁명이 완성되어야 비로소 약소민족도 해방된다"라며 개혁의 의지를 밝히기도 했어요. 이를 종합해봤을 때 신언준은 인터뷰를 통해 좌익혁명가로서의 루쉰상을 강조했다고 볼 수 있습니다.

해방 이후 대한민국과 루쉰 작품에 관해서는 설명할 점이 별로 없습니다. 북한은 말할 것도 없고, 남한에서도 일부 대표작들이 번역된 것 외에 특별한 논의가 없었거든요. 분명한 것은 일제강점기 때부터 그를 사회주의자로 보는 견해가 굳어졌음에도 불구하고, 루쉰이 북한에서 딱히 받들어지지도, 그렇다고 남한에서 금지되지도 않았다는 사실입니다. 이상하다면 이상한 점이지요. 아마도 북한의 경우 당시 중국과의 대립이나 주체사상 등의 외교정치적 상황 때문에 그를 숭배하지 않았던 듯합니다. 남한에서는 루쉰이 민족주의자라는 것이 두드러진 덕에 규제를 피할 수 있었고요. 그래도 해방 직후 남한이 중화인민공화국 대신 중화민국(대만)과 국교를 맺었음을 고려할 때, 대만에서는 루쉰이 오랫동안 금지된 것과 비교하면 묘한 느낌이 드는 것은 사실이지요.

저는 1960년대 중학교 시절에 루쉰의 작품을 처음으로 접했습니다. 이가원(李家源, 1917~2000)이 번역한 「아Q정전」 등[8]이었는데 그때는 도대체 뭐가 좋다는 건지 잘 몰랐어요. 그러다가 고등학교 국어수업 부교재로 읽은 책에 그의 「입론(立論)」이 들어 있었는데, 당시로서는 제대로 이해할 수 없었지만, 헛소리를 하지 말라는 질타만큼은 제게 깊은 인상을 주었습니다. 덕분에 지금까지도 책 내용을 생생하게 기억해요. 그 후 루쉰은 30년 이상

8) 정연사, 1963, 현재 10편의 소설이 번역되어 있다.

문화대혁명 시기 포스터
짙은 색상으로 강렬함을 부각했다.

홍위병이 그려진 초등학교 교과서

언제나 제 책장 맨 앞에 자리했습니다. 그리고 좀 더 시간이 흘러 70년대부
터 90년대까지 학생운동과 사회운동이 한창이던 시절에 루쉰은 제 동기와
후배들의 필독서로 꼽혔습니다. 여기에는 여러 가지 이유가 있는데요. 우선
운동권 학생들의 정신적 지주라고 할 수 있는 리영희(李永嬉, 1929~2010)가
루쉰의 잡문을 자주 인용했고요. 또한 1985년 다케우치 요시미의 『노신문
집』이 번역되면서 루쉰의 잡문이 널리 읽혔기 때문입니다. 당시 여러 지식인
과 학생들이 그를 투철한 혁명가로 받들었던 배경이 되겠네요. 그러나 리영
희가 '인류 최초의 인간개조 실험'이라고 예찬한 중국의 문화대혁명[9]이 지
금 신랄하게 비판받듯이, 저는 여러 사람이 덧칠한 루쉰을 그의 진짜 모습
이라고 믿지 않습니다. 루쉰이 살아 있었다면 분명 문화대혁명을 풍자하는
새로운 「아Q정전」을 썼을 테니까요.

「아Q정전」을 포함한 그의 작품들은 중국의 사회주의 혁명은 물론 문화대
혁명에도 그대로 들어맞고 나아가 지금 중국의 시장경제 혁명에도 적용할

9) 마오쩌둥을 중심으로 1966년부터 1976년까지 중국에서 이루어진 사회운동이다. 표면상 "회생하려는
전근대성 문화와 시장정책 문화를 비판하고 더욱 새로운 공산주의 문화를 창출하자!"라는 정치 사회
문화 사상 개혁 운동이었으나 결과적으로는 마오쩌둥의 권력을 절대화하는 역할을 했다. 이때 학생 조직인
홍위병이 한 손에 빨간색 『마오쩌둥 어록』을 들고 그를 지지하였다.

수 있습니다. 마찬가지로 대한민국에도 아Q들은 여전히 건재하지요. 여하튼 루쉰은 한국의 중국 문학계 사정이 어쨌든 언제나 우리 곁에 있었고, 지금도 우리의 동반자입니다. 그는 더 이상 마오쩌둥의 사회주의자가 아니에요. 그렇다고 최근에 이야기되는 민족주의자 또는 반서양주의자나 동양주의자도 아닙니다.

## 루쉰은 널리 읽히지 않는다?

오늘날 루쉰의 소설은 과거처럼 위대한 혁명가의 글로서 널리 읽히지 않습니다. 문학 작품으로서도 대단한 감동을 주지 못하는 것 같고요. 이는 우리나라뿐만 아니라 중국에서도 마찬가지입니다. 제가 중국에서 만난 대학생이나 교수들은 누구나 루쉰을 알았지만, 그의 소설을 재미있게 읽었다고 말하지는 않았어요. 오히려 학창시절 학기마다 교과서로 그의 소설을 읽은 탓에 질려버렸다고 털어놓았지요. 그러나 중국에서 루쉰은 단행본은 물론 전집까지도 매년 수만 부가 팔리는 이른바 스테디셀러의 지위를 차지하고 있습니다. 그 이유는 머리말에서 밝혔지요. 루쉰의 소설은 눈 감고도 외우지만, 그의 글 대부분을 차지하는 잡문의 경우 정부를 간접적으로 비판하는 매체로 즐긴다고요. 즉, 루쉰이 신랄하게 비판한 국민당 정권을 지금의 공산당에 빗대어 읽는다는 것입니다.

우리나라에서도 최근까지 루쉰의 작품이나 전기가 출판되고 있는데요. 이를 보면 상업적인 한국 출판계에서도 그는 여전히 인기작가인 듯합니다. 외국인 이름을 딴 문학상으로 유일하게 '루쉰 문학상'도 있고요. 그렇지만 중국 문학을 전문으로 연구하는 학자들은 그 정도로 만족하지 못하는 모양이에요. 위에서 언급한 『민족혼으로 살다』에서 유중하는 우리가 루쉰을 '소 닭 보듯 대'한다며, 우리가 그를 너무나도 무시한다고 개탄합니다. 저는 이에 동의하지 않지만 그 이유를 들어보도록 하죠. 그는 교과서에 그의 작품이 실리지 않은 것을 첫째 근거로 들고 있는데[10] 그렇다면 제가 고교시절에 부교재로나마 그를 읽은 것은 운이 좋았다고 할 수 있겠네요. 하지만 교과서에 실리지 않은 문학 작품은 루쉰 외에도 많습니다. 또한 최근 논술시험의 지문에도 루쉰의 글이 자주 등장한다고 들었고요. 그래서 거의 책을 읽지 않는 오늘의 젊은 세대가 루쉰의 이름만이라도 기억하고 있는 것 같아 다행입니다. 여하튼 저는 우리나라에서 루쉰의 작품이 계속 출판되고 있음을 보아 다른 저자에 비해 그 독자가 제법 많다고 생각합니다. 국가가 강요하는 슈퍼 베스트셀러인 교과서에 실려야 '소 닭 보듯 대'하지 않는다면 우리의 문학 풍토는 잘못되어도 한참이나 잘못된 것이지요. 더욱이 저처럼 국정교과서 제도가 없어져야 한다고 믿는 사람이라면 더욱 그렇게 생각할 것입니다.

유중하는 루쉰이 읽히지 않는 둘째 이유로 '양풍 일변도의 우리 문학 풍토'를 꼽습니다. 양풍이란 보통 서양풍을 뜻하는데요. 중국 문학도 우리에게는 외국 것이니 동'양풍'이기는 마찬가지라고 볼 수 있지 않을까요? 저는 우리나라에서 외국 작품들이 어느 정도 읽히는지 알 수 있는 정확한 자료를 갖고 있지 않습니다. 그렇지만 서양 작가들보다 중국, 특히 루쉰의 작품이 무시당하는 것 같지는 않아요. 왜냐하면 문헌 해제에서 보았듯이 전집에 가까운 선집이 두 종류나 출판된 작가는 흔치 않기 때문입니다.[11]

유중하는 같은 동아시아권 작가인 루쉰을 "우리의 작가로 모습을 바꿀 수 있는 길"이 있지 않겠냐고 물었습니다. 또한 "서구 문학이란 것이, 작품이

---

10) 『민족혼으로 살다』, 14쪽.

11) 또 하나의 근거로 1983년에 100권으로 나온 '학원세계문학' 등에 루쉰 작품은 여러 작가들의 작품과 묶이기도 했지만 한 권을 통째로 차지한 적도 있음을 들 수 있다.

든 이론이든 이제 진정한 한계에 이르지 않았는가 하는 의문이 제기되고 있는 시절에, 루쉰 문학을 우리의 유수한 전통 가운데 하나로 끌어당기는 일"은 "단연코 우리 민족 문학의 몸을 살찌우고 뼈대를 굳건하게 만드는 주요한 사업"이라고도 주장했지요.[12] 하지만 저는 여기서 '우리' '동아시아' '서구' '민족'처럼 편 가르기를 하는 단어들에 저항감을 느낍니다. 서구 문학이 정말 '진정한 한계에 이르렀는가'에 대해서도 의문이 들지만, 루쉰이 동아시아권에 속하기 때문에 '우리의 작가'로 볼 수 있다는 식의 주장에 먼저 딴죽을 걸고 싶어요.

루쉰은 그의 조국보다 훨씬 고달픈 식민지시대를 겪고 있던 조선을 위해서 단 한 줄의 글도 써준 적이 없습니다. 이따금 조선에 대해 언급할 때에도 상당한 편견에 사로잡혀 있었지요.[13] 이 점을 유중하를 비롯한 중국 문학자들은 종종 간과하는 듯합니다. 저 역시 루쉰의 독자로서 이에 대해 안타까움이 있지만 그렇다고 그의 작품을 평가 절하할 생각은 조금도 없어요. 그가 설령 한국에 전혀 관심이 없었다 해도 그의 글은 우리 사회가 품은 문제들을 들여다보는 데 도움을 주기 때문입니다. 루쉰은 같은 동아시아권에 속하기 때문에 '우리의 작가'가 된 것이 아닙니다. 그가 제기한 비판이 오늘날 대한민국에도 그대로 먹히기 때문에 한국 독자들에게도 사랑받을 수 있는 것이죠. 즉, 우리가 그의 작품에 친근감을 느낀다면 이는 우리가 루쉰의 비판 대상인 동아시아적인 전통 속에 있기 때문이지, 단순히 그가 동아시아권 작가이기 때문이 아닙니다. 동아시아권 작가는 많아요. 중국에도 많고 일본에도 수없이 있지요. 그렇지만 그들은 우리에게 친숙하지 않기에 잘 읽

---

12) 『민족혼으로 살다』, 15쪽.

13) 게다가 루쉰의 글 중에는 그가 일본의 조선 침략을 정당하게 보았을지도 모른다는 의문을 품게 만드는 것도 있다. 이는 뒤에서 좀 더 자세히 설명할 터이다.

히지 않습니다.

뒤에서 보듯이 루쉰은 동유럽이나 러시아, 혹은 일본 작가들을 좋아했고 그들의 작품을 여럿 번역했습니다. 저도 그런 작가들을 좋아해요. 아마도 루쉰이 지금 살아 있다면 한국이나 일본과 같은 동아시아권의 '저명한' 작품들보다 우리에게는 제3세계라고 불리는 나라의 작품들을 번역했을지 모릅니다.

루쉰은 국수주의자, 국학주의자, 국가주의자[14]를 경멸했습니다. 마찬가지로 동아시아주의 또한 매우 꺼렸지요. 특히 그는 동아시아 사상의 핵심인 유교를 식인(食人)이라고 비판했습니다. 우리가 야만인을 식인종이라고 부르듯이 그는 유교를 '식인교'라고 부른 것이지요. 물론 식인종이라는 단어는 제국주의적인 편견과 오해가 섞인 잘못된 말이긴 합니다만, 여기서 저는 루쉰이 '민족주의 문학'을 다음과 같이 취급한 것이 떠오릅니다.

이 무리들은 세계의 여러 가지 인종의 피부색을 연구한 결과, 피부색이 같은 인종은 같은 행동을 취해야 하며 따라서 황색의 프롤레타리아 계급은 황색의 부르주아 계급과 투쟁할 일이 아니라 백색의 프롤레타리아 계급과 투쟁해야 한다는 결론에 이르렀다.

나아가 칭기즈 칸의 일을 끌어내어 이것이야말로 이상적인 표본이라 생각하여, 그 손자인 바츠 칸이 많은 황색 민족을 이끌고 어떻게 러시아에 침입하였으며, 어떻게 러시아의 문화를 짓밟고 어떻게 귀족도 평민도 모두 다 노예로 만들었던가를 그려 보였다.[15]

14) 국수주의자와 국학주의자는 자기 나라의 고유한 역사나 문화만이 무조건 세계에서 가장 뛰어나다고 믿는 사람들을 뜻한다. 국가주의자 또한 지나치게 애국심을 강조하며 국가야말로 가장 우선시되어야 한다는 강박을 지닌 이들이다. 이러한 사상이 극단적으로 나간 것으로 독일의 나치즘과 이탈리아의 파시즘이 있다.

15) 『노신문집』, 제6권, 60쪽. 단 번역은 수정됨.

# 중국이 이해하는 루쉰

## 루쉰, 중국의 '국민' 문학이 되다

요즘도 여전히 '국민 가수'니 '국민 배우'니 하는 말이 유행하는데요. 조금만 인기가 있다 하면 '국민적'이라는 수식어를 가져다 붙이는 모양입니다만, 예전에는 남녀노소 누구나 즐기는 경우에만 이런 칭호를 받을 수 있었습니다. 예컨대 1960년대에는 전 국민의 사랑을 받은 이미자나 조용필을 국민 가수라고 했지요. 저처럼 그의 노래를 좋아하지 않는 경우도 있지만, 그를 '국민 가수'라고 부르는 것에 대해 굳이 이의를 제기할 사람은 없을 것입니다.

　루쉰을 중국에서 '국민' 운운하며 부르는 경우는 들어보지 못했지만, 그의 작품이 일찍부터 중국 교과서에 실린 것을 보면 그렇게 불러도 손색이 없을 듯합니다. 예컨대 1922년에 간행된 『중학국어문독본』에는 그의 「고향」, 「풍파」, 「약」, 「쿵이지」 등의 창작 소설이 수록되었습니다. 또한 그의 잡문 중에는 「우리는 지금 아버지 노릇을 어떻게 할 것인가」가 실렸지요. 특히 「고향」은 1948년에 이르기까지 어느 교과서에도 빠지지 않은 작품이었어요. 그러니 그동안 이를 읽은 독자 수는 수백만 명에 이를 것입니다. 일제 강점기부터 루쉰을 읽은 조선 독자 수와는 비교되지 않을 만큼 어마어마한 숫자지요. 아마도 루쉰의 애독자를 모두 부른다면 그중 우리나라 사람은 극소수에 불과할 겁니다.

　그렇다면 「고향」이 그의 작품 중에서 가장 문학성이 높다는 뜻일까요? 저는 그렇게 생각하지 않습니다. 사실 「고향」은 루쉰 작품 중에서 가장 '온건하다'고 볼 수 있답니다. "그리운 고향에 돌아왔더니 옛 고향이 아니더라" 하는 유행가처럼 볼 여지가 있거든요. 따라서 우익이나 좌익이나 굳이 거슬려 할 이유가 없습니다. 그에 비해 유교를 살인으로 비유한 「광인일기」나 중국인들이 정신승리를 하고 있다고 비꼰 「아Q정전」을 읽은 독자는 거부감을 느낄 가능성이 더 크죠. 물론 교과서에 싣기에 너무 길기도 하지만요. 그러나 그렇게 온건한 「고향」을 둘러싼 해석조차 시대에 따라 다릅니다. 이는 루쉰을 이해하는 방법이 변해왔음을 상징해요. 「고향」의 작품 해석은 139쪽에 좀 더 자세하게 나와 있으니 여기서는 간략한 줄거리만 짚고 넘어갈게요.

작품의 주인공인 '나'는 20년 만에 고향을 찾습니다. 이번에 집을 팔고 어머니를 모시고 가면 고향과 작별해 다시는 돌아오지 않을 생각이었지요. '나'는 기억과는 너무나도 달라진 고향의 모습에 실망합니다. 그러던 중 '나'는 어렸을 적 같이 놀던 친구 룬투(閏土)의 소식을 들어요. 다시 고향에서의 즐거웠던 추억을 떠올린 '나'는 며칠 후 룬투와 재회하지만 이미 그는 어른이 되어 세상 풍파에 찌든 모습이었습니다. 게다가 룬투는 나를 '나으리'라고 불러요. '나'는 자신과 룬투 사이에 세월과 신분의 벽이 두껍게 자리함을 깨닫고 좌절합니다. 룬투는 생활고로 굉장히 고달픈 삶을 살고 있었어요. 이에 어머니의 제안에 따라 나는 이사할 때 가져가기 번거로운 물건들 중 몇 가지를 룬투에게 주기로 해요. 룬투는 향로와 촛대 한 벌 그리고 재 등을 골라갑니다. 그런데 얼마 안 가 이웃의 밀고로 룬투가 재에 그릇을 몇 개나 숨겼다는 게 발각됩니다. 그 이웃은 '이 발견을 큰 공이라도 세운 것처럼 자랑'하고는 자신도 다른 물건을 잽싸게 챙겨가지요. 떠나던 중 '나'는 옛집을 보면서 더는 아무런 미련도 느끼지 못하고 외톨이가 된 기분에 빠집니다. 그리고 어린 시절 룬투와의 추억마저 흐릿해짐을 느껴요. 하지만 '나'는 곧 일말의 희망을 품습니다. 룬투의 아들 쉐이성과 '나'의 조카 홍얼 간의 새로운 우정을 보았기 때문이지요. '나'는 이 아이들 사이에서 만큼은 단절이 생겨나지 않기를 바랍니다. 아이들이 자신처럼 떠돌아다니는 생활을 하거나 룬투처럼 괴로운 생활을 하게 되지 않기를 바라지요. 따라서 다음 세대에게는 지금의 기성세대와 다른 새로운 생활이 필요하다는 것을 자각합니다. '나'는 곧 자신의 희망에 대한 회의감과 두려움에 빠져요. 룬투가 향로와 촛대를 달라고 했을 때 '나'는 속으로 그가 전통적 미신에 젖어 있다고 비웃었지만, 자신의 희망 역시 마찬가지로 아무런 근거도 없는 것을 알고 있기 때문입니다. 결국 '나'는 희망이라는 것은 있다고도, 없다고도 할 수 없으며 마치 땅 위의 길과 같은 것이라는 결론을 내립니다. 걸어가는 사람이 많아지면 그게 곧 길이 되는 것이라는 말이지요.

"난 그 애들이 또다시 나나 다른 사람들처럼 단절이 생겨나지 않기를 바란다."[16]

"하지만 그렇다고 하여 서로의 마음을 잇기 위해서 모두 나처럼 괴롭게 이곳저곳을 떠돌아다니는 생활을 하는 것은 바라지 않는다. 또 그들이 모두 룬투처럼 괴롭고 마비된 생활을 하는 것도 원하지 않으며, 또한 다른 사람들처럼 괴로워하면서 방종한 생활을 보내는 것도 역시 바라지 않는다. 그들은 마땅히 새로운 생활을 가져야 한다. 우리가 아직 경험해본 일이 없는 생활을!"[17]

그러나 "희망이라는 것을 생각한 나는 갑자기 무서워진다. 룬투가 향로와 촛대를 달라고 했을 때, 그는 오로지 우상을 숭배하는 인간이구나 하고 나는 속으로 그를 비웃는다. 그러나 지금 내가 말하는 희망 역시 내가 만들어낸 우상이 아닌가? 단지 그의 소망이 현실에 아주 가까운 것이라면, 나의 소망은 아득하다는 것뿐이다."[18]

16) 위의 책, 94쪽.
17) 위의 책, 94쪽.
18) 위의 책, 94쪽.

"나는 생각했다. 희망이란 본래 있다고도 할 수 없고, 없다고도 할 수 없다. 그것은 마치 땅 위의 길과 같은 것이다. 본래 땅 위에는 길이 없었다. 걸어가는 사람이 많아지면 그게 곧 길이 되는 것이다."[19]

## 사실과 기분

중국 현대 문학의 거인으로 불리는 작가 중에 마오둔[茅盾, 1896~1981]이 있습니다. 「고향」을 비롯한 여러 루쉰 작품들에 처음으로 비평을 쓴 중국인이기도 하지요. 작품이 발표된 1921년 그는 이런 평론을 내보냈습니다. 「고향」은 당시 인간관계에 대한 두 가지를 묘사했는데, 하나는 인간관계와 계급이라는 '사실'이고, 또 하나는 인간관계의 단절에 절망하는 '기분'이라고요. 여기서 '사실'은 객관적이고 '기분'은 주관적이지요. 이 두 가지가 동시에 「고향」을 형성한다는 것은 지극히 타당한 해석입니다. 루쉰에게 그 둘은 결코 분리될 수 없는 것이었으니까요. 그러나 이후 이 작품에 대한 해석은 사실과 기분 중 어느 하나를 강조하는 입장으로 나누어졌습니다. 그야말로 이데올로기적 분열이라고 할 수 있어요.

1930년대의 중국 문단은 둘로 갈라졌는데요. 이 중에서 혁명문학파와 같은 좌익은 사실을, 공산당 계열 우익은 기분을 중시했습니다. 전자는 곧 중국 대륙의, 후자는 대만의 입장이라고도 볼 수 있겠네요. 우리나라의 경우도 북한은 전자를, 남한은 후자를 따릅니다. 최근에는 한국에서도 '객관적 사실'을 중시하는 해석이 나오고 있기는 해요. 룬투의 "노예근성으로의 변모는 과거의 아름다운 세계를 파멸시킨 추악한 현실에 대하여 증오를 불러일으키게 하는 것"[20]이라는 식의 평가 말이지요. 물론 저는 이에 대해 과거

19) 위의 책, 95쪽.
20) 『노신의 문학과 사상』, 213쪽.

의 세상이라고 해서 과연 아름다웠을지 질문하고 싶지만 말입니다.

그런데 중국에서도 「고향」이 항상 대접을 받은 것은 아닙니다. 특히 1965년 이래의 문화대혁명[21] 때 「고향」은 엄청난 수난을 당해요. 대부분의 예술, 문학 작품이 홍위병에 의해 불살라지는 가운데 루쉰의 작품은 거의 유일하게 문화혁명 시기를 살아남았음에도 불구하고 말입니다. 하지만 과거 좌익이든 우익이든 무난하게 좋아했던 「고향」은 마지막까지 거부당해요. 위에서 요약한 바를 보아도 그 이유를 쉽게 짐작할 것입니다. 이 작품에서는 고향에 대한 나의 희망과 절망이 끝없이 교차됩니다. 그렇기에 마오쩌둥과 혁명에 대한 절대적인 신앙을 요구한 그 시대에는 허용될 수 없었던 거예요. 그러나 1976년 마오쩌둥이 죽은 후 「고향」은 애수와 향수를 품은 슬픈 이야기로 재해석됩니다. 그리고 '국민 문학'이 되지요. 지금 중국에서는 거의 아무도 자발적으로는 그의 소설을 읽지 않고 잡문만이 공산당을 비판할 출구로 받아들여진다는 것은 앞에서도 말했습니다. 그러나 저는 루쉰의 「고향」은 지금 중국의 현실에서도 충분히 공감되는 절망과 희망의 메시지를 준다고 생각합니다.

## 대만의 루쉰 콤플렉스와 홍콩의 루쉰 영화

대만에서는 국민당이 지배[22]한 1949년부터 1989년까지 루쉰의 책을 읽는

---

21) 1966년부터 마오쩌둥이 사망한 1976년까지 10년간 지속된 사회주의 운동. "낡은 것은 모조리 숙청하라"는 마오쩌둥의 구호 아래 대부분의 중국 청소년들은 홍위병이 되어서 중국 내 예술품과 문화재들을 남김없이 파괴하고 지식인들을 습격해 폭행했다. 이로 인해 중국의 산업, 과학, 기술과 교육은 돌이킬 수 없이 초토화되었으며 수많은 지식인들이 목숨을 잃었다. 지금도 중국이 경제력에 비해 대중문화의 질이 떨어지는 것은 당시의 후유증이 아직까지도 남아 있는 탓이라 볼 수 있다.

22) 1949년 국공내전의 결과로 장제스의 국민당이 마오쩌둥의 공산당에게 패배해 대만으로 쫓겨난다. 이때부터 중국은 흔히 우리가 중국으로 알고 있는 중화인민공화국과 대만이라고 불리는 중화민국으로 둘로 나뉜다. 대만은 국민당의 군부 독재 정권하에 있었는데, 장제스 총통은 계엄령을 내리고 강력한 반공정치를 펼쳤다. 그러다가 1990년대에 와서야 차츰차츰 민주주의가 세워지기 시작해 2000년에 민진당으로 정권이 넘어가며 독재가 막을 내렸다.

것이 철저하게 금지되었어요. 우리나라의 레드 콤플렉스[23] 같은 루쉰 콤플렉스가 있었기 때문입니다. 루쉰의 국민당 비판은 위험한 사상으로 취급되었습니다.

그 후 민주화가 도래하며 이러한 규제는 풀렸지만, 1990년대 들어 대만 아이덴티티[24]에 국민들의 관심이 집중되면서 중국에 대한 경계가 높아졌어요. 여전히 루쉰에 대한 대만 독자들의 흥미는 약한 편입니다. 말하자면 국가가 굳이 간섭하지도 않고, 자발적으로도 읽히지 않는다는 뜻입니다.

그에 비해 홍콩은 루쉰이 살아 있었을 때부터 깊은 관계를 맺었습니다. 그는 홍콩을 세 번 방문했어요. 그리고 영국 식민지로서 홍콩 사회가 기형적인 구조로 뒤틀린 것을 비판했습니다. 당시 영국 총독부는 중국의 5·4운동[25]이 홍콩 국민들을 자극할까 두려워 중국이 유교 등의 자국 문화를 보호하는 데 광분했습니다. 홍콩은 1941년부터 짧은 일본의 지배를 받다가 1945년 일본이 태평양전쟁에서 항복한 이후 다시 영국 식민령으로 돌아갔습니다. 그때 대륙의 공산당 정권을 피해 내려온 보수적인 지식인들이 전통적 중화 문화를 중시하는 보수주의를 정착시켰지요. 그러나 영국 총독부는 대만 국민당 정부와는 달리 대륙에서 들어온 사회주의 문화를 금지하지 않았고 루쉰을 비롯한 중국 작가들의 작품은 허용되었습니다.

---

23) 공산주의에 대해 과장된 두려움을 품는 것을 뜻한다. 독재정부 시절 남한에서는 한번 '빨갱이'로 낙인찍히면 다시는 정상적인 삶을 살 수 없도록 사회적으로 철저하게 매장되었다. 이러한 풍조는 언론도 일반 사람들도 조금이라도 공산주의와 관련되지 않도록 언행을 스스로 검열하는 결과를 낳았다. 또한 이는 권위적인 정권이 체제를 안정시키고 반대파를 탄압하는 수단으로 이용되기도 하였다.

24) 현재 중국과 대만은 서로를 정식 국가로 인정하고 있지 않다. 특히 대만이 실질적으로는 독립된 정부를 지닌 나라인데도 불구하고, 중국은 대만을 나라가 아닌 중국 내의 일개 지방으로 취급하고 있다. 이에 반발하여 1990년대부터 민진당과 그 지지자들은 중국을 정식적인 국가로 인정하되 대만도 하나의 국가로서 인정받고 중화민국으로서의 정체성을 찾자고 주장하고 있다. 대만 국민당과 중국은 이를 강하게 반대한다.

25) 1919년 5월 4일 중국 베이징에서 일어난 학생운동. 제1차 세계대전 후 파리 평화회의에서 강대국들의 입맛에 따라 중국에 대한 일본의 영향력이 확대되자 이에 반발해 시위가 벌어졌다. 이는 항일운동이자 반제국주의를 외친 운동이기도 하다.

특히 영화 산업이 번성한 홍콩에서는 루쉰의 여러 작품을 영화로 상영했습니다. 처음으로 스크린에 오른 것은 1957년 개봉한 「아Q정전」이었는데요. 이는 원작에 충실한 1981년의 중국 영화보다 진보적이라는 평가를 받았습니다. 예컨대 아Q가 사랑하는 여인이 중국 영화에서는 전통적인 중국 여성으로 그려진 것에 반해 홍콩 영화에서는 스스로 아Q를 갈망하는 적극적인 여성으로 그려진다는 식이지요. 1990년대에 들어서는 중국과 홍콩의 합작 영화가 붐을 이루면서 루쉰의 「검을 단련하는 이야기[鑄劍]」가 제작되었습니다. 당시 홍콩 측 감독은 「백사전(白蛇傳)」 등으로 대중적인 인지도를 얻은 쉬커[徐克, 1951~]였는데요. 루쉰의 원작에서는 소년이 잔인한 왕에게 복수를 하는 것으로 끝나지만, 영화에서는 다시 새로운 왕이 나타나 잔인한 독재정치를 하는 것으로 결말이 수정되었지요. 중국과 홍콩에서는 그 밖에도 루쉰의 「죽음을 슬퍼하며」, 「복을 비는 제사」, 「약」 등이 영화로 각색되었고 지금까지 나온 루쉰 원작 영화는 모두 8편에 이릅니다.

## 루쉰은 그 어떤 '주의자'로도 규정될 수 없다

루쉰의 작품에 담긴 권력 비판은 여전히 살아 있습니다. 중국이나 한국  일본  홍콩처럼 권위주의적인 정권을 겪었거나 겪고 있는 동아시아 나라들에서 특히 그렇지요. 그런데 학자들은 이를 논할 때 최대한 난해하고 거창하게 떠벌리는 것을 좋아하는 듯합니다. 각자 하는 말은 달라도 알아듣기 힘들다는 점은 똑같지요. 현대 중국에서 루쉰에 대해 쓴 글 하나를 검토해볼까요. 우리나라에서 나온 『투창과 비수』라는 루쉰 산문선집 서문에 인용된 첸리췬[錢理群]의 글인데요. 번역자에 의하면 "토를 달 것도 없이 그대로 인용할 만한" 글이라고 합니다. 첸리췬이 누군지는 전혀 소개되어 있지 않지만, 인용할 '기쁨을 만끽하기 위하여' 인용한다는 찬사까지 하는 것으로 보아 대단한 사람 같으므로 우리도 일단 같이 기쁨을 만끽하는 흉내라도 내 보지요. 이 글은 루쉰을 어떠어떠한 주의자로 설명합니다. 첫 문장의 물(物)도 비슷한 의미의 수식어로 볼 수 있고요.

> 중간물인가? 물론 그렇다. 그는 역사와 상대, 유한을 작가적으로 용감하게 선택했고, 그리하여 가치관 상으로 일련의 독창적인 선택과 자아 설계를 끌어냈으며, 그리하여 "궁극에 대해 관심을 갖지 않는" 일종의 가상을 사람들에게 제공해주었다.
> 그러나 사실상, 모순의 다른 일단은 언제나 그의 심리의 스크린 위에서 사라지지 않았다. 그가 '중간'을 자각한 바로 그 때문에, 그는 습관적으로 일체의 중간 고리에 대해 쉼 없이 질문하고 회의했으며, 그 때문에 그는 인간의 존재 상황에 대하여 항상 종교에 가까운 정서 체험과 본체적 관심 속에 처해 있었고, 그리하여 중간은 곧장 무한에 통했으며, 그리하여 그의 시화(詩化)된 철학이 생겨났다.[26]

위 글이 무슨 소린지 이해되세요? 저는 솔직히 하나도 모르겠습니다. 그러므로 하나씩 토를 좀 달아보기로 할게요. 우선 루쉰이 중간물이라니 도대체 무슨 뜻일까요? 그가 봉건과 혁명 사이의 중간자였다는 말일까요? 그러나 위 문단만 보면 이 단어를 무슨 의미로 사용했는지를 도무지 알 수가 없습니다.

이어서 둘째로, 인용문은 루쉰 사상은 '반전통'이라고 하면서도 "독해의 오류를 적절히 극복하기만 하면 유도(儒道)로 대표되는 중화 민족의 가장 우수한 기질과 지혜가 그의 새로운 가치 위에서 되살아나는 것을 어렵지 않

---

26) 『투창과 비수』, 17~18쪽.

게 발견할 수 있다"고 했습니다. 그러나 저는 루쉰의 글에서 유도는 물론이고 중국 전통 전반에 대한 철저한 부정을 보았을 뿐입니다. 물론 첸리췬에 의하면 저는 '독해의 오류'를 범한 것이겠지요. 그렇지만 솔직히 말해 아무리 읽고 또 읽어도 루쉰은 유도를 부정했습니다. 루쉰은 그런 '독해의 오류'를 범할 수 있는 글쓰기를 철저히 경계한 사람입니다. 따라서 저는 그의 글을 그대로 독해한다면 오류에 빠질 가능성이 없다고 믿어요. 앞에서도 말했고 계속해서 확인할 것이지만 루쉰의 글은 전혀 난해하지 않고 명료했습니다. 위의 글이 지독히도 난해한 것과는 정반대로요.

셋째, 첸리췬은 루쉰을 '계몽주의'와 관련이 있다고 했습니다. 그러면서 "'데모크라시, 사이언스' 두 선생은 그가 추궁하거나 비난한 대상이기도 했다. 심지어는 그의 저작에서 '민주' 같은 말을 찾아보기도 극히 어렵다. 그것은 그의 한계인가 그의 천재인가? 좀 더 논의되어야 할 것이다"[27]라고 했습니다. 그러나 저는 이에 대해서는 더 논의될 필요가 없다고 생각합니다. 이미 분명한 답이 나와 있거든요. 루쉰이 초기 글에서 서양주의자들이 의회제나 군사력 및 물질주의를 강조한 점에 대해 비판적인 입장을 취하는 한편, '민주'에 대해 별 언급을 하지 않았음은 사실입니다. 하지만 그는 사상·언론·출판·집회의 자유 등을 포함한 인권을 누구보다도 중시했고 민중의 저항권까지 승인했습니다. 그가 민주적 가치를 소중히 여겼음을 저는 자신 있게 말할 수 있습니다. 또한 과학에 대해서도 그는 철저한 진화론자였고 미신을 배척했으며 유교나 도교는 물론 불교를 포함한 그 어떤 종교도 믿지 않았습니다. 물론 20대의 루쉰이 극단적인 서양주의자에 맞서 중국의 미신이나 불교에 대해서도 어느 정도 가치가 있다고 본 적은 있었습니다. 그러나

---

27) 위의 책, 18쪽.

이는 20대 초기의 낭만적인 생각에 불과했어요. 대신 그의 후기 글을 읽어 보면 그가 중국의 전통을 철저히 부정했음을 알 수 있습니다. 한편 초기에 불신했던 중국 전통 의학에 대해서는 후기에 이를 민중의 경험에 의한 지혜라고 보며 긍정하는 경향으로 돌아서기도 합니다만, 기본적으로는 그것 역시 불신했습니다.

넷째, 첸리췬은 루쉰이 '비이성주의'[28]에 물들었다고 보았습니다. 루쉰이 니체, 쇼펜하우어, 베르그송 등 서양 비이성주의 철학자들의 영향을 받았으나, 그들보다는 이성적이었다는 것입니다. 그러나 제가 보기에 루쉰은 청춘의 열병처럼 젊은 시절 그들의 책을 읽고 공감한 적도 있으나, 비이성과는 전혀 무관했습니다. 오히려 그는 평생 이성과 합리, 그리고 논리를 믿은 계몽주의자였습니다.

다섯째, 첸리췬은 루쉰을 '실존주의자'[29]로 불렀습니다. 즉 하이데거, 사르트르, 카뮈 등과 통하는 '혐오', '공포', '고독'의 정서가 루쉰에게도 있다고 한 것입니다. 하지만 저는 루쉰이 이와도 무관하다고 생각합니다. 우선 '고독'을 논한다고 모두 실존주의자는 아니며 최소한 루쉰은 살아 있을 때 실존주의를 몰랐기 때문입니다. 물론 그도 니체 등을 읽긴 했지만 실존주의자로서는 아니었습니다.

여섯째, 첸리췬은 루쉰을 '계급투쟁의 전사'라고 했습니다. 루쉰이 노년에 민중 중심의 계급투쟁을 주장한 것은 사실입니다. 하지만 이는 그의 생

---

28) 서양 철학의 한 사조로 이성주의 합리주의와는 대립하는 입장이다. 이 세상은 부조리하고 혼돈스럽기 때문에 이성적으로 파악할 수 없다는 인식을 바탕으로 한다. 또한 그동안 이성 중심적 철학에서 경시되었던 직관이나 본능을 중시한다.

29) 역시 20세기를 통틀어 기존 합리주의 사조에 반발하여 일어난 사상이다. 대표적인 실존주의자로는 하이데거, 사르트르, 카뮈 등이 있으나, 같은 실존주의의 범주 안에 묶여도 각 철학자들의 사상은 크게 다르기 때문에 정확하게 정의내리기는 어렵다. 그래도 간략히 설명하자면 사르트르의 '실존은 본질에 앞선다'는 문구를 들 수 있는데, 이는 인간은 의자나 책상 같은 도구와는 달리 딱히 특정한 본질을 갖고 태어난 것이 아니라는 뜻으로 해석할 수 있다. 또한 실존주의자들은 객관성보다는 주관성을 강조하였다.

애 당시의 중국 공산당이나 마르크스주의자가 말하는 의미의 교조적 계급 투쟁을 말한 것이 아님을 주의할 필요가 있습니다. 이에 대해 첸리췬은 이렇게 말했습니다. 루쉰이 "동시에, 휴머니즘적 감정을 애용했고, 폭력으로써 폭력을 대체하는 구식 반역과 톨스토이를 '비열'하다고 생각하는 신식 혁명을 거부했다"고요. 이 말도 너무 복잡해서 무슨 의미인지 파악하기가 어렵습니다만, 그 점에 대해서는 아래에서 좀 더 살펴보도록 합시다. 다만 그가 진정한 의미의 '계급투쟁의 전사'였음은 저도 인정하는 바입니다.

마지막으로 첸리췬은 루쉰을 "휴머니스트인가? 개성주의자인가? …그렇다. 그러나 또한 전적으로 그렇지는 않다"고 평했습니다. 여기서 언급된 휴머니즘과 개성주의란 용어는 한 가지 의미로 딱 떨어지지가 않습니다. 어쩌면 중국에서 나름대로 통용되는 고유명사일지도 모르지요. 이를 테면 작가가 인류를 구원할 책임을 져야 한다고 보는 것이 '휴머니즘'이고 그 책임을 포기하는 것이 '개인주의'[30]라고 하듯이 말입니다.[31] 여하튼 우리나라나 어디에서나 그 뜻은 다양할 수 있으므로 여기서 더 언급하는 것은 의미가 없어 보입니다. 어쨌거나 첸리췬은 이러한 상호 대립을 '중국 역사의 교차하는 문화 사상적 갈등'에 대해 루쉰이 '독특한 기호체계와 인격적 실천을 통해 응답'한 결과로 보았는데 위 글의 한국 인용자는 '일리 있는 해석'이라고 했습니다.[32] 그러나 저는 '일리'가 별로 없다고 여깁니다. 루쉰은 중국 역사에서 계급적 갈등은 열심히 발견해냈지만 '문화 사상적 갈등'에 대해서는 생각할 가치도 없는 것으로 보았기 때문입니다. 게다가 저는 기호체계 운운하는 기호학적 설명에도 저항감을 느낍니다.

---

30) 위 번역에서는 개성주의라고 표기되어 있다. 하지만 개성주의라는 말은 나로서는 처음 듣는 단어임으로 원뜻은 개인주의가 아닐지도 모른다는 점에 양해를 구한다.

31) 예컨대 『인간 루쉰』, 127쪽 이하.

32) 『투창과 비수』, 19쪽.

여하튼 위 글을 인용한 이들은 첸리췬처럼 루쉰을 대립만으로 보아서는 안 된다고 주장했습니다. 이들은 대신 두 가지 견해를 제시했는데요. 먼저 다케우치 요시미가 말한 '무(無)'로서의 해석입니다. 그리고 이에 대한 불만으로 왕후이[王暉]는 루쉰을 '절망에 대한 반항'으로 보았다고 했고요. 그런데 인용자들은 후자는 "희망과 절망의 대립이라는 측면에 적용해볼 때 …설득력을 잃는다"고 말했습니다. 반면 다케우치 요시미가 말한 것이 "사태의 복잡성을 손상시키지 않는다는 점에서 차라리 설득력이 있다"라고 평했지요.[33] 이 설명 역시 너무 난해해서 무슨 소리인지 제대로 읽히지가 않아요. 루쉰이 '절망에 대한 반항'을 추구했고 그로부터 희망을 찾으려 했음은 사실입니다. 따라서 왕후이의 견해가 전혀 설득력이 없는 건 아닙니다. 오히려 다케우치 요시미가 추상적으로 '무'라고 한 것은 도대체 어떤 의미인지 감이 잡히지가 않습니다. 또한 그것이 '사태의 복잡성'과 무슨 상관이 있다는 것인지도 이해할 수 없고요. 그저 '무'로 돌리면 모든 것이 간단해진다는 뜻일까요?

위의 인용자들은 다케우치 요시미가 특히 중시하는 『들풀』을 도리어 예외적인 작품이라고 보고 루쉰의 대립을 상호 해체 작용을 하는 것으로 보았습니다.[34] 이것은 또 무슨 말일까요? 예를 들어 대립관계에 놓인 희망과 절망이 어떻게 서로 해체 작용을 한다는 말일까요? 또는 다른 대립관계에 있는 도시와 농촌은 어떻게 서로를 해체할 수 있을까요? 여하튼 결론은 도무지 무슨 소리인지 저도 도저히 모르겠다는 겁니다.

---

33) 위의 책, 20쪽.
34) 위의 책, 20~21쪽.

## 자유인 루쉰

제가 이 책을 쓰고자 마음먹은 것은 전인초, 유중하, 송영배 등이 집필해 1999년에 출간된 『민족혼으로 살다-루쉰 그 위대한 발자취를 찾아』라는 책을 읽고서입니다. 그러나 '민족혼'이니 '위대'니 하는 꾸밈말들에 동의해서가 아니라 도리어 그 말들에 저항감을 느꼈기 때문이에요.

'민족혼'이란 루쉰의 장례식에서 사용된 명정(銘旌)[35]에 쓰였던 말인데요. 위 저자들은 이를 루쉰의 삶을 상징하는 것으로 본 듯합니다. 즉 그를 민족주의자로 여겼다는 소리지요. 이 점에 대해 저는 좀 생각이 다릅니다. 루쉰이 죽은 1936년의 중국은 매우 어려운 상황이었습니다. 일본이 만주를 침략한 지 5년밖에 되지 않았고 바로 다음 해에는 난징대학살이 벌어졌지요. 그런 상황에서 루쉰의 죽음은 중국인을 하나로 모으는 계기가 되었습니다. 그래서 '민족혼'이라는 명정을 쓴 점도 이해할 수 있습니다. 하지만 루쉰이 과연 민족주의자였을까요? 글쎄요. 제가 던진 질문이지만 좀 어리석은 물음 같네요. 루쉰을 반민족주의자라고 할 수는 없습니다. 그렇지만 결코 민족주의자라고만 규정할 수도 없어요. 민족주의라는 말은 여러 가지 의미가 있습니다. 그런데 적어도 그는 중국 전통주의자라는 의미에서 민족주의자는 아니었습니다. 중국 전통, 특히 유교를 철저히 부정했기 때문입니다. 나아가 그는 민족문학자를 비롯한 국수주의자를 경멸했습니다.

루쉰은 애국자였을까요? 이 물음에 대해서도 저는 긍정할 자신이 없습니다. 그가 중국 민족을 사랑한 것은 사실입니다. 그러나 '중국 민족'이라는 말은 "자신이 살았던 곳의 사람들"이라고 옮기는 편이 낫습니다. 그는 '중국'에도 '민족'에도 특별한 의미를 부여하지 않았기 때문입니다. 심지어 국

---

35) 중국이나 한국에서 장사지낼 때 상여를 이끌던 깃발. 죽은 사람이 누군지 알리기 위해 이름과 관직 혹은 생전 업적 등을 적어놓는다.

48

가라는 관념도 부정했습니다. 중국의 개혁은 인류 진보의 경험이 되나, 중국이 멸망한다 해도 역시 인류 진보의 경험이 될 거라고 주장하기도 했어요. 국민이 생존할 수 없다는 바로 그 점이 인류에게 진보의 이유가 된다는 이유에서였습니다.[36] 루쉰은 죽기 3년 전, 사회주의에 관심을 가진 1933년에 다음과 같이 썼습니다.

> 붓과 혀를 동원하여, 이민족의 노예로 전락하였을 때의 고통을 사람들에게 알려주는 것은 물론 옳은 일이다. 그러나 여기에는 아주 주의해야 할 게 있다. 사람들이 그런 괴로움을 듣고 읽으며 결코 이런 결론을 내리게 해서는 안 된다. "그래, 그래도 우리처럼 자기 나라 사람의 노예가 되는 편이 훨씬 나아."

꼭 그런 극단적인 의미가 아니라고 하더라도 제가 그동안 읽어온 루쉰의 글에서 저는 그를 민족주의자라고 볼 근거를 찾지 못했습니다. 그가 국제어인 에스페란토[37] 운동에 깊이 관련되었음은 널리 알려진 사실이고 그런 의미에서 그는 세계주의자였습니다.

그런데도 루쉰은 사후 민족주의자로 받들어지고 마오쩌둥의 공산당 정권이 수립된 이후에는 사회주의자로 추앙되었지요. 그러나 그는 죽기까지 민족의 이름 아래 행해지는 모든 국수적 전통 부활을 철저히 부정했고, 교조적인 혁명문학에 반대했습니다.

저는 루쉰을 그 어떤 '주의자'로 보는 것이 싫다고 이미 여러 번 말했습니

---

36) 1918년 8월 24일 許壽裳에게 보낸 편지, 『魯迅書信集』上, 18쪽.
37) 1887년에 폴란드의 안과의사인 자멘호프 박사가 발표한 국제 공용어. 그는 세계 모든 사람이 쉽게 배울 수 있는 언어가 있다면 세계 평화에 도움이 될 것이라는 취지로 이를 만들었다. 1908년에 국제 에스페란토협회가 설립된 후 83개의 회원국이 이에 가입하였고 이후 매년 한 번씩 세계 대회가 열리고 있다.

다. 루쉰 자신은 그 어떤 이념이나 대의도 거부했기 때문입니다. 따라서 그는 '영원한 비판자', '영원한 회의가', '영원한 자유인'인 지식인입니다. 그렇기에 제가 지금 그를 이야기하는 것이지 결코 민족주의나 다른 사상 때문이 아닙니다.

# 일본 사람들의 루쉰 이해

루쉰은 젊은 시절 일본에 7년간 유학했고, 일본에서 문학을 시작했으며, 평생 여러 일본인과 가깝게 지냈습니다. 그는 직접 자기 작품을 일본어로 번역해 일본 잡지에 싣기도 했고, 일본 작품을 중국어로 번역하기도 했어요. 물론 그 자신도 일본 책을 많이 읽었습니다. 한편 1920년대의 일본 좌익문학역시 루쉰을 비롯한 중국 좌익작가들을 집중적으로 소개했지요. 따라서 그는 식민지 조선보다 식민 지배를 저지른 일본과 더욱 친밀했습니다.

일본어로 처음 번역된 루쉰 작품은 그의 동생 저우쭤런[周作人, 1885~1967]이 번역한 「쿵이지」입니다. 저우쭤런 역시 일본에 5년간 유학하여 일본어에 능통했는데요. 당시 동아시아에서는 일본이 문화 선진국이었고, 문학에 대한 관심 역시 가장 높았으니 일본어로 소개할 필요가 있다고 여겼겠지요. 루쉰의 작품이 최초로 게재된 잡지는 베이징에서 발간된 일본어 주간지《베이징주보》1922년 6월 4일 호(제19호)입니다. 그 잡지는 뒷날에 루쉰이직접 번역한 「토끼와 고양이」와 루쉰의 인터뷰 기사를 싣기도 했지요. 잡지의 주요 독자는 당시 베이징에 살던 약 1천5백 명의 일본인이었습니다. 루쉰형제가 각각 7년간, 5년간 일본에 유학했다는 사실 외에 저우쭤런과 그 동생인 저우젠런[周建人, 1888~1984]이 일본인 자매와 결혼했다는 점에서도루쉰 일가는 일본과 뗄 수 없는 관계에 있었습니다. 3형제가 베이징에 함께살던 시절, 그들은 날마다 일본의 신문과 잡지를 읽었고, 일상의 대화도 일본어로 하는 경우가 많았습니다.

루쉰이 처음으로 번역한 일본 작품은 1920년 무샤노코우지 사네아츠[武

者小路實篤, 1885~1967]의 반전 희곡 「어느 청년의 꿈」이었습니다. 무샤노코우지는 국가와 사유재산을 부정하는 공동체운동을 실천한 아나키즘 경향의 작가로서 당시 중국에서 가장 널리 읽혔어요. 특히 저우쭤런은 무샤노코우지의 공동체를 방문하고 그 베이징 지부를 설립하기도 했습니다. 한편 무샤노코우지도 자신이 편집하는 잡지 《대조화》에 루쉰의 「고향」을 번역하여 실었습니다. 이는 일본인에 의한 최초의 번역이었으나, 조선보다 2개월 뒤처졌다는 것은 앞에서 이미 말했지요.

그 후 루쉰은 주로 일본 좌익작가들에 의해 소개되었지만, 그 수준은 얕고 부정확한 것이었습니다. 그렇다 해도 루쉰의 작품은 그가 죽기 전까지 계속 일본어로 번역되었습니다. 세계 모든 문학을 번역해 들여오는 일본이지만 루쉰이 죽은 1936년에 무려 7권이나 되는 그의 전집이 발간되었다는 것은 놀라운 사실이에요. 1950년대에는 『노신 작품집』 3권, 그리고 13권의 『노신선집』이 간행되었습니다. 이 책들은 후일 우리나라에 중역되어 들어오기도 했지요. 그 후 1980년대에 새롭게 간행된 전집은 20권에 이릅니다. 동시에 우리나라에도 번역된 것을 포함하여 여러 연구서나 평전이 출간되었고, 관련 논문이나 글은 그 수를 헤아리기 힘들 정도입니다. 심지어 중학교 교과서에도 「고향」이 1950년대부터 실렸습니다. 따라서 일본인의 루쉰 열기는 한국은 물론 중국에서보다 강하다고 할 수 있습니다.

일본에서의 루쉰 연구자로서 특기할 만한 사람은 『노신 작품집』과 『노신선집』의 번역자인 다케우치 요시미입니다. 그는 단순히 루쉰을 소개했을 뿐만 아니라 루쉰을 통해 일본을 비판한 점에서 특이한 존재였습니다. 이에 비해 한국에서는 일제강점기 때의 이육사를 제외하면 루쉰을 통해 조국을 비판하고자 하는 노력은 거의 볼 수 없지요.

제2장
# 성장과 모색
## (1881~1908)

# 루쉰의 고향

## 애증(愛憎)의 장소 사오싱

누구에게나 그렇듯이 루쉰에게도 고향은 중요했습니다. 그러나 그것은 어느 한 지역으로서가 아니라 민중이 더불어 살아가는 장소로서의 의미였어요. 자전적인 작품인 「고향」도 아름다운 고향의 모습이 아닌, 계급 때문에 갈등하는 사람들의 모습을 그렸잖아요. 루쉰은 지식인의 자식으로 태어났습니다. 덕분에 계급적 차이를 직접 경험할 수 있었지요. 「고향」에 잘 드러나듯이요. 어린 시절 친구와 소작인 대 주인으로 다시 만나는 건 그의 실제 삶에서도 있었던 일이거든요. 그러나 루쉰은 끝까지 주인으로 남지도 못했습니다. 집안이 유복했던 한때 고향은 그에게 안식처였으나, 철들 무렵 그의 집안이 몰락하면서부터는 그를 구박하는 곳으로 변해버리죠. 그가 어른이 되어서 고향을 미워하게 된 배경입니다.

루쉰은 1881년 9월 25일, 저장성[浙江省]의 사오싱[紹興][1]에서 태어났습니다.[2] 이곳은 물이 많은 아름다운 도시인데요. 동양의 베네치아 같은 느낌을 줍니다. 저장성은 그 넓이나 인구가 지금 남한과 비슷하고 산지가 70퍼센트나 되는 점도 유사합니다. 저장성의 수도인 항저우는 옛날 남송(南宋)의

---

1) 사오싱은 상하이에서 260킬로미터 정도 떨어진 곳인데, 상하이에서 기차를 타고 몇 시간 동안 저장성의 성도(省都)인 항저우[杭州]로 가서, 다시 기차나 버스를 갈아타고 동남쪽으로 고속도로를 1시간쯤 달리면 도착한다. 지금 상하이에서 항저우는 고속철도로 3시간, 보통 철도나 버스로도 반나절이면 닿는 거리이다. 하지만 루쉰이 고향에서 살았을 때는 기차도 버스도 없어서 뱃길로 3박 4일이나 걸렸다. 상하이-항저우 철로는 1909년에, 항저우-사오싱 철로는 1914년에 개통되었기 때문이다.

2) 사오싱은 중국의 24개 역사 문화 도시의 하나로 유서 깊은 곳이고, 우리나라에서 출간된 관광 가이드는 이 점을 상세하게 설명한다. 하지만 루쉰에게 그런 것은 전혀 중요하지 않았던 듯하다. 그는 고향의 내력을 자랑한 적이 없기 때문이다. 따라서 이 책에서도 이곳의 배경에 대해서는 길게 말하지 않겠다.

**루쉰의 고향 사오싱**
사오싱은 물이 많은 아름다운 소도시이다.

수도로 사적이 많은 곳이기도 했고 사오싱은 닝보[寧波]와 함께 곡창지대
로 유명했어요.

　사오싱은 루쉰 초기 작품의 무대로 자주 등장할 뿐만 아니라 소설 속
인물을 제공해주었습니다. 예컨대 「광인일기」의 쉬시린[徐錫林]과 「약」에
등장하는 시아위[夏瑜]의 모델은 이곳 출신의 여성 혁명가 치우쩐[秋瑾,
1875~1907]입니다. 그녀는 루쉰보다 여섯 살이 많았는데, 그녀가 태어난 집
은 루쉰의 생가와 가까웠으므로 어릴 적 서로 아는 사이였을지도 모르겠어
요. 1904년, 그녀는 루쉰보다 2년 늦게 일본으로 유학을 가서 광복회와 중

루쉰이 태어난 집의 외관 　　　　　　　　　　백초원

국동맹회에 참가해 여성 혁명가로 이름을 떨쳤습니다. 그러다가 1906년 일
본 정부가 중국 유학생에 대한 규제법을 제정하자 이에 항의하여 귀국했지
요. 당시 루쉰은 그 집단 귀국에 반대하다가 그녀로부터 조직적인 사형 선
고를 받기도 했습니다. 그녀는 1907년 사오싱에서 학교를 열고 비밀결사와
군사봉기를 계획하다가 광복회 쉬시린[徐錫麟, 1873~1907]의 봉기 실패에
연루되어 처형당했는데요. 당시 일본에 머물던 루쉰은 그녀의 처형 소식을
듣고 몹시 자책했다고 합니다.

　또한 「고향」에 나오는 룬투[閏土]는 루쉰의 저택에 고용된 사람의 아들이
었습니다. 소설 「쿵이지」와 「내일」의 배경이 된 함형주점(咸亨酒店)은 본래 초
라한 술집이었대요. 지금 남아 있는 것은 1919년에 중건된 건물로 규모가 매
우 큽니다. 그러나 무엇보다 눈여겨볼 만한 점은 「아Q정전」에 나오는 미장(未
壯) 마을이 바로 사오싱이란 것입니다. 소설에 나오는 사당이나 암자 같은 곳
도 루쉰이 살았을 때 실제로 있던 장소들이고요. 지금 그곳은 루쉰의 고향이
라는 점을 홍보 요소로 내세우고 있습니다. 광장과 길, 그리고 소학교[3]와 중

---

3) 대한민국의 초등학교에 해당한다.

학교에도 그의 이름이 붙어 있고, 루쉰의 생가도 보존되어 있으며, 그 옆에는 사오싱 루쉰 기념관이 있습니다. 루쉰은 자신이 죽고 난 뒤 기념사업을 하지 말라는 유언을 남겼는데요. 이를 후대 사람들이 어긴 셈입니다.

여하튼 루쉰이 살던 집을 둘러볼까요. 거대한 대문을 지나 루쉰이 태어난 방을 들여다보면 꽤 사치스러운 생활을 했음을 알 수 있습니다. 지금의 중국 서민들조차 상상할 수 없을 정도로 화려해요. 그러니 1881년 기준의 서민들 집과는 천양지차겠지요. 대부분의 책들이 그의 집을 상세히 소개하지만, 제가 루쉰의 고향 집에 대해 설명할 것은 이 점밖에 없습니다.[4]

이 저택은 루쉰이 1898년 난징으로 떠나기 전 초기 27년, 그리고 1909년 일본 유학에서 돌아온 28세부터 31세가 되는 1912년 베이징에 가기까지 3년을 살았던 곳입니다. 부잣집답게 '백초원(百草園)'이라 불린 거대한 정원이 딸려 있었지요. 어린 시절 루쉰은 그곳에서 마음껏 뛰어놀며 꽃의 아름다움에 경탄했을 것입니다. 꽃 가꾸기는 그가 평생 계속한 취미였답니다. 그래서 어린 시절부터 죽을 때까지 꽃 가꾸기에 대한 수많은 책을 읽었다고 해요. 『화경(華鏡)』도 그중 하나입니다.

## 루쉰의 부모는 어떤 사람들이었을까?

우리나라에서 나온 루쉰에 관한 책들엔 공통점이 있습니다. 그의 집안에 대해 굉장히 자세하게 설명한다는 거예요. 몇 대 조의 조상에 대한 족보 해설까지 덧붙여서요. 그렇지만 이러한 집안 자랑은 정작 루쉰 자신에게는 별로 의미가 없었습니다. 독자가 그의 삶이나 사상을 따라가는 데에도 별로

---

4) 주정, 『루쉰 평전』, 19쪽에서는 루쉰의 할아버지가 남긴 네댓 무(畝)로 소작을 놓아 입을 걱정 먹을 걱정 하지 않았다고 하는데, 1무는 200평 정도여서 네댓 무로 풍족한 생활이 가능했을지 의문이다. 루쉰은 『저자 자서 전략(著者自敍傳略)』에서 자기 집에는 40~50무의 논이 있었다고 했다.

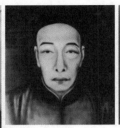

◀ 루쉰의 조부모
루쉰의 할아버지는 1871년 과거에 합격하여 진사가 되고,
지방 도지사를 지낸 뒤 베이징에서 고관을 역임했다.
그야말로 사대부 중에서도 사대부,
한마디로 뼈대 있는 집안이라 할 수 있다.

▲ 루쉰의 아버지와 어머니

　도움이 되지 않고요. 따라서 이 책에선 그의 성장 배경을 이해하는 데 필요한 설명만 간단히 하겠습니다.

　루쉰의 집안은 봉건 사대부로서 본래 사오싱 시내에 모여 살았습니다. 그러나 그가 태어날 무렵에는 가세가 기울어 뿔뿔이 흩어졌지요. 이는 그의 집안만이 아니라 중국의 사대부 계층이 몰락한 시대적 현상이었습니다. 그러나 사대부는 쇠락해도 역시 사대부인가 봅니다. 늙고 젊은 두 아내를 거느린 루쉰 할아버지의 위풍당당한 모습을 보세요. '위대한' 루쉰의 '위대한' 조상이 아닌, 망하기 직전에도 온갖 위엄을 부렸던 전통 사대부의 모습이 이런 것일까요?

　루쉰의 아버지는 과거의 예비시험에 합격한 생원이었으나, 본시험에서 떨어져 벼슬을 얻지는 못했습니다. 그는 하는 일 없이 집에서 빌빌거리는 병약한 사람으로 기억된 듯해요. 이러한 봉건 지식인의 모습은 루쉰의 초기 소설에도 등장합니다. 예컨대 소설 「쿵이지」나 「흰 빛」의 주인공들이 그렇죠. 그에게 아버지란 몰락한 봉건 지식인 이상도 이하도 아니었습니다. 물론 과거의 예비시험에 합격했다는 것만으로도 당시에는 대단한 일이었습니다. 당시 생원(生員)은 수재(秀才)라고도 불렸고요. 과거의 본시험인 향시(鄕試)에 합격하면 거인(擧人)이 되었습니다. 향시는 3년에 한 번씩 성도(省都)에서 치렀는데요. 수도인 베이징에서 회시(會試), 전시(殿試)를 합격하면 진사(進士)가 되었습니다. 거인만 되어도 그 위세가 대단했음을 우리는 「아Q정전」의 아Q가 거인 집에서 일한다는 이유만으로 마을 사람들에게 으스대던 모습을 보고 알 수 있어요. 조씨 집을 보아도 그렇습니다. 생원일 뿐인데도 굉장한 존경의 대상이 되잖아요? 루쉰이 비판적으로 묘사하는 조씨는 어쩌면 그의 아버지의 모습일지도 모르겠어요. 생원이었던 루쉰의 아버지 역시 그것만으로도 꽤 자랑스러워했나 봅니다. 그러나 실제로 루쉰의 아버지는 정부의 고관이었던 자신의 아버지에 비해 정작 자신은 진사가 되지 못한 점을 부끄러워하면서 평생 열등감 속에 살았다고 합니다. 그러다가 결국 집안이 완전히 쇠락한 후, 10대에 불과했던 어린 루쉰을 남기고 병에 걸려 죽고 말아요.

그에 비해 30대에 과부가 된 어머니는 루쉰보다 오래 살았습니다. 그녀도 사대부 집안 출신이었으나 배움의 기회를 얻지는 못했어요. 당시 여성에게는 글을 아는 것조차 허락되지 않았거든요. 그렇지만 루쉰의 어머니는 자식이 공부하는 것을 곁에서 듣고 혼자서 문자를 익혔어요. 그래서 문학작품을 읽고, 매일 신문까지 보면서 군벌을 비판할 정도로 지식을 키웠습니다. 비록 루쉰의 작품에 대해서는 전혀 흥미를 품지 못했지만요. 루쉰의 어머니가 강한 의지의 소유자임은 여러 가지 일화에서 드러나는데요. 청나라 말기에 전족 반대운동이 시작되자 그녀는 스스로 전족(纏足)을 풀었고, 1926년 베이징에서 루쉰을 따르는 여학생들이 단발을 제창하자 손수 자신의 머리카락을 잘랐습니다. 또한 손님 맞기를 좋아하여 루쉰의 동료에게도 언제나 식사를 제공했다고 해요. 루쉰은 어머니에게 효성이 지극하여 도쿄에서 혁명당으로부터 요인 암살을 지시받았을 때 자신이 죽으면 누가 어머니를 돌볼 것인가를 질문했을 정도였습니다. 훗날 필명으로 쓰게 되는 루쉰의 '루'는 어머니의 성을 따른 것인데요. 그가 아버지보다 어머니를 더 좋아했으리라 짐작되는 부분입니다.[5] 그의 본명은 저우수런[周樹人]이지만 37세에 「광인일기」를 발표하면서 루쉰이라는 필명을 사용했어요. 그 뒤 140여 개의 필명을 사용했지만 가장 유명한 게 루쉰이지요.[6]

## 중근 근대사에 이름을 남긴 루쉰의 형제들

루쉰은 5남매 중 장남이었습니다. 동생으로 차남 저우쭤런과 누이, 삼남 저우젠런이 있는데, 사남이 요절한 탓에 4남매만 남았지요. 차남 저우쭤런[周作人, 1885~1967]은 훗날 저명한 문인이 되어 베이징대학교 교수를 지내요. 삼남 저우젠런[周建人, 1888~1984]은 중국공산당 중앙위원에 오르고요. 장남, 차남, 삼남 모두 중국 근대사에 그 이름을 남겼기에 이들을 흔히 주씨 3형제라고 일컫습니다.

차남 저우쭤런은 강남수사학당을 졸업했습니다. 큰형 루쉰이 다니던 학교였지요. 그러다 루쉰이 결혼하기 위해 일시 귀국했던 1906년, 큰형을 따라 도쿄에 유학을 가서 희랍어와 영문학을 공부했는데요. 거기서 하숙집 딸인 일본인 여성과 눈이 맞아 결혼식을 올립니다. 1911년부터 그는 베이징대학교 교수로서 루쉰과 함께 문학혁명에 참여해요. 그러나 1923년, 자신의 아내로 인해 형과 갈등의 골이 깊어진 저우쭤런은 결국 루쉰과 의절하고 맙

---

5) 이에 대해 루쉰이 청년시절에 애독한 투르게네프의 소설 『루딘』의 주인공 이름을 땄다고 보는 견해도 있다.
6) 주정, 『루쉰 평전』, 18쪽에서는 '수인'을 17세부터 사용한 가명이라고 하나 의문이다.

**강남수사학당**
루쉰과 저우쩌런이 다닌 학교이다.

니다. 그 후 저우쩌런은 중·일전쟁 때 일본이 점령한 베이징에서 문교부장
관을 지내다가 국민당에 의해 10년 형을 선고받습니다. 1949년 중화인민공
화국이 수립되자 석방되어 번역 등에 종사했으나, 문화대혁명 때에 홍위병
에게 폭행당해 숨을 거두지요.

한편 저우젠런은 루쉰으로부터 생물학을 배우고 여자사범학교의 교원이
되었습니다. 이후 그는 형수의 동생과 결혼했으나, 상하이에서 다른 중국 여
성과 동거했습니다. 루쉰은 그들에게 경제적 원조를 해주었고요.

## 어린 루쉰, 공상에 빠지다

루쉰은 6살부터 친척인 수재가 가르치는 서당에 다녔습니다. 그곳에서 『논
어』, 『맹자』, 『사서』, 『오경』과 같은 전통 학문을 익혔지요. 동시에 그는 『산
해경(山海經)』을 비롯한 소위 잡학이나 『홍루몽』, 『수호전』 같은 소설에도
관심을 가졌어요. 이는 훗날 그가 평생을 바친 고전 연구의 밑거름이 되었
지요. 또한 어린 루쉰은 그림책 읽기와 베끼기,[7] 연극 보기를 좋아했습니다.
그가 특히 애착을 품은 것은 기괴한 공상으로 가득한 지리서인 『산해경』이

---

7) 이런 취미를 두고 왕스징(『루쉰 전』, 28쪽)은 '꼬마 화가'라고 하나 중국인다운 심한 과장이라고 볼 수 있을
   것이다.

**쥐들의 결혼식**

었는데요. 이를 회고하며 1926년에 「아장과 '산해경'」이라는 글을 쓰기도 했지요. 아장(阿長)은 그 책을 구해준 하녀 이름입니다.[8] 루쉰은 『산해경』을 '최초의 장서인 동시에 귀중본'으로 회상했는데요.[9] 전통 학문에서 벗어난 공부를 스스로 찾아 즐겼다는 점만 보아도 루쉰은 개성을 존중하며 발전해 나갈 자질이 충분한 것으로 보여요. 예나 지금이나 교과서에 사로잡힌 아이는 결코 개성을 찾지 못하니까요. 우리나라의 교육 시스템도 하루빨리 교과서라는 기계적 교육의 틀을 벗어나야 합니다. 그렇지 않는다면 천재는커녕 제대로 된 인간도 키워내지 못하니까요.

　루쉰의 어린 시절, 중국에는 민간신앙이 생활 깊숙이 존재했습니다. 그런 분위기였기에 소년 루쉰의 공상이 가능했던 것 아닐까요? 예컨대 루쉰의 침대 머리맡에는 '쥐들의 결혼식'이라는 그림이 붙어 있었습니다. 아마도 루쉰은 아침저녁으로 이 그림을 보면서 기묘한 세계에 대한 상상력을 키워나갔겠지요. 또한 그는 민간신앙에 따른 부적을 목에 걸고 다녔다고 합니다.

8) 국내에서 번역된 루쉰 전집들을 보면 이 글의 제목을 '키다리와 산해경'으로 번역하는 경우가 왕왕 보인다. 그녀의 이름에 장(長)이란 말이 붙기는 하지만, 그것은 성도 아니고 그녀가 키가 컸다는 뜻도 아니다. 오히려 그녀는 키가 작은 편이었다고 한다. 따라서 이를 '키다리'라고 번역하는 것은 오역이다.

9) 『노신문집』 제2권, 75쪽.

## 어두운 추억들

루쉰에게 즐거운 추억만 있었던 것은 아닙니다. 어린 시절을 다룬 많지 않은 글 대부분이 어두운 회상이지요. 그중 하나가 『아침 꽃을 저녁에 줍다』(1926년 집필)에 나오는 「24효도」[10]입니다. 「24효도」란 24명의 효자를 소개한 그림책이에요. 그런데 그중에서 어머니를 공양하기 위해 자기 아이를 땅에 묻었다는 한나라 곽거(郭巨)의 일화가 충격적이었던 듯합니다. 어린 루쉰은 그것을 읽고 아버지가 자신을 묻어버릴지도 모른다는 공포에 사로잡혔다고 회고했거든요. 그런 공포로부터 유교에 대한 비판이 시작되고, 특히 그의 처녀작인 「광인일기」가 구상되었을 것입니다. 권위적인 아버지에 대한 다른 기억으로 역시 같은 책에 실린 「오창회(伍猖會)」[11]라는 글이 있습니다. 오창회란 신을 맞는 제례를 말하는데요. 이를 구경할 때 아버지가 불러 서당에서 처음 배우는 역사책을 외우라고 명령한 일이 있었습니다. 뜻도 모르고 하룻밤에 다 외워 낭송했으나, 일곱 살이던 아이는 그 이후로 오창회의 흥겨움을 잊었다고 루쉰은 회고합니다. 그에겐 자신의 어린 시절조차 비판의 대상이었던 것이지요.

한편 루쉰은 어린 시절 자신이 피해자였을 뿐만 아니라 가해자이기도 했음을 『들풀』에 실린 「연」(1925)에서 보여줍니다. 연날리기를 좋아했던 동생이 연을 만드는 것을 보고 그것을 부숴버린 것이죠. 그 후 20년이 지나 루쉰은 아동문제를 취급한 책을 읽고 놀이가 아이들의 가장 자연스러운 행위라는 것을 알게 되면서 그 옛날의 '학살'을 떠올립니다. 그래서 동생에게 사과했지만, 동생은 그 일 자체를 기억조차 못합니다. 루쉰은 마음이 무겁습니다.

10) 위의 책, 77~82쪽.
11) 위의 책, 83~86쪽.

지금 고향의 봄이 다시금 이 타향 하늘에 솟아오르고 있다. 그것은 나에게 지나간 지 오랜 어린 시절의 추억을 떠올리게 하고, 그와 아울러서 형용할 수 없는 슬픔을 되살리게 한다. 나는 역시 엄중한 추위 속에 몸을 숨기고 싶다. 하지만 사방은 의심할 여지없는 엄동이며 살을 에는 추위와 냉기를 나에게 주고 있는 것이다.[12]

## 고통스러웠던 십대 시절

루쉰은 12세부터 17세까지, 즉 1892년부터 1897년까지 집 건너에 있는 서당인 삼미서옥(三味書屋)에서 공부했습니다.[13] 그 서당은 지역에서 가장 엄격하기로 소문난 곳이었는데요. 루쉰은 「백초원(百草園)에서 삼미서옥으로」[14]라는 회상기에서 그곳에서의 생활을 밝혔습니다. 당시 루쉰은 사서오경을 배워 과거를 치르고자 했으나, 가세가 급속하게 기우는 바람에 과거 응시를 포기해요. 그리고 13세가 되던 1893년, 할아버지가 아버지의 과거 합격을 위해 '과거 시험 부정사건'을 저질러 7년간 수감되면서 그의 집안은 더욱 몰락합니다. 그 후 루쉰은 외삼촌이 사는 농촌으로 보내졌고[15] 14세 되던 1894년, 아버지의 죽음을 경험합니다.[16]

　루쉰의 전기나 기행문을 보면 당시의 농촌 경험 덕분에 루쉰이 농민의 생활을 깊이 이해하게 되었다는 설명이 나옵니다. 하지만 그 깊이가 과연 어느 정도였는지에 대해서는 의문이 있어요. 10대 시기를 겪고 있던 도련님에게는 농민의 삶이나 노동 문제보다 새로운 정경이 더 먼저 눈에 들어오지 않

---

12) 위의 책, 27쪽.

13) 유세종은 루쉰이 아버지가 죽은 14세 이후 서당 공부를 그만두었다고 하나 이는 오류이다.

14) 『노신문집』, 제2권, 94~98쪽. (『아침 꽃을 저녁에 줍다』에 수록)

15) 『민족혼으로 살다』, 231쪽에서는 1892년이라고 하나 『루쉰 전』에서는 1893년이라고 한다.

16) 김광주는 1896년 아버지가 죽었다고 하지만 이는 잘못된 말이다. 「아Q정전」, 동화출판공사, 1972, 185, 189쪽.

**삼미서옥의 외관(좌)과 내부(우)**
삼미서옥은 루쉰의 고향 사오싱에서 유명했던 서당이다. 루쉰은 이곳에서 12세부터 17세가 될 때까지 공부했다.

왔을까요? 당시 그는 어촌에서 배를 타고 나와 달밤에 펼쳐진 마을 경극을 보았는데요. 이 경험은 그의 소설 「마을 연극」(1922)[17]에 목가적으로 묘사됩니다. 그는 당시에 만나서 함께 놀았던 친구들을 다음과 같이 회상해요.

> 나의 놀이 상대는 많은 아이들이었다. 멀리서 찾아온 손님이라고 해서, 그들은 부모들로부터 일을 안 해도 좋다는 허가를 받고는 나와 놀아 주는 것이었다. 작은 마을이라서 한 집에 온 손님은 거의 마을 전체의 공동 손님인 것이다. 우리들은 나이는 비슷비슷했지만, 촌수를 따지고 보면 아저씨와 조카 사이, 또는 할아버지와 손자 사이가 되는 사람도 몇인가 있었다. 그것은 온 동네가 같은 성으로 조상이 같기 때문이었다. 그러나 우리는 친구들이었다. 가끔 싸움이 벌어져서 할아버지뻘 되는 아이를 때린다 해도 동네의 노인이나 젊은이 중에 '윗사람을 범했다'느니 하는 생각을 하는 사람은 하나도 없었다. 그들은 백 명이면 아흔아홉 명까지는 까막눈이었다.[18]

17) 『루쉰 소설전집』, 183~197쪽.
18) 위의 책, 187쪽.

65

**「고향」삽화**
룬투는 루쉰의 고향 친구 장룬수이를
모델로 한 인물이다.

　또한, 소설 「고향」에서도 어린 시절 룬투와 새를 잡으며 놀던 추억이 묘사
됩니다.[19] 다음 그림은 룬투와 함께 이야기하는 정경을 그린 것입니다.

　그러나 그런 즐거운 기억보다도 쓰라린 추억이 더 많았습니다. 루쉰은 후
일 『외침』의 머리말에서 "나는 일찍이 4년 남짓한 동안, 거의 매일같이 전당
포와 약방을 출입했던 적이 있다"고 했는데, 아마 아버지가 죽기 직전의 일
을 말하는 것이겠지요. 당시의 회상인 「아버지의 병환」[20]에서 루쉰은 아버
지를 치료하던 한의학에 대한 불신을 보여줍니다. 물론 루쉰은 한의학 자체
를 부정하지는 않았지만[21] 오랫동안 서양 의사만 신용했습니다.[22] 또한, 죽
음에 임하는 중국인의 전통적 태도를 비판하기도 했지요. 중국에서는 부모
가 죽기 전 인삼을 달여 먹게 함으로써 반나절이라도 목숨을 연장시키려고
하지만, 서양에서는 나을 수 없는 병의 경우 고통 없이 죽게 하도록 한다는

---

19) 위의 책, 84~87쪽.
20) 『노신문집』, 제2권, 99~103쪽. (『아침 꽃을 저녁에 줍다』에 수록)
21) 〈경험〉, 『노신문집』, 제5권, 95~96쪽.
22) 〈즉흥일기〉, 『노신문집』, 제4권, 12쪽.

것입니다.[23] 그렇게 부모의 목숨을 억지로 연장하는 방법의 하나가 죽기 전까지 부모를 부르는 것인데요. 루쉰은 그것을 '아버지에 대한 최대의 잘못'[24]으로 회상합니다. 루쉰의 전통 의학에 대한 태도는 뒤에서 다시 설명할게요.

집안이 몰락하자 루쉰은 사회적인 냉대를 겪었습니다. 루쉰은 1929년, 학생들에게 구사회를 미워하게 된 동기를 당시의 경험 때문이라고 말한 적이 있습니다.[25] 집안 형편에 따라 대우가 달라지는 사회는 사람이 살 곳이 아니라고 한 것이지요.

## 19세기 말 중국의 상황

여기서 중국의 역사를 상세히 늘어놓을 필요는 없겠지만, 간단하게 몇 가지만 살펴보도록 해요. 14세기 후반 한족인 명나라가 몽골족의 원나라를 멸하고 통일 왕조를 건국하는데요. 시간이 지나 17세기에 와서 다시 만주족이 명을 멸하고 청나라를 세웁니다. 루쉰이 태어났을 때는 그 청나라가 점차 망해가는 시기였어요.

흔히들 중국의 근대는 1840년의 아편전쟁으로 시작된다고 합니다. 이는 중국 차(茶)의 수입이 증가하며 영국 돈이 계속 빠져나가자, 골머리를 앓던 영국이 상인들에게 인도산 아편을 중국에 팔도록 한 것을 계기로 터진 침략 전쟁입니다. 그런데 이를 중국 근대의 기점으로 잡는 생각에는 의문이 듭니다. 중국은 이 전쟁을 계기로 국가의 멸망과 서구 식민지화의 길을 걷게 되는데 어떻게 그것이 근대화의 시작이란 말일까요? 조선에서도 마찬가지지만 강제적인 개국이 근대화(서양화)를 불러일으켰다는 식의 역사관은

---

23) 위의 책, 103쪽.
24) 위의 책, 103쪽.
25) 『인간 루쉰』, 32~33쪽.

CAPTURE OF THE PEIHO FORTS.

**아편전쟁**
19세기 중반 청나라와 영국 사이에서 벌어진 두 차례 전쟁에서 패하면서 중화사상은 뿌리째 흔들렸다.

그야말로 제국주의적인 발상에 불과합니다. 중국을 포함한 아시아의 근대는 이러한 '서양의 충격'에 의해 시작되었다고들 하지만, 그것은 야만적 폭력에 불과합니다.

청나라는 불평등 조약인 난징 조약을 맺으며 외국 침략자에 굴복하는데요. 여기에 홍수전(洪秀全, 1814~1864)이 태평천국의 난(1851~1864)을 일으켜 내우외환에 빠집니다. 태평천국의 난은 기독교를 내세워 지상에 천국을 건설하자는 농민폭동이었는데, 당시 현실에 좌절하던 중국인들의 호응을 얻어 삽시간에 대륙을 휩쓸었습니다. 농민군은 토지균분제를 비롯하여 남녀유별·빈부격차·사유재산이 없는 혁명적 이상국을 세우자고 외쳤고, 이를 토벌하기 위해 유교를 숭상하는 사대부들이 궐기했지요. 반란은 토벌되었지만 이는 뒤에 중국 각지에 군벌이 난립하는 결과를 낳습니다.

아편전쟁과 태평천국의 난을 통해 청나라 정부는 군사기술의 필요성을 절감합니다. 따라서 유럽으로부터 신문물을 적극적으로 도입하지요. 물론 전통 사상인 유교는 그대로 둔다는 것을 전제로 하고요. 이를 중체서용(中體西用)이라 합니다. 즉, 중국의 몸(근본인 중국의 전통적 학술)에 서양의 기술을 더한다는 거예요. 그래서 서양식 무기 공장과 조선소, 신식 학교와 공장을 세우고, 서양식 해군을 양성하는 정책이 시행되었는데, 이를 양무(洋務)운동이라 부릅니다. 그러나 독재자인 서태후(西太候, 1835~1908)는 군함 건조를 위한 군사비를 궁전 보수에 유용하는 등의 작태를 태연히 벌여요. 그래서 중국은 다시 청·불전쟁(1884~85)에서 프랑스에 패배하고 맙니다. 게다가 곧이어 발발한 청·일전쟁(1894~95)에서도 일본에 의해 남양함대와 북양함대의 양 해군이 괴멸당하지요. 이로써 서양의 과학기술만을 도입한 양무운동으로는 청나라를 재건할 수 없음이 분명해집니다. 그래서 지식인들은 전통적인 법을 고쳐 입헌군주제를 해야 한다며 변법자강(變法自强)운동을 벌입니다. 이는 당시의 양무운동을 넘어 일본의 메이지유신을 모델로 한 전면 서구화를 지향한 것이었습니다. 그 우두머리인 캉유웨이[康有爲, 1858~1927]는 1895년, 과거 최종 시험을 치르고자 베이징에 갔는데요. 당시 전국에서 모인 수험생 1천2백 명의 서명을 받아 일본과의 화의를 거부하고 변법을 시행하여야 한다는 상서를 올려요. 1897년, 5회째의 상서가 황제에게 인정되어 이듬해 개혁이 시도됩니다. 국회를 개설하고 헌법을 제정하며 새로운 인재를 양성하기 위해 경사대학당(京師大學堂)을 세우고 유학생을 파견한다는 것이었죠.

그러나 개혁 100일 만에 서태후를 비롯한 보수파가 쿠데타를 일으켜요. 결국, 개혁파는 전부 숙청당하고 개혁은 백지로 돌아가니 이를 무술정변이라 합니다. 황제는 1911년 죽을 때까지 유폐당하고, 캉유웨이는 일본으로 망명하지요.

## 난징으로 유학을 떠나다

루쉰은 17세 되던 1898년, 서양 학문을 공부하기 위해 난징[南京]으로 향했습니다. 캉유웨이 등에 의한 변법자강운동이 실패한 바로 그해였지요. 그후 2년이 지난 1900년에는 의화단(義和團) 사건[26]이 터집니다. 의화단은 외세배척운동을 벌인 종교 단체예요. 서태후는 처음에 의화단의 주장을 들어주어 서양과 전쟁을 벌일 것을 허용했는데요. 연합군에게 베이징이 함락당하는 굴욕을 당한 뒤에는 그들에게 책임을 돌려 토벌할 것을 명했습니다. 그 후 서태후는 변법자강운동을 답습한 신정을 개시하나, 이미 변법파로는 중국을 구할 수 없다는 혁명파가 등장해요. 이들은 청나라를 타도하고 한족(漢族)에 의한 공화국을 세워야 한다고 주장했습니다. 당시 한족은 중국 민족의 대부분을 차지했는데요. 청나라 정부의 연이은 실책에 이들은 만주족 황제를 거부하고 등을 돌린 것입니다. 그러면서 쑨원[孫文, 1866~1925] 등의 혁명가들이 민족혁명운동을 일으키지요.

이렇게 중국이 격동적인 근대를 맞고 있던 시기에 루쉰은 난징에서 '신

---

26) 우리나라 교과서에는 흔히 의화단 운동이라고 적혀 있다. 이들은 청나라를 도와 서양 세력을 몰아내자는 부청멸양(扶淸滅洋)을 구호로 삼았다. 이에 따라 철도 등의 서양문물을 파괴하고 서양 선교사나 기독교들을 무자비하게 살해하였다. 이들을 제지해달라는 서양 열강의 요구에 중국 정부는 미온적이었고, 갈등이 깊어지자 도리어 서양 열강에 선전포고하기에 이른다. 이에 서구 열강은 영국, 프랑스, 러시아, 미국, 일본, 오스트리아, 이탈리아, 독일 등 8개국으로 연합군을 이뤄 베이징으로 진격했다.

식' 공부를 시작합니다. 난징은 그의 고향 근처에서는 가장 큰 도시였어요. 사오싱에서 난징까지의 거리는 우리나라로 치면 서울-대구 정도의 길이에 해당하겠네요. 그러나 루쉰이 난징에 갔을 때는 비행기는커녕 기차, 버스도 없었습니다. 그는 아마도 뱃길로 난징에 닿았을 테지요.

그의 「자질구레한 일들」(1926)이라는 글에 의하면 루쉰이 집안의 물건을 내다 팔았다는 뜬소문이 퍼져 마을 사람들로부터 손가락질을 받았다고 해요. 그래서 '그들과는 종류가 다른 사람'을 찾고자 고향을 떠났다고 합니다.[27] 여기서 우리는 소위 '청운의 웅대한 뜻'을 품고 유학을 떠나는 청년이 아니라 마을에서 쫓겨나는 고독한 청년을 볼 수 있어요. 그렇게 그는 쓸쓸히 고향을 등집니다.

게다가 루쉰이 택한 길은 고향 사람들에게는 이해할 수 없는 것이었어요. "그 시절은 경서를 배워서 과거를 치르는 것이 정도(正道)였고, 사회통념상 소위 양학을 배운다는 것은, 갈 곳 없는 사람이 서양 오랑캐에게 영혼을 팔아넘기는 것으로 간주"[28]되었거든요. 아들이 서양 학문을 공부하겠다는 뜻을 밝히자 루쉰의 어머니는 한없이 울었다고 합니다.

1898년 5월, 그는 강남수사학당(江南水師學堂)[29]에 입학해 기관사가 되기 위한 공부를 시작합니다. 학비 면제에 생활 보조금까지 지급한다는 조건 때문이었죠. 그러나 설립 초기라 여러 가지로 문제가 많아 4개월 뒤에 그만두었어요. 그리고 이듬해 탄광기사를 양성하는 광무철로학당(礦務鐵路學堂)에 입학해 3년 뒤인 1902년[30]에 졸업했습니다. 역시 학비 면제를 받았어요. 광무철로학당은 독일 제도를 본뜬 여러 과목과 함께 독일어를 가르쳤습니다. 그

27) 『노신문집』, 제2권, 105쪽.
28) 『루쉰 소설전집』, 4쪽.
29) 현재의 난징 해성과기공사(海星科技公司).
30) 『민족혼으로 살다』, 232쪽에서는 1901년이라고 하나 오류이다.

쑨원                       광무철로학당

수업 방식이 교과서를 베껴 쓰는 것이어서 루쉰은 불만을 품기도 했지만, 3년간 그는 이곳에서 처음으로 서구의 과학과 철학·문학을 공부했어요.

## 서양 사상의 세례

이 시절에 그는 당대의 새로운 사상을 접하는데요. 이는 그의 인생에 전환점이 되었습니다. 그의 정신세계에 특히 커다란 영향을 끼친 것을 고르자면 량치차오[梁啓超, 1873~1929]가 주필을 맡은 잡지《시무보(時務報)》와 옌푸[嚴復, 1853~1921]가 번역한『천연론(天演論)』을 들 수 있어요. 또한 그는 몽테스키외의『법의 정신』을 포함한 외국논문과 외국소설에 몰두하기도 했습니다.《시무보》와『천연론』이 어떤 내용을 담고 있었는지 간략하게 살펴볼까요?

  량치차오는 캉유웨이의 변법자강운동을 지지한 인물 중 하나인데요. 그는 미디어에 의한 개혁운동을 실천하고자 했어요. 따라서 그는 1896년, 상하이 공동조계에서 순간(旬間)지[31]인《시무보》를 창간했습니다. 이는 중국인이 펴낸 최초의 잡지였지요. 발행 부수가 1만7천 부에 이르러 당시 그는 '잡지 왕'으로 불렸다고 해요. 그러나 1898년, 캉유웨이의 실각과 함께 량치차오도 일본에 망명해야 했습니다. 루쉰이 입학한 광무철로학당의 교장은 마차 속에서도《시무보》를 읽는 개혁파였는데요. 어느 날은 한문 시험에 미국 초대 대통령인 조지 워싱턴(George Washington, 1732~1799)에 대해 다룬 '워싱턴론'을 출제한 적도 있었습니다. 덕분에 교사들이 학생들에게 워싱턴이 누구냐고 묻기도 했다는 일화가 전해져요.

1896년에 쓰인『천연론(天演論)』은 영국의 사상가 토마스 헉슬리(Thomas Huxley, 1825~1895)가 집필한『진화와 윤리학*The Evolution and Ethics*』에서 일부 글을 골라서 해설을 달아 옮긴 것인데요. 여기서 중심적인 내용은 유교의 도덕관념론을 부정하고 사회진화론을 설명하여 개혁을 주장한 것이었지요. 당시 루쉰은 이 책에 정말로 푹 빠져들었어요. 얼마나 여러 번 읽었는지 후일 일본 유학시절까지 그 내용을 암송할 정도였습니다. 이를 번역한 옌푸는 원래는 양무파의 한 사람이었습니다. 그렇지만 그는 영국에 유학한 뒤로 서양이 과학기술만이 아니라 학문 자체에서 동양을 앞질렀다고 인정했어요. 그래서 학문은 그대로 두고 기술만을 들여오자는 양무파의 중체서용론에는 한계가 있다고 보았습니다. 특히 청·일전쟁에 패배한 뒤에는 적극적으로 중체서용론을 비판했는데요.『천연론』도 그중 하나입니다. 이어서 그는 스펜스의『사회학』, 밀의『자유론』, 몽테스키외의『법의 정신』등 9종의 서양 학술서를 번역 출판하여 사회 개혁을 주장했습니다. 옌푸의『천연론』은 유교 전통 사상이 지배한 당시의 사람들에게 엄청난 충격이었고 그것은

---

31) 열흘마다 한 번씩 나오는 신문이다.

루쉰에게도 예외가 아니었어요. 이 글은 '유교의 역사관은 과거 지향적, 복고적, 비관적인 것'이라고 주장했습니다. 즉 오늘은 어제보다 못하다고 떠들기만 한다며 꼬집은 것이지요. 루쉰은 뒤에 쓴 「자질구레한 글들」[32]에서 당시의 충격을 이렇게 회고합니다.

> 오오! 세계에는 헉슬리라는 사람도 있어, 서재에서 이런 것을, 더구나 이다지도 신선하게 생각하고 있었단 말인가? 단숨에 읽어나가니 생존경쟁(物競)이니 자연도태[天擇]가 나왔고 소크라테스도 플라톤도 있었고 스토아도 나왔다.[33]

이제 루쉰은 바뀌었습니다. 그의 사상만이 아니라 일상생활이 달라진 것이죠. 서양 학문에 놀란 것은 루쉰뿐만이 아닙니다. 중국 자체가 빠르게 변해가고 있었어요. 가령 중국 사람들은 진화론에 나오는 말을 넣어 이름을 짓기도 했습니다. 예컨대 후스[胡適, 1891~1962]의 '스'는 적자생존의 '적'을 취한 것입니다.

졸업 후 그는 광부가 되는 것을 포기합니다. 대신 "한방의가 결국은 의식적이건 무의식적이건 일종의 속임수"라 여기고, "그들에게 속은 환자나 환자의 가족들에게 동정하지 않을 수 없"[34]어 일본에서 서양 의학을 공부하고자 마음먹어요.

---

32) 『아침 꽃을 저녁에 줍다』에 수록.
33) 『노신문집』, 제2권, 108쪽. 단 번역은 수정함.
34) 위의 책, 4쪽.

# 일본 시절

## 도쿄에서 보낸 청춘

1902년 3월, 루쉰은 5명의 동기와 함께 난징에서 출발합니다. 그리고 뱃길로 12일 만에 일본의 항구 도시 요코하마에 도착하여 도쿄에 가요. 7년 반에 이르는 일본 유학생활이 바야흐로 시작된 것입니다. 두 차례의 짧은 귀국(1903년 7월과 1906년 7월)과 센다이 의학전문학교에서 보낸 시절(1904년 9월~06년 3월, 단 방학에는 도쿄로 돌아왔습니다)을 제외한 약 6년을 루쉰은 도쿄에서 지내게 됩니다. 그의 나이 20세부터 28세에 이르는 청춘을 보낸 것이지요. 당시의 도쿄 역시 청춘의 시대라고 할 수 있었습니다. 메이지유신 정부 아래 일본은 근대 국가로서 급격한 탈바꿈을 하고 있었어요. 일본 정부는 이미 청·일전쟁으로 중국을 제압하고 조선을 식민지로 삼기 위한 온갖 책략을 준비해놓고 있었습니다. 곧이어 터진 러·일전쟁(1904~1905)에서도 승리해서 세계에 커다란 충격을 안겼고요. 1904년 당시 도쿄의 인구는 230만 명을 넘어 동아시아만이 아니라 세계적으로도 가장 거대한 도시의 하나였습니다. 루쉰은 요코하마에서 도쿄에 하루 만에 도착했는데요. 이때 탄 기차는 1872년에 이미 개통되어 있었습니다. 이어 오사카-고베, 도쿄-고베선이 개설되어 원래 도보로 보름 이상 걸린 도쿄-오사카를 단 하루 만에 갈 수 있게 되었고요. 이에 따라 여행 경비가 대폭 절감되었음은 물론입니다. 1903년, 일본의 철도는 약 8천 킬로미터에 이르렀어요. 당시 중국의 철도는 그 반에 불과했죠. 1902년, 도쿄에 처음 도착했을 때 루쉰은 마차가 끄는 철도를 탔을 것입니다. 그러나 이듬해인 1903년, 루쉰은 전차를 타게 되었습니다. 전차가 달리는 철로는 루쉰이 귀국하기 전해인 1908년에 길이가 165킬로미터에 달했고, 하루 승객 수는 44만 명에 이르렀습니다. 이에 비해 베이징에 불과 7.5킬로미터의 철로가 처음 개설된 것은 1924년이었습니다. 일본에서는 철도, 전차와 함께 우편 역시 이미 1872년에 전국적으로 정비되었고, 전신과 전화도 전국적으로 개통되어 일찌감치 통신혁명이 달성되었지요. 서양에서 산업혁명 끝자락에 달성된 우편, 통신, 전화가 일본에서는 근대화가 진행됨과 동시에 빠짐없이 갖춰진 거예요. 그리하여 일본 전국은 시간과 공간에 있어 신속하고 정확한 기준을 갖게 되었습니다. 이러한 정보체계는 교육제도와 활자 미디어가 급속히 전파되면서 더욱 확충되었지요.

일본은 1872년에 교육개혁을 강행했습니다. 그로 인해 초등학교 취학률은 루쉰이 일본에 도착한 1902년에 92퍼센트, 귀국한 1908년에 98퍼센트를 달성했지요. 교사도 1901년에 10만 명, 1901년에는 15만 명을 넘었습니다. 이에 비해 중국의 취학률은 1919년에도 11퍼센트에 불과했습니다. 이 외에도 일본에서는 인쇄술이 목판에서 활판으로 바뀌고 구두점이 보급되는 등 책 읽기가 쉬워지면서 독서혁명이 일어났습니다. 특히 1903년에는 하루 발행 부수 14만 부, 1909년에는 30만 부가 넘는 일간 신문이 간행되었어요. 한편 베이징에서는 1914년에도 신문 발행 부수가 몇 백 부 정도에 불과했습니다. 이런 상황에서 일본에서는 전업 작가가 등장합니다. 여러분도 이름을 들어보았을 법한 나쓰메 소세키[夏目漱石, 1867~1916]는 1907년 도쿄제국 대학 영문과 교수직을 그만두고 아사히신문사의 전업 작가가 되었습니다. 루쉰이 전업 작가가 된 것은 정확히 그 20년 후였고요.

## 고분학원에서 수학하다

중국에서는 1847년부터 해외 유학이 시작되었습니다. 이후 미국과 유럽에 유학생들이 소수 파견되었지만 1870년대부터 20여 년간 중단되었지요. 그러다가 청·일전쟁 이후 양무운동에 의해 인재 육성이 주장되면서 다시 일본 유학의 길이 열립니다. 규모도 갈수록 급격하게 늘어났고요. 일본으로 간 중국 유학생 수는 루쉰이 온 1902년에는 608명밖에 되지 않았으나, 러·일전쟁이 끝난 후 중국에서 과거제도가 폐지된 1905년에는 8천 명, 이듬해인 1906년에는 1만2천 명에 이르렀습니다. 대부분의 유학생들은 법학이나 경제학과 같은 실리적인 학문을 배워 귀국한 뒤에 관리로 출세하고자 했던 속물들이었습니다. 즉 진심으로 조국의 미래를 걱정하는 유학생은 적었습니다. 게다가 유학생들은 공부보다 놀이에 빠지기도 했기 때문에 그들을 경멸한 루쉰은 항상 고독했습니다.

관비 유학생이었던 루쉰은 매달 36원을 받았어요. 기본 생활비로도 빠듯한 액수였지만 그는 아끼고 아껴 많은 책을 샀습니다. 영국의 낭만파 시인인 바이런(Lord George Gordon Byron, 1788~1842)이나 셸리(Percy Bysshe Shelley, 1792~1822), 톨스토이와 고골리 등의 러시아 소설가를 비롯하여 농노제도를 비판한 러시아 시인 푸슈킨(Alexandr Pushkin, 1799~1837)과 레르몬토프(Mikhail Yurevich Ler montov, 1814~1841), 『쿼바디스』를 쓴 폴란드 소설가 시엔키에비치(Henryk Sienkiewicz, 1846~1916), 민족 독립을 노래한 폴란드 시인 미츠키에비치(Adam Mickiewicz, 1798~1855)와 수오바츠키(Juliusz S owacki, 1809~1849), 헝가리 시인 산도르 페퇴피(Sandor Petoefi, 1823~1849) 등의 시집, 니체의 전기, 그리스 로마 신화 등의 책이었습니다.

다른 중국 유학생처럼 루쉰은 고분학원[弘文學院]에서 2년간 일본어, 수학, 이과, 체조 등을 배워야 했습니다. 기숙사에서는 한 방에 여섯 명이 숙박했는데요. 여기서 루쉰은 영국의 경제학자 존 스튜어트 밀(John Stuart Mill, 1806~1873)의 『논리학체계』 등 다양한 책을 읽는 데 몰두했습니다. 또한 조국을 구하기 위해 동기들과 진지한 토론을 나누었어요. 그는 중국인에게 가장 부족한 것을 진실과 사랑이라 보았습니다. 즉 거짓으로 속이고도 부끄러운 줄 모르며 서로를 도둑으로 의심하는 못된 습관에 다들 심각하게 중독되었다는 겁니다. 그리고 그 원인을 다른 민족에게 노예생활을 한 것으로 보았어요. 이를 고칠 수 있는 유일한 방법은 혁명이라고 주장했고요. 루쉰의 이 같은 사고관은 평생토록 지속되었습니다.

그런 생각을 실천에 옮기기 위해 루쉰은 이듬해 3월, 변발을 잘라버렸습니다.[35] 변발은 청나라가 강요한 노예의 상징이기 때문이었지요. 그것을 기념하여 찍은 사진 뒤에 그는 조국을 해방시키기 위해 투쟁하겠다는 결심을 적었습니다. 이는 당시 청나라에서는 반역 행위로서 사형에 처해질 수도 있는 행위였습니다. 따라서 대단한 용기가 필요했어요. 변발을 거부한 탓으로 동료 유학생들의 혐오를 받았고, 조정 감독관의 비위를 건드려 관비 지급이 중단되고 중국으로 송환될 위기에 처하기도 했고, 뒤에 중국에 돌아간 뒤에도 변발을 하지 않았다는 이유로 많은 어려움에 처했어요. 또한 그는 유학 시절 내내 일본인의 전통 복장, 식사 및 주거문화를 그대로 따랐습니다. 그래서 우리는 기모노를 입고 있는 그의 일본 시절 사진을 볼 수 있어요. 이러한 그의 태도에 대해서 우리나라 독자들은 꺼림칙한 감정을 품을 수도 있을 텐데요. 그 이상으로 당시의 중국 유학생들은 심한 불쾌감을 느꼈을 것이 틀림없습니다. 식사나 주거문화는 어쩔 수 없다고 해도 양복은 당시에도 상당히 보급되어 있었으므로 굳이 중국 의상을 입지 않는다고 해도 양복을 입을 수도 있었을 것입니다. 그런데 왜 루쉰은 굳이 일본 전통 옷을 입고

---

35) 루쉰의 소설 중에서 가장 유명한 「아Q정전」의 Q자는 변발을 상징한 것이었다. 즉 아Q는 변발을 한 남자로서 청조 지배하의 중국 민중을 대표하는 존재로 그려졌다. 또한 그는 청조를 '변발시대'라고 불렀을 만큼 변발을 청조의 상징으로 보았다.

**변발을 자른 루쉰**

**기모노를 입은 루쉰**
도쿄 고분학원 시절 루쉰은
일본을 제대로 이해하기 위해
전통 복장은 물론 음식 및
주거문화도 그대로 따랐다.

자 했을까요? 그 이유는 일본을 정확하게 이해하기 위해서였습니다. 뒤에서 볼 외국 문물을 받아들이는 루쉰의 태도에서도 알 수 있듯이—아니 앞에서 나온 루쉰의 일반적인 태도에서도 이미 보았듯이— 그는 항상 대상을 철두철미하게 이해하고자 했거든요.

이듬해 그는 친구인 쉬서우창[許壽裳, 1882~1948]이 발간한 잡지 《절강조(浙江潮)》에 글을 게재했습니다. 프랑스의 소설가 쥘 베른(Jules Verne, 1828~1906)[36]의 『달세계 여행Autour de la lune』이나 『지하 여행Voyage au centre de la terre』 같은 SF 소설을 번역하기도 했고요.[37] 퀴리 부인의 「라듐에 대하여」와 같은 과학 논문도 여럿 옮겼습니다. 그 외에도 그는 「스파르타의 혼」(1903)[38]이라는 글을 직접 써서 발표했습니다. 여기서 루쉰은 러시아가 중국에 대한 침략 야욕을 드러내는 것을 지적하고, 이에 대해 저항할 것을 촉구해요. 그는 고대 스파르타인들의 애국정신을 본받아 노예에서 벗어나자고 외칩니다. 루쉰의 이러

---

36) 프랑스의 소설가로 근대 SF장르를 창시한 사람이라고 일컬어진다. 우리나라 독자에게도 친숙할 『80일간의 세계일주』나 『15소년 표류기』의 저자이기도 하다. 대표작 중 『달세계 여행』은 1865년에, 『지하 여행』은 1864년에 프랑스에서 출간되었다.

37) 여기에는 영어 원문이 아닌 일본어 중역이라는 한계가 있었다.

38) 『무덤』, 389~405쪽.

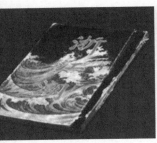
『절강조』

「스파르타의 혼」

『중국광산지』

한 주장은 말만으로 끝나지 않아요. 육체적인 건강미를 중요하게 여긴 스파르타인처럼 루쉰 자신도 유도와 씨름을 연마하고 칼을 사두기도 했으니까요. 그가 이 시기에 집필한 또 다른 글로『중국광산지』가 있습니다.

## 「중국지질약론」

이 시기 루쉰은 과학에 대한 글도 집필했습니다. 그중에서 1903년에 쓴「중국지질약론(中國地質略論)」은 주목할 만해요. 이 역시『절강조』에 기고되었지요. 이 글은 22세의 청년이 조국에 바치는 찬가입니다. 그는 조국을 이렇게 노래해요. "광막하고 아름답고 가장 사랑스런 우리 중국이여! 진실로 세계의 보고이며 문명의 비조이다."[39] 그러나 그는 곧이어 지금의 중국은 다르다고 비통해합니다. 당시 온갖 서구 열강이 중국의 이권을 가로채기 위해 다투고 있던 정세를 개탄한 것이지요.

하물며 우리 중국 역시 고아이기에 사람들이 데려다 두드리고 때리며 어육 취급

39) 위의 책, 406쪽.

을 할 것이기 때문이다. 그리고 이 고아라는 것도 혼미하고 무지하기 때문에 자기 집의 논밭과 재물이 얼마나 되는지도 알지 못하고 있다. 도적이 안방을 차지하고 있어 그에게 재물을 바치면서 주인 된 자로서 그것을 전혀 헤아리지 못하고, 그들이 남겨주는 국물이나 차가운 고기 부스러기를 받아 들고는 크게 감탄하며 '그대가 나를 먹여 살리는구나, 그대가 나를 먹여 살리는구나'라고 말한다.[40]

루쉰은 그러한 침탈 행위에 분노했습니다. 그래서 "중국은 중국인의 중국이다. 이민족이 연구하는 것은 용납할 수 있지만, 이민족이 탐사하여 캐내는 것은 용납할 수 없다. 이민족이 감탄하는 것은 용납할 수 있지만, 이민족이 넘겨다보는 것은 용납할 수 없다"라고 말했습니다.[41]

조국을 바라보니 황제가 신음소리를 내고, 백인 놈들이 춤추고 날뛰고 있다. 그들의 발자국이 미치는 곳마다 요구가 뒤따르고, 광산채굴권을 획득한 다음에 드디어 세력을 몰래 침투시키고 있으니 여기든 저기든 모두가 우리의 것이 아니다. … 중국은 비록 나약하기로 유명하지만 우리들은 진실로 중국의 주인이므로 모두 일치단결하여 산업을 부흥시킨다면 뭇 아이들이 비록 교활하다고 하지만 누가 감히 그것을 막을 수 있겠는가. 그리하여 그들이 요구할 기회를 끊어버리는 것이다.[42]

## 『혁명군』의 충격과 유교 비판

당시 루쉰은 만일 자신이 누군가에게서 영향을 받았다면 바로 고분학원 강남반(江南班)의 절친한 동기인 쩌우룽[鄒容, 1885~1905][43]일 거라고 말한

---

40) 위의 책, 407쪽.
41) 위의 책, 409쪽.
42) 위의 책, 428~431쪽.
43) 쩌우룽은 스촨 출신으로 1902년 일본에 유학한 뒤 청나라에 반대하는 혁명을 선전하고, 1903년 중국에

적이 있습니다. 쩌우룽의 저서 『혁명군』(1903)은 루쉰에게 커다란 충격을 주었고 청말 최대의 베스트셀러가 되어 중국 전역에 반청운동을 불러일으켰어요. 그 탓에 저자 자신은 처형당했지만 말이지요. 쩌우룽은 『혁명군』에서 4억의 한민족이 5백만의 만주인에게 지배당하는 현실을 지적하고, 청나라가 한족의 불구대천 원수임을 주장합니다. 그런데도 그 체제가 유지된 것은 '문자옥(文字獄)'[44]과 '과거'라고 하는 채찍으로 지식인을 철저히 구속한 탓이라고 하지요. 그래서 중국의 독서인(지식인)이 무기력하다고 비난했습니다. 이어서 그는 입헌군주제를 주장하는 변법자강운동이나 혁명파에는 한계가 있을 수밖에 없다고 하는데요. 이들의 개혁은 결국 이민족인 청나라 황제를 긍정하는 고육지책에 불과하다는 것입니다. 그는 '중국인은 노예'라고 꾸짖습니다. 그리고 만주인을 군주로 삼은 한민족의 '충효'란 그런 노예의 도덕일 뿐이라고 해요. 진정으로 충효를 신봉한다면 부모와 천제(天帝)의 원수인 만주족을 물리쳐야 할 텐데, 만주족이 유교를 숭상한다는 이유에서 그들을 지배자로 받들고 있다는 것입니다.

이러한 쩌우룽의 비판은 이번에 처음으로 행해진 것이 아니었습니다. 변법파인 탄쓰퉁[譚嗣同, 1865~1898]은 대표적 저작인 『인학(仁學)』에서 "유교도덕은 인간이 만든 것으로, 위가 아래를 제압하고 아래가 위를 받들지 않을 수 없도록 하기 위한 것이다"라고 주장했습니다. 이 말은 '인'으로서는 일방적인 지배를 펼 수 없으므로 '충효'나 '염절(廉節)'[45]과 같은 삼강오륜'을 내세웠다는 것이지요. 예의범절을 통해 위아래의 계급을 구별한 후 그

돌아간 뒤 『혁명군』을 발표했으나 체포되어 2년 형을 선고받고 1905년 상하이 조계 감옥에서 죽었다. 뒤에 중화민국 임시정부에 의해 대장군으로 추서되었다. 루쉰은 뒤에 「머리털 이야기」에서 쩌우룽에 대한 존경을 표했다.

44) 가혹한 언론 탄압.

45) 청렴하고 강직하며 자신의 신념을 굽히지 않는 절개.

것을 신하나 자식에게만 지키게 하고 군주나 부모에게는 따를 필요가 없도록 했다는 것입니다. 즉, 이민족인 청나라가 중국의 전통인 유교를 숭상하는 것은 그것을 지배의 도구로 이용한 것에 불과하다는 말이에요. 이러한 주장은 량치차오[46]에 의해서도 되풀이되었습니다. 특히 그는 중국의 고질적인 국민성인 노예근성, 우매함, 이기심, 허위, 유약함 등을 비판했습니다. 이러한 쩌우룽과 량치차오의 관점은 루쉰에게도 큰 영향을 주었습니다. 량치차오는 1900년 『방관자를 질책하는 글』에서 '국가 존망의 위기도 모르고' 무책임하게 살아가는 중국인의 '방관자'적 태도를 비판했습니다. 청·일전쟁 후 중국이 대만과 요동반도를 일본에 빼앗겼는데도 요동반도에 사는 중국인들이 그 땅을 빼앗긴 것을 굴욕으로 생각하기커녕 일본 군대를 상대로 즐겁게 장사하는 것을 보고 충격을 받아 쓴 글인데요. 그런 중국인들을 보고 자기 것밖에 생각하지 않는 무자각의 정신 상태에 분노한 것이지요. 루쉰은 훗날 센다이에서 환등 사건을 겪으면서 이 글을 떠올리는데요. 이는 루쉰의 삶을 바꾸는 계기가 되지요. 루쉰은 1904년 4월, 고분학원을 졸업합니다.

## 센다이에서 의학의 꿈을 접다

도쿄는 루쉰에게 새로운 세계를 보여주었습니다. 하지만 동시에 중국인인 그를 차별하고 실망을 안겨주기도 했지요. 청·일전쟁에 이긴 일본은 중국을 노골적으로 멸시했고, 중국 유학생들은 퇴폐적인 분위기에 빠져 있었어요. 루쉰이 유학한 1902년에는 유학생이 6백 명 정도에 불과했으나 2~3년 뒤에는 1만 명 정도로 급증했다는 건 이미 설명했습니다. 그러나 그들 대부분은 출세주의자에 불과했어요. 조국에 대한 걱정을 품은 이의 수는 지극히

---

46) 변법자강운동을 도와 언론을 통한 계몽에 힘썼던 중국 지식인이다. 그가 주필을 맡은 《시무보》는 루쉰이 광무철로학당에 다니던 10대 후반 그의 사상에 커다란 영향을 끼쳤다.

적었지요. 그래서 1904년, 루쉰은 중국인이 한 사람도 없는 센다이[仙臺]에 있는 의학전문학교[47]에 입학했습니다. 아버지가 잘못된 의료 때문에 비참하게 사망하는 것을 지켜본 루쉰으로서는 의학을 배워 병자의 고통을 덜어주고 싶다는 희망도 있었지요. 그러나 그보다 더 큰 동기는 일본의 발전이 서양 의학에서 비롯되었다고 본 데 있습니다. 여하튼 중국인으로서는 최초의 유학생이었기에 시험도 치르지 않고 학비 면제라는 특혜도 받았어요. 지금 센다이는 도쿄에서 비행기로 1시간 걸리는 곳으로, 우리나라로 치면 서울에서 부산 정도의 거리입니다. 루쉰이 그곳에 갔을 당시에는 더욱더 시간이 많이 걸렸겠지요.

그러나 센다이에서도 중국인에 대한 멸시는 여전했습니다. 물론 모든 일본인이 그랬던 것은 아니에요. 예컨대 그가 뒤에 쓴 「후지노 선생」[48]에 나오는 후지노 겐구로[藤野嚴九郎, 1874~1945] 교수 같은 이들은 그를 따뜻하게 대해주었습니다. 하지만 당시의 사회적인 분위기는 중국인을 업신여기는 게 대세였어요. 어느 날 루쉰은 환등기로 처형당하는 중국인을 둘러싸고 다른 중국인들이 무기력하게 구경하는 장면을 보고 굴욕감에 사로잡혀 학교를 뛰쳐나갑니다. 그는 이 경험을 통해 "무릇 어리석고 약한 국민은 체격이 제아무리 건장하고 튼튼하다 하더라도 하잘것없는 본보기의 재료나 관객밖에 될 수 없"[49]다는 점을 자각합니다. 따라서 '의학이란 것이 그다지 중요하지 않은 것'임을 깨닫지요. 그러한 이유로 그는 1906년 3월, 1년 반 만에 의학 공부를 포기합니다. 대신 1906년 도쿄에 가서 '정신 상태를 뜯어고치는 가장 좋은'[50] 길인 문예운동에 종사하기 시작해요.

---

47) 현재의 도호쿠(東北)대학 의학부.
48) 『노신문집』, 제2권, 111~116쪽.
49) 위의 책, 5쪽.
50) 위의 책, 5쪽.

일본군의 중국인 처형

    그런데 위의 환등 사건이 진실인가에 대해서는 일본인들이 의문을 제기한 바 있어요. 루쉰이 위 사건을 언급할 때, 「후지노 선생」에서는 총살이라고 했으나, 『외침』의 「자서(自序)」나 「저자 자서약전」등에서는 '목을 자르'[51]는 것이었다는 등 진술이 엇갈리기도 하고요. 일본인 학생들이 그 환등을 보고 '만세'를 외쳤다는 내용도 그들의 증언에 의하면 사실이 아니라고 합니다.[52] 세세한 기억력에 한계가 있으므로 사실의 진위를 가리기는 쉽지 않습니다. 일본인들로서는 인정하고 싶지 않을지 모르지만, 루쉰이 몇 번이나 되풀이하여 말한 이상 그러한 사건이 있었다는 것 자체를 부정할 수는 없겠지요? 여기서 중요한 점은 그가 진로를 바꾼 동기가 환등기 사건만은 아니

51) 『루쉰 소설전집』, 5쪽; 『노신문집』, 제3권, 122쪽.
52) 片山智行, 魯迅, 中公新書 1287, 1996, 66쪽.

었을 거라는 점입니다. 그보다는 루쉰의 마음속에 이미 꿈틀거리고 있던 개혁정신이 이 사건으로 폭발했다고 해석하는 편이 맞겠지요. 센다이 의학전문학교에 다니던 1904년 혹은 1905년경에 그는 중국으로 잠시 귀국해 광복회에 가입했습니다. 광복회는 저장성과 장쑤[江蘇]성 사람들이 조직한 반청 민족주의 단체로, 1905년에는 쑨원의 지도로 광동성계의 흥중회(興中會), 호남성계의 화흥회(華興會)와 결합하여 중국동맹회로 발전했습니다.

## 쭈안을 아내로 맞이한 루쉰

도쿄로 돌아온 루쉰은 동경독일어학회 부설인 독일어전수학교(현 독협(獨協)대학)에서 공부를 이어나갔습니다. 루쉰은 독일어에 능숙했지만, 관리를 획득하기 위해 학교에 들어간 터였기에 그다지 열심히 다니지 않았습니다. 도리어 고서점과 외국서점을 돌아다니면서 문예평론과 유럽 미국의 문학을 섭렵하는 데 몰두했지요. 특히 레클람(reclam) 문고 등의 독일어 원서를 자주 구입했고, 도쿄에서 살 수 없는 책은 마루젠[丸善]이라는 외국 서적상에 의뢰하여 구입했어요. 독일 책만 해도 127종이나 가지고 있었지요. 주로 문학책이었지만 철학과 역사도 중시했어요. 루쉰이 좋아한 대표적인 저자들은 톨스토이와 니체였습니다. 그는 또한 고전보다 근현대 책을 주로 읽었고, 강대국보다 약소국의 책을 더 중시했어요. 또한 나쓰메 소세키가 〈아사히신문(朝日新聞)〉에 연재한 소설 『우미인초(虞美人草)』에 푹 빠지기도 했습니다. 1908년 4월, 루쉰은 나쓰메가 살았던 집을 빌려 '오사(悟舍)'라고 이름 짓고 동생인 저우쭤런, 친구인 쯔슈상 등과 함께 살았습니다. 그 집에 딸린 넓은 정원에 루쉰은 여러 종류의 식물을 재배하기도 했어요.

1906년, 루쉰은 어머니가 위독하다는 소식에 중국에 일시 귀국했으나 그것은 구실에 불과했습니다. 어머니가 아들을 결혼시키려고 부른 것이었지요. 루쉰은 어머니의 권유로 쭈안[朱安, 1878~1949]과 결혼했지만 그녀가 전혀 마음에 들지 않았습니다. 약혼을 할 때 조건을 달았음에도 전족을 한 채로 왔고 글자를 읽지도 못했어요. 루쉰은 결혼 사흘째 되는 날 잠자리를 안방으로 옮겼고, 이튿날 동생을 데리고 일본에 돌아갔어요. 그 후 루쉰은 중국에 돌아와 그녀와 함께 살았으나, 침실을 함께 사용하기는커녕 거의 대화도 하지 않았습니다. 나중에 루쉰은 여제자인 쉬광핑[許廣平, 1898~1968]과 동거했지만, 그의 아내는 루쉰의 어머니가 죽을 때까지 그녀를 섬겼다고 합니다.

쭈안과 결혼한 것에 대해 그는 후일 세 가지 이유를 들어 설명했습니다. 첫째, 어머니의 뜻을 저버릴 수 없었다. 둘째, 약혼했다가 소박맞은 여인은 평생 수모를 당한다. 셋째, 자신이 청나라에 계속해서 투쟁한다면 오래 살지 못할 테니 누구와 결혼해도 무관하다고 생각했다. 그러나 그가 아내를 버렸기에 결국 그녀가 불행해졌다는 사실은 루쉰 또한 남성 중심의 전통 윤리에 젖어 있었음을 보여줍니다. 그리고 그 점은 평생 그에게 마음의 짐이 되었지요. 이 결혼 문제를 루쉰 사상에 중요한 요소로 보는 견해도 있지만, 저는 그 점에 그다지 중요성을 부여할 생각은 없습니다.

# 초기 사상

## 다시 도쿄에서

루쉰은 다시 도쿄에 돌아와 1907년 잡지에 「인간의 역사」를 비롯한 몇 편의 글을 발표했습니다. 그는 또한 《신생(新生)》이라는 잡지를 창간하고자 했으나 실패합니다. 1909년에는 러시아와 동유럽의 문학작품을 번역한 『역외소설집』을 두 종 발간했지만 100권도 팔리지 않았습니다.

루쉰은 독일어와 러시아어를 배우고, 1908년에는 장빙린[章太炎, 章炳麟 1868~1936][53]에게서 문자학을 익혔습니다. 그는 러시아의 아나키스트인 바쿠닌(Mikhail Aleksandrovich Bakunin, 1814~1876)의 영향을 받았는데, 중국을 부강하게 만들기 위해서는 서양의 물질문명을 모방하는 것만이 아니라 중국인의 정신력을 강화할 필요가 있다고 주장했습니다.

그러나 장빙린만이 루쉰에게 절대적인 영향을 끼친 것 같지는 않아요. 또한 장빙린과 그의 영향을 받은 루쉰이 진화론을 '부정' 또는 '극복'했다고 하는 견해[54]에도 동의하지 않습니다. 루쉰은 후일 장빙린을 회고하면서 그런 언급은 전혀 하지 않았으며, 1926년까지 진화론에 입각한 글을 남겼기 때문입니다. 도리어 당시 루쉰이 쓴 글에서 보듯이 장빙린은 진화론의 영향을 깊게 받았습니다. 당시 아나키스트였던 장빙린이 역시 아나키스트였던 바쿠닌이나 크로폿킨(Pyotr Alekseevich Kropotkin, 1842~1921)의 사상을 좇

---

53) 중국의 근대 혁명가 중 하나인 장빙린은 오늘날 대만 정부의 공식 이름인 '중화민국'을 지은 사람이기도 하다. 그는 상하이 조계 신문에 혁명론을 집필하다가 감옥형 3년형을 받은 뒤, 1906년 일본에 건너와 혁명기관지인 〈민보(民報)〉의 주필을 지냈다.

54) 송영배, 『민족혼으로 살다』, 207쪽.

았다면 그들이 지지한 진화론을 부정했다고 볼 가능성은 없겠죠. 장빙린의 독특한 유심주의[55]는 분명한 아나키즘의 영향으로 볼 수 있는데요. 이는 뒤에서 볼 당시 루쉰의 평론 「문화편향론」과 「파악성론」에 그대로 드러나 있습니다. 오히려 장빙린으로부터 루쉰이 배운 것은 유교에 대한 비판이에요. 장빙린은 앞에서 본 쩌우룽이나 량치차오처럼 청나라가 유교를 지배의 도구로 이용하면서 민중을 기만한 일을 비판했습니다. 바로 이 점이 루쉰에게 크게 영향을 미쳤지요. 또한 장빙린은 유학자들이 부귀영화와 출세를 위해 유교를 신봉할 뿐이라고 꼬집었습니다. 이는 뒤에서 보는 루쉰의 「문화편향론」에서 서구의 근대문화를 배우자고 주장하는 자들이 사실은 이기적으로 출세를 도모한다는 비난에 그대로 이어집니다.

## 루쉰의 과학론

루쉰은 「인간의 역사(人之歷史)」(1907)[56]와 「과학사교편(科學史教篇)」(1908)[57]을 집필해서 자신의 과학론을 밝혔습니다. 하지만 그 글들은 중국에 진화론을 가장 이른 시기에 소개했다는 역사적인 의미 외에 지금 우리에게 주는 의미는 그다지 크지 않습니다.

「인간의 역사」는 '독일인 헤켈의 종족발생학의 일원적 연구의 해석'이라는 부제에서 보듯이 다윈의 생물진화론과 그 발전의 역사를 소개한 글인데요. 이는 옌푸의 『천연론』을 읽고 접한 진화론을 루쉰이 다시 파고들기 시작했음을 보여줍니다. 또한 「과학사교편」은 서양 과학사상의 역사적 변천을 설명한 것으로, 방금 설명한 글과 마찬가지로 그 당시 중국에서는 상당히

---

55) 유심론이라고도 일컫는다. 세계의 모든 것은 결국 정신적인 것으로 설명 가능하다는 태도이다. 이는 형이상학적이거나 추상적인 정신을 실체로 인정한다. 유물론과 정반대의 관계에 있다.

56) 『무덤』, 13~33쪽.

57) 위의 책, 34~58쪽.

계몽적인 내용이었어요. 특히 이 글은 양무운동이 부국강병을 꾀하며 실용적인 기술을 들여오는 데에만 급급했던 것을 비판합니다. 대신 과학 자체를 발전시켜야 한다며 과학과 사회의 관련성을 설명했지요. 또 이를 위해 과학자가 주체성을 갖춰야 한다고 했어요. 즉 과학자가 단순히 과학지식을 추구하는 데에 그치지 않고 내면적인 정신을 갖춰야 한다고 주장한 것입니다. 이에 대한 예시로 과학으로 조국의 위기를 구한 과학자의 애국적 행동을 소개하기도 했습니다. 나아가 미적 감정을 포함한 인문정신의 중요성 역시 강조하면서 뉴턴, 칸트, 다윈 같은 이들처럼, 셰익스피어, 라파엘, 베토벤 등도 필요하다고 했습니다.

## 「문화편향론」

위에서 설명한 과학론은 지금은 그다지 중시되지 않지만, 「문화편향론(文化偏至論)」(1908)은 여전히 주목할 가치가 있습니다. 게다가 이 글은 루쉰이 최초로 쓴 본격적인 문학사상론인 만큼 방향성이 뚜렷하지요. 이 글에서 우리는 먼저 루쉰이 중국 문화에 대해 대단한 자부심을 품었음을 확인할 수 있습니다. 이는 앞에서 본 「중국지질약론」과 궤를 같이합니다.

> 사방에서 함부로 날뛰고 있는 것은 다 손바닥만 한 하찮은 오랑캐들뿐이며, 그 민족이 창조해낸 것들은 중국이 배울 만한 것이 하나도 없었다. 따라서 중국의 문화형성과 발달은 모두 스스로에 의해 된 것이지 남으로부터 받아들인 것이 아니었다. …
> 그렇지만 다만 비교할 대상이 없었기 때문에 안일이 나날이 지속되면서 쇠퇴하기 시작하였고, 외부의 압력이 가해지지 않자 진보 역시 중지되었으며, 사람들은 무기력해지고 제자리에 머물게 되면서 그것이 절정에 달해 훌륭한 것을 보아도 배

울 생각을 하지 않게 되었다.

서양에서 신생국들이 즐비하게 일어나서 특이한 기술을 중국에 들여와 한번 보여주며 선전하자, 사람들은 망연자실 기절하면서 그제야 큰일 났다는 것을 알게 되었으며, 하찮은 재주와 지혜를 가진 무리들이 그리하여 다투어 군사를 운위하게 되었다. …

아아, 저들은 대개 군사에 대한 학습을 생업으로 삼기 때문에 근본은 도모하지 않고, 겨우 자신이 배운 것만을 내세우며 천하에 나서고 있는 것이다. …그다음으로 문제가 되는 것은 바로 공업과 상업, 입헌과 국회에 대한 주장이다. …스스로가 게으르고 변변치 못하기 때문에 어쩔 수 없이 타인의 찌꺼기를 주워 모아 대중들을 규합하여 저항하려고 한다. …하지만 이것을 아무렇게나 가져다 중국에 시행하는 것은 잘못이다.[58]


　말했다시피 루쉰은 서양 제국주의를 경계했습니다. 서양 문물을 맹신적으로 도입하고자 하는 급진적인 개화주의자도 천박하고 약삭빠른 무리라고 비판했지요. 여기서 비판의 주된 대상은 군비 증강과 물질만을 중시하는 태도 및 민중주의입니다. 특히 민중주의에 대해 그는 "자기와 의견이 다른 사람이 나타나면 반드시 다수로써 소수를 억압하면서 대중정치라는 구실을 붙이는데, 그 압제는 오히려 폭군보다 더욱 심하다"[59]라고 비꼬았습니다. 따라서 그는 "물질을 배척하여 정신을 발양(勃壤)시키고 개인에게 맡기고 다수를 배격해야 마땅하다"[60]고 보았지요. 이러한 생각은 아래에서도 읽을 수 있는데요. 예컨대 「소잡감(小雜感)」(1927)에서 그는 다음과 같이 털어

58) 위의 책, 59~65쪽.
59) 위의 책, 63쪽.
60) 위의 책, 64쪽.

놓았습니다.

> J. S. 밀은 말했다. 전제는 사람들을 냉조자(冷嘲者)로 바꾼다고. 그러나 그는 공화(共和)가 사람들을 침묵자로 바꾸는 것에 대해서는 끝내 깨닫지 못했다.[61]

그러나 여기서 주의할 점은 루쉰이 서양문명을 무조건 거부하지는 않았다는 점입니다. 도리어 앞에서도 보았듯이 그는 국수주의를 가장 건강하지 못한 사상으로 보았습니다.

「문화편향론」에서 그는 문명은 앞 시대의 치우침을 바로잡으며 전진한다는 전제를 내세웠습니다. 그러고는 서양에서 앞 시대의 세속적 치우침에 반대하는 새로운 사상이 나타났다고 설명했습니다. 루쉰은 그러한 유럽 문명의 비판자로서 막스 슈티르너(Max Stirner, 1806~1856), 아르투르 쇼펜하우어(Arthur Schopenhauer, 1788~1860), 쇠렌 키에르케고르(Soeren Kierkegaard, 1813~1855), 헨리크 입센(Henrik Ibsen, 1828~1906), 프리드리히 니체(Friedrich Nietzsche, 1844~1900) 등을 주목하고 그들이 주장한 것처럼 개인의 개성을 키워나갈 것을 역설합니다. 누구보다도 루쉰이 먼저, 그리고 가장 상세하게 소개한 사람은 철저한 개인주의를 주장한 독일의 철학자 막스 슈티르너입니다. 나머지는 그저 예시를 들기 위해 언급했다고 볼 수 있지요. 슈티르너는 대표적인 아나키스트이기도 했는데요. 루쉰은 그의 사상에 대해 다음과 같이 해석해요.

> 그는 진정한 진보는 자기 발아래에 있다고 했다. 인간은 자기 개성을 발휘함으로

---

61) 『노신문집』, 제4권, 144쪽.

써 관념적인 세계의 속박에서 벗어날 수 있다고 했다. 이 자기 개성이야말로 조물주이다. 오직이 자기[我]만이 본래 자유를 소유하고 있다. 자유는 본래 자기에게 있는 것이므로 다른 데서 구한다면 이는 모순이다. 자유는 힘으로 얻을 수 있지만, 그 힘은 바로 개인에게 있고, 또한 그것은 개인의 소유물이면서 권리이기도 하다. 그러므로 만일 외부의 힘이 가해진다면 그것이 군주에서 나왔든 또는 대중에서 나왔든 관계없이 다 전제이다. 국가가 나에게 국민의 의지와 함께해야 한다고 말하면 이 또한 하나의 전제이다. 대중의 의지가 법률로 표현되면 나는 그 속박을 곧 받아들이는데, 비록 법률이 나의 노예라고 하더라도 나 또한 마찬가지로 노예일 뿐이다. 법률을 제거하기 위해서는 어떻게 해야 하는가? 의무를 폐지해야 한다고 한다. 의무를 폐지하면 법률은 그와 함께 사라진다는 것이다. 그 의미인 즉, 한 개인의 사상과 행동은 반드시 자기를 중추로 삼고 자기를 궁극으로 삼아야 한다는 것이며, 다시 말하면 자아 개성을 확립하여 절대적인 자유자가 되어야 한다는 것이다.[62]

이어 루쉰은 니체를 개인주의의 '최고 영웅'이라고 말하면서 "그가 희망을 걸었던 것은 오로지 영웅과 천재였으며, 우민을 본위로 하는 것에 대해서는 마치 뱀이나 전갈을 보듯 증오하였다"고 추어올립니다.[63] 그리고 그 점에서 19세기 유럽 문명이 과거보다 발전하였고 동아시아를 능가한다고 평가하지요.[64] 루쉰은 슈티르너와 니체가 주장한 '개인'을 확립하자고 주장합니다. 말하자면 '입신(立人)'을 중시한 건데요.[65] 이는 뒤에서 볼 그의 소설에 나타나는 주제이기도 합니다.

62) 『무덤』, 74쪽.
63) 위의 책, 76쪽.
64) 위의 책, 82쪽.
65) 위의 책, 85쪽.

그러나 여기서 주의할 점은 이렇게 슈티르너에게 푹 빠졌다고 해서 루쉰이 아나키스트였다고 결론을 내리기 어렵다는 겁니다. 당시 일본이든 중국이든 아나키즘이 유행한 것이 사실이고, 초기의 마오쩌둥[毛擇東, 1893~1976]처럼 루쉰이 아나키즘의 영향을 받은 것도 짐작 가능합니다. 그러나 당시 루쉰의 글에서 슈티르너 이외의 아나키즘에 대한 언급은 쉽게 찾아볼 수 없습니다. 오히려 후기에 가면 루쉰은 아나키즘을 부정합니다.

도리어 개인주의의 모범으로서 루쉰에게 오랫동안 영향을 끼친 사람은 니체(Friedrich Wilhelm Nietzsche, 1844~1900)[66]였습니다. 루쉰은 니체의 저서 『짜라투스트라는 이렇게 말했다*Also sprach Zarathustra*』를 즐겨 읽었는데요. 이 책은 도쿄에 있는 그의 책상 위에 언제나 놓여 있었다고 합니다. 1920년에는 그 서문을 직접 번역하기도 했고요. 그런데 니체의 초인이 지니는 여러 가지 중의적인 의미가 루쉰에게 그대로 적용될 수 있는 것이 아님을 주의해야 합니다. 사실 루쉰이 니체를 본격적으로 연구했다고 보기는 어렵거든요. 예컨대 니체의 사상이 나치의 파시즘에 이용당했다는 사실 때문에, 루쉰이 니체를 즐겨 읽은 것을 비판적으로 보거나 소극적으로 평가하려는 입장이 있어요. 특히 중국의 학자들이 유독 그러한 태도를 보이지요. 하지만 루쉰은 그러한 천재의 독단주의를 예찬한 것이 아니라 중국인의 방관자적인 태도를 비판하기 위해 니체를 끌어온 것입니다. 깨달음 없이 인습에 빠져 있던 중국 사회, 이에 반항하려면 강고한 의지를 갖춘 초인이 되어야 한다는 겁니다. 이러한 혁명적 투사를 중국인이 되살려야 한다는 것이지요.

66) 독일의 철학자. 흔히 기존의 이성 중심 서양철학에 대항한 니힐리즘이나 실존주의 사상가로 알려져 있다. 『짜라투스트라는 이렇게 말했다』는 그의 핵심적인 사상들을 집약한 저서 중 하나로, 여기서 "신은 죽었다"는 유명한 선언이 나오기도 했다. 이 책은 기존 철학서와는 달리 4부작의 이야기책 형식을 띠고 있는데, 주인공 짜라투스트라는 '인간은 짐승과 초인 사이에 놓인 밧줄'이라며, 인간을 극복하고 '초인(bermensch)'이 될 것을 설파한다. 이는 신이 존재하지 않는 세계에서 주체적으로 운명을 개척해나가는 과격한 결단력이 있는 인물이자, 억압하는 사회를 깨부수는 인간이라고 볼 수 있다.

즉 루쉰의 초인은 부정되어야 할 중국 사회와 투쟁하는 반항자일 뿐입니다.

## 「마라시력설」

앞에서 본 「문화편향론」이 루쉰의 사상론이었다면, 「마라시력설(摩羅詩力說)」
은 그의 본격적인 문학평론입니다. 앞서 본 루쉰의 사상을 문학에 적용한 것
이라고 할 수 있어요. 여기서도 역시 니체의 영향을 엿볼 수 있으나, 더욱 뚜
렷이 나타나는 것은 영국의 낭만주의 천재 시인이자 철학자인 바이런의 영
향입니다. 바이런은 영국 사회의 인습을 타파하기 위해 악마를 내세웠는데
요. 루쉰의 「마라시력설」의 제목은 그의 사상에 영향을 받은 거예요. 그러면
이 제목이 무슨 뜻인지 알아볼까요? '마라'는 산스크리트어로 악마를 음역
한 것으로 야만적이라고도 할 수 있는 새로운 생명의 상징입니다. '시력'은 시
의 힘, 그리고 '설'이란 논설을 말합니다. 이 글에서 루쉰은 니체가 야만을 경
멸하지 않고 그 속에서 새로운 문명의 힘을 보았음을 높이 평가합니다. 그러
나 "문화가 이미 끝난 오래된 민족은 그렇지 않다"고 말하며 그는 중국의 고
대 문명 예찬을 다음과 같이 비판합니다.

> 그러므로 이른바 오래된 문명국이라는 말에는 처량한 뜻이 들어 있고 풍자의 뜻
> 이 들어 있는 것이다! 중도에 몰락한 귀족의 후예가 가세가 무너졌어도 사람들에
> 게 떠벌리며, 우리 선조들이 한창때는 비할 데 없이 지혜롭고 무공이 혁혁하여, 일
> 찍이 대궐 같은 집과 웅장한 누각, 보석과 개와 말이 있었고 존귀함은 보통 사람들
> 보다 훨씬 뛰어났다고 한다. 이런 말을 들으면 누구라도 배 잡고 웃지 않겠는가?[67]

---

67) 『무덤』, 91쪽.

바로 이러한 퇴폐적인 정신승리법이 뒤의 「아Q정전」에서 풍자의 대상이 되는 것이죠. 이를 극복하기 위해 루쉰은 반항과 행동을 중시하는 악마적 시인의 정신을 소개합니다. 루쉰이 악마 시인의 대표로 드는 사람은 영국의 바이런과 퍼시 셸리, 러시아의 알렉산드르 푸시킨(Aleksandr Sergeevich Pushkin, 1799~1837)과 미하일 레르몬토프, 그리고 폴란드와 헝가리의 시인들인데요. 루쉰은 시를 포함한 문학이 종래의 센티멘털리즘에서 해방되어야 한다고 강조합니다. 시인 역시 전투의 무기로서 펜을 잡고 투쟁해야 한다는 뜻인데요. 그가 그중 대표라고 평가한 바이런을 어떻게 이해했는지 볼까요?

그는 부딪히는 것마다 늘 저항하였고 의도한 것은 반드시 이루려고 했다. …그가 좋아한 전쟁은 야수와 같은 것이 아니라 독립과 자유와 인도를 위한 것이었다. … 따라서 그는 평생 동안 미친 파도처럼 맹렬한 바람처럼 일체의 허식과 비루한 습속을 모두 쓸어버리려고 했다. 앞뒤를 살피며 조심하는 것은 그에게는 아예 모르는 일이었다. 정신은 왕성하고 활기차 제압할 수 없었고, 힘껏 싸우다 죽는 한이 있더라도 그 정신만은 반드시 스스로 지키려고 했다. …
당시 영국에서는 허위가 사회에 만연되어 형식적이고 화려하게 꾸민 예의를 진정한 도덕이라 여겼고, 자유사상을 가지고 탐구하는 사람들을 세상에서 악인이라 불렀다. 바이런은 저항을 잘하고 성격이 솔직하여 가만히 있을 수 없었다. 그리하여 카인을 빌려 이렇게 말했다. "악마라는 것은 진리를 말하는 자이다." 드디어 그는 사람들의 적이 되는 것을 두려워하지 않았다.[68]

68) 위의 책, 124~125쪽.

바이런은 번잡한 허례를 도덕이라고 뽐내고 자유로운 사상을 탐구하는 사람을 악인으로 보는 '허위'적인 영국 귀족 사회에 격렬하게 반발했습니다. 루쉰은 그의 다음과 같은 말을 인용했어요.

"영국인들의 비평에 대해 나는 개의치 않는다. 만약 내 시를 유쾌한 것으로 여긴다면 그냥 내버려둘 뿐이다. 내가 어찌 그들이 좋아하는 것에 아부할 수 있겠는가? 내가 글을 쓰는 것은 부녀자나 어린이나 저속한 사람들을 위한 것이 아니다. 내 온 마음과 정감과 의지를 무한한 정신과 결합하여 그것으로써 시를 짓는 것이며 저들의 귀에 부드러운 소리를 들려주고자 창작하는 것은 아니다."[69]

이어 루쉰은 바이런의 시를 이렇게 평가합니다. "무릇 이러하였으니, 그의 시 한 글자 한 단어는 그 사람의 호흡과 정신의 드러난 모습이 아닌 것이 없었고, 사람들의 마음에 닿으면 심금을 울려 즉각 반응을 보였다."[70] 또한 루쉰은 폴란드 헝가리와 같이 핍박받는 조국에서 살던 민족 시인들이 쓴 복수의 노래에 깊이 공감했어요. 예컨대 다음과 같은 구절에서 진실성을 발견했지요. "복수하라, 복수하라! 내 도살자를 복수하라! 하늘의 뜻이 그러하니 반드시 복수하라. 설령 하늘의 뜻이 그렇지 않더라도 복수하라!"[71] 뒤에서 보는 바와 같이 루쉰은 도살자라는 개념을 자주 사용했습니다. 또한 루쉰은 「맹세코 다시는 노예가 되지 말자」라는 시를 소개합니다.[72] 그리고 그 시인의 다음과 같은 말을 인용해요. "내가 금을 타거나 붓을 휘두르는 것은 이익 때문이 아니다. 내 마음속에 하느님이 있어 그가 내게 노래 부르게 한

69) 위의 책, 126쪽.
70) 위의 책, 126쪽.
71) 위의 책, 151쪽.
72) 위의 책, 155쪽.

다. 하느님은 다름 아닌 바로 자유일 따름이다."[73] 루쉰은 그러한 시인들을 다음과 같이 인정합니다.

이들은 대게 뜨겁고 진실한 소리를 듣고 문득 깨달은 자들이며, 이들은 대개 동일하게 뜨겁고 진실한 마음을 품고 서로 의기가 투합한 자들이다. 그리하여 그들의 일생 역시 대단히 흡사하여 대부분 무기를 잡고 피를 흘렸다. …

따라서 군중이 보는 앞에서 피 흘리는 자가 없다면 그것은 그 사회의 재앙이다. 비록 그런 사람이 있어도 군중이 거들떠보지 않거나 오히려 달려들어 그를 죽인다면, 그와 같은 사회는 재앙이 더욱 심할 것이며 구제할 수조차 없을 것이다![74]

그리고 루쉰은 "이제 중국에서 찾아보아, 정신계의 전사라고 할 만한 사람은 어디에 있는가? 지극히 진실한 소리를 내어 우리를 홀륭하고 강건한 데로 이끌 사람이 있는가? 따스하고 훈훈한 소리를 내어 황폐하고 차가운 데에서 우리를 구원해낼 사람이 있는가?"라고 질문을 던집니다. 여기서 우리는 루쉰이 악마파 시인들의 태도에서 이민족인 청나라의 지배를 극복하려는 민족의식을 읽어냈음을 다시금 확인할 수 있지요.

「파악성론」

「파악성론(破惡聲論)」(1908)은 '악성', 즉 나쁜 소리를 깨뜨리는 글이란 뜻입니다. 그런데 일부 학자들은 이 글에서 루쉰이 진화론적 사고방식을 부인했다고 해석해요. 그러면서 진화론을 명분 삼아 약육강식을 합리화하면서 약자를 착취하는 자들을 그가 '짐승 같은 애국자'로 극렬히 비난했다는 것을

73) 위의 책, 155쪽.
74) 위의 책, 160쪽.

근거로 들지요.[75] 저는 이러한 주장에 동의하지 않습니다. 루쉰이 진화론을 비판한 것은 어디까지나 제국주의자들이 악용하던 사상만을 겨냥했다고 보는 것이 타당해요. 이 글은 다음과 같이 시작합니다.

> 근본이 무너지고 정신이 방황하고 있어 화국(華國)은 장차 후손들의 내분에 의해 스스로 말라죽을 것이다. 그런데도 온 천하에 충직한 말 한마디 없으니 정치는 적막하고 천지는 닫혀 있을 뿐이다.[76]

루쉰은 중국의 미신이나 불교를 무작정 무시하는 서양주의자들을 공격하면서 서양의 침략주의를 꼬집었습니다. 동시에 그러한 침략주의를 닮고자 하는 중국도 비판했지요. 여기서 특히 겨냥되고 있는 것은 캉유웨이나 량치차오 등의 세속적인 계몽주의 언론이에요. 이들은 중국을 발전시켜야 한다고 하면서도 중국이 다른 나라를 침략할 수 있는 강대국이 되기를 꿈꾸었지요.

> 침략을 숭상하는 자들은 대개가 동기를 가지고 있어 수성(獸性)이 그 윗자리를 차지하고 가장 아래에는 노예근성이 있는데 중국의 지사들은 어디에 있는가? …저들이 말하는 애국이란 것도, 대체로 예문과 사상을 인류의 영화로 숭상하지 않고 단지 군대나 무기의 정예로움을 빌려 땅을 얼마나 획득했느냐 사람을 얼마나 죽였느냐 하는 것으로 조국의 영광이 재잘거리는 것이다.[77] …그렇기 때문에 살육이나 약탈을 즐기며 자기 나라의 위세를 떨치려고 생각하는 것이라면 이는 수성

---

75) 송영배, 『민족혼으로 살다』, 208쪽.
76) 『무덤』, 432쪽.
77) 위의 책, 451쪽.

의 애국이며, 사람이 금수나 곤충을 뛰어넘고자 한다면 마땅히 그런 생각을 흠모해서는 안 된다.[78] …대개 수성의 애국을 지향하는 선비는 반드시 강대국에서 태어나는데, 세력이 강성하여 그 위세를 천하에 떨칠 수 있는 것이다. 그리하여 자국만을 존중하고 다른 나라를 멸시하면서 진화는 우량종만 남긴다는 주장을 거머쥐고 약소국을 침략하여 자신의 욕망을 채우면서, 세계를 섞어 하나로 만들고 이민족을 모두 자기 신복으로 만들지 않으면 만족하지 않는다.[79] …온 세상이 도도하게 침략을 찬미하고 강포한 러시아나 독일에 경도되어 마치 낙원처럼 흠모하며, 재앙을 당하여도 아무 말도 하지 못하는 인도나 폴란드 민족에 대해서는 얼음처럼 차가운 말로써 그들의 쇠락을 조소하고 있다.[80] …만일 자신의 나무를 튼튼히 하고도 남은 힘이 있다면, 마땅히 헝가리를 도운 폴란드의 장군 벰(J. Bem, 1795~1850)이나 그리스를 원조한 바이런처럼 자유를 위해 원기를 바치고 압제를 전복시켜 세상에서 제거해야 할 것이다. …그리하여 인간 세상에 자유를 완전히 갖추도록 하여 호시탐탐 노리는 백인종에게 그들의 신복을 잃게 해야 한다.[81]

여기서 우리는 루쉰이 진화론적 관점 자체를 부정하는 것이 아님을 알 수 있어요. 다만 그는 인류의 진정한 진보에 어긋나는 침략주의를 비판하고 있는 것입니다. 그는 니체가 기독교를 배척하고 초인론을 주장한 것이 진화론을 받아들여서라고 이해하기도 해요.[82] 그리고 루쉰은 사회를 한층 진보시킬 혁명가인 새로운 선비를 기다립니다.

---

78) 위의 책, 453쪽.
79) 위의 책, 453쪽.
80) 위의 책, 454쪽.
81) 위의 책, 457쪽.
82) 위의 책, 445쪽.

오늘날 귀하게 여기고 기대해야 할 사람은 대중들의 떠들썩함에 동조하지 않고 홀로 자신의 견해를 가지고 있는 선비이다. 그는 그윽하게 숨겨져 있는 것을 통찰하고 문명을 비평하면서 망령되고 미혹된 무리와 그 시비를 함께하지 않는다.

오직 자신이 믿고 있는 바를 향해 매진한다. 온 세상이 그를 칭찬하여도 그것에 고무되지 않고, 온 세상이 그를 헐뜯어도 그것 때문에 나아감이 막히지 않는다. 자기를 따르는 자가 있으면 미래를 맡긴다. 설령 자기를 비웃고 욕하며 세상에서 고립시키더라도 역시 두려워하지 않는다.[83]

## 초기 사상의 모순에 대해

어떤 학자들은 루쉰의 초기 글들이 여러 가지로 모순된다고 지적합니다. 예컨대 그가 계몽을 주장하면서도 중국의 현실을 신랄하게 그려온 것도 비판의 대상이 되지요.[84] 그러나 이 경우에는 이러한 지적이 도리어 모순이라 할 수 있습니다. 그러한 현실을 깨우치기 위해 계몽을 주장한 것이니까요. 또 하나의 지적은 루쉰이 중국의 현실을 냉정히 바라보면서도 과거는 미화했다는 것입니다.[85] 루쉰이 옛 중국에 대해 자부심을 품었다는 것은 앞에서도 본 바가 있는데요. 이는 중국의 전통 사관을 방불케 하는 것으로, 루쉰이 서양사상을 추구하면서도 전통적인 구식 사고방식에서 완전히 벗어나지는 못했음을 보여준다는 것입니다. 그러한 주장의 근거로 제시되는 것은 주로 「파악성론」에 나오는 다음 부분입니다.

중국은 예부터 만물을 널리 숭배하는 것을 문화의 근본으로 여겨 하늘을 경외하

---

83) 위의 책, 438쪽.
84) 『인간 루쉰』, 55~56쪽.
85) 위의 책, 57쪽.

고 땅에 예를 갖추었으며, …숭배하고 아끼는 사물이 이토록 많은 나라는 세상에서 보기 드물 것이다. 그러나 민생이 더욱 어려워지자 이러한 성격은 날로 엷어져서 오늘에 이르러서는 겨우 옛사람들의 기록에서나 볼 수 있을 뿐이며, 타고난 성품을 아직 잃지 않은 농민에게서 볼 수 있을 뿐이다.[86]

그러나 위 글은 루쉰이 중국의 일반적인 전통들을 평가하는 것이 아닙니다. 그보다는 중국의 전통 종교를 미신이라고 무작정 배척하는 견해에 대한 반론이지요. 위에 이어 루쉰은 다음과 같이 말합니다.

사대부에게서 그것을 구한다면 거의 찾아보기 어려울 것이다. 가령 누군가가 중국인들이 숭배하고 있는 것은 무형의 것이 아니라 구체적 실체이며 유일신이 아니라 온갖 사물이기 때문에 이러한 신앙은 미신일 뿐이라고 말한다면, 감히 물어보건대 어째서 무형이나 유일신만을 올바른 신이라고 하는가?[87]

루쉰이 불교를 옹호한 적이 있음[88]을 비판하는 견해도 있습니다.[89] 그러나 이러한 전통 종교에 대한 루쉰의 관점은 이미 현대 종교학에서는 정설로 자리 잡고 있습니다. 루쉰은 다음과 같이 문학과 예술에서도 그러한 전통 종교의 영향을 인정하지요.

온갖 사물을 돌아보고 만물을 자세히 관찰하여 보면, 영각(靈覺)이나 묘의(妙義)를 가지지 않은 것이 없는 듯한데, 이것이 곧 시가요 예술이며 오늘날 신비에 정

---

86) 「파악성론」, 『무덤』, 442~443쪽.
87) 위의 책, 443쪽.
88) 위의 책, 446쪽.
89) 『인간 루쉰』, 61쪽.

통한 선비들이 귀의할 곳이다. 게다가 중국은 이미 4천 년 전에 이런 것이 있었으니, 이를 두고 미신이라 말하며 배척한다면 올바른 믿음이란 장차 어떻게 되겠는가?[90]

　한편 상당수 학자는 계몽주의자이면서도 민중을 경멸했다는 점을 루쉰의 가장 큰 문제로 꼽습니다. 그들은 이 역시 니체의 영향이라고 말하는데요. 루쉰의 경우 민중이 계몽을 거부하는 점을 더욱 강조하였으며[91] 지식인은 수난과 몰이해로 인한 고독을 감내해야 한다고 보았다는 것입니다.[92] 말하자면 루쉰에게는 민중에 대한 불신이 있었습니다. "혁명가라면 민중을 무조건 사랑해야 한다"라는, 혁명에 대한 당위론을 지닌 이들에게는 받아들일 수 없는 사고방식이지요.[93] 하지만 루쉰은 평생에 거쳐 일관되게 민중과 거리를 두었습니다. 이는 민중을 경멸한 것이 아니라 지식인으로서 자신의 한계를 명백히 인정한 것이라 보아야 합니다.

　그러나 루쉰에게 문제가 아예 없었던 것은 아니에요. 특히 저는 중국의 침략사를 극단적으로 미화하고 있는 다음 부분을 읽으며 저항감을 느낍니다.

　스스로 자랑스럽게 여기는 바는 바로 문명이 광화미대(光華美大)하다는 사실이었고, 폭력을 빌리지 않고도 사방 오랑캐 위에서 군림하며 평화를 애호하였으니 천하에 드문 일이었다. …만일 온 천하가 중국과 같은 습성을 가지고 있다면 톨스토이가 주장한 대로 대지 위에 비록 종족이 번다하고 국가가 다양하지만 각자 자기경계를 철저히 지키며 서로 침략하지 않을 것이고 만세(萬世)가 지나도록 혼란

90) 『무덤』, 443~444쪽.
91) 『인간 루쉰』, 58쪽.
92) 『인간 루쉰』의 입장은 다르다.
93) 『인간 루쉰』, 59쪽.

이나 갈라섬이 없을 것이다.[94]

위에서 지적된 '모순된' 태도는 혁명에 대한 그의 자세에서도 드러난다는 의견이 있습니다.[95] 루쉰은 중국을 구하기 위해서는 혁명이 필요하다고 주장했어요. 그러나 그 자신은 혁명가가 아니었지요. 그는 도쿄에서 '광복회'라는 조직에 가담했으나, 조직이 암살을 명하자 자신이 처형당한 뒤 누군가가 자신의 어머니를 돌볼 것을 요구합니다. 결국 조직은 그 명령을 거두어들였습니다. 루쉰은 그 이유가 어머니에 대한 염려 때문만이 아니라 그의 본능적인 회의심에 있었음을 다음 편지에서 쉬광핑에게 솔직히 인정했습니다. 그 회의감은 어린 시절 고향에서부터 겪은 인간에 대한 불신에 근거한 것이기도 하고, 암살의 효과에 대한 것이기도 했습니다.

> 첫째, 이것은 몇몇 사람이 할 수 있는 일이 아닙니다. …이런 사건이 한두 번 터진다 해도, 정말 국민들을 놀라게 하고 뭔가 행동을 이끌어내기엔 부족합니다. 국민들은 아직 무척이나 마비되어 있습니다. …둘째, 내 성격이 그렇답니다. 스스로 하지 않은 일에는 그다지 찬성하지 못하는 편입니다.[96]

---

94) 『무덤』, 454쪽.
95) 『인간 루쉰』, 62~66쪽.
96) 1925년 4월 14일 편지, 『양지서(兩地書)』, 37쪽.

제3장

# 외침과 방황

(1909~1924)

# 다시 고향으로

## 귀국 후 선생으로 살며 변발을 하다

루쉰은 1909년 8월, 7년여의 일본 유학을 마치고 중국으로 귀국했습니다. 고향에 돌아온 그는 친구 쉬서우창의 소개로 항저우에 있는 저장양급사범학교(浙江兩級師範學堂)[1]의 교사가 되어 생리학과 화학을 가르쳤고, 박물학(식물학)을 담당하던 일본인 교사의 통역도 겸했습니다. 이미 폐지된 과거 시험장에 세워진 그 학교는 지금 우리로 치면 초중등학교 교사를 양성하는 대학교(교육대학교 및 사범대학)에 해당했고 당시 저장성에서는 최고 학부였어요. 교원은 교수와 같다고 볼 수 있었죠. 루쉰은 그림을 그려 넣은 인쇄물로 알아듣기 쉽게 강의해서 학생들로부터 좋은 평판을 들었습니다. 또 식물학 시간에는 서호(西湖)나 근처의 산에 나가 표본 채집을 했습니다. 절대로 웃지 않는다는 조건을 달고서 생식에 대해 성교육도 했는데, 이는 당시로서 대단히 혁명적인 수업이었어요. 변발이 강요된 시대였으므로 그는 가발을 사서 쓰기도 했지만, 곧 포기하고 단발 그대로 양복을 착용하고 다녔습니다.

그해 12월에 교장이 보수적인 유학자로 바뀌어 모든 교원에게 청나라 식 예복을 착용하라고 명령했어요. 또한, 혁명당을 매도하고 공자상에 예배하고 공자사상을 숭배하는 수업을 강요했습니다. 루쉰과 마찬가지로 대부분 일본에서 유학하고 돌아온 교원들은 맹렬히 반대했고 학생들도 수업 거부로 대항했어요. 결국 교장은 2주 뒤에 사임했습니다. 이미 중국은 그 정도로

---

1) 지금은 저장성 항저우 제일중학이다.

▲ 일본에서 돌아온 직후의 루쉰
　1909년 루쉰은 7년간의 유학생활을
　마치고 중국으로 돌아왔다.

▲ 항저우 사범학교

▶ 루쉰의 식물 표본

변하고 있었던 것이죠. 그러나 새로 부임한 교장 역시 보수적인 인물이어서 이듬해 루쉰은 1년간의 항저우 생활을 정리하고 어머니와 아내가 있는 고향 사오싱으로 내려가 사오싱부중학당[紹興府中學堂]의 박물학 교사직을 맡았습니다. 뒤에 루쉰이 『양지서(兩地書)』에서 서술한 교육계에 대한 비관적인 견해는 이 시기의 경험에서 나온 것입니다.

　그런데 그의 고향은 그다지 달라진 게 없었던 모양입니다. 변발하지 않은 루쉰은 관리뿐만 아니라 민중으로부터도 경멸당했습니다. 이러한 차별은 다른 도시에서도 마찬가지였으나 작은 도시인 사오싱에서는 더욱 심했지요. 그것을 루쉰은 뒤에 「아Q정전」에서 아Q가 마을에서 가장 싫어하는 '치엔 나으리의 큰아들'을 통하여 묘사합니다. 전통적인 팔자걸음이 아니라 "걸음도 곧바로 걷고 변발도 보이지 않"는다는 이유만으로 "그의 모친은 열 번 이상이나 울며 법석을 떨었고 그의 아내는 세 차례나 우물에 뛰어들었다"고 하니 알 만하지요. 그의 어머니는 그의 변발이 그가 술에 취했을 때 나쁜 놈들에게 잘렸다고 변명했으나, 아Q는 그를 '가짜 양놈'이라 했고 '외국 놈의 앞잡이'라고도 불렀습니다. 또한 "아Q를 가장 '심각하고 절통하게 증오'하는 것은 그의 가짜 변발이었다. 변발이 가짜라면 사람 구실을 할 자격도 없는 것이다"라는 구절도 있어요.[2] 이러한 묘사가 루쉰 자신의 가정에서 실제로 벌어진 것을 말한 것인지는 알 수 없습니다. 한편 자신이 직접 겪은 일에 대한 설명으로서는 다음과 같은 것이 있습니다. 「병후잡담의 나머지」(1935)에 나오는 이야기예요.

외출했을 때 길에서 받는 대우가 전과 완전히 달라져버렸다. 그때까지 나는 대우라는 것은 남을 방문하여 손님이 되었을 때만 받게 되는 것이라고 생각했다. 이제야 비로소 길에서 사람을 만날 때도 그것이 있음을 알았다. 빤히 쳐다보는 정도는 가장 좋은 경우다. 냉소를 하거나 노골적인 욕설을 하는 경우가 대부분이었다. 적게는, 저자는 남의 계집을 가로챈 사내라 하였다. 왜냐하면 당시는 간부(姦夫)[3]를 붙잡으면 제일 먼저 변발을 잘랐기 때문인데 그 이유를 아직도 나는 모른다. 크게는, 저자는 '외국의 첩자'라 하였다.[4]

---

2) 『루쉰 소설전집』, 109쪽.
3) 간통을 저지른 남자를 이른다.
4) 『노신문집』, 제6권, 87쪽.

일본에서는 변발 때문에 야만인 취급을 당해 그것을 깎았더니 중국에서는 깎았다는 이유로 남의 여자와 놀아난 남자 또는 첩자 취급을 받은 것입니다. 변발은 청나라가 중국을 지배하면서 자신들의 문화를 강요한 것이에요. 따라서 한족으로서는 만주족의 노예임을 인정한 굴욕의 표시였습니다. 그래서 청나라 초기에 중국인들은 이에 목숨을 걸고 저항하기도 했지요. 그런데 그것이 이제는 한족의 상징처럼 되어 그것을 자르는 자가 이단자 취급을 받는 것이지요. 그것이야말로 루쉰이 가장 증오한 노예근성이었습니다.

그런데 당시 루쉰은 공자의 생일에는 변발을 하고 학생들을 만세패(萬歲牌)로 데려가 절을 시켜야 했습니다. 그러니 그를 혁명당이라고 믿은 학생들이 실망할 수밖에요. 특히 변발을 하려는 학생들을 말리는 바람에 그는 말과 행동이 다르다며 업신여김을 당하기도 했습니다. 게다가 너무나도 싫어하는 아내와 처음으로 함께 살게 되어 괴롭기도 했어요. 루쉰이 쓴 어떤 글에도 그녀는 등장하지 않아요. 처음부터 마지막까지 그의 아내가 아니라 그 어머니의 며느리에 불과했던 것이지요.

봉건적인 고향에서의 생활을 극도로 싫어한 루쉰은 다음 해 사직서를 제출했습니다. 당시 그는 유일한 친구였던 쉬서우창[5]에게 보낸 편지에서 "황폐하게 망가져 기력이 다했"다고 털어놓았어요.[6] 그의 유일한 위안은 식물을 채집하는 것과 고서를 수집하고 복원하는 일이었습니다. 이 작업은 뒤에 그가 본격적으로 중국 문학사를 연구할 때의 초석이 되었습니다. 당시를 회상한 기록으로 「범애농(范愛農)」[7]이 있습니다.

---

5) 쉬서우창은 루쉰이 도쿄 시절부터 알던 동료였다. 또한 루쉰이 교사로 지내면서 실의에 빠져 있을 때 술친구가 되어주기도 했다. 훗날 그는 루쉰이 교장으로 근무한 사범학당의 학감으로 근무했다. 그러나 그는 그 후 혁명이 왜곡되자 결국 자살하고 만다.

6) 1910년 11월 15일 편지.

7) 『노신문집』, 제2권, 117~124쪽.

## 신해혁명

그로부터 얼마 지나지 않은 1911년 10월 10일, 신해혁명이 터집니다. 의화단 사건 이후 청나라는 점점 쇠약해졌는데요. 결국, 1911년 5월의 철도국유령에 대해 강력한 반발로 전국 각지에서 입헌파의 지주들이 청조와 대립하고, 마침내 인민의 폭동이 터진 겁니다. 항저우에서 광복의 소식, 즉 이민족 지배로부터 주권을 회복했다는 소식이 들려오자 사오싱에서도 절에서 대회가 열리고 루쉰이 의장으로 선출되어 연설을 했어요. 한 달 만에 16개의 성이 독립을 선언했고 11월 말 귀국한 쑨원이 임시 대통령[8]으로 추대되었습니다. 루쉰도 학생 무장대를 이끌고 경비를 서면서 혁명군을 맞이했습니다. 그러자 청나라 조정은 5월에 은퇴한 북양(北洋) 군벌의 총수 위안스카이[袁世凱, 1859~1916]를 내각의 총리대신으로 기용하여 혁명파를 진압하고자 했습니다. 이로 인해 남북의 군사력이 팽팽하게 맞서 내전이 교착상태에 빠져요. 그런데 위안스카이가 이때 조정을 배신합니다. 혁명파와 비밀리에 접촉하여 전보를 통해 담판을 지은 거지요. 그 결과 그는 황제를 퇴위시킬 테니 대통령 지위를 줄 것을 조건으로 혁명파와 손을 잡습니다. 혁명파도 청나라 조정의 폐지와 공화제 수립을 조건으로 내걸고 화해하지요. 이로써 1912년 1월 1일, 난징에 아시아 최초의 공화국인 중화민국 임시 정부가 수립되고 쑨원이 임시 대통령에 취임합니다. 이어서 2월 '마지막 황제' 선통제가 퇴위합니다. 3월에 위안스카이는 베이징에서 임시 대통령에 취임하고 헌법에 해당하는 약법(約法)을 제정하여 독재권을 제한해요. 이어 1913년 초, 제1회 국회의원 선거가 치러져 국민당이 승리하죠. 그러나 위안스카이는 이번에는 혁명군의 뒤통수를 칩니다. 3월에 국민당의 실질적인 당수 쑹자오런[宋敎仁

---

8) 우리가 국가 지도자를 부를 때 쓰는 대통령이라는 권위적인 호칭은 여기서 비롯된 것이다.

1912년의 루쉰

, 1882~1913]이 본색을 드러낸 위안스카이에 의해 살해당해요. 그 후 위안스카이는 영국, 독일, 프랑스, 러시아, 일본 5개국의 차관으로 국민당을 매수하여 붕괴시킵니다.

청나라 황실이 멸망했는데도 결국 독재자가 위안스카이로 바뀌는 결과만 남자, 다시 7월에 제2혁명이 일어납니다. 강서의 독립이 선언되고 몇 개 주의 독립이 이어졌으나 두 달 만에 위안스카이에 패배하여 쑨원 등의 개혁가들은 일본에 망명해요. 그리하여 위안스카이의 독재체제는 더욱 강고해집니다.

1912년 난징에 임시 정부가 수립되었을 때, 사오싱에서도 대회가 열려 루쉰은 의장에 선출되었습니다. 루쉰은 학생들의 요구로 사오싱 부중학당의 교무주임과 산후이[山會] 초급사범학당의 교장으로 일하면서 바쁜 나날을 보내지요. 그러나 위에서 보듯 혁명은 순간에 불과했습니다. 모든 것은 본래대로 돌아갔어요. 혁명군은 부패했고, 루쉰의 개혁 노력도 수포가 되었습니다. 그는 이렇게 자조해요.

"혁명 이전에 나는 노예 짓을 하였다. 그런데 혁명이 발생한 얼마 뒤에 노예들의 속임수에 당하여 그들의 노예로 탈바꿈하였다."[9]

---

9) 루쉰, 〈忽然想到〉3번, 『화개집』(북경:인민문학출판사), 10쪽.

# 베이징

## 장년 시절을 보낸 베이징

차이위안페이[蔡元培, 1868~1940]가 난징 임시 정부의 교육부장에 임명되면서 그의 추천으로 루쉰은 교육부 직원이 되었습니다. 얼마 뒤 정부가 베이징으로 옮겨가자 루쉰은 문물, 도서, 미술을 담당하는 사회교육국 제1과 과장으로 1925년까지 14년을 그곳에서 근무했어요. 그의 나이 31세부터 44세에 걸친 장년 시절이었지요. 31세의 루쉰에게 베이징 생활은 처음이었습니다. 7년 반 동안 그는 사오싱 회관에서 혼자 살았어요. 회관이란 지방에서 올라온 사람들이 고향 사람들을 만날 겸 숙박소로 이용한 곳인데요. 당시 베이징에 4백 곳이 넘었습니다. 지금 그 건물은 헐리고 없습니다. 하지만 여러 가구가 동거하는 비좁고 어두운 회관의 옛 사진은 당시 루쉰이 남긴 글의 답답하고 침통한 분위기를 그대로 전해줍니다.

루쉰은 교육부 장관으로서 열심히 일했습니다. 미술교육을 중시했던 차이위안페이는 루쉰이 미술에 관심이 많다는 것을 알고 그를 임명했어요. 이에 부응해 루쉰은 박물관 설립을 준비하며 개인 소장품을 내놓았고 교육부가 주최한 강습회에서 미술에 대한 강연도 다섯 차례나 했습니다. 그러나 군벌의 다툼 때문에 루쉰이 근무한 14년간 장관이 38명이나 교체되었습니다. 루쉰이 취임한 1912년 바로 그해에 차이위안페이가 사임하여 미술교육을 중시하던 정책도 폐지되었고요. 루쉰은 다음 해에 「미술보급을 위한 의견서」(1913)를 쓰고, 경사도서관(현재의 베이징도서관)과 역사박물관을 확충했으며, 중국식 표음기호인 '주음자모(注音字母)'를 제정하는 데 진력했지만

사오싱 회관

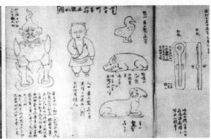
루쉰이 그린 유물들

별 반응을 얻지 못했습니다.

그래서 루쉰의 북경생활은 더욱 고달파졌습니다. 외로웠고요. 게다가 위안스카이의 반동 정책이 나날이 더해가면서 비밀요원의 감시까지 받게 되자 그는 고서 교정과 탁본 작업 등으로 시간을 보냈는데요. 물론 그런 작업을 한 것이 그 자신이 좋아해서임은 두말할 필요가 없습니다. 그것은 루쉰이 도쿄에서 절친한 동료 장빙린에게서 배운 민족문화의 보존을 실천하는 일이었으니까요. 루쉰 자신도 수천 년 전 돌에 새겨진 문자의 강렬한 생명력에 놀라기도 했고요. 고대에 중국인이 글로써 자기 존재를 영원히 증명하고자 한 뜻에 공감하기도 했습니다. 이렇듯 중국의 오래된 문화를 돌아보는 일은 그의 고독을 어느 정도 견딜 수 있도록 해주었어요. 하지만 한편으로는 감시를 피하려고 적막한 생활을 택한 것이기도 합니다.

1913년, 위안스카이는 정식으로 대통령에 취임하고 국민당 해산 명령을 내립니다. 이어 1914년 5월, 이른바 '위안가약법(袁家約法)'을 제정하지요. 이는 신해혁명으로 세워진 국회와 임시 약법을 완전히 철폐하는 것이었습니다. 그리고 그해 7월에 제1차 세계대전이 터집니다. 9월에 일본군은 산둥(山東) 반도에 상륙하여 칭다오[靑島]를 점령하고 이듬해 위안스카이에게 21

개 조를 요구합니다. 이는 산둥성의 독일 권익을 모두 일본에 양도하고, 남만주의 일본 권익을 인정하며, 중앙정부에 일본인 고문을 둘 것 등이 포함된 불평등 조약이었어요. 유럽 열강이 세계대전으로 소홀한 틈을 타서, 일본이 중국으로의 진출을 꾀한 것입니다. 한마디로 제국주의적인 야욕을 드러낸 것이지요. 이러한 주권 침해에 대해 중국 민중은 반대운동을 전개했습니다. 하지만 1915년 5월 7일의 일본 측의 최후통첩이 내려진 이틀 뒤인 9일 위안스카이는 그 요구 조건을 받아들입니다. 중국 민중은 그 양일을 국치(國恥)기념일로 정했는데 이는 그 후 반일투쟁의 출발점이 되었습니다.

위안스카이는 일본의 요구를 들어주는 대신 1916년 제정을 부활하는 제제(帝制)운동을 벌입니다. 그 대가로 그는 황제의 자리를 보장받아요. 루쉰을 진화론에 눈뜨게 한 옌푸 등이 그것을 지지했으니 아이러니한 일이라고 할 수 있겠네요. 위안스카이는 유교적인 의식과 관습을 부활시키면서 12월에 황제로 취임하지만 이듬해 6월에 죽습니다. 그러나 돤치루이[段祺瑞, 1865~1936]와 같은 군벌에 의한 지배는 계속되었고요. 군벌들은 남은 권력을 차지하기 위해 서로 다투었습니다. 그 탓에 베이징 정부의 기반은 지극히 위태로웠어요.

## 5·4운동

한편 제1차 세계대전으로 서구 열강이 중국에서 후퇴함에 따라 중국의 민족 산업은 '황금시대'를 맞았습니다. 그 결과 일반 사람들의 생활도 현저하게 달라졌지요. 1920년대 베이징에서는 전차가 개설되고 가로등이 설치되며 도로가 포장되었습니다. 영화관을 비롯한 각종 오락기관도 우후죽순처럼 생겨났고요. 그러나 산업화에 따른 가장 큰 변화는 노동자 계급이 서서

히 성장하면서 새로운 사상운동이 전개되었다는 점입니다.[10]

　여하튼 1918년 제1차 세계대전이 연합국 측의 승리로 끝난 것은 중국에 커다란 희망을 불러일으켰습니다. 1916년부터 베이징대학 총장을 지낸 차이위안페이는 '공리'가 '강권'에 승리했다고 연설했는데요. 이는 공공연한 도리가 강압적인 권력에 승리했다는 뜻이지요. 그러나 1919년, 전쟁 후처리를 협의하는 파리강화회의는 명분만 세계 평화를 내세웠을 뿐 사실 승전국들의 이권만을 위한 자리였어요. 여기서 산둥[山東]성에 대한 독일 권익이 일본으로 이양됩니다. 일본의 제국주의적 야망이 또 한 걸음을 내딛게 된 것이지요. 5월 4일, 이에 항의하는 수천 명의 학생이 베이징의 천안문에서 항의 데모를 하고, 일본과의 21개 조약을 체결한 책임자의 저택을 습격하여 불을 질렀습니다. 그 사건으로 30여 명의 학생이 체포되었어요. 그 후 일본 화폐 배척을 포함한 대규모 항의운동이 벌어집니다. 학생들은 등교를 거부했고 상인들은 가게 문을 걸어 잠갔으며, 상하이에서는 노동자가 파업에 참여했습니다. 그리고 마침내 그 운동은 전국으로 퍼집니다. 이것이 바로 '5·4운동'이에요. 중국에서 처음으로 벌어진 대규모 군중 시위지요. 이에 놀란 베이징의 군벌 정부는 6월 28일, 파리강화회의에서 체결된 베르사유 조약의 조인을 거부하기에 이릅니다. 5·4운동에서부터 1920년대 후반의 국민혁명까지를 중국에서는 5·4시기라고 부릅니다. 이 시기는 루쉰의 삶에서도 여러 변화를 초래했어요. 혁명이 터지기 직전인 1918년 그는 「광인일기」를 비롯한 소설을 쓰기 시작했습니다. 그리고 1919년 말, 고향의 집이 팔리자 어머니와 아내, 그리고 막냇동생인 저우젠런을 베이징에 부르지요. 동생 저우

---

10) 이에 대해서는 1917년 11월의 러시아혁명이 끼친 영향도 부정할 수 없다. 노동자의 권익을 찾기 위해 들고 일어선 러시아혁명에서 자극받아 당시 중국에서도 노동운동이 활발하게 일어났다. 그러나 당시의 노동운동이 반드시 사회주의적인 것이었느냐에 대해서는 의문을 제기할 수 있다.

쮜런 부부는 이미 2년 전부터 함께 살고 있었고요. 이렇게 대가족이 생활했던 만큼 그의 집은 컸습니다. 게다가 두세 명의 하인도 있었고, 고향에서 올라온 사람들이나 외국인이 머무는 방도 있었어요. 부지가 약 5백 평에 이르는 중국 사대부의 전통 주택이었습니다.

## 베이징대학, 사상운동의 중심이 되다

위에서 보았듯이 20세기 초반에 중국은 암흑기를 맞고 있었습니다. 그러나 그 어둠을 밝히려는 새로운 사상운동도 시작되었어요. 그 중심에 베이징이, 그중에서도 베이징대학이 있었습니다.

베이징대학교의 역사는 1862년으로 거슬러 올라가는데요. 당시 경사동문관(京師同文館)은 처음에는 만주족 학생 10명에게 영어를 가르치는 작은 외국어 학교였지만, 이어서 프랑스어, 독일어, 러시아어, 일본어로 과목 수를 늘려나갔습니다. 그 후 자연과학을 가르치는 산학관(算學館)이 세워지면서 학생 수가 120명으로 늘어났어요. 그리고 1898년 량치차오가 경사대학당(京師大學堂)으로 바꾸어 부른 후 우여곡절을 거쳐, 1902년에는 정치, 문학, 물리, 농업, 공예, 상무, 의술의 일곱 가지 학과를 지닌 종합대학으로 성장했습니다. 그리고 신해혁명 후에는 초대 교육부장인 차이위안페이에 의해, 전국에서 유일한 국립대학인 베이징대학교가 탄생하지요. 1917년, 총장으로 취임한 차이위안페이는 획기적인 개혁을 했습니다. 군벌이 치열하게 싸우는 불안정한 정치 상황에 그는 학문의 자유를 주장하고 교수와 학생의 문화운동을 수호했습니다.[11] 교수진은 서양과 일본에서 유학한 쟁쟁한 신인들로 1918년에는 30대가 주축을 이루었습니다. 루쉰도 1920년부터 6년간

---

11) 이 운동은 1920년대에 국민당파, 공산당파, 그리고 아나키스트라는 3대 정치 세력으로 나뉘게 되었다.

베이징대학교에서 중국 소설사를 강의했어요. 또한, 베이징대학교의 휘장을 디자인하기도 했고요.

## 천두슈와 후스

1915년 9월, 천두슈[陳獨秀, 1880~1942]가 창간한 잡지《신청년》은 당시 신문화운동의 거점이 되었습니다. 루쉰은 처음에는 여기 관심을 두지 않았으나, 1918년 천두슈 등의 권유로 그곳에 글을 쓰기 시작합니다. 뒤에서 보겠지만, 우리가 알고 있는 루쉰의 대표작들은 이때 탄생하지요.

중국의 정치인이자 평론가인 천두슈는 루쉰과 같은 시대를 살았습니다. 그는 루쉰보다 한 살 위였고 루쉰이 죽은 뒤로도 6년을 더 살았는데요. 천두슈는 루쉰보다 일찍 개혁에 뛰어들었습니다. 그는 1917년 이미 베이징대학교 문과대학장으로서 같은 대학 교수인 후스[胡適, 1891~1962]와 함께 백화문을 제창했어요. 지식인들밖에 쓰지 않는 딱딱한 문어체에서 벗어나서 글에서도 일상적인 구어체를 사용하자는 것이지요. 또한 이들은 유교를 비판하면서 당시 중국 신문화의 리더로 활약했습니다.[12] 당시 후스는 루쉰보다 열 살이나 어렸는데도 말이에요.

그 뒤에도 천두슈는 1921년 중국공산당을 창건하고 중앙서기에 선출되었습니다. 1924년 이른바 '제1차 국공합작'이 이루어지는데요. 제1회 전국대표회의에서 공산당과 쑨원이 지도하는 국민당이 손을 잡기로 한 것이지요. 그러나 쑨원이 죽은 후 1927년 국공분열로 두 당은 다시 갈라섭니다. 이즈음 천두슈는 기회주의자로 몰려 제명당하고요. 1933년부터 1939년까지는 감옥에 갇히기도 하죠. 만년의 그는 사상적으로 돌아서서 민주주의에

---

12) 천두슈, 후스 외, 김수연 옮김, 『신청년의 신문학론』, 한길사, 2012.

루쉰이 《신청년》에 발표한 대표적 소설, 시, 잡문                1919년의 루쉰

찬성하고 공산주의를 반대했습니다.

　한편 후스는 일찍부터 마르크스주의와 결별했어요. 대신 중화민국의 장제스 정부 밑에서 베이징대학교 총장, 주미대사 등을 역임했지요. 이후 중화민국이 대만으로 쫓겨난 이후에도 중앙연구원 원장 등을 지냈습니다. 그래서인지 그는 중국에서 철저히 비판을 받았습니다. 대신 대만은 물론 우리나라에서는 일찍부터 소개되었고요. 후스의 전기에는 미국에 유학하여 "학위를 끝냈을 뿐만 아니라 듀이의 실용주의 철학을 체득하여 자기 학행에 실천하게까지 되었다. 후스 박사는 중국 근대화 과정에서 그 가장 중요한 시기에 굳건한 정신적 지주의 구실을 한, 중국이 영원히 잊을 수 없는 인물이다. 그 소년기를 자술한 것을 읽는 것은 우리에게 적이 격려와 계발을 가져올 것이다"[13]라는 평가가 적혀 있기도 합니다.

　루쉰은 공산당 조직에 참여한 적이 없고 감옥살이를 한 적도 없습니다. 어쩌면 루쉰의 삶은 평범한 글쟁이에 불과했을지도 몰라요. 그는 천두슈와 같은 엘리트가 신문화운동, 공산주의운동, 그리고 반공산주의운동으로 끝

13) 후스, 차주환 역, 『40자술(自述)』, 을유문화사, 1973, 4쪽.

없이 옮겨 다니는 모습을 언제나 회의적인 눈으로 바라보았거든요. 여하튼 이제 루쉰은 천두슈나 후스와 나란히 중국의 새로운 지성인으로 모습을 드러냅니다.

## 문학혁명의 도화선이 된 《신청년》

천두슈가 창간한 잡지 《신청년》에 대해 좀 더 알아볼까요? 이 잡지는 신해혁명에서 수행되지 못한 개혁을 완수하는 일을 목표로 삼았습니다. 따라서 "노예적, 퇴영적, 쇄국적, 허례적, 공상적인 것을 그만두고, 자주적, 진취적, 세계적, 실리적, 과학적으로 하라"를 기본 노선으로 정했어요. 이 잡지는 위안스카이가 유교 부활운동을 하며 역사의 수레바퀴를 거꾸로 돌리려는 데 저항하여 태어났습니다. 따라서 창간사를 비롯하여 많은 글에서 봉건적 전통 문화가 완전히 부정되었지요. 이는 천두슈가 「1916」이란 글에서 다음과 같이 유교를 비판한 것에서도 확인할 수 있습니다.

유자의 3강(군신, 부자, 부부의 도)설은 모든 도덕, 정치의 으뜸이었다. 군주가 신하의 밧줄이라면 인민은 군주의 부속품으로서 독립 자주의 인격은 없다. 아버지가 아들의 밧줄이라면 아들은 아버지의 부속품으로 독립 자주의 인격은 없다. 남편이 아내의 밧줄이라면 아내는 남편의 부속품으로 독립 자주의 인격은 없다. 천하의 남녀는 모두 신하가 되고, 아들이 되며, 아내가 되어, 단 한 사람의 자주독립의 인간도 존재하지 않게 된다는 것이 3강의 설이다. 여기서 금과옥조의 도덕명사, 즉 충, 효, 절(節)이 태어난다. 이는 자기를 헤려 타인에 미치는 주인도덕이 아니라 자기를 타인에 종속시키는 노예도덕인 것이다.

그러나 천두슈가 비판한 유교는 사라지지 않았습니다. 위안스카이가 죽은 뒤에도 유교 부활운동은 계속되었거든요. 특히 한때 변법자강운동을 일으키는 등 개혁운동에 앞장선 캉유웨이가 그것을 주도했지요. 캉유웨이에 의하면 천두슈가 비판한 유교는 개혁을 이상으로 삼았던 공자의 유교가 아니라, 공자의 가르침을 왜곡한 삼강오륜 중심의 가짜 유교였어요. 캉유웨이의 제자인 탄시동[譚嗣同, 1865~1898]은 공자의 제자로서 성선설을 주장한 맹자와 달리 성악설을 주장한 순자야말로 군주에 복종하여 그 지배를 존중해야 한다고 하여 공자를 왜곡했고, 그것이 진시황제를 받들었던 이사(李斯)에 의해 왕조 지배를 위해 이용된 뒤 계속되었고, 주자학에 와서 완전히 굳어져버렸다고 했어요.[14] 그러나 천두슈는 삼강오륜이야말로 공자의 근본 가르침이라면서 공화제를 주장한 캉유웨이가 공자를 받드는 것은 모순이라고 반박했습니다.

《신청년》 1917년 1월 호에 후스가 구어문[15]의 전면적 사용을 내세운 「문학개량추의(文學改良芻議)」를 발표합니다. 다음 호에는 천두슈가 「문학혁명론」을 게재하여 '귀족, 고전, 은둔문학'을 타도하고 '평민, 사실, 사회문학'을 수립하자고 주장하지요. 이는 곧 문학혁명의 시작이었어요. 그 후로 둘은 베이징대학교에 들어가는데요. 후스는 교수로 임용되고 천두슈는 문과대학장으로 취임하지요. 그 결과 베이징대학교는 문학혁명의 본거지로 우뚝 섭니다.

《신청년》에서 편집장인 천두슈, 후스, 루쉰 외에 주목할 만한 필자는 또 누가 있었을까요? 루쉰의 동생인 저우쭤런, 마르크스주의자인 리다자오[李大釗, 1888~1927], 첸쉬안퉁[錢玄同, 1887~1939] 등 베이징대학교 교수진

---

14) 이런 주장에 의하면 주자학의 나라인 조선은 공자를 극단적으로 왜곡한 나라가 된다.

15) 일상에서 자연스럽게 대화하는 문체인 구어체로 쓰인 문장. 이전까지 문어체는 지식인들만 쓰는 문체로 일상생활에서 쓰는 언어와는 동떨어져 있었다. 그러나 신해혁명으로 인한 문학혁명으로 일상적인 구어문을 쓰자는 운동이 제창되기 시작한다. 중국에서는 구어문을 '백화문(白話文)'이라고도 불렀다.

입니다. 그들은 모두 구어문으로 글을 썼지요. 구어문으로 쓰인 최초의 소설인 루쉰의 「광인일기」, 입센의 「인형의 집」 번역, 저우쭤런의 「인간의 문학」이 1918년 한 해 만에 《신청년》을 장식했습니다. 문학혁명을 타고 구어문은 중국 사회 전반에 퍼져나가요. 1920년부터 1922년 사이에 초등학교 전 학년의 문어문 교재가 구어문 교재로 바뀌고, 중학교에서도 구어문으로 바꾸도록 추진됩니다. 이는 바로 유교 이데올로기의 '국문(國文)'을 공화국 이데올로기의 '국어'로 탈바꿈하는 것이었어요.

## 루쉰은 왜 《신청년》과 결별했을까?

1919년 7월부터 8월에 걸쳐 《신청년》은 내부 분열을 겪습니다. 러시아혁명[16]에 대한 평가를 두고 후스와 리다자오의 입장이 갈렸던 것이 원인이었죠. 이들은 마르크스주의를 수용할 것인가를 두고 격한 논쟁을 벌였습니다. 결국 천두슈와 리다자오 등은 레닌의 볼셰비즘에 기울어 1920년 8월, 중국공산당 임시 중앙을 조직하고, 1921년 7월에는 공산당으로 정식 출범했습니다. 이와 더불어 《신청년》은 공산당의 기관지가 되었지요. 반면 후스 등은 마르크스주의에 반대하고 미국을 모델로 하는 근대화를 주장했습니다. 루쉰 형제 역시 볼셰비즘의 전제주의에 반대하여 《신청년》과 결별했지요.[17]

16) 1917년 러시아에서 일어난 혁명. 1차 세계대전으로 당시 러시아의 농민과 노동자는 극도로 궁핍한 생활을 하고 있었다. 이때 정부가 시위대를 무자비하게 학살한 '피의 화요일'이 터지면서 무능한 차르 황실에 대한 민중의 분노가 폭발했고, 결국, '2월 혁명'이 일어나 러시아 황실은 몰락한다. 하지만 이후 들어선 임시정부는 노동자들의 의견을 제대로 들어주지 않았고, 도리어 친부르주아적인 정책들을 내놓는다. 이에 다시 '10월 혁명'이 터지고, 레닌을 지지하는 볼셰비키들이 정권을 잡는다. 이는 세계 최초로 노동자와 농민에 의한 사회주의 정부라는 점에서 의의가 있다. 볼셰비즘은 마르크스주의에 따라 혁명적인 투쟁으로 부르주아를 몰아내고 프롤레타리아 독재를 주장한 사상이다. 그러나 사회민주주의를 주장하던 온건세력 등은 이에 반발하였고 결국 볼셰비키와 반볼셰비키 세력의 대립으로 러시아 내전이 발발하게 된다.
17) 루쉰 형제가 《신청년》의 다른 필자들과 의견이 갈린 다른 이유는 일본의 소설가인 무샤노코지 사네아츠의 공동체운동에 공감하였다는 것이다. 무샤노코지는 다이쇼 데모크라시의 영향을 받아 휴머니즘과 자아의 확대, 민주주의를 노래하는 작품을 쓴 작가다. 대표작으로는 「우정」, 「인간만세」 등이 있다.

# 첫 번째 소설집 『외침』

## 『외침』은 어떤 책일까?

『외침』은 1923년 8월, 베이징에서 발간된 루쉰의 제1 창작집으로 1918년부터 22년까지 쓴 단편 15편을 모은 것입니다.[18] 이 책에서 첫머리를 차지하는 글은 「자서」입니다. 그런데 루쉰이 이 글을 지은 시기는 1922년 12월로 가장 늦어요. 이 글은 '머리말'이라고 볼 수도 있는데요. 일종의 자서전 같은 단편입니다. 여기서 루쉰은 '적막'이라는 말로 자신의 문학을 설명합니다. 천두슈나 후스와 달리 1918년 전에 루쉰은 오랫동안 '희망'을 갖지 못했어요. 그는 24세에 희망을 품고 의학 공부를 시작했다가 포기하고 27세에 문예운동에 몸담았으나 잡지 발간에 실패하였지요. 결국 '적막감'에 사로잡혀 30대 후반에는 몇 년간 아무 의미 없는 비문만을 베끼고 살았습니다. 그러다 1918년 그는 친구에게 소설을 써달라는 권유를 받습니다. 처음에는 거절했지만, 결국 "희망은 미래에 속하는 것이므로 내겐 없다는 이유만으로 그들에겐 있을 수도 있는 가능성을"[19] 꺾을 수 없다며 「광인일기」를 비롯한 몇 편을 쓰게 되었지요. 즉 "내가 겪기에 고통스러웠던 적막감을, 내 젊은 시절과 같은 꿈에 부풀어 있는 젊은이들에게 다시 전염시키고 싶지 않았기 때문"[20]에 그는 다시 펜을 잡은 겁니다. 그리고 그것이 격앙된 목소리

---

18) 이 책의 원제는 '呐喊'인데 국내에 들어온 번역본을 보면 어느 것은 '납함'으로, 어느 것은 '눌함'으로 표기해서 어린 시절의 나를 혼란스럽게 했다. 이 단어는 적진에 돌격할 때의 고함처럼, 기세를 돋우고자 환성을 지른다는 의미이다.

19) 『루쉰 소설전집』, 9쪽. 단 번역은 수정함.

20) 위의 책, 9쪽.

인 외침으로 나타난 거예요. 그는 훗날 「어찌하여 나는 소설을 쓰게 되었는가」(1933)에서 당시의 사정에 대해 이렇게 말합니다.

즉 중국에서는 소설은 문학으로 간주되지 않고, 소설장이도 문학자라고 불리지 않았다. 따라서 이 길로 출세하려고 생각하는 자는 한 사람도 없었던 시대였다. 나로서도 소설을 '문단'에 짜넣으려고 생각한 것은 아니었다. 그저 그 힘을 이용하여 사회를 개량하려고 생각했을 뿐이었다.

그렇지만 창작을 할 생각은 없었고, 오로지 소개와 번역에 힘썼다. 그것도 단편을 중시하고, 특히 피압박 민족 출신 작가의 작품을 중시했다. …찾는 것이 절규와 반항의 작품이므로, 아무래도 동구에 기울어지기 쉬웠다.…

나는 자신에게 소설을 쓸 재능이 있다고 생각하여 소설을 쓰기 시작한 것은 아니다. 그 무렵엔 북경의 회관에 살고 있었는데, 논문을 쓰려 해도 참고서가 없었고, 번역을 하려 해도 원본이 없었기 때문에 부득이 소설 비슷한 걸 써서 책임을 다할 요량이었다. 그래서 나온 것이 「광인일기」였다. …

물론, 소설을 쓰기 시작하고부터는 나에게 이렇다 할 의견이 없었던 것은 아니다. 이를 테면 '무엇 때문에' 소설을 쓰는가라는 것에는 나는 이미 십 수 년 전부터 계속 '계몽주의'를 마음에 품어왔기 때문에 반드시 '인생을 위해서'가 아니면 안 된다, 더구나 이 인생을 개량하지 않으면 안 된다고 대답할 것이다. 나는 소설은 한서(閑書)라고 하는 옛날의 사고방식을 미워하고, 또한 '예술을 위한 예술'을 '심심풀이'의 또 다른 이름에 지나지 않는다고 생각했다. 따라서 나는 되도록 병태(病態) 사회의 불행한 사람들에게서 제재를 찾으려 했다. 병고(病故)를 폭로함으로써 치료에 대한 주의를 촉구하고 싶었기 때문이다. 따라서 또 장황하고 번거로운 문장은 극력 피했다. 사람에게 의미가 전달되면 그 이상의 수식은 전혀 필요 없다고 생각했다. 중국의 옛 그림에선 배경을 쓰지 않으며, 설날에 아이들에게 사주는 한

장짜리 그림엔 주된 인물상만이 그려져 있다. 나의 목적에는 이 방법이 제일 적합한 것으로 생각되었다. 따라서 나는 풍월의 묘사는 하지 않으며, 대화도 장황하게는 하지 않았다.[21]

마찬가지의 회상은 『자선집』의 서문인 〈자서(自序)〉(1932)에서도 읽을 수 있습니다.《신청년》에 쓴 작품을 '혁명문학'이라고 부르면서도 그는 다음과 같이 말합니다.

> 하지만 당시 나는 솔직히 말해서 '혁명문학'에 대하여 그다지 정열을 가지고 있지 않았다. …아주 회의적으로 되어 실망한 나머지 무기력해져 있었다. …다만 내 자신의 실망에도 의심을 품은 것이다. …[22]

## 삶의 터닝포인트가 된 작품 「광인일기」

「광인일기」는 38세 되던 1918년에 그가《신청년》에 발표한 소설입니다. 이때 그는 루쉰이라는 필명을 처음으로 사용해요. 또한, 이 작품은 그의 첫 소설집인 『외침』에 첫 번째로 실리기도 했지요.[23] 이 작품을 발표함으로써 1918년은 루쉰의 생애에서 가장 중요한 전환기가 됩니다.[24] 「광인일기」는 중국 최초의 구어체로 적힌 현대 창작소설이라는 의의를 지닙니다. 그러나 이 소설에서 더욱 눈여겨보아야 할 점은 사상적인 면이에요. 이 작품은 '가족

---

21) 『노신문집』, 제5권, 75~76쪽. 단 번역은 수정됨.

22) 위의 책, 68쪽.

23) 작가가 집필 동기를 소개하는 글이자 머리말에 해당하는 〈자서〉를 제외했을 때 맨 처음에 나오는 작품이다.

24) 『민족혼으로 살다』 158쪽에서는 1919년을 전후로 북경생활 전기와 후기로 나누고 있으나 나는 1918년의 「광인일기」 집필을 전환기로 본다. 앞의 책 역시 1919년으로 보면서도 후기 시작을 「광인일기」 집필로 보는데, 그렇다면 「광인일기」 집필 연대인 1918년을 전환기로 봄이 적절하다.

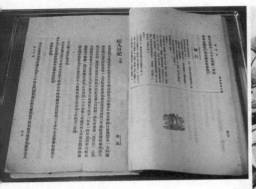

▲「광인일기」

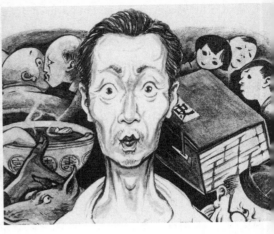

▶「광인일기」삽화

제도와 유교의 폐해를 폭로'하는데, 심지어 유교를 '식인'으로 빗대기까지 해요. 당시에 지식인들이 유교를 비판하던 것과 비슷한 주장이면서도 극단적인 표현까지 동원하여 엄청난 충격을 주었지요. 그런데 이러한 소재는 루쉰의 독창적 허구가 아닙니다. 이미 8세기에 실재한 사건이었어요. 게다가 루쉰이 「광인일기」를 집필하기 직전에도 비슷한 일이 발생했습니다. 이상하게도 오늘날 중국이나 한국에서는 그 사건을 잘 언급하지 않으므로 여기서 소개할 필요가 있겠네요.

8세기에 적군에 포위된 어떤 장수가 부하에게 자신의 첩, 부인, 노인, 자식을 먹게 한 사건이 있었습니다. 이는 상하질서를 중시한 '충'에 의해 감행된 일이었는데요. 사람을 죽여 먹은 행위가 임금에게 충성을 다한다는 대의명분으로 정당화된 것이지요. 또한 1918년 5월에 임산부가 자식을 먹었다거나, 효부·효자·며느리가 자신의 살을 떼어 먹여 병든 부모·시부모·남편을 치료했다든가 하는 기사가 베이징의 신문에 연일 보도되었습니다. 게다가 그 효부·효자·며느리는 모든 신문에서 유교적 가치관을 실천한 것으로 찬양받았고요. 「광인일기」는 유교에 가려진 그런 사건들의 잔혹성을 꼬집은 작품입니다. 소설에 나오는 형은 부모가 병들면 아들의 살을 떼어 익혀서 부모에게 먹여야 한다고 주장하고 어머니도 이를 시인합니다.[25]

이 소설은 중학시절의 동창생이 쓴 일기라는 형식을 가지고 있는데요. 동창생은 가족을 비롯한 모든 사람이 자신을 잡아먹으려고 한다는 망상을 품고서 하루하루 일기를 씁니다. 「광인일기」라는 제목은 그가 스스로 붙인 것이라고 하죠. 광인이라는 이름을 빌린 인간의 외침이라고 할까요? 이는 그야말로 책 제목인 『외침』에 가장 어울리는 작품이라고 볼 수 있습니다.

일기 마지막에 동창생은 자신도 마을사람들과 똑같이 식인을 저질렀을지도 모른다는 결론을 내립니다. 그리고 이렇게 말해요. "4천 년 동안 내내 사람을 잡아먹어 온 곳, 거기서 나도 오랜 세월을 함께 살아왔다는 것을 오늘에야 비로소 깨닫게 되었다."[26] 그리고는 자신은 물론, 더 이상 식인을 한 적이 없는 사람이 아무도 존재하지 않으리라는 것에 절망합니다. "4천 년 동안 사람을 잡아먹는 이력을 가진 곳에서 나는 애초에는 진정한 인간을 만나기 어렵다는 것을 몰랐지만 지금은 똑똑히 알고 있다."[27] 여기서 사람을 잡아먹는다는 것은 무엇을 뜻할까요? "식인(食人)은 역사책 각 쪽마다 쓰인 '인의도덕(仁義道德)'이란 글자 사이에 쓰여 있다"[28]는 부분을 통하여 짐작할 수 있는 것은 유교가 사람을 잡아먹게 했다는 것입니다. 여기에 더욱 슬픈 점은 "사람을 잡아먹는 사람이 내 형이다. 나는 사람을 잡아먹는 사람의

---

25) 이 소설에 아버지는 등장하지 않는데, 혹자는 이를 황제가 없는 당시의 분열된 중국을 상징한 것이라고 해석하기도 한다.

26) 『루쉰 소설전집』, 26쪽.

27) 위의 책, 26쪽. 단 번역은 수정했다. 즉 본래 번역은 "4천 년 동안 사람을 잡아먹는 이력을 가진 나는 애초에는 진정한 인간을 만나기 어렵다는 것을 몰랐지만 지금은 똑똑히 알고 있다"고 한 것인데 '내가 사람을 4천 년간 잡아먹었다'는 의미이므로 지금처럼 수정한 것이다.

28) 『루쉰 소설전집』, 15쪽.

동생인 것이다", "나 자신이 잡아먹히지만 그래도 여전히 사람을 잡아먹는 사람의 동생인 것이다"[29]라는 구절에서 볼 수 있는 철저한 자기부정입니다. 전통이나 기성세대뿐만이 아니라 자기 자신도 부정하고 있지요. 예컨대 현실에 대입해보면 군사독재의 책임은 독재자에게만 있는 것이 아니라 그 밑에서 살았던 사람들에게도 있다는 거예요. 또한, 그러한 체제가 지금까지 이어지고 있다면 그 책임은 지금 우리에게도 있다는 말이 됩니다. 즉 우리도 공범이라는 것이죠. 좀 지나친 것 같다고요? 하지만 그런 자기부정의 정신이 없는 권력비판이란 언제나 공허한 불평에 그치게 마련입니다.

소설의 마지막 문장은 이렇습니다. "사람을 잡아먹어본 적이 없는 아이들이 혹 아직도 있을는지? 아이들을 구해야지…"[30] 여기서 구원이란 유교에 젖지 않은 새로운 세대에 의해서만 가능하다는 외침으로 읽을 수 있습니다. 그런데 그런 계몽적 메시지가 이 소설의 전부일까요? 아닙니다. 소설 첫 부분을 보세요. 망상에 빠졌던 동창생은 지금은 '이미 완쾌되어 다른 곳에서 임관[31]을 기다리는 중'[32]이라고 하죠. 소설 그 자체만을 보면 해피엔딩이라고 보는 사람도 있을 텐데요. 조금만 다시 생각해보면 이는 기존 질서의 잔혹성을 꿰뚫어보던 유일한 지식인조차 결국 자신이 알고 있던 것들을 배반하게 되었다는 것을 의미합니다. 여기서 지식인에 대한 부정은 더욱 철저하여 회의를 넘어 아예 허무주의로 빠지는 느낌까지 들지요. 그러나 "아이들을 구해야지"라는 마지막 말을 보면 작가는 희망을 갈구한 것이지 단순히 허무를 말하는 것은 아닌 것 같아요. 광인이 병이 낫고 다른 사람들과 똑같

---

29) 위의 책, 18쪽.
30) 위의 책, 27쪽.
31) 관직을 얻어 공무원으로 일하게 됨.
32) 『루쉰 소설전집』, 11쪽. 단 번역은 수정함.

이 되는 것이 작가의 절망을 나타낸 것이라고 보는 견해가 있지만[33] 저는 이를 계몽적 지식인의 이중적인 의식을 날카롭게 꼬집은 것으로 해석할 수도 있다고 생각합니다.

## 「쿵이지」로 뛰어난 문학성을 인정받다

그런데 「광인일기」는 인물 묘사에 문제가 많다는 비판을 받아요. 작가의 문제의식을 주인공의 독백을 통해 너무 직접적으로 드러냈다는 것이지요. 본격적으로 뛰어난 문학성을 보여주는 작품은 1년 뒤에 발표된 「쿵이지(孔乙己)」(1919)로 평가됩니다. 그 이유는 주인공의 비극이 일상 속에서 충실하게 묘사되었는데도, 뒤에 숨겨진 작가의 메시지에 공감할 수 있기 때문이에요. 그래서인지 루쉰 자신도 이 작품을 자기 소설 중에서 가장 좋아하는 것이라 말했습니다. 이 작품 역시 「광인일기」처럼 《신청년》에 발표되었고 『외침』에 두 번째 작품으로 실린 것입니다. 그러나 주제는 「광인일기」와 마찬가지로 식인문제라고 할 수 있어요. 차이가 있다면 「광인일기」에서 묘사된 것이 추상적 식인인 반면 「쿵이지」나 그 뒤의 소설에서 묘사된 것은 구체적인 식인이라는 점이지요.

「쿵이지」의 주인공 쿵이지는 몰락한 봉건적 지식인입니다. 그는 과거제도의 희생자인 전통 유학자(儒學者)를 상징해요. 하지만 민중의 눈에 그는 조롱의 대상일 뿐이에요. 마을 사람들은 아무 생각 없이 그를 비웃습니다. '타인의 고통을 즐기며 자신의 위안거리로 삼는' 것이지요. 이렇게 남을 업신여기는 것으로 자신의 자존감을 채우는 사회는 사실 사람을 잡아먹는 식인 사회나 다를 바가 없지 않을까요? 쿵이지는 붓글씨를 잘 써서 다른 사람

---

33) 『노신의 문학과 사상』, 271쪽.

「쿵이지」 삽화

의 책을 베껴주고 살아가지만, 책이나 종이, 붓, 벼루까지 훔친 탓에 그런 일 거리도 더는 구하지 못하게 됩니다. 마을 사람들이 이를 놀리자 "책을 훔치는 것은 도둑질이라 할 수 없다"고 설득력 없는 변명밖에 늘어놓지 못해요. 그러면서도 책을 계속 훔쳐 술을 사서 마십니다.

쿵이지가 술을 반쯤 마시고 나니, 새빨개졌던 얼굴빛이 점차 제 얼굴로 돌아오자 옆 사람이 또 물어댄다.

"쿵이지, 자네 정말 글을 아나?"

쿵이지는 이렇게 묻는 사람의 얼굴을 빤히 쳐다보면서 변명하기조차 귀찮다는 표정을 짓는다. 그들은 계속해서 묻는다.

"그렇담, 자네는 어째서 반쪽짜리 수재도 따내지 못했지?"

그러면 쿵이지는 곧바로 당혹스럽고 불안한 표정을 짓고는, 얼굴에 우울한 빛을 드리우며 입속으로 무어라고 중얼거리는데, 이번엔 온통 문어투성이라 조금도 알아들을 수가 없었다. 그럴 때면 모두들 껄껄대며 웃었고 가게 안팎에 유쾌한 분위기가 가득 차는 것이었다.[34]

쿵이지는 분명 어처구니없을 정도로 못난 인물이지요. 하지만 루쉰이 쿵이지를 나태한 자로만 묘사했다면 이 소설은 문학으로서의 가치를 갖지 못했을 거예요. 한편으로 다음과 같은 장면은 쿵이지의 인간적 측면인 순수함을 보여줍니다. 결국에는 쿵이지 역시 식인 사회의 피해자였던 것이지요.

어떤 때는 이웃의 아이들까지 웃음소리를 듣고 다투어 달려와서 쿵이지를 둘러싸는 것이었다. 그러면 그는 아이들에게 회향두를 한 아이에 한 개씩 나누어준다. 아이들은 콩을 먹고 나서도 접시만 바라볼 뿐 돌아가려 하지 않았다.

쿵이지는 당황해서 다섯 손가락을 펴서 접시를 가리고는 허리를 굽히면서 말한다.

"이젠 없어! 난 이제 별로 남은 게 없다구!"

그는 몸을 똑바로 세워 콩을 흘긋 보고는 고개를 저으며 혼자 말한다.

"많지 않도다. 많지 않도다. 많다고? 많지 않도다."

그러면 아이들은 모두 웃으며 흩어져 가는 것이었다.[35]

소설의 '나'는 마을 사람들이 자주 드나드는 술집 '함형(咸亨)주점'의 심부름꾼입니다.[36] 이렇듯 이야기를 풀어가는 '나'가 루쉰의 「광인일기」나 다른 소설에 흔히 등장하는 지식인이 아니라 민중이라는 점이 이 소설의 특

---

34) 『루쉰 소설전집』, 31쪽.
35) 위의 책, 32~33쪽.
36) '함형'이란 모든 일이 다 잘 되어간다는 뜻이다. 앞서 말했듯이 지금은 같은 이름의 주점이 크게 중건되어 관광지로 사용되고 있다.

징입니다. 이 작품을 더욱 사실적으로 만드는 요소이기도 하고요. 물론 '나'
역시 다른 민중과 다르지 않아서 쿵이지를 조롱합니다.

쿵이지는 거인(擧人)의 집에 물건을 훔치러 들어갔다가 얻어맞아 정강이
가 부러져요. 그렇지만 마을 사람들은 감히 거인 댁을 넘보았으니 당연하다
며 자업자득으로 취급합니다. 도둑질하려다 들켰다고 그런 잔인한 처벌을
받는 모습과 그런 그에게 누구도 동정하지 않는 모습. 여기서 우리는 「광인
일기」에서 비판한 것보다 더욱 비정하게 와 닿는 식인 사회를 볼 수 있어요.
「쿵이지」의 마지막 장면에서 그는 최소한의 존엄이라도 지켜보려고 하지만
외면당합니다.

> "술 한 잔 데워 줘." …
> "쿵이지, 자네 또 도둑질을 했지!"
> 하지만 그도 이번에는 별로 변명하지 않고 그저 한 마디만 했다.
> "놀리지 마시오!"
> "놀리다니? 도둑질을 하지 않았으면 왜 다리가 부러졌지?"
> 쿵이지는 낮은 목소리로 말했다.
> "넘어졌소. 너, 넘어져서…"
> 그의 눈빛은 더 이상 캐묻지 말라고 주인에게 애원하는 듯했다. 그때에는 이미
> 몇 사람이 모여서 주인과 함께 웃고 있었다. 나는 술을 들고 나가 문지방 위에 놓
> 았다. 그는 해진 옷 주머니에서 동전 네 개를 꺼내어 내 손에 얹어주었다. 그의 손
> 은 온통 흙투성이였다. 그는 그 손으로 땅을 짚고 기어온 것이다. 잠시 후, 그는 술
> 을 다 마시고서, 사람들이 웃으며 지껄이고 있는 속을, 그 손으로 엉금엉금 기어

돌아갔다.[37]

## 무지몽매한 민중의 삶을 보여주는 「약」과 「내일」

「약」은 간사한 지식인이 조작한 미신에 속는 민중의 우매함을 보여줍니다. 이 소설에는 '사람의 피를 묻힌 시뻘건 만두'[38]가 등장하는데요. 당시 민중들은 이를 먹으면 병이 낫는다고 믿었대요. 이러한 묘사도 실제 있었던 일을 배경으로 합니다. 어쩌면 루쉰 자신도 아버지의 병을 고치기 위해 그런 만두를 산 적이 있었는지 몰라요.

작품은 한 혁명당원이 처형당한 날에 시작합니다. 이는 루쉰과 동향인 여성혁명가 치우쩐의 죽음을 연상시키죠. 작품 속 혁명당원을 고발한 이는 남도 아닌 그녀의 시숙[39]인데요. 무지한 사람들은 이를 소문거리로 떠들어대며 밀고의 대가로 받은 은전을 부러워할 뿐입니다. 게다가 사형수의 피가 폐병 치료의 좋은 약이 되리라고 믿어요. 그래서 병든 아이의 부모는 돈을 주고 피에 젖은 만두를 사갑니다. 그러나 그것을 먹고도 아이는 죽어요. 아이의 무덤을 찾은 어머니의 눈에 믿기 힘든 장면이 들어오는데요. 혁명당원의 무덤 꼭대기를 붉고 흰 꽃이 에워싸고 있는 것이죠. 그리고 그녀는 혁명당원의 노모가 울부짖는 것을 듣습니다. "그놈들이 널 무고하게 죽인 거지. 너는 그것을 잊을 수가 없었고. 너무나 원통하고, 그래서 오늘은 영험을 나타내서 내게 알리려는 것이지?"[40]

「내일」의 주인공은 베를 짜서 어린 아들을 먹여 살리는 가난한 청상과부입니다. 그녀는 병든 아들을 의사에게 데려가 약을 처방받아요. 그렇지만

---

37) 『루쉰 소설전집』, 34~35쪽.
38) 위의 책, 38쪽, 43쪽.
39) 남편의 형제를 일컫는다.
40) 『루쉰 소설전집』, 48쪽.

결국 아들은 죽고, 어머니는 독백합니다. "꿈일 뿐이야. 모든 것이 꿈이겠지. 내일 깨어나면 나는 침대 위에서 한잠 잘 자고 난 다음일 테고. 빠오도 곁에서 잠들어 있겠지."[41] 그날 밤 어머니는 뜬눈으로 밤을 새웁니다. 아들의 죽음도 바뀌지 않고요. 그래서 과부는 남은 모든 돈을 털고 이웃들의 돈까지 빌려가며 아들의 장례를 치릅니다. 이 작품에 대해 작가가 '봉건 예교의 폐해를 보여주는 데 각별한 주의를 기울이고 있다'[42]는 견해가 있습니다. 그들은 과부가 아이의 장례를 위해 종이돈 한 묶음을 태우고 49권의 대비축문(大悲祝文)을 태운 것 등을 근거로 들어요. 그러나 이러한 지적은 작가의 의도를 오해한 것입니다. 비판의 대상은 그런 관습적 의례가 아니라 미신 수준에서 벗어나지 못하는 민간의 전통적 의술이에요. 또한 민중이 그것에 깊이 젖어 무지몽매한 상태에 놓여 있는 현실이고요.

## 「작은 사건」

「작은 사건」은 첫 번째 소설집 중에서 유일하게 민중에 대한 희망을 보여주는 작품입니다. 인력거꾼이 화자를 태우고 가다가 어떤 노파를 치는데요. 자신이 처벌받을 것을 감수하면서까지 노파를 파출소로 데려다주는 장면을 보고 화자는 "나를 부끄럽게 하고, 나를 새롭게 분발시키고, 또한 나에게 용기와 희망을 북돋아주는 것"이라 고백합니다.[43] 이 소설은 중국에서는 교과서에 실릴 정도로 유명합니다. 또한 '작은 친절'의 모범을 보여준다고 일컬어져요. 하지만 그렇게만 해석해서는 작가의 진정한 의도를 제대로 나타내지 못합니다. 소설의 첫 부분을 읽어볼게요.

---

41) 위의 책, 55쪽.
42) 『노신의 문학과 사상』, 214쪽.
43) 『루쉰 소설전집』, 62쪽.

내가 시골에서 서울—베이징—로 나온 뒤로 눈 깜짝할 사이에 6년이나 흘러갔다. 그동안 보고 들은, 이른바 국가의 대사라는 것도 따지고 보면 무척 많았지만, 내 가슴에 자취를 남긴 것은 아무것도 없었다. 만약 그 사건들이 내게 미친 영향에 대해서 말해보라고 한다면, 그것은 단지 내 나쁜 버릇이 더 늘어난 것뿐이라고 하겠다. —솔직히 말하자면, 나는 하루하루 더욱 사람들을 경멸하게끔 되었던 것이다.[44]

위에서 말한 '국가의 대사'는 위안스카이에 의한 군벌정치를 말합니다. 암울해져가는 정치적 현실에 루쉰은 인간을 불신하게 되었지요. 그러다 그는 예기치 못하게 인력거의 선행을 보게 됩니다. 이는 루쉰에게 그동안 민중에 대해 무관심했던 것을 반성하는 동시에 민중의 천성을 다시 발견하도록 자극하는 동기가 됩니다. 이로써 그는 인간에 대한 작은 신뢰를 회복하게 되지요.

## 변발을 소재로 한 「머리털 이야기」와 「풍파」

앞에서 우리는 루쉰이 단호하게 변발을 자르는 결단을 내렸고 그 탓에 고통을 당하는 모습을 보았습니다. 「머리털 이야기」(1920)도 그런 경험의 소산이라 할 수 있어요. 소설은 쌍십절인데도 달력에 아무 표시가 없다는 이야기로 시작됩니다. 1911년 중화민국이 탄생한 날인 쌍십절은 당연히 기념되어야 할 터지만, 소설이 쓰인 1920년은 이미 당시의 혁명정신이 모두 죽어버리고 중국이 군벌이 지배하는 나라로 변해버린 시점이었어요. 이에 대해

---

44) 위의 책, 59쪽.

소설 속 '나'의 친구 'N 선생'은 쌍십절 자체가 기념할 만한 날이 아니었다고 주장하지요. "십몇 년을 고생하며 뛰어다니다가 아무도 모르게 탄압 하나에 생명을 빼앗겼던 청년들, 총알을 맞는 대신 감옥 안에서 한 달 이상이나 고문에 시달리던 청년들, 그리고 큰 뜻을 품고는 있었지만 홀연히 종적이 묘연해져 그 유해조차 찾을 길 없게 된 청년들 말일세. 그들은 모두 사회의 냉소와 조롱과 박해, 그리고 함정 속에서 일생을 보냈네. 지금은 그들의 묘지조차도 망각 속에서 점점 사라져가고 있네. 나는 그 일들을 감히 기념할 수 없네!"[45] 그리고 그가 '재미있는 일'을 들려주겠다고 하면서 머리털 이야기가 시작됩니다.

> 내게 가장 유쾌했던 일은, 첫 번째 쌍십절을 지낸 후에 길거리에서 다시는 남들에게 조롱당하지 않게 된 일이었지.
> 자네, 머리털이란 것이 우리 중국인에게 보배도 되고 원수도 되며 옛날부터 지금까지 얼마나 많은 사람들이 그것 때문에 전혀 가치 없는 고통을 받았는가를 알고 있겠지!
> 우리의 아득한 옛날 조상들은 머리털에 대해서는 그래도 가볍게 보았던 듯하네. 형법으로 볼 때, 가장 중요한 것은 물론 머리니까 참수가 최고로 무거운 벌이었지. 다음으로 소중한 게 생식기이므로 궁형(宮刑)이었고, 유폐(幽閉)도 무서운 형벌이었어. 머리털을 자르는 형벌 같은 것은 정말 가볍기 짝이 없는 형벌이었네.[46]

궁형이란 남성의 성기인 음경을 자르는 형벌이고, 유폐란 여성의 성기인 음문을 막는 형벌을 뜻합니다. 이어 그는 명나라 말기, 한족들이 결사적으

---

45) 위의 책, 64쪽.
46) 위의 책, 64~65쪽.

로 반항하다가 청나라 병사들에게 학살당한 일을 이야기하죠. 그러나 그는 당시 "중국인들의 반항은 나라가 망했대서가 아니고 변발을 강요당하기 싫었기 때문이었"[47]다고 비꼽니다. 조국이 바뀌는 것보다 이어져 오던 전통을 바꾸라는 강요를 더욱 받아들이기 힘들어했던 것이지요. 그러나 시간이 흘러 변발이 중국인들의 관습으로 굳어지자 그들은 오히려 이를 자른 사람을 따돌리고 괴롭혔으니 참 아이러니하다고 볼 수밖에요. 이어 태평천국의 난에 이르면 머리털은 중국인들을 더욱 궁지로 모는데요. 머리를 "기른 사람은 관병에게 살해되고, 변발을 하고 있으면 반란군인 장발적에게 피살"됩니다.[48] 그리고 그는 변발에 대한 이런 이중적 태도 때문에 자신이 유학시절 동안, 그리고 고향에 돌아와서는 또 무슨 일을 당했는지를 진술해요. 그러면서 전통에 무기력하게 순응하기만 하는 대다수 민중의 태도를 탄식합니다.

아아, 조물주의 채찍이 중국의 등 짝 위에 내려쳐지지 않는 한, 중국은 영원히 이런 식의 중국이지. 스스로는 결코 머리카락 한 올조차 바꾸려 하지 않을 걸세.[49]

「풍파」(1920)에서도 변발이 중심 소재로 등장하는데요. 이 작품은 논설조인 「머리털 이야기」와는 달리 변발을 둘러싼 시골 생활의 풍파를 묘사해 더욱 소설다운 구성을 갖추었다고 볼 수 있습니다. 이전 작품보다 뛰어난 문학성을 보여주지요. 소설에 나오는 뱃사공 칠근의 늙은 어머니는 다음과 같은 말버릇으로 세월의 풍파를 불평합니다.

---

47) 이 부분을 『루쉰 소설전집』 65쪽은 '변발을 늘어뜨린 일'이라고 번역하나 의문이다.
48) 위의 책, 65쪽.
49) 위의 책, 68쪽.

"나는 일흔아홉까지 살았어. 살 만큼 살았지만 이렇게 집안이 망해가는 꼴은 못 보겠다.-죽는 게 낫지. 금방 밥을 먹을 텐데 미리부터 볶은 콩을 처먹다니, 먹어서 집안을 망치겠다! …"

"정말이지, 점점 못해져만 간다니까!"[50]

위안스카이가 황제가 되었다는 소식이 들리자 마을 사람들은 변발이 없는 사람은 무거운 벌을 받게 될 것이라고 소문을 냅니다. 그렇지만 칠근은 혁명 때 강제로 머리털을 잘렸기 때문에 한숨을 쉽니다. 아내도 속상하지만 어쩔 도리가 없어 말합니다. "어서 밥이나 먹어요. 울상을 한다고 변발이 생기겠어요?" 그러나 그녀도 주변의 말을 듣자 점점 동요합니다. 결국에는 분노하여 남편에게 온갖 욕설을 퍼붓지요. 칠근은 마을에서 외면당하는 처지가 됩니다. 결국 칠근 부부는 자신의 딸에게도 변발을 시킵니다.[51]

## 「고향」은 희망의 노래다

루쉰이 40세인 1921년에 집필한 소설인 「고향」은 고향과 완전히 작별하기 전에, 20년 만에 잠시 고향에 들른 사람의 이야기입니다. 바로 루쉰 자신이 겪은 일을 자전적으로 풀어낸 작품이에요. 루쉰은 17세이던 1898년부터 고향을 떠나 살다가, 1919년이 되자 북경으로 이사하기 전 어머니를 모시고 가기 위해 일시적으로 귀향합니다. 여기서 그는 13세 때에 사귀었던 친구 장윤쉐이[章運水]를 만나는데, 그가 바로 「고향」에 나오는 룬투의 모델이에요.[52]

20년 만에 찾은 고향은 '쓸쓸하고 황폐'합니다.[53] 주인공은 기억과는 다

---

50) 위의 책, 71쪽.
51) 위의 책, 73~81쪽.
52) 그의 본명이 '룬투'라고 하는 『루쉰 전』 26쪽의 설명은 오류이다.
53) 『루쉰 소설전집』, 82쪽.

른 고향을 둘러보며 슬픔에 젖어요. "그 옛날의 고향도 아마 이랬을지 모른다. - 고향은 원래부터 이랬었다. 발전이 없는 대신에 지금 내가 느낀 것과 같은 쓸쓸함도 없는 것이다. 단지 달라진 것은 내 자신의 심경일 뿐이다."[54] 그러다 나는 옛 친구인 룬투와 재회합니다. 하지만 고용인의 아들인 룬투는 나에게 '나으리'라고 불러요. 이는 중국의 계급 사회를 여실하게 드러냅니다. 소꿉친구였던 두 사람은 이제 지주와 소작인으로 만납니다.

룬투는 너무나 가난한 삶을 꾸려가고 있어요. "여섯째 아이까지 거들고 있지만, 그래도 먹고살 수가 없어요. 세상이 뒤숭숭하고 …일정한 규정도 없이 마구 돈만 걷어가고 …게다가 작황은 나빠만 가요. 농사를 지어서 팔러 가면 세금만 몇 번이나 바쳐야 하고, 본전만 까먹고 들어가죠. 그렇다고 팔지 않으니 썩어버릴 뿐이고요."[55] 주름 가득한 룬투의 얼굴을 보며 지식인으로서 주인공은 생각합니다. "많은 아이들, 흉작, 가혹한 세금, 군인, 도적, 관리, 향신(鄕紳) 그런 것들이 한데 어울려 그를 괴롭히고 그를 마치 장승처럼 만들어버린 것이다."[56] 그래서 주인공은 어머니의 권유에 따라, 이사할 때 굳이 가져갈 필요 없는 물건 몇 가지를 주기로 합니다. 룬투는 향로와 촛대 한 벌, 그리고 재 등을 고릅니다. 하지만 그는 주인공 몰래 잿더미 속에 접시나 그릇을 몇 개나 숨겨서 가져가려고 해요. 그것을 다른 이웃에게 들켜 고발당하지요. 그 이웃은 '이 발견을 큰 공이라도 세운 것처럼 자랑'합니다.[57]

주인공은 배를 타고 고향을 떠나던 중 멀어져가는 옛집을 보며 자신이 고향을 완전히 잃었음을 자각합니다. 하지만 그는 희망을 품습니다. 룬투의

<hr>

54) 위의 책, 82쪽.
55) 위의 책, 92쪽.
56) 위의 책, 92쪽.
57) 위의 책, 93쪽.

아들 쉐이성과 주인공의 조카 훙얼 간의 새로운 우정을 보았기 때문이에요. 주인공은 아이들을 떠올리며 독백합니다. "난 그 애들이 또다시 나나 다른 사람들처럼 단절이 생겨나지 않기를 바란다."[58]

"하지만 그렇다고 하여 서로의 마음을 잇기 위해서 모두 나처럼 괴롭게 이곳저곳을 떠돌아다니는 생활을 하는 것은 바라지 않는다. 또 그들이 모두 룬투처럼 괴롭고 마비된 생활을 하는 것도 원하지 않으며, 또한 다른 사람들처럼 괴로워하면서 방종한 생활을 보내는 것도 역시 바라지 않는다. 그들은 마땅히 새로운 생활을 가져야 한다. 우리가 아직 경험해본 일이 없는 생활을!"[59]

그러나 잠시간의 기대에서 벗어난 나는 다시 회의감에 빠집니다. "희망이라는 것을 생각한 나는 갑자기 무서워졌다. 룬투가 향로와 촛대를 달라고 했을 때, 그는 오로지 우상을 숭배하는 인간이구나 하고 나는 속으로 그를 비웃었다. 그러나 지금 내가 말하는 희망 역시 내가 만들어낸 우상이 아닌가? 단지 그의 소망이 현실에 아주 가까운 것이라면, 나의 소망은 아득하다는 것뿐이다."[60]

그리고 나는 이러한 결론에 다다릅니다. "희망이란 본래 있다고도 할 수 없고, 없다고도 할 수 없다. 그것은 마치 땅 위의 길과 같은 것이다. 본래 땅 위에는 길이 없었다. 걸어가는 사람이 많아지면 그게 곧 길이 되는 것이다."[61]

무작정 희망을 보여주는 것은 거짓말일 수 있습니다. 그렇지만 없다고 단정 지을 수도 없어요. 루쉰이 이 작품에서 낸 결론은 각 개인이 길을 만들 듯

---

58) 위의 책, 94쪽.
59) 위의 책, 94쪽.
60) 위의 책, 94쪽.
61) 위의 책, 95쪽.

이 희망을 만들어나가야 한다는 것입니다. 같은 맥락에서 「수감록(隨感錄)」에서 루쉰은 길에 대해 다음과 같이 말해요.

> 길이란 무엇인가? 그것은 길이 없었던 곳을 밟고 지나감으로써 만들어진 것이다. 가시밭을 개척해서 만든 것이다. 옛날부터 길은 있었다. 장래에도 영구히 있을 것이다.
>
> 인류는 쓸쓸할 리가 없다. 왜냐하면 생명은 진보적이고 낙천적이므로[62]

그런데 한편으로 루쉰은 유럽의 사례를 들면서 희망을 이야기하기도 했어요. "자기만족을 하지 않는 사람이 많은 종족은 언제나 전진하고 언제나 희망이 있다"라고요. 이 말을 루쉰의 본심과는 다른 '가면을 쓴 외침'[63]이라고 보아야 할까요? 하지만 저는 루쉰이 자신의 본심을 결코 숨긴 적이 없다고 생각합니다. 그는 같은 글에서도 중국에 대해서는 여전히 비관적이었어요. "남을 책망할 뿐 자기는 반성하지 않는 사람이 많은 종족에 화 있을진저."[64] 이러한 비관은 「왔다」나 「성무」라는 글에서도 엿볼 수 있습니다. 심지어 그는 중국이 멸망해도 어쩔 수 없다는 의견까지 내비치기도 했어요. "어떤 인간이 죽는다는 것은 죽는 본인과 그 가족에겐 비참한 일이지만 한 고을이나 한 마을 사람들이 볼 때는 아무것도 아니지. 가령 한 성(省), 한 나라, 한 종족… "[65] 저는 루쉰이 이러한 사상을 품은 것이 아나키즘의 영향을 받은 탓이라고 봅니다. 즉, 그가 품고 있던 사고방식은 국가를 넘어서는 것

62) 「수감록」 66번 〈생명의 길〉, 『노신문집』, 제3권, 32쪽.
63) 『인간 루쉰』, 87쪽 이하.
64) 「수감록」 61번 〈불만족〉, 『노신문집』, 제3권, 29쪽.
65) 위의 책, 32쪽.

이었어요. 따라서 이를 모든 희망을 '포기'하는 것으로 이해[66]해서는 안 됩니다.

여기서 저는 「수감록」 39번째 글에 나오는 구절을 눈여겨볼 필요가 있다고 생각합니다. "이상이란 이루어야 하는 것, 망상이란 이룰 수 없는 것에 대한 생각"이라는 구절인데요. 루쉰은 그 둘을 구별해야 한다고 말합니다. 이룰 수 없는 것은 냉정히 받아들여야 하고, 이루어야 하는 것은 이루고자 하는 용기를 지녀야 해요. 문제는 그 둘을 구별하는 지혜를 가져야 한다는 점입니다. 그래야만 이상을 따르면서 제대로 된 희망을 품을 수 있을 테니까요.[67]

## 「아Q정전」

루쉰의 작품 중 가장 널리 알려진 대표작 「아Q정전」(1921)은 아홉 개의 장으로 이루어진 중편입니다. 제1장 '서'에서 필자는 아Q의 일생을 다룬 글을 쓰기로 하지만, 그 글의 이름을 어떻게 정해야 하는지 곤란해 합니다. '이름이 바르지 않으면 말이 순조롭지 못하다'는 공자의 옛말을 인용하면서 결국 열전이나 자전 별전 등도 아닌 정전을 쓰기로 하지요. 다음에는 아Q의 이름을 어떻게 표기할 것인가에 대한 고민이 이어져요. 여기서 아Q라고 한 것은 그의 성은 물론이고 이름조차 어떻게 쓰는지 아무도 모르기 때문입니다.[68]

소설의 줄거리는 아Q가 혁명을 처음에는 반역으로만 여기다가 봉건관료

---

66) 『인간 루쉰』, 98쪽.
67) 이러한 주제 의식은 앞서 본 「광인일기」에도 뚜렷하게 드러난다. 이 작품을 집필한 3개월 뒤에 루쉰은 「내 절멸관」을 썼고, 이듬해 「아버지로서 지금 우리는 무엇을 해야 하는가」도 저술했다. 이 글들은 「수감록」과 함께 모두 《신청년》에 발표되었다.
68) 그의 이름으로 불린 '아Quei'는 중국어로 귀신을 뜻하는 '鬼'를 '꿰이'라고 읽는 것과 소리가 같다.

「아Q정전」이 연재된 신문

와 토지제도에 대한 불만이 깊어지자 혁명당원이 되겠다고 결심하는 심리적 과정을 다루고 있습니다. 여기서 아Q는 당대 중국 민중을 대표하는 인물이지요.

아Q는 사람들로부터 얻어터지는 일상을 보내지만 언제나 의기양양합니다. 비록 현실에서는 실패하더라도 자기가 승리한 것처럼 일부러 착각하기 때문인데요. 이러한 자기기만을 '정신승리'라 합니다. 노예근성의 대표적 증상이지요. 루쉰은 당시의 중국이 외세에 치이면서도 자국이 '오랑캐'보다 잘났다고 멸시하는 것도 마찬가지라고 보았던 듯합니다.

"내가 자식 놈에게 얻어맞은 걸로 치지. 요즘 세상은 돼먹지 않았어…" 하고 생각한다. …아Q는 마음속으로 생각하고 있는 것을 나중에 하나하나 말해버린다. 그래서 아Q를 골려주는 모든 사람들은 그에게 이러한 정신승리법이 있다는 것을 알게 되었다.…

"아Q! 이것은 자식이 애비를 때리는 게 아니라 사람이 짐승을 때리는 거야. 네 입으로 말해봐! 사람이 짐승을 때리는 거라고."…

"벌레를 치는 거야! 됐어? 나는 벌레야.—이래도 놓지 않겠어?"…

그러나 10초도 지나지 않아 아Q도 역시 만족하여 의기양양해 돌아가는 것이다. …

"네까짓 것들이 다 뭐야?"

아Q는 이러한 갖가지 묘수로 원수들을 굴복시킨 다음 유쾌하게 술집으로 달려가

서 술을 몇 잔 마시는 것이었다.[69]

이렇듯 아Q는 비굴한 나날을 보냅니다. 하지만 노예는 주인에 굽실거리
면서도 기회가 오면 주인을 죽여 복수하고자 꿈꾸는 법이죠. 아Q에게 혁명
이란 오직 복수와 출세를 위한 기회일 뿐입니다. 아니, 그 이전에 아Q의 첫
반응은 그것을 다음과 같이 하나의 구경거리로 취급하는 것이었어요.

> "자네들, 목을 자르는 것을 본 적이 있나?" 하고 아Q는 말했다.
> "흠, 볼 만하지. 혁명당원을 죽이는 거야. 정말 볼 만해…."[70]

그러나 혁명당이 기세를 불려나가자 아Q의 태도는 돌변합니다. 마을 사
람들 저마다 혁명당에 관한 이야기를 떠들어대는 것을 보고 자신도 그러한
위치에 서고 싶다고 생각한 거예요. 물론 혁명이 무엇인지는 알지 못한 채
구경거리 대하듯 하는 태도는 마찬가지고요.

> 아Q의 귀에도 혁명당이란 말은 벌써부터 들려오던 터였다. 금년에는 혁명당원이
> 살해되는 걸 제 눈으로 보기도 했다. 그러나 그는 어디서 얻은 생각인지는 몰라도
> 혁명당이란 바로 반란을 일삼는 무리들이며 반란은 그에게 고난을 가져온다고 여
> 겼으므로 그러기 때문에 그는 줄곧 이를 '몹시 증오'하고 있었다. 한데 뜻밖에도
> 백 리 사방에 그 이름을 떨치는 거인 나으리까지도 그토록 두려워한다니 그로서
> 는 '신명'이 나지 않을 수가 없었다. …
> '혁명이란 것도 괜찮구나' 하고 아Q는 생각했다.

69) 『루쉰 소설전집』, 103~104쪽.
70) 위의 책, 126쪽.

'이런 빌어먹을 놈들을 죽여버리자! 더러운 놈들을! 미운 놈들을…. 나두 혁명당에 투항해야지.'[71]

이처럼 아Q는 단지 자신의 개인적인 원한을 갚고자 혁명당에 투신하고 자 합니다. 어제까지 혁명당에 대해 혐오를 품고 있던 것은 깨끗이 잊고 말 이에요. 그야말로 아무렇지도 않게 생각을 바꾸는 것이지요. 그는 벌써 자 신이 혁명당원이라도 된 것처럼 공상에 빠져들기 시작합니다. 평소 자신을 깔보던 마을 사람들에게 복수하는 것뿐만 아니라 여자도 취하고자 해요.

> "짜오스천의 누이동생은 정말 추물이지. 쪼우 씨 댁 일곱째 아줌마의 딸은 아직 젖비린내 나고. 가짜 양놈의 마누라는 머리채 없는 사내와 동침했으니, 흥, 좋은 물건은 못 돼! 수재의 마누라는 눈두덩 위에 흉터가 있고…. 우어멈은 오랫동안 못 보았군. 어디 갔을까? …그런데 아깝게도 발이 너무 커."[72]

아Q는 신이 나서 평소 티격태격하던 늙은 비구니에게도 혁명 소식을 전 합니다. 그렇지만 그녀는 들은 체도 않고 혁명은 이미 끝났다고 하지요. 그 리고 다음과 같이 말해줍니다.

> "넌 모르고 있냐? 그 사람들이 벌써 혁명을 해버렸어!"
> "누가?"
> "저 수재와 가짜 양놈이!"[73]

71) 위의 책, 132쪽.
72) 위의 책, 135쪽.
73) 위의 책, 136쪽.

평소 혁명당이라도 된 듯이 떠벌렸지만 실상 아무것도 하지 않았던 아Q보다, 그가 질투하던 짜오 수재와 '가짜 양놈'이 먼저 혁명당을 따르기로 한 것이지요. 마을에는 '대젓가락으로 변발을 머리 꼭대기로 틀어올'린 사람들이 늘어납니다.[74] 물론 아Q도 이를 따라 하고요. 혁명당원의 단발을 흉내 내고는 싶은데 머리를 자를 용기는 없는 것이지요. 그러나 곧 아Q는 혁명에 절망합니다. 기껏 성 안으로 들어온 혁명당이 그를 거들떠보지도 않았거든요.

> 이렇게 무료해 보기는 그는 여태까지 경험한 적이 없었던 같았다. …
>
> 흰 투구에 흰 갑옷을 입은 사람은 분명히 왔으나 결코 그를 부르러 오지는 않았다. 좋은 물건을 많이 날랐으나 자기의 몫은 없다. 이것은 전부 밉살스런 가짜 양놈이 나에게 반란을 허락하지 않은 때문이었다. 그렇지 않다면 이번에 어째서 내 몫이 없단 말인가?
>
> 아Q는 생각하면 생각할수록 더욱 화가 치밀고 나중에는 마음 가득한 통분을 참을 수 없어 세차게 머리를 흔들며 지껄였다.
>
> "나에게는 반란을 허락하지 않고 네놈만 반란할 셈이었군? 제기랄, 가짜 양놈—어디 보자. 네놈이 반란했겠다! 반란은 목이 잘리는 죄야. 내 어떻게 해서든지 고소해서 네놈이 관청으로 잡혀 들어가 목이 싹둑 잘리는 걸 보고 말 테니—온 집안이 목이 잘리는 것을— 싹둑! 싹둑!"[75]

아Q는 혁명을 저주합니다. 처음에는 혁명을 거부했고, 다음에는 자신의 이득만을 위해 간단히 혁명당에 몸을 던지려 하더니, 이제 다시 혁명당을 반란군으로 취급하는 겁니다. 이렇듯 혁명이란 아Q에게 형편에 따라 시시

---

74) 위의 책, 138쪽.
75) 위의 책, 143쪽.

때때로 변하는 것에 불과합니다. 아Q만이 아니라 모든 민중에게 그랬어요. 말하자면 자신들과는 무관한 가짜입니다. 마을 사람들이 하는 것이라고는 변발을 머리 위로 틀어 올린 사람을 보고 부러워하며 "아아, 혁명당이 오셨다" 하고 말하는 일밖에 없습니다.[76]

아Q는 혁명에 참여하지도 못하고 도둑 누명을 쓴 채 처형당합니다. 그는 형장으로 끌려가면서 이상한 심리를 겪습니다.

"때로는 조급해지기도 했으나 때로는 도리어 태연해졌다. 그의 심중으로는 사람이 세상에 태어난 바에야 때로는 목이 잘리는 일도 없으란 법은 없다고 생각하는 것 같았다."[77]

평생 정신승리만을 일삼으며 현실에서 도피하다 보니 심지어 자기 죽음에 대해서도 무기력한 태도를 보이게 된 걸까요? 한편 죽음 직전에 아Q는 민중의 눈초리를 의식합니다.

"그것은 흉측하고도 무서웠으며 반짝반짝 빛나는 도깨비불처럼 두 눈이 멀리서도 그의 육체를 꿰뚫을 것만 같았다."[78]

이는 「광인일기」에서 주인공이 언제나 다른 사람들에게서 보아온 눈길과 같습니다. 이렇게 아Q는 비로소 죽기 직전에 광인의 시점을 획득한 것입니다. 루쉰의 표현을 빌자면 초인이나 전사의 시점이기도 하지요. 그것은 또한 작가인 루쉰의 시점이기도 합니다. 인간 깊숙한 곳에 가려진 부조리를 직시

76) 위의 책, 138쪽.
77) 위의 책, 148쪽.
78) 위의 책, 150쪽.

한 것이지요. 그러나 그것은 죽음 직전의 짧은 깨달음에 불과합니다. 아Q는 죽을 때까지 결국 자각하지 못한 민중에 불과했어요. 여타 마을 사람들도 아Q와 별반 다를 게 없었고요. 소설의 다음과 같은 마지막 묘사는 바로 그런 민중을 풍자하는 것입니다.

> 여론으로 말하면 미장에서는 별로 이의도 없었고 자연 모두 아Q를 나쁘다고 말했다.
> "총살당한 것은 그가 나쁘다는 증거지! 그가 나쁘지 않았다면 무엇 때문에 총살을 당한단 말인가."
> 그러나 성 안의 여론은 오히려 좋지 않았다. 그들의 대부분은 불만이었다. 총살은 목을 베는 것보다 재미가 없으며 더구나 어떻게 되어 먹었는지 웃기는 사형수라는 것이었다. 그렇게 오래도록 거리를 끌려 돌아다니면서 끝내 노래 한마디 못 부르다니. 그들은 공연히 따라다니느라 헛걸음만 했다는 것이었다.[79]

사실 민중의 지지 없는 혁명이란 있을 수 없어요. 「아Q정전」에서 눈여겨볼 점 중 하나는 어쨌거나 아Q도 혁명에 투신하고자 했다는 겁니다. 물론 그에게 혁명정신 같은 건 존재하지 않았지만요. 수재나 거인처럼 거들먹거리던 사대부조차 꼼짝 못 하는 모습을 보고서 '혁명이란 것도 괜찮구나' 하면서 참여하려들었을 뿐이지요. 이를 두고 '민중은 혁명에 대해 무의식적인 잠재력을 지닌다'고 해석할 수 있습니다. 이 부분을 쓴 당시의 심경에 대해 루쉰은 뒷날 다음과 같이 말해요.

79) 위의 책, 151쪽.

마침내 아Q가 혁명당원이 될 것인가 말 것인가 하는 문제가 발생했다. 내 생각으로는 만약 중국이 혁명하지 않는다면 아Q도 하지 않지만 혁명한다고 하면 아Q도 한다. 우리의 아Q의 운명은 이 이외에는 없기 때문에, 따라서 성격도 앞뒤가 맞지 않는 것은 아닐 것이다.

민국 원년은 이미 지나가버려 뒤쫓을 수도 없지만, 이후에 혹시 또 개혁이 있다면 아Q와 같은 혁명당원은 반드시 출현하리라고 나는 믿는다. 사람들이 말하듯이 내가 그린 것은 현재보다 이전의 한 시기이다. 그것은 곧 나도 그렇기를 바란다는 뜻이다.

다만 나는 내가 본 것이 현대의 전신이 아니라 현대의 후신, 더구나 불과 2~30년 후의 일일는지 모른다는 것을 두려워한다. 그렇다 해도 이것은 혁명당을 모욕하는 것은 아니다. 어쨌든 아Q는 대나무 젓가락으로 변발을 말아 올려버렸으니까.[80]

루쉰은 민중의 의식이 반혁명적임을 직시했습니다. 그러면서도 혁명에 참여하는 민중의 생명력 또한 긍정했지요. 즉 어쨌거나 루쉰에게는 민중에 대한 믿음이 있었다고 볼 수 있어요. 이는 그가 혁명에 대해 지식인들의 역할을 도리어 소극적이고 부정적으로 평가한 점과 대비됩니다. 이는 「아Q정전」을 쓴 5년 뒤에 쓴 『무덤』의 후기(1926)를 비롯한 여러 글에서 그가 지식인을 비판적으로 언급한 점에서도 알 수 있어요. 그 글에서 루쉰은 다음과 같이 말합니다.

옛날 사람들은 책을 읽지 않으면 어리석은 사람이 된다고 했다. 그것은 물론 옳다. 그러나 그 어리석은 자에 의해서만 세계는 만들어지고 있기 때문에 현인은 절대

---

80) 『노신문집』, 제4권, 62~63쪽.

로 세계를 지배할 수 없다. 특히 중국의 현인은 그러하다.[81]

　지식인이 혁명에 대처하는 태도를 분명하게 알려주는 인물은 짜오쓰천입니다. 그는 혁명당이 성 안으로 들어왔다는 말을 듣자, 평소 친하지도 않던 '가짜 양놈'과 손을 잡아요. 그리고 '아주 정중한' 편지를 한 통 써서 성 안의 혁명군에 전해달라고 부탁합니다.[82] 당에 입당하는 것을 허락해달라고 부탁하는 내용이 담긴 편지지요. 그 대가로 '가짜 양놈'에게 은화 4원을 주고 은 배지를 받아 옷깃에 달고 다닙니다. 그의 태도는 다음과 같이 묘사되는데요. "짜오 나으리는 이 때문에 거드름을 피웠는데, 일찍이 자식이 수재가 되었을 때보다 훨씬 더했다"[83]고요. 그는 청나라 조정이 지배했을 때는 민중 위에 군림하다가 상황이 변하자 아무런 가책도 없이 혁명 측에 붙습니다. 그리고 혁명은 아Q의 처형만을 남기고 끝나버려요. 루쉰은 그렇게 신해혁명을 풍자합니다. 그러나 저는 다시금 강조하고 싶습니다. 루쉰은 민중의 어리석음을 알았지만, 그 잠재적 가능성을 인정했어요. 우리나라나 중국에서 이러한 루쉰의 민중에 대한 기본적인 믿음이 잘 알려지지 않았다는 점은 안타까운 일입니다.

## 지식인의 회의를 보여주는 「단오절」

1922년 2월, 러시아의 맹인 시인 예로센코(Vasili Yakovlevich Eroshenko, 1890~1952)가 중국에 왔습니다. 그는 1914년, 한의학 침술을 배우고자 일본에 왔는데요. 일본어 구술에 의한 동화를 창작하기도 했어요. 1916년부

---

81) 위의 책, 57쪽.
82) 『루쉰 소설전집』, 139쪽.
83) 위의 책, 139쪽.

터 3년간은 태국과 인도를 방랑하다가 볼셰비키파라는 이유로 추방당했고, 다시 일본에 와서 주로 좌익계 강연회에서 인류의 해방을 주장하다가 다시 추방당합니다. 루쉰 형제는 그를 베이징대학교의 에스페란토어 강사로 초빙하고 1년간 자신의 집에 머무르게 했습니다. 베이징 도착 직후 그의 강연회에는 청중 수천 명이 송곳 세울 틈도 없이 모였습니다. 그러나 그가 러시아혁명을 전제주의라 비판하고, 특히 지식인 숙청을 비판하자 다들 떠나가고 겨우 3명만이 남았지요. 결국 그는 1년 만에 러시아로 돌아갔습니다. 하지만 루쉰은 그의 작품을 정열적으로 소개했어요. 일본어 원작으로부터 번역한 『예로센코 동화집』(1922)과 『복숭아색의 구름』(1923)을 간행하기도 했고요. 루쉰은 단편소설 「오리의 희극」(1922)을 써서 예로센코와 함께한 일화들을 소개하는데요.[84] 예로센코가 "사막처럼 쓸쓸하"[85]다고 한 말에 공감을 표현하기도 했습니다. 루쉰은 중국이 너무나도 소란스럽지만, 그것이야말로 사실 적막함을 증명한다고 여겼거든요. 그러한 적막함은 『외침』의 「자서」(1922)에서 더욱 강렬하게 나타납니다.

예로센코는 「지식계급의 사명」이라는 강연에서 러시아 나로드니키[86]의 자기희생적인 민중교화운동을 높이 평가했습니다. 반면 중국의 지식인이 물질적 향락에 굶주려 무조건 서양을 추종하는 것을 잘못했다고 지적했지요. 루쉰의 「단오절」은 위 강연이 있은 지 3개월 뒤에 쓰인 작품으로서 예로센코의 비판에 대한 답이라 할 수 있습니다. 주인공은 관료이자 베이징대

---

84) 예로센코의 작품을 루쉰이 번역한 것을 다시 우리말로 번역한 것이 예로센코, 김정행 옮김, 『착한 사람, 예로센코』(하늘아래, 2004)이다. 이 책은 2007년, 『사랑하는 것을 얻지 못하는 슬픔-눈먼 자유인의 열세 가지 우화』로 재간되었다.

85) 『루쉰 소설전집』, 178쪽.

86) 러시아어로 인민주의자를 뜻한다. 이들은 농촌공동체를 통해서 자본주의를 거치지 않고도 사회주의로의 이행이 가능하다고 믿었다. 따라서 자신들은 엘리트였음에도 스스로 민중 속으로 들어가는 '브나로드(V nard)운동'을 펼쳤다. 그러나 이들 대다수는 레닌이 이끄는 마르크스주의에 자리를 빼앗기고, 남은 이들은 러시아 사회혁명당을 조직한다.

예로센코와 함께

학교의 교수를 겸하는 인물인데 이는 루쉰 자신을 투영한 것입니다. 과거에 그는 사회의 불합리에 대해 비판적이면서도 지식인으로서의 청렴함을 지키려고 했어요. 그러나 군벌정부가 예산을 유용하여 월급을 반년 이상 받지 못하자 가난에 치여 존경도 신념도 잃고 말지요. 이 자전적인 소설은 지식인의 회의를 잘 보여줍니다.

> 그도 때로는 자신이 사회악과 싸울 용기가 없어 양심을 속이고 고의로 도피할 길을 만들어내는 것이 아닐까 하고 회의한 적도 있었다. 그렇다면 '시비를 가리는 마음이 없는 것'과 마찬가지이므로 고치는 것이 좋을 것이라고 생각했다.[87]

87) 『루쉰 소설전집』, 152~153쪽.

## 「흰 빛」

「흰 빛」은 입신양명과 물질적 성취에만 집착하는 봉건 지식인의 모습을 비판적으로 묘사한 작품입니다. 주인공은 50세 즈음까지 과거 시험을 치르지만 십 수 번이나 낙방합니다. 결국, 다음과 같은 공상만 품다가 허무하게 죽고 말아요.

> 수재의 자격을 얻어 성에 향시를 보러 가고, 차례차례 시험을 돌파한다. …그렇게 되면 지방 유지들이 온갖 방법으로 앞을 다투어 혼담을 꺼낼 테고, 사람들은 흡사 신을 우러러보듯 그를 두려워하고 존경할 것이며, 이제껏 그를 경멸했던 것을 깊이 후회하겠지….
>
> 높은 자리에 앉으려면 중앙의 관리가 되는 것이 좋겠고, 그렇지 않으면 차라리 지방관이 되는 쪽이 낫겠지.[88]

## 동화 「토끼와 고양이」

「토끼와 고양이」는 동화라는 점에서 『외침』의 다른 소설과 구별됩니다. 예로센코가 루쉰의 집에 머물 때 집필한 것으로 『예로센코 동화집』을 번역한 후 스스로 창작한 최초의 동화지요. 동화에 대한 루쉰의 관심은 일찍이 1909년의 도쿄 유학시절부터 드러난 바 있습니다. 당시 루쉰은 『역외소설집』 2권을 간행하면서 안데르센의 동화를 번역하겠다고 예고했어요. 만약 그 약속이 지켜졌다면 루쉰은 안데르센 동화를 중국에 최초로 소개한 사람이 되었을 것입니다. 「토끼와 고양이」의 내용은 간단해요. 어머니가 사온 토끼 한 쌍과 그 새끼를 고양이가 위협합니다. 그래서 주인공인 내가 토끼를 지키기

---

88) 위의 책, 164쪽.

로 결의해요. 주인공은 "너무 멋대로 생명을 만들고 또 너무나 멋대로 짓밟 아버"[89]리는 조물주를 원망하며 자연의 부조리에 반항하는 것이지요.

## 「오리의 희극」

「오리의 희극」은 예로센코를 주인공으로 한 작품입니다. 그는 베이징에 머무 는 자신의 심경을 사막처럼 쓸쓸하다고 표현해요. 벌레소리는커녕 개구리 울음소리조차 들을 수 없어 외로움을 타지요. 그래서 스스로 올챙이를 사 와 연못에 풀어놓습니다. 그리고 동물을 기르라는 권유에 귀여운 새끼오리 몇 마리를 사지요. 그런데 어느 날, 오리가 올챙이를 전부 먹어버리는 사건 이 벌어집니다. 그리고 얼마 안 가 예로센코는 중국에서 추방당해요. "네 마 리의 오리들만이 아직도 사막과 같은 마당 위에서 '케엑케엑' 울어델 뿐"입 니다.[90]

## 「마을 연극」

『외침』의 마지막에 수록된 「마을 연극」은 「고향」에서 잠깐 묘사되었던 과거 의 서정적인 세계를 다룹니다. 루쉰은 도시에서 구극(舊劇)을 보지만 빽빽 한 인파 속에서 갑갑해할 뿐 아무런 재미를 느끼지 못해요. 이런 비참한 경 험을 돌이켜보면서 그는 어느 일본인이 구극에 대해 한 말을 인용합니다.

> "중국 연극은 너무 두드려대고, 소리를 질러대며, 함부로 뛰어 법석을 떨기 때문 에 관객들은 머리가 어질어질해진다. 그러므로 극장에서는 알맞지 않지만, 만약 야외의 넓은 장소에서 상연해서 멀리서 보게 된다면 나름대로의 풍치가 있을

---

89) 위의 책, 176쪽.
90) 위의 책, 182쪽.

것이다."[91]

　이어 그는 어린 시절 외가에서 마을 연극을 본 것을 회상합니다. 아이들 끼리 '윗사람을 범했다'느니 서열을 따지지 않는 농민의 순박한 천성[92]은 여 태까지와는 다른 루쉰의 민중관을 보여줘요. 이는 「파악성론」에서 '소박한 백성이라면 그 마음이 순박[93]하다는 것과 같습니다. 또한 뒤에서 공자를 '성인이라 말하지만 성인으로 느끼지 않는' 민중상으로 표현하는 것도 마찬 가지 맥락이지요. 이러한 민중상은 「마을 연극」과 거의 동시대인 1919년에 쓴 「아버지로서 지금 우리는 무엇을 해야 하는가?」에서도 다음과 같이 묘사 됩니다.

　'성현의 책'을 읽은 적이 없는 사람이라면 쳐들어져 있는 유교라는 도끼 밑을 빠져 나가 자유자재로 그의 천성을 내닫게 하고 넓힐 수 있다. 그것이 있었기 때문에 비 록 위축되긴 했지만 중국인은 그래도 절멸을 모면한 것이다.[94]

## 첫 번째 소설집의 반향

첫 번째 소설집은 1923년에 출판되자마자 중국 문학계에 엄청난 돌풍을 불 러일으켰습니다.[95] 「광인일기」와 「작은 사건」은 소학교 교과서에 실리기도

91) 위의 책, 186쪽.

92) 위의 책, 187쪽.

93) 『무덤』, 447쪽.

94) 『노신문집』, 제3권, 41쪽.

95) 루쉰은 국제적으로도 유명해졌다. 로맹 롤랭(Romain Rolland, 1866~1944)의 추천으로 파리의 〈유럽〉 1926년 5~6월 호에 「아Q정전」의 프랑스 번역이 실렸고, 같은 해 랑서첸에 의한 영역본이 나왔고, 1929년에는 은 바시리예프에 의한 러시아어 번역본이 나왔다. 그리고 일본어 번역본은 1931년 야마카미 마사요시[山上正義]에 의해 나왔다.

했지요. 1920년부터 루쉰은 여러 대학에서 강사와 교수로 초청받았고, 그곳에서 주로 중국 문학사를 강의했는데요. 강의실은 언제나 만원이었고 뒤에서 청강하는 학생도 많았습니다. 그러나 일부 비평가들은 루쉰의 초기 작품을 혹평합니다. 루쉰 역시 그런 비평가들을 탐탁지 않게 여겼고요. 「비평가에 대한 희망」(1922)은 루쉰이 그들을 어떻게 여겼는지 잘 보여줍니다.

겨우 한두 권의 '서방'의 낡은 비평론에 의존하거나, 또는 머리가 굳어진 선생들의 편언쌍구(片言雙句)를 내세우거나, 또는 중국 고유라고 칭하는 절대의 진리 비슷한 것을 간판으로 해서 문단에 발을 내딛는 자는 분명히 비평의 권위의 남용이라고 나는 생각한다. 아주 비근한 예를 들어보기로 하자. 가령 요리사가 만든 요리를 어떤 사람이 맛이 없다고 비평했다고 치자. 그 경우 물론 요리사는 부엌칼과 냄비를 비평가에게 내주면서 그렇다면 더 맛있는 요리를 만들어보라는 따위의 말을 해서는 안 된다. 하지만 요리사가 몇 가지 희망사항을 제시하는 일은 허용돼야 한다. 곧 손님이 '이상(異常)기호'를 가진 사람이 아닐 것, 술에 취해 있지 않을 것, 열병 때문에 입맛을 잃었을 때가 아닐 것 등이다. …
다시 한 발짝 나아가면 영미의 노선생의 학설에 의거한 비평은 물론 자유지만 다만 이 세계에는 영미 두 나라만 있는 것이 아니라는 것을 알았으면 한다. …
만약 비평가가 작품은 논평하는 것은 잊어버리고 이렇게 하라 저렇게 하라고 용훼(容喙)를 한다면 그것은 권한을 일탈하는 짓이 된다. 그러한 발언은 담합이든가 권고이지 비평은 아니다. 또 한 번 요리사를 예로 들면 요리를 먹고 나서 맛이 있다든가 없다든가 만을 말하면 되는 것이지, 그 밖의 일들 말하자면 왜 요리사 노릇을 그만두고 재봉사나 건축가가 되지 않았느냐고 참견하는 것이나 마찬가지다. 아무리 머리가 나쁜 요리사라도 이 손님은 머리가 조금 돈 것이 아닌가 하고 생각

할 것이 틀림없다.[96]

1922년 「마을 연극」을 쓴 뒤 루쉰은 1년 이상 거의 글을 쓰지 않았습니다. 이는 아우와 결별한 데다가 병까지 걸린 탓이었지요. 저우쭤런의 일본인 부인이 낭비를 일삼는 것이 갈등의 원인이 되어 1923년 루쉰 형제는 절교하게 됩니다. 그 충격으로 루쉰은 이사를 하고 오랫동안 앓아누워요. 그러나 그의 몸과 마음의 병이 깊어진 더 큰 이유는 「고향」이나 「단오절」 등에 나타난 루쉰 자신의 절망에 있었다고 할 수 있습니다.

## 1918년의 잡문과 미술론

루쉰의 목소리는 소설보다도 그의 단편적인 생각을 적은 잡문에서 명확하게 나타납니다. 예컨대 1918년부터 《신청년》에 연재된 「수감록」에 실린 글들을 볼까요. 여기서 그는 전통을 내세워 새로운 학문을 방해하는 논리를 '허튼소리'라며 단호하게 꾸짖어요. 또한, 지식인들에게 '큰 소리'로 '묵은 빚이 없어질 때까지 외칠' 것을 요구합니다.[97] 한편 청년들에게는 '얼어붙은 분위기를 벗어나, 위를 향해 나아갈 것'을 격려하지요.[98]

루쉰이 미술 분야에도 관심이 깊었음은 아는 사람은 별로 없습니다. 그렇지만 이미 우리는 앞에서 그가 어린 시절 그림 감상이나 그림 그리기를 좋아했음을 보았어요. 그는 1913년에 이미 「미술 보급을 위한 의견서」를 썼습니다. 그리고 1918년부터 본격적인 미술론을 집필했어요. 이는 우리나라에 거의 소개된 바 없으므로 여기서 검토할 필요가 있겠지요. 그의 최초의 미

---

96) 『노신문집』, 제3권 60~61쪽.
97) 「수감록」 40번, 위의 책, 22쪽. 단 번역은 수정함.
98) 「수감록」 41번, 『열풍』, 44쪽.

술론은 「수감록 43」에서 드러난 것으로 '미술가는 반드시 진보적 사상과 고상한 인격을 가져야 한다'는 주제의 글입니다.

> 진보적 미술가—미술계에 대한 요구가 바로 이것이다. 미술가는 본래 원숙한 기술을 가져야 하나, 그보다도 진보적 사상과 고상한 인격을 가져야 한다. 그의 제작이 표면적으로는 한 장의 그림 또는 한 개의 조각으로 나타나지만, 실제적으로는 그의 사상과 인격의 표현이다.[99]

이어서 루쉰은 당시의 중국 풍자화에 대해 '서양의 모방'일 뿐이라는 혹평을 남겼습니다. "마치 교육을 받지 않은 어린이가 깨끗한 흰 벽에 몇 번이나 '누구는 개자식'이라고 낙서하는 것과 마찬가지"라고 했지요. 그런데 저는 이를 읽으면서 이런 생각이 들었어요. 우리나라의 풍자화라고 해서 그가 내린 이러한 평가에서 벗어날 수 있을까요? 일단 루쉰이 뭐라고 했는지 들어보지요.

> 딱한 일이지만 외국의 것이 중국에 들어오면 검은색의 염색물감 속에 떨어지듯이 그 빛깔을 잃지 않는 것이 없다. 미술 또한 그 하나이다. 체격이 아직 균형 잡히지 않은 나체화를 모방한 것은 외설 그림에 지나지 않고, 명암이 분명하지 않은 정물화를 모방한 것은 간판을 그린 것에 불과하다. 형식의 개신(改新)만으로는 내용이 본디 그대로에 머물기 때문이다.[100]

---

99) 졸고, 「노신의 미술론」, 『우리문학』, 제1호, 물레, 1986, 267쪽. 이하 루쉰의 미술론 인용은 이 글에 의하고 이 글은 「노신의 미술론」으로 인용한다. 내가 아는 한 우리나라에 루쉰의 미술론을 소개한 것은 이 글이 최초이다. 그 후 정하은과 유홍준에 의한 소개가 이어졌다.

100) 위의 책, 267쪽.

한편 「수감록 46」에서 루쉰은 "풍자화는 사회의 고질을 비판해야 한다"고 주장했습니다. 이는 어떤 풍자화에서 한문 폐지 주장자들을 외국 의사의 손에 외국 개의 심장을 이식받은 것으로 그린 것을 보고 한 말이에요.

풍자화는 본래 사회의 고질에 침을 찌르는 것이나, 지금 침을 찌르는 사람의 눈빛은 조그만 종이에서조차 분명히 보이지 않는다. 이래서야 어떻게 확실한 방향을 가리키고 사회를 이끌어갈 수 있을까?[101]

같은 맥락에서 루쉰은 「수감록 53」에서 '새로운 풍자화가의 출현'을 기대한다고 토로했습니다.[102]

101) 위의 책, 271쪽.
102) 위의 책, 271~272쪽.

# 두 번째 소설집 『방황』

## 『방황』은 어떤 책일까?

첫 번째 소설집의 제목이 『외침』인 것과 비교하면 두 번째 소설집의 제목이 『방황』인 것은 의미심장합니다. 목청껏 외쳐왔지만 결국 해답을 찾지 못한 루쉰은 방황하게 되는 것이지요.[103] 『방황』은 『외침』의 주제를 재현하면서도 더욱 심화시킨 것이자, 『외침』이 주로 루쉰의 고향을 무대로 한 향토와 그곳 사람들 중심인 반면 『방황』은 도시의 신문화운동 배경의 지식인을 중심으로 하고 있다고 비교할 수 있어요. 둘 다 신해혁명의 상처를 다룬 것이지만, 『방황』에 와서 새로운 상처가 추가된 셈인데요. 실패와 고독, 그리고 죽음으로 치닫고 있는 서글픈 모습들이지요. 그만큼 시대에 대한 루쉰의 절망은 더욱 깊어진 것입니다.

당시 그는 유럽의 '방황하는 유대인'[104] 전설에 관심을 가졌습니다. 1923년에 강연한 내용을 적은 「노라는 떠난 후 어떻게 되었는가」의 마지막 부분에서 그는 "스스로 희생하고 고통 받는 것의 즐거움"을 말하며 그 예시로 방황하는 유대인을 언급해요. 또한, 비슷한 주제를 다룬 시극 「나그네」(1925, 『들풀』에 수록)를 집필하기도 했습니다. 여기서 자신을 죄인과 동일시하며

---

103) 그는 「고향」의 마지막에서 드러냈듯이 희망에 대해 회의한다. 희망이란 본래 있다고도 없다고도 할 수 없다는 것이다. 그러면서 그것은 길과 같은 것이라고 비유한다. 이는 걸어가는 사람이 많아져야 길이 되는 것이라는 메시지를 던진다.

104) 아하스페르츠(Ahasverus). 기독교적인 전설에 등장하는 인물 중 하나이다. 예수가 십자가를 지고 골고다 언덕을 갈 때 한 유대인 구두장이(일부 판본에 의하면 재봉사라고도 한다)의 집 처마 아래서 잠시 쉬어가려고 했다. 그러나 그는 예수에게 썩 꺼지라며 욕을 했고, 결국 그로 인해 저주를 받아 최후의 심판 날까지 영원히 세상을 떠돌게 되었다. 전설에 따르면 그는 오늘날까지 죽지도 쉬지도 않고 걷고 있다고 한다.

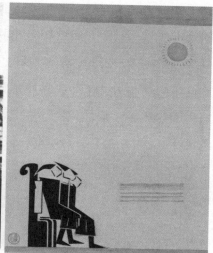

베이징 여자고등사범학교　　　　　　　　　『방황』표지

안식을 허용하지 않는 루쉰의 고독한 결의를 읽을 수 있습니다. 그는 영원한 싸움을 자신에게 부과하고자 한 것이지요.

　　루쉰은 1924년 2월부터 1925년까지 두 번째 소설집 『방황』을 집필합니다. 「복을 비는 제사」를 포함한 소설 11편을 쓴 것인데요. 1년 이상 절필하던 그에게 다시 창작하게끔 자극을 준 요인은 무엇일까요? 저는 아마 1923년 가을부터 베이징여자고등사범학교에서 강의를 시작한 것이 하나의 이유가 아니었을까 짐작합니다.

「복을 비는 제사」[105]

소설 속의 나는 설을 맞아 제사에 참여하러 고향에 갑니다. 그곳에서 거지

---

105) 원제는 〈축복〉이나 『루쉰 소설전집』에서는 「복을 비는 제사」로 번역하고 있다.

가 된 과부 샹린[祥林]을 만나지요. 그녀는 내게 사람이 죽고 나서도 영혼이 있는지 묻습니다. 그리고 지옥이라는 것이 존재하는지 다시 질문해요. 내가 얼버무리자 그녀는 자신이 죽는다면 죽은 가족을 만날 수 있는지 묻습니다. 나는 정확히는 모르겠다며 대답을 회피하고는 자리를 피해버려요. 나는 샹린의 질문에서 불길한 예감을 느끼지만 한편으로는 다음과 같이 생각하며 꺼림칙한 기분을 떨쳐내려 애씁니다.

> 우연히 일어난 일을 그렇게 깐깐이 따질 필요가 있는가. 그러므로 남들이 교육자는 대개 신경쇠약증이라고 하는 것이리라. 더구나 '정확히 말할 수는 없다'고 분명히 말하여 대답의 전부를 뒤엎어버렸으니, 설사 어떤 일이 일어나더라도 나와 아무 관계도 없는 것이다.[106]

그런데 나는 다음 날 그녀가 죽었다는 소식을 듣습니다. 나는 놀라면서도 이렇게 독백하지요. "현세에서 무료하게 살던 자가 죽어 사라지게 되면, 보기 싫어하는 자에게 보이지 않게 되는 것만 해도, 남을 위해서나 자신을 위해서나 나쁠 것이 없다."[107] 이런 잔혹한 인간관은 과부 샹린의 학대받은 일생을 드러냅니다. 그녀는 남편을 여의고 고향 마을에 와서 식모로 열심히 일했어요. 하지만 시댁 식구들이 그녀를 납치하듯 데려가서는, 시동생의 결혼 지참금을 마련하기 위해 다른 집에 강제로 시집을 보냅니다. 그녀는 다시 남편과 아들을 잃고 고향 마을에 돌아와요. 그러나 짐승에게 물려 죽은 아이의 이야기만 되풀이하며 제대로 일을 하지 못해요. 그리고는 마침내 미쳐갑니다. 후일 나를 만난 그녀는 혼과 지옥, 그리고 죽은 가족을 만날 수

---

106) 위의 책, 205쪽.
107) 위의 책, 208쪽.

있는지 질문하고, 내가 '정확히 말할 수는 없다'고 했음에도 불구하고 자살하고 만 것이지요. 이 소설의 주제가 뭘까요? 무지한 과부가 봉건 사회의 윤리 도덕의 희생물이 되어 결국은 죽음에 이르고 말았다는 걸까요?[108] 저는 여기서 간과해선 안 될 또 하나의 주제가 있다고 생각해요. 바로 화자인 나와 그녀의 죽음과의 관계입니다. 지식이란 본질적으로 '정확함'을 지닌다는 게 사회의 통념입니다. 그러나 그것에 대한 서민의 맹목적인 믿음이 비극을 초래했음을 루쉰은 말하고자 했던 것이 아닐까요?

## 자전적인 작품 「술집에서」와 「행복한 가정」

「술집에서」는 작가 자신이 반영된 작품 중 하나입니다. 혁명 후 좌절감에 젖어 있던 당대 지식인 계층의 무력감을 그려냈지요. 또한 그들의 적당주의에 숨겨진 절망감을 보여주기도 합니다. 나는 고향을 방문하면서 10여 년 전 교사로 일한 적이 있는 S시에 들릅니다. 그리고 당시의 벗들을 찾으나 아무도 없어요. 그러다 홀로 찾은 술집에서 동창이자 동료였던 뤼웨이푸[呂緯甫]를 만납니다. 그는 과거에는 신념에 넘쳐 나와 함께 개혁을 외쳤지만 이제는 타향에서 가정교사를 하고 있었지요. 한때 물리치고자 했던 유교 경전을 가르치면서요. 독자는 죽은 아우의 유체를 이장하고, 죽은 이웃집 소녀에게 리본을 주는 등의 이야기를 통해 그의 인간성을 느낄 수 있습니다. 그렇지만 그는 이런 일이 아무 의미도 없다며 허무해합니다.

> "이런 쓸데없는 일들이 도대체 뭐란 말인가? 적당히 어물어물 지나는 수밖에. 이럭저럭 새해가 지나면 전같이 '공자 가로되, 시에 이르기를' 하며 가르치면 되는

---

108) 위의 책, 549쪽은 그렇게 보는 듯이 설명되고 있다.

거야. …

앞으로? …나는 모르겠어. 자넨 우리들이 미리 예상했던 일 중에서 마음먹은 대로
된 게 하나라도 있나? 난 지금 아무것도 모르겠어. 내일 어찌 될지조차도 모르겠
고, 당장 1분 후의 일마저도…"[109]

「행복한 가정」도 자전적인 작품입니다. 주인공 작가는 결혼한 지 5년이
지났으나 가난 때문에 애정마저 잃어버리지요. 그러나 그 자신은 지극히 비
현실적인 내용의 '행복한 가정'이라는 소설을 씁니다. 그는 자기 작품의 배
경이 되는 도시를 정하지 못하고 A라고 해요. 중국의 어느 도시도 행복한
가정이 있을 만한 곳이 아니기 때문이지요. 소설 '행복한 가정'의 부부는 서
양에 유학한 사람들답게 자유롭고 평등한 내용의 결혼 조약을 체결합니다.
그리고 화려한 점심을 먹는 등으로 공상은 이어져요. 그러나 현실은 그의
창작을 방해합니다. 그는 마르크스가 어린애들 울음 속에서도 『자본론』을
썼기에 위인이라고 생각하며 계속 글을 쓰려고 하지만, 결국은 우는 아이를
안고 원고지로 아이의 코를 닦아줍니다.

「비누」

루쉰이 자신의 작품에서 드러내온 지식인의 모순은 「비누」에서도 이어집니
다. 주인공 쓰밍[四銘]은 학교에서는 죽은 교육만 가르친다고 하면서도 자
기 자식은 중국식과 서양식을 절충한 학교에 보냅니다. 또한 여자가 단발하
는 것은 군인이나 도적이 되는 것보다 나쁘다고 하면서도 서양 문물을 대표
하는 비누를 사와요. 그리고 비누를 사다가 본 거지 소녀에게 아무도 돈을

109) 위의 책, 238~239쪽. 이를 「단오절」로 인용하는 『노신의 문학과 사상』, 160쪽은 부정확하다.

주지 않는 것에 분노하면서도 자신도 지갑을 열지 않지요. 게다가 비누로 거지 소녀를 씻긴다면 기분이 좋을 것이라는 구경꾼들의 야유에 분개하면서도 그 소녀에 대해 음욕을 품는 허위의식의 소유자입니다.

## 「장명등」

장명(長明)등은 조상을 위해 사당 앞에 언제나 켜놓는 등불을 말해요. 마을 사람들은 그 불이 꺼지면 마을이 바다가 된다는 옛날이야기를 믿습니다. 그런데 마을 사람 중에 광인이 나타나 그 불을 꺼버리려고 합니다. 사람들은 그를 저지할 온갖 방법을 강구하다가, 마침내 그를 사당의 빈방에 감금해요. 이 작품은 「광인일기」를 연상시키는 부분이 많은데요. 그보다 더욱 적극적으로 중국의 전통을 부정하는 행동을 그리고 있지요. 그래서 베이징대학교 교수이자 중국 공산당의 지도자가 된 리다자오는 이 작품을 읽고 루쉰이 드디어 '일어섰다'고 흥분하기도 했습니다.

## 「조리 돌리기」

더운 여름날, 베이징 거리에서 조리 돌리기가 행해지고 사람들은 그것을 구경합니다. 그러던 중 한 노동자가 저 사람이 무슨 죄를 지은 거냐고 묻자 사람들은 그를 미친놈으로 취급해요. 결국 질문한 이는 자리를 뜨고 말아요. 이후 옆 거리에서 인력거가 넘어지는 사고가 발생하자 구경꾼들은 그곳으로 몰려갑니다. 이 작품은 정신이 마비된 채 구경에만 정신이 팔린 민중을 날카롭게 묘사합니다. 이는 루쉰이 센다이대학 시절 환등기에서 중국인들의 태도를 보고 절망한 이래로 끝없이 지속된 문제의식 중의 하나지요.

## 「까오 선생」

「까오 선생」의 주인공 까오[高]는 러시아 작가 막심 고리키(Maksim Gor'kii, 1868~1936)[110]를 본받아 혁명 후 그와 같은 발음으로 개명까지 한 지식인입니다. 하지만 자신이 존경하는 인물과는 달리 국수주의에 젖어 있지요. 그는 여학교의 교사로 임용되자 속으로 친구를 깔봅니다. 또한 친구가 학교 제도를 헐뜯는 것을 못마땅하게 생각해요. 그러나 첫 수업 날 까오는 자기가 맡은 주제를 제대로 가르치지 못해 창피를 당합니다. 그러자 그는 다른 친구 앞에 가서 말을 바꾸죠. 학교란 풍기를 해치는 것이니 폐쇄해야 하며, 특히 여학교에는 아무 의미도 없다고요. 이 작품은 5·4문화운동기에 등장한 천박한 평론가들을 풍자한 작품입니다. 또한, 당시에 여학교가 급증하고 있던 시대상도 반영하고요. 1924년에 약 5천 명이었던 여학생 수는 5년 뒤에는 3만7천 명까지 증가했습니다.

## 「고독한 사람」

「고독한 사람」의 주인공 웨이리엔수[魏連殳]는 루쉰의 친구 범애농을 모델로 했다고 보는 말도 있지만, 저는 루쉰 자신에 더 가깝다고 생각합니다. 이 소설은 '나'가 리엔수를 회상하면서 시작하는데요. 그는 작고 야위었지만 어둡게 빛나는 눈을 지닌 사람입니다. 결혼도 하지 않고 사람들에게서 거리를 두면서 냉담한 태도를 보이지요. 그렇지만 집주인의 아이들에게는 상냥합니다. 아이들에게만은 천진함이 남아 있다고 여기기 때문이에요. 그러나 그런 아이들로부터도 미움을 발견하고 좌절합니다. 결국, 그는 교사직을 잃

---

110) 러시아 작가인 그는 혁명에 직접 참여하기도 했으며 소설가로서 민중의 삶을 생생하게 그려내 사회주의 리얼리즘의 창시자로 불린다. 대표작으로는 「어머니」가 있다. 그의 이름은 중국어로는 '高爾基'라고 쓰고 '까오얼치'라 발음한다.

은 후 궁핍해져 집안의 거의 모든 물건을 팔아요. 평소 그의 도움을 받던 사람들의 발길도 뚝 끊기고 아이들도 그를 업신여깁니다. 리엔수는 결국 나에게까지 도움을 청하나 나는 자신의 생계에도 바빠 거절해요. 그리고 시간이 지난 후 주인공은 리엔수로부터 편지 한 통을 받습니다. 리엔수는 그동안 자신더러 살길 원하던 단 한 사람 때문에 억지로 살아왔음을 밝히고, 그 사람이 적의 꾐에 빠져 죽고 말았다고 합니다. 그 탓에 살아갈 이유가 없어졌다고 하지요. 리엔수는 이에 오히려 상쾌한 기분을 느낀다고 토로하고는 자신이 증오하던 모든 것을 자기 손으로 실행했다고 말해요. 그는 혁명을 퇴행시키려는 세력과 결탁해 웨이 어른이라고 불릴 정도로 출세했어요. 그러나 그는 자신을 실패자라고 부릅니다. 편지에는 그가 자신을 어떻게 여기는지가 드러나는데요. 다음 대목을 읽어볼까요?

> 전에는 스스로 실패자라고 자칭했지만 지금에 와서 보니 그땐 결코 그런 것이 아니었다고 생각되오. 이제는 정말 실패자가 되고 말았소.[111]

그로부터 또 시간이 지나고 나는 웨이리엔수를 찾아갑니다. 그러나 그는 이미 죽은 후였어요. 나는 이웃으로부터 생전의 리엔수에 대해 전해 듣는데요. 출세한 뒤로 그는 '나'가 알고 있던 사람과는 완전히 다른 퇴폐적이고 거만한 태도를 보였다는 얘기를 듣습니다. 하지만 오히려 이웃들은 그런 그를 더욱 높이 평가하며 존경하지요. 그를 무시하던 아이들도 그를 좋아하며 아양을 떨었다고 하고요. 그러나 결국 웨이리엔수는 스스로의 희망을 저버렸기에 실패자라고 볼 수 있어요.

111) 『루쉰 소설전집』, 321쪽.

## 「죽음을 슬퍼하며」

「죽음을 슬퍼하며」는 젊은 연인의 사랑이 파탄에 이르는 과정을 그렸습니다. 쯔쥔[子君]은 나와 동거하기 위해 숙부와 인연을 끊고, 나 역시 만류하는 친구들과 절교하지요. 그러나 주변의 반대를 무릅쓰고 시작한 동거는 얼마 안 가 빛이 바래기 시작합니다. 내가 직장을 잃은 탓에 궁핍함이 밀려들었거든요. 연애 시절 그녀는 나의 개혁 사상에 고개를 끄덕이고는 했어요. 그래서 가족들에 대해서도 "나는 나 자신의 것이에요, 그분들, 아무도 내게 간섭할 권리가 없어요!"라고 당당히 외쳤습니다.[112] 그러나 그녀의 두려움 모르던 말도 생활고에 지쳐 결국 공허로 돌아갑니다. 나는 새로운 희망은 우리 둘이 헤어지는 것밖에 없다고 생각하기에 이르러요. 그리고 그녀를 더는 사랑하지 않는다고 고백합니다. 그 후 쯔쥔의 아버지가 그녀를 데려갑니다. 그러나 나는 여전히 공허를 느껴요.

> 나는 무엇 때문에 며칠을 더 참지 못하고 그처럼 성급하게, 사실대로 말했던 것일까? 지금 그녀는 알고 있다. 그녀의 앞길은 단지 그녀 아버지의—자녀의 채권자로서의— 열화 같은 위엄과, 주위 사람들의 서리보다도 차가운 눈초리뿐이라는 것을. 그 밖에는 모두 공허일 뿐이다. 공허의 무거운 짐을 짊어지고 위엄과 차가운 눈초리 속에서, 이른바 인생이라는 길을 걸어간다는 것은 이 얼마나 무서운 일인가! 더구나 그 길의 끝은 또한 묘비조차 없는 무덤일 뿐이니.
> 나는 쯔쥔에게 진실을 말하지 말았어야 했다. 우리는 서로 사랑하였으므로 나는 그녀에게 영원히 거짓말을 바쳐야만 했다. 만약 진실이 존귀할 수 있다면 그것은 쯔쥔에게 침통한 공허가 되어서는 안 된다. 거짓말은 당연히 하나의 공허함이다.

112) 위의 책, 334쪽.

**168**

그러나 종국에 이르러 아무리 해도 이렇게 침통함에 이르지는 않을 것이다. …

내가 허위의 무거운 짐을 짊어질 용기가 없었던 탓으로 도리어 그녀에게 진실의 무거운 짐을 지웠다. 그녀는 나를 사랑한 이후, 이 무거운 짐을 짊어지고, 위엄과 냉대 속에서 이른바 인생의 길을 걸어왔던 것이다.[113]

나는 그녀를 찾아 나서지만 듣게 된 것은 그녀가 죽었다는 부고뿐입니다. 이로써 그의 공허함은 극대화되지요. 그는 그녀와의 추억이 깃든 빈자리들을 보며 생각합니다. "그때는 나에게 희망과 환희와 사랑의 생활을 하게 했으나 지금은 모두가 가버리고 단지 공허만이, 내가 진실을 가지고 바꾼 공허만이 존재하고 있을 뿐이었다."[114] 그러나 그는 그녀가 더는 걸을 수 없는 삶의 길을 걸으려고 해요. "나는 잊어야만 한다. 나는 나 자신을 위해서 쯔쥔을 장송하는 것마저도 결코 다시 생각해서는 안 된다. 나는 새로운 삶의 길을 향해 첫걸음을 내디뎌야만 한다. 나는 마음의 상처 속 깊숙이 진실을 감추고 묵묵히 전진해야 한다. 망각과 거짓말을 나의 길잡이로 삼고서…"[115]

루쉰이 어떤 의도로 이 작품을 썼는지에 대해서는 의견이 분분합니다. 당시 청년들의 경박한 연애를 꼬집기 위해서였을까요? 아니면 연인들을 억압하는 구태의연한 중국 사회를 비판하고 싶었던 걸까요? 루쉰 자신이나 막냇동생 저우젠런의 실패한 결혼생활이 소설에 반영되었다는 견해도 있지요. 그런데 이 소설에서 중요하게 봐야 할 부분이 있어요. 위에 인용된 마지막 구절에서 보듯이 주인공은 사랑의 비극을 넘어 새로운 길을 가려는 결의를 다집니다. 그런데 앞에서도 설명했듯이 루쉰은 두 번째 소설집 『방황』을

113) 위의 책, 352~353쪽.
114) 위의 책, 335쪽.
115) 위의 책, 356쪽.

집필할 당시 방랑하는 유대인에 대한 전설에 관심을 두고 있었습니다. 이 소설의 주인공도 아하스페르츠와 공통점이 있어요. 죄의식 속에서 영원한 방랑자의 길을 택한다는 점이지요. 1923년의 강연인 「노라는 떠난 후 어떻게 되었는가」로부터 배신의 죄를 말한 「아버지의 병」(1926년)까지 약 3년간 루쉰은 이러한 주제를 담은 작품을 여럿 그렸습니다.

## 「형제」

「형제」에는 너무나도 사이가 좋은 형제가 나옵니다. 형과 아우는 지방에 다섯 아이를 남기고 베이징에서 함께 살아요. 그러던 어느 날 동생의 얼굴에 붉은 반점이 생깁니다. 치명적인 성홍열이 유행한다는 것을 들은 형은 걱정되어 한의사를 찾는데, 그는 운이 좋으면 나을지도 모른다는 무책임한 발언만 해서 형이 온갖 걱정을 하도록 만들어요. 그러나 서양 의사가 와서 홍역이라고 진단하고, 다음 날부터 반점도 사라집니다. 「형제」는 루쉰과 동생 저우쭤런의 관계를 보여주는 자전적인 작품입니다. 그 둘은 소설 속 형제와 마찬가지로 1917년부터 2년 반 동안 베이징의 사오싱 회관에서 동거했어요. 그러나 이 작품을 쓰기 2년 전인 1923년, 저우쭤런의 히스테릭한 일본인 아내 때문에 두 사람의 관계는 악화되고 말아요. 어쩌면 루쉰은 동생과의 결별에 대한 죄책감으로 이 작품을 쓴 것인지도 모르겠습니다.

## 「이혼」

「이혼」은 기존 관습에 맞서는 신세대 여성의 비극을 그렸습니다. 아이꾸[愛姑]는 3년 전 불륜을 저지른 남편에게 쫓겨나는 신세가 됩니다. 그녀는 항의하지만, 마을의 사대부들은 물론 아버지까지 이혼하는 것이 옳다고 합니다. "시어머니가 나가라면 나갈 수밖에! 부청은 고사하고 상하이, 베이징, 나아가서 외국이라 해도 모두 그런 거야."[116] 「이혼」은 시대가 변해도 사대부들이 사회를 독점하고 있는 중국과 민중은 여전히 무지하다는 현실을 드러내요. 아이꾸는 그들에게 답합니다. "우리 가난한 사람은 아무것도 모릅니다. 제 아버지가 세상의 의리나 인정조차 모르고 멍청해져 있는 것을 원망합니다. 그러니 '저 짐승 같은 늙은이'와 '짐승 같은 놈'이 파놓은 함정에 빠질 밖에요."[117]

## 루쉰 작품의 한계

위에서 본 루쉰의 글들은 모두 뛰어난 통찰력을 담고 있습니다. 하지만 한편으로 그의 인식에 한계가 있었다는 점도 알 수 있는데요. 특히 혁명을 대하는 그의 태도가 감정적이었다는 면이 그렇습니다. 첫 번째 이유로 그가 혁명에 있어 봉건주의를 타파하는 데에만 중시한 나머지 제국주의에 대한 인식이 부족했다는 점을 들 수 있어요. 물론 그가 제국주의를 전혀 간과한 것은 아니에요. 그러나 앞에서 본 「중국지질약론」이나 「파악성론」에서 볼 수 있는 그의 태도는 제국주의 자체에 본질적으로 접근한 것이 아니었습니다. 그보다는 감정적인 혐오와 반발에 그쳤지요. 이러한 한계는 뒤에서 볼 「꽃 없는 장미 2」에서도 마찬가지로 나타납니다. 이 글에서 그는 3·18 사건에 대한 도덕적인 분노를 표명하지만 그 뿐이에요. 두 번째 이유로 그가 혁명 이후에 대해서도 감정적이었다는 점을 들 수 있어요. 예를 들어 「광인일기」를 볼까요? 여기서 광인은 사람을 잡아먹으려는 마을 주민들에게 마음을 고쳐먹으라고 소리칩니다. 그렇지만 마음만 고쳐먹으면 지주와 농민 사이의 모순이 해결될까요? 이는 결국에는 절망으로밖에 이어질 수 없지요. 그러나

116) 위의 책, 381쪽.
117) 위의 책, 382쪽.

이러한 문제점을 들어 루쉰이 마르크스주의적 관점을 결여했다고 비판하는 것[118]은 타당하지 못합니다.

118) 예컨대 김용운, 초기 노신의 사적 절망감 비판, 『노신의 문학과 사상』, 145~168쪽.

제4장

**혁명과 문학**

(1925~1936)

# 1925년

## 1925년 중국, 혁명의 열기로 들끓다

1924년 1월, 쑨원은 공산당과 제1차 국공합작을 이룹니다. 이로써 소련과
제휴를 맺고, 공산주의를 허용하며, 농민과 노동자에 대한 원조를 내용으
로 하는 3대 정책을 결정하지요. 또한 제국주의와 군벌주의에 반대함을 분
명하게 선언하는 한편, 구국을 위한 '삼민주의'[1]를 주장합니다. 이를 통해
중국에도 통합과 평화가 찾아오는가 싶었지요. 그렇지만 1년 뒤 쑨원이 죽
고 공산당과 국민당 사이의 갈등이 벌어져 국공합작은 붕괴합니다. 이는 루
쉰을 더욱 비관적으로 만들었지요. 1925년부터 루쉰은 마르크스주의 문헌
을 읽기 시작했는데요. 그러면서도 혁명에 대해 끝없이 회의했습니다. 이러
한 회의는 1911년의 신해혁명 후부터 그에게 이미 잠재되어 있었어요. 그의
대표적 소설인 「아Q정전」에서 뚜렷이 나타나고, 그 뒤에도 변함없이 이어지
죠. 예컨대 「생각나는 대로 3」(1925)에서 그는 다음과 같이 말합니다.

> 생각해보니 아무래도 내게 정신착란의 기미가 있는 듯하다. 그렇지 않으면 그것
> 이야말로 두렵다.
> 꽤나 오래전부터 중화민국은 존재하지 않았던 것과 같은 기분이 든다.
> 혁명 이전에 나는 노예였지만 혁명 이후에도 얼마 안 되어 다시 노예에게 속아 그

---

1) 쑨원이 제창한 중국 근대 혁명의 기본적인 이념. 청나라를 타도하고 한족의 부흥을 주장한 '민족주의',
   서구식 민주주의와 공화정의 수립을 외친 '민권주의', 지주의 불로소득을 억제하고 농민을 해방시키자는
   '민생주의'를 뜻한다.

들의 노예로 바뀐 듯한 기분이 든다.

민국의 국민이면서도 민국의 적인 인간이 많은 듯한 기분이 든다.

민국의 국민의 대다수가 독일이나 프랑스에 사는 유대인과 비슷하여 그 마음속에 다른 나라가 있는 듯한 기분이 든다.

많은 열사의 피가 사람들의 발에 짓밟혀 뭉개지고 더구나 그것이 고의인 듯한 기분이 든다.

이것도 저것도 다시 한 번 고치지 않으면 안 될 듯한 기분이 든다.

설사 1만 보를 물러나 말하더라도 나는 누군가가 소년들에게 읽힐 민국의 건국사를 틀림없이 써주기를 바란다. 왜냐하면 고작 14년이 지났는데도 벌써 민국 성립의 유래가 도중에서 끊긴 듯한 기분이 들기 때문이다.[2]

1925년 봄에 일본인이 경영하는 상하이 방적공장에서 파업이 벌어졌는데 4월 말에는 무력 충돌로 사태가 악화되었습니다. 5월 30일, 영국인 경위의 명령에 따라 경찰이 총을 발포하여 수십 명의 사상자가 생겼어요. 이에 대한 항의로 6월 말까지 파업이 이어졌습니다. 이 사건을 이른바 '5·30운동'이라 합니다. 이에 대해 루쉰은 「생각나는 대로 10」에서 다음과 같이 써요.

누구든 '피고'의 자리에 앉아 해명을 해야 한다면 그 해명이 통하거나 통하지 않는 것은 별 문제이고 그것만으로도 굴욕적이다. 하물며 실제로 통타(痛打)를 당한 뒤에 해명까지도 해야 하는 경우는 더 말할 것이 없다.

우리 시민이 상해의 조계에서 영국 경찰에 의해 사살되었다. 그런데 우리는 반격도 하지 않고 황급하게 희생자에게 들씌워진 죄명을 벗겨내려고만 한다. 가로되

2) 『노신문집』, 제3권, 134~135쪽.

우리는 다른 나라로부터 선동된 것은 아니니까 절대로 '적화(赤化)'가 아니다. 가로되 우리는 적수공권이며 무기를 휴대하지 않았으니까 절대로 '폭도'가 아니다. 도대체 중국인이 실제로 중국을 적화시키고 실제로 중국에서 폭동을 일으켰다고 하더라도 왜 영국인의 손으로 사형에 처해져야 하는가? …

그 때문에 우리는 억울한 기분이 들어 사이비 문명의 파산이라는 등 큰소리로 부르짖게 된다. 그러나 문명이란 원래 그런 것이며 이제야 비로소 가면을 벗은 것은 아니다.[3]

이어 루쉰은 「생각나는 대로 11」에서 위의 사건을 중국인이 저질렀던 학살과 비교하면서 사대주의적 발상을 비판합니다.

'지레짐작'의 원인은 생각할 겨를이 없는 데 있는 것이 아니라 겨를이 있을 때 생각하지 않는 데 있다.

상해에서 영국 경찰이 시민을 학살한 사건이 벌어졌을 때, 우리는 배알이 꼴려서 사이비 문명인의 정체를 드러냈다고 마구 떠들어댔다. …그런데 지금까지 유총(有銃-군벌)이 평민을 학대하거나 학살해도 항의한 사람은 별로 없었다. 하수인이 '국산품'이니까 학살해도 환영한다는 것인지, 아니면 우리는 진정한 야만이 본성이니까 자기가 '집안' 사람을 죽이는 것쯤은 크게 이상할 것이 없다는 것인지? …

우리에게는 분명히 허둥대는 버릇이 있다. 그리스도교 반대의 외침이 그 여운을 아직도 남기고 있는데 벌써 많은 사람들은 선교사들이 상해사건에 대해 행한 증언을 드러내놓고 예찬하며 또 로마교황에게 호소를 한 자도 있다.[4]

3) 위의 책, 145쪽.
4) 위의 책, 148쪽.

나아가 루쉰은 같은 글에서 1925년 6월 10일 북경 천안문 앞의 민중대회에서 일어난 손가락 절단 사건을 비판합니다. 혁명의 열기에 취해 자기 손가락을 스스로 자른 사람이 있었는데, 루쉰은 이렇듯 감정적이기만 한 희생을 그렇게 높게 평가하지 않아요.

> 손가락 절단은 아주 일부분의 자살이고 졸도는 아주 단시간의 사망이다. 나는 그런 교육이 보급되지 않도록, 앞으로는 두 번 다시 그런 현상이 일어나지 않도록 바란다.[5]

물론 그의 풍자는 자신을 제외한 다른 사람들만을 겨냥하지는 않습니다. 그는 언제나 자신이 속한 집단에게도 신랄했으니까요. 이어지는 글에서 그는 '문학자는 무슨 쓸모가 있는가?'라고 묻습니다.

> 상해 사건의 발생 이래 문학자로서 '광함(狂喊)'하는 사람이 하나도 나오지 않는다고 하여 어떤 사람이 의문을 던졌다. 가로되 '도대체 문학자는 무슨 쓸모가 있는가?'
>
> 이 자리에서 삼가 대답을 하노라—문학자는 시나 글을 짓는 이외에 아무런 쓸모가 없다고.[6]

## '여사대 사건'과 쉬광핑

1925년에는 정국이 혼란스러운 탓에 정부의 교육비 지원이 지체되었습니다. 운영이 어려워진 베이징의 국립대학들에서는 교장 임용을 둘러싸고 끊

---

5) 위의 책, 150쪽.
6) 위의 책, 150쪽.

임없이 분쟁이 벌어졌어요. 이러한 시기에 여자사범대학에서 복고주의자인 새로운 교장을 반대하던 학생 6명이 퇴학당합니다. 이를 '여사대 사건'이라고 불러요. 교사였던 루쉰 형제와 몇몇 선생은 학생들을 공개적으로 지지했다가 교육부에서 파면을 당했어요. 그러나 다음 해, 그들은 평정원(平政院)[7] 재판에서 승소하여 직책을 회복합니다. 대신 교장과 교육총장이 사임하고요. 이 사건은 교내를 넘어 문화계에도 논쟁을 불러일으켰습니다. 《현대평론》을 중심으로 한 보수 논객들이 루쉰과 여학생들을 비판한 것입니다. 이는 결국 사상 논쟁으로 발전해요. 당시의 교육부장관은 학생운동을 억누르고 소학생들에게 사서오경을 읽혀야 한다고 주장했어요. 그러자 루쉰은 「14년 동안 경전을 읽으며」라는 글에서 중국의 옛날 책들이 너무너무 많지만 바보가 아닌 이상, 그 책들이 했던 말을 계속 되풀이하고, 제 목숨 하나 살려고 바동거리고, 알랑거리며 눈꼬리치고, 권력을 휘두르며 사람들을 못살게 굴고, 그러면서도 겉으로는 위대한 정의라는 이름을 거짓으로 빌려오고, 멋들어진 이름을 훔쳐다 쓴다고 비난하고, 그러니 경전 읽기를 권함은 경전을 읽으면 나라를 구하고 자기처럼 출세한다고 속여 사람들을 멍청이로 만드는 짓이라고 비판했습니다. 당시 루쉰에게 더욱 큰 논쟁 대상은 《현대평론》이었어요. 그 중심이었던 후스를 비롯한 유학파들은 교장을 지지하고 루쉰에 반대했어요. 심지어 루쉰의 『중국소설사략』이 일본인 시오노야 야쯔시[鹽谷溫, 1878~1962]의 책을 표절한 거라며 헐뜯기도 했지요.

1925년 3월부터 루쉰은 여자사범대학 학생인 쉬광핑과 편지 교환을 시작합니다. 7월까지 주고받은 편지들을 '1차 서한'이라고 부르는데요. 『양지서』의 제1권이 이를 모은 서간집이지요. 이 책은 다행히 우리말로 완역되어 여

---

7) 평정원은 관리의 위법행위를 심리하기 위해 1914년 총통 직속으로 설치되었다.

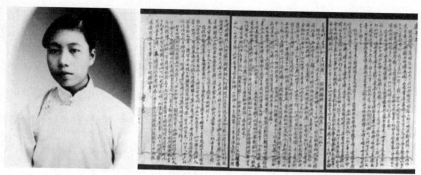

쉬광핑

루쉰이 쉬광핑에게 보낸 편지

사대 사건을 충실하게 이해할 수 있도록 도와줍니다. 그렇지만 우리의 관심은 그 사건 자체에 있지 않습니다. 대신 그 사건을 둘러싸고 한 교수와 학생이 어떤 견해를 주고받았는지에 있지요. 쉬광핑은 첫 번째로 보낸 편지에서 교육계에 뒷돈을 주고받는 일이 범람함을 개탄해요. 루쉰은 답장에서 다음과 같이 답합니다.

교육계를 높고 깨끗하다고 하는 것은 본래 아름답게 꾸민 이야기이지, 사실은 다른 어떤 사회와도 같은 것입니다. 사람의 기질은 쉽게 바뀌는 것이 아니니 몇 해 대학에 다녔다 해도 큰 효과는 없을 것입니다. …

따라서 그리 고명한 곳이 아님은 기실 그 유래가 이미 오래된 것이고, 게다가 돈의 마력은 본래 너무나 크고 중국은 또 늘 돈으로 유혹하는 술책이 비상한 곳이라, 자연 이런 현상이 나타나게 된 것입니다. …

가령 내게 정말 젊은이를 지도할 능력이 있다면—그릇되게 하건 옳게 하건을 막론하고— 흔쾌히 숨기지 않고 말하겠는데, 슬프게도 나는 나 자신조차도 나침반이 없어 지금도 여전히 헤매고 있습니다. 만약 깊은 어둠 속을 헤매고 있다면 스스로에게 책임이 있는 것인데, 거기에 다시 남을 끌어들이면 또 어떻게 되겠습니까?

…

삶이란 긴 길에는 가장 쉽게 부딪히는 두 개의 큰 어려움이 있습니다. 그 하나는 갈림길입니다. …먼저 갈림길의 입구에 주저앉아 잠시 쉬거나 한잠 잔 뒤, 갈 수 있는 듯한 길을 한 갈래 골라 다시 걷습니다. 설령 도중에 다행히 성실한 사람을 만날지라도, 그에게서 차라리 음식을 빼앗아 배를 불릴지언정 길을 묻지는 않습니다. 왜냐하면 나는 그 역시 결코 앞길을 모를 것이라 생각하기 때문입니다.

만약 호랑이를 만난다면 나는 곧 나무 위로 기어 올라가, 호랑이가 배가 고파서 다른 곳으로 갈 때를 기다려 비로소 다시 내려옵니다. 만약 그가 끝까지 가지 않으면 내 스스로 나무 위에서 굶어 죽겠지만, 죽기에 앞서 허리띠를 나무에 몸을 묶어 죽은 몸뚱이조차도 그가 결코 먹을 수 없게 할 것입니다.

그다음은 막힌 길입니다. …나는 갈림길에서의 방법과 똑같이 여전히 나아갑니다. 가시밭길에서도 그대로 걸어갑니다.[8]

세 번째 편지에서 쉬광핑은 교육에 대해 질문하고, 루쉰은 네 번째 편지에서 다음과 같이 답합니다.

요즘, 세계 어느 나라를 막론하고, 교육이란 모두 환경에 적응하는 기계를 만들어내는 수단에 지나지 않습니다. 자기 분수에 맞게 각자의 개성을 발전시켜야 하는 건데, 이러한 때는 아직 오지 않았습니다. …

사회에는 각양각색의 기괴함이 없는 곳이 없습니다. 그에 비한다면, 학교는 옛날 책을 떠받들고 시험점수를 잘 받기를 바라는 사람들밖에 없으며, 그 밑바닥에 '이

8) 『루쉰 선생님』, 19~20쪽.

해(利害)'가 얽혀 있다 하더라도 그래도 나은 편이라 해야 할 것입니다. 중국은 이제 아주 늙어버려, 사회에는 큰 일, 작은 일 가릴 것 없이 모두 엉망진창입니다. …나는 오직 '어둠과 허무'만이 실재하는 것임을 늘 느끼면서도, 오히려 그와는 반대로 이렇게 절망적인 항전을 포기하지 않고 줄기차게 해온 탓에 편벽(偏僻)된 목소리가 많습니다. …나는 젊은이들은 불평은 하되 비관해서는 안 되며, 늘 싸우되 또한 스스로를 지켜야 한다고 생각합니다.

만약 가시밭길을 밟지 않으면 안 되는 경우라면 어쩔 수 없이 밟아야 하겠지만, 반드시 밟을 것까지 없을 경우에는 또 반드시 밟지 않아도 되니, 이것이 내가 참호전을 주장하는 이유입니다. 사실 이것은 좀 더 많은 전사를 남겨 더 많은 전적을 거두려는 생각인 것입니다.[9]

## 루쉰은 왜 개인주의를 선언했을까?

1925년에 루쉰은 자신의 의식이 인도주의와 아나키즘 사이를 오가고 있다고 진술합니다.[10] 일부 학자들이 루쉰을 아나키스트로 평가하는 이유지요. 그러나 여기서 루쉰이 아나키즘이라는 단어를 무슨 뜻으로 썼는지 주의해야 합니다. 그는 1921년에 번역한 러시아 소설 『노동자 세비로프』를 읽고 감명을 받았습니다. 이 소설에서 그려진, 민중을 구하고자 했으나 민중에게 배반당해 파멸하는 인간에 공감했거든요.[11] 루쉰이 본 아나키즘은 거기에서 기인한 것으로, 우리가 일반적으로 생각하는 무정부주의와는 좀 차이가 있어요. 그래서 루쉰 자신도 뒤에 아나키즘을 개인주의로 고쳤습니다.

---

9) 위의 책, 27~29쪽.

10) 1925년 5월 30일 쉬광핑에게 보낸 편지, 『兩地書』, 63쪽. 앞 번역서는 수히로프라고 표기하나 세비로프로 수정한다. 소설의 줄거리는 혁명가 세비로프가 사형 직전에 탈출하여 페테르부르크 성 안으로 숨어들었는데, 불행한 민중들이 그를 돕기커녕 자신이 체포되도록 돕는 것을 보고, 결국은 극장에서 관중들을 향해 총을 난사한다는 것이다.

11) 1925년 3월 18일, 쉬광핑에의 편지, 『루쉰 선생님』, 28쪽.

거기에 그치지 않고 루쉰은 혁명적 지식인에 대한 불신을 드러내기도 합니다. 1922년 베이징대학교에서 수업료 납부를 반대해 데모를 벌이던 학생이 제적되는 일이 벌어지는데요. 아무도 그 일에 항의하지 않자 루쉰은 충격을 받습니다. 이는 그의 사상을 돌려놓지요. 인도주의는 인간을 책임지겠다는 사상입니다. 하지만 이제 루쉰은 그 책임을 포기하고 개인주의를 선언한 것입니다.

# 1926년

## 「꽃 없는 장미」

「꽃 없는 장미」(1926)는 쇼펜하우어의 다음과 같은 격언을 인용하며 시작됩니다. "가시 없는 장미는 없다. 그러나 장미 없는 가시는 많다."[12] 이 글은 각기 번호가 붙은 여러 개의 짧은 글들로 구성되어 있는데요. 대부분은 당대 지식인들을 비꼬며 벌인 논쟁입니다. 이 중에서 루쉰의 생각이 직접 드러나는 것은 5번 글이에요. 이는 선각자에 대한 대중의 박해를 다룬 것입니다. 아래 문장은 루쉰이 청년시절부터 가졌던 대중에 대한 불신을 드러내요.

> 예언자 곧 선각자는 매양 고국으로부터 버림을 받으며 그 시대 사람들로부터도 박해를 받는다. 큰 인물도 언제나 그렇다. 그가 사람들로부터 존경을 받고 예찬되는 때는 반드시 죽은 뒤이던가 아니면 침묵하던가 또는 눈앞에 없을 경우이다.
>
> 요컨대 그 요건이 되는 것은 따져 물을 수 없는 경우이다.
>
> 만약 공자나 석가나 예수 그리스도가 아직도 살아 있다면 그 교도들은 당황하지 않을 수 없을 것이다. 그들의 행위에 대해 교주 선생이 얼마나 개탄할는지 모르기 때문이다.
>
> 그러므로 만약 살아 있다면 박해받을 수밖에 없다.
>
> 위대한 인물이 화석이 되고 사람들이 그를 위인이라고 일컫는 때가 오면 그는 이미 허수아비로 변해 있다.

12) 『노신문집』, 제3권, 231쪽.

어떤 종류의 사람들이 말하는 위대와 왜소는 그들이 그 사람을 이용할 때의 효과의 대소를 뜻한다.[13]

## 3·18사건

신해혁명 이후 15년이 흘렀지만 중국은 여전히 군벌의 지배 아래 놓여 있었고 다툼 역시 계속되었습니다. 1926년 3월, 국민군은 중국 군벌과 충돌을 벌였어요. 이때 일본은 봉천(奉天) 군벌을 지지하며 무력 간섭을 합니다. 일본군이 국민군에게 포격을 가하자 국민군도 이에 반격했어요. 그러자 일본은 중국 정부에 강력히 항의했습니다. 그러면서 영국·미국·프랑스를 포함한 8개국을 끌어들여 군사 행동을 정지할 것을 요구하는 통첩을 보내오지요. 이러한 열강의 내정 간섭에 분노한 학생과 시민은 3월 18일, 항의 집회를 열어요. 정부에 대한 청원을 담은 데모이기도 했지요. 그러나 정부는 시위대에게 총을 쏩니다. 결국, 47명이 죽고 150여 명이 다치는 대참사가 벌어져요. 이를 '3·18사건'이라고 부릅니다. 희생자 중에는 루쉰이 가르치던 학생도 2명 있었지요. 학생들이 정부의 총에 학살당한 바로 그날, 루쉰은 「꽃 없는 장미 2」(1926)를 써 그들을 기립니다. 그중 일곱 번째 글부터 아홉 번째 글까지는 다음과 같습니다.

설사 그와 같은 청년들을 모두 죽이더라도 그 도살자는 결코 승리자가 될 수 없다는 것을 알아야 한다.

중국은 애국자의 멸망과 함께 멸망할 것이다. 도살자는 축적한 재물로 비교적 오랫동안 자손을 양육해나가겠지만 올 것은 반드시 오고야 만다. 그렇다면 '자손 연면(連綿)'이 무슨 기쁨이 되랴? 물론 멸망이 지연될지는 모르나 그 대신 가장 살기 불편한 '불모지'에서 살고, 가장 깊은 광산의 광부가 되며, 가장 비천한 생업에 종사하게 되리라.

만약 중국이 그래도 멸망하지 않는다면, 그 장래는 반드시 도살자의 예상 밖의 것이 된다는 것을 역사는 우리에게 가르쳐주고 있다.

그것은 사건의 결말이 아니라 사건의 발단이다.

먹으로 쓴 거짓말은 피로 쓴 사실을 감출 수 없다.

피의 빚은 반드시 같은 것으로 갚아야 한다. 그리고 그 갚음이 늦으면 늦을수록 이자는 늘어나기 마련이다.

위에서 한 말들은 모두 빈말들이다. 붓으로 쓴 빈말이다. 따라서 아무런 상관도 없다. 실탄이 뿜어내게 한 것은 청년들의 피다. 피는 먹으로 쓴 거짓말로도 감출 수 없고 먹으로 쓴 만가(輓歌)로도 취하게 할 수 없을 뿐 아니라 위력도 그것을 억압할 수 없다. 왜냐하면 그것은 이미 속지도 않으며 살육되지도 않기 때문이다.[14]

이 글을 읽을 때마다 저는 우리의 현대사를 자꾸 되돌아보게 됩니다. 우리는 5·18 민주항쟁을 기리는 문학을 얼마나 갖고 있던가요? 6·25전쟁과 일제강점기를 다룬 문학 중에서 어느 정도가 지금 기억되고 있을까요? 3·18 사건이 터진 1주일 뒤에 루쉰은 「사지(死地)」를 기고합니다.

보통 사람이 보기에는, 특히 오랫동안 이민족과 그 하수인들에게 짓밟혀온 중국인이 보기에는 사람을 죽이는 자는 언제나 승리자이며 남에게 죽임을 당하는 자는 언제나 패배자이다. 이번 사건도 확실히 그랬다.

14) 위의 책. 238쪽.

3월 18일, 단기서(段祺瑞) 정부가 맨손으로 청원하러 나선 시민과 학생들을 학살한 사건은 물론 언어도단이며, 우리들은 그저 우리가 사는 곳이 과연 사람이 사는 세상인가를 새삼스럽게 통감할 뿐이다. 그런데도 북경의 이른바 언론계는 아직까지도 이러쿵저러쿵 입방아만 찧고 있다. …

그러한 논평들 가운데는 살육에 사용한 무기보다도 더 간담을 서늘케 하는 것이 있다 …그것은 학생들은 마땅히 '사지'에 발을 들여놓아서는 안 된다는 어느 평론가의 말이었다. 만약 그 의견이 통용된다면 중국인은 '죽을 때까지 불평 한마디 하지 않고' 희희낙락하게 노예를 감수하는 자가 아니면 몸 둘 데도 없는 셈이다. …만약 그와 의견을 같이한다면 집정부 앞뿐 아니라 온 중국이 다 '사지'가 될 수밖에 없다.…[15]

이후 루쉰은 「비참과 웃음」(1926)을 써서 학살이 모함 때문에 행해졌다고 고발합니다.

중국에선 옛날부터 독서인은 그 마음에 대개 살기가 깃들어 있어서 자기에게 반대하는 자를 기회만 있으면 죽음으로 몰아넣으려고 꾀한다. …지금은 말할 것도 없이 '공산당'이다. …만약 죽은 사람들 가운데 공산당의 지도자가 한 사람이라도 있었다면 그 청원 데모는 '폭동'이라는 증명이 단번에 성립되었을 것이다.

그러나 유감스럽게도 단 한 사람도 없었다. 그렇다면 공산당의 소행이 아니었다고 말해야 하는데도 그것이 아니고 역시 그들이 했다. 다만 모두 달아나버렸다고 우기니까 더욱 악독하다고 할 수밖에 없다.[16]

15) 위의 책, 240쪽.
16) 위의 책, 242쪽.

3·18사건에서 희생된 40여 명의 학생 중에는 루쉰의 제자인 류허전[劉和珍]도 있었습니다. 2주 후 루쉰은 추도사로 「류허전 군을 기념하며」(1926)를 짓습니다.

> 참으로 용기 있는 자는 인생의 비참을 외면하지 않으며 흥건한 선혈에도 눈을 돌리지 않는다. 그것은 얼마나 큰 고통이며 얼마나 큰 행복감인가? 그러나 조물주는 용감하지 못한 범인을 생각해서 언제나 시간의 흐름으로 옛 흔적을 씻어내면서 빛바랜 핏자국과 슬픔만을 남겨준다. 사람들은 그런 빛바랜 핏자국과 흐릿한 슬픔 속에서 잠시 동안의 삶을 훔치면서 비인간적인 세상을 유지해 나갈 수밖에 없다. 도대체 이 세상은 언제 끝나려는가? …
> 그 참상은 나로 하여금 눈을 감게 한다. 그 유언(流言)은 나로 하여금 귀를 가리게 한다. 내게 다시 무슨 할 말이 있겠는가? 멸망해가는 민족이 왜 침묵하는지 그 이유를 나는 깨달았다. 아아, 침묵아! 침묵 속에서 폭발하지 않는다면 침묵 속에서 멸망할 뿐이다.[17]

이어서 다음 날 저술한 「공론」(1926)에서 루쉰은 다음과 같이 선언합니다. "죽은 자가 산 자의 마음속에 묻히지 않을 때, 그는 참말로 죽고 만다."[18]

## 「혁명시대의 문학」

잔인한 현실에서 문학이 제대로 된 의미를 지닐 수 있는지에 대한 물음은 여러 작가와 사상가를 통해 되풀이됐습니다. 가령 프랑스의 작가이자 사상가인 장 폴 사르트르(Jean Paul Sartre, 1905~1980)는 "굶어 죽는 아이 앞

17) 위의 책, 245~246쪽.
18) 위의 책, 250쪽.

에서 문학은 유효한가?"라고 질문했어요. 독일 철학자 테오도르 아도르노 (Theodor Wiesengrund Adorno, 1903~1969)는 "아우슈비츠 이후 문학은 없다"고 선언하기도 했고요. 그리고 그들보다 훨씬 이른 시기에 루쉰 역시 같은 질문을 던졌습니다. "3·18사건 이후에도 문학에 가치가 있는가?"라고요.

최근 몇 해 동안 제가 북경에서 경험한 바에 의해 여태까지 배워 지니고 있었던 선인의 문학론에 대해서도 차츰 의심을 품게 되었습니다. 그것은 학생 총살사건이 발생한 무렵이었을 것입니다. 언론의 통제도 엄격해졌습니다. 그때 저는 생각했습니다. 문학, 문학 하고 떠드는 것은 쓸모없는, 힘없는 자가 하는 짓이다. 실력이 있는 자는 가만히 있다가 사람을 죽여버린다. 압박받고 있는 자는 조금 지껄이거나 쓰거나 한 것만으로도 죽임을 당해버린다. 비록 요행으로 죽임을 당하지 않았다 하더라도 매일 소리를 지르거나, 고통을 호소하거나, 불평을 늘어놓아 보아도 실력이 있는 자는 여전히 압박하고, 학대하고, 살육한다. 그들을 어떻게 할 수도 없다. 이러한 문학이 사람들에게 무슨 유익함이 있겠습니까?[19]

그러나 혁명의 중심에 있는 문학자는 "문학은 혁명에 크게 영향을 미친다"라고 말하고 싶어 하는 것 같습니다. 이를 테면 그것으로써 혁명을 선전하고 고취하고 선동하여 혁명을 촉진하고, 또 혁명을 완성시킬 수 있다고 여기는 것 같습니다. 그렇지만 제가 생각건대 그러한 문장은 무력합니다. 왜냐하면 좋은 문예작품이라는 것은 타인으로부터 명령을 받지 않고 이해마저도 돌보지 않고 저절로 마음속에서 용솟음친 것으로 보는 것이 통념입니다. …

혁명을 위해서는 '혁명인'이 필요한 것입니다. '혁명문학' 같은 것은 서두르지 않아도 좋습니다. 혁명인이 만들어내야 비로소 그것이 혁명문학입니다. 그러므로 혁

---

19) 『노신문집』, 제4권, 83쪽.

명 쪽이야말로 문장에 영향을 끼치는 것이라고 저는 생각합니다. …

혁명이란 사실 희한한 일이 아닙니다. 그것이 있어야만 사회는 개혁되며 인류는 진보하는 것입니다. 아메바에서 인류로, 야만에서 문명으로 발전한 것도 일각일지라도 혁명하지 않는 때가 없었기 때문입니다. …아직 오늘날에도 끝나지 않았습니다. …오늘날까지 멸망하지 않고 지탱해온 민족은 모두가 매일 혁명의 노력을 계속하고 있는 것입니다.[20]

루쉰은 혁명과 문학이 어떻게 관련되어 있는지를 다음 세 단계로 나누어 검토합니다. 즉 혁명 이전, 혁명 중, 그리고 혁명 이후이지요. 첫째, 혁명 이전의 고통을 호소하거나 투덜댈 뿐인 문학은 무력하므로 혁명에 영향을 주지 못합니다. 하지만 노호하는[21] 문학, 분노하는 문학이 나타나면 혁명에 영향을 미쳐요. 둘째, 혁명 중에는 모두 바쁘게 움직이기 때문에 아무도 책을 읽을 여유가 없습니다. 따라서 문학은 없어집니다. 따라서 '문학은 빈궁할 때 생긴다'는 말은 거짓인 셈이죠. 셋째, 혁명이 성공하면 생활에 여유가 생겨 문학이 탄생합니다. 혁명 후에도 보수 세력은 여전히 존재하고 케케묵은 옛이야기를 떠들 거예요. 그렇지만 이것도 혁명의 결과입니다.[22] 루쉰은 혁명의 결실로 평민의 세계가 오고 평민 문학이 등장한다고 말합니다. 그러나 오늘날에도 중국뿐 아니라 전 세계를 찾아봐도 그런 것은 아직 없는 듯합니다.

모든 문학은 노래이든 시이든 대체로 상류 사회에게 읽히기 위한 것입니다. 그 사

---

20) 위의 책, 84~85쪽.
21) 남의 눈에 뜨이지 않게 소리를 죽이고 웃다.
22) 『노신문집』, 제4권, 86~87쪽.

람들이 배부르게 먹고 눕는 의자에서 뒹굴면서 손에 들고 읽습니다. 그렇게 되면 한 사람의 재주 있는 선비가 나타나서 타향에서 한 사람의 가인과 상봉합니다. 두 사람이 사이좋게 되면 거기에 재주 없는 사람이 나타나 둘 사이를 갈라놓으려고 하여 여러 가지 트러블이 생기는데 마지막은 해피엔드로 됩니다.[23]

평민—노동자나 농민—을 소재로 삼아 소설이나 시를 쓰는 이도 있지만, 그리고 우리도 그것을 평민 문학이라 부르고 있지만 사실 그것은 평민 문학이 아닙니다. 왜냐하면 평민은 아직 입을 열고 있지 않기 때문입니다. 그것들은 다른 사람이 밖에서 평민의 생활을 바라보고 평민의 말투를 흉내 내어 쓴 것입니다.

요즈음의 문인 중에는 빈궁한 이도 있긴 하지만 그렇다 하더라도 노동자나 농민에 비하면 뭐니 뭐니 해도 아직 풍족합니다. 그렇기 때문에 학문할 만한 돈이 있으며, 따라서 글을 쓸 수 있는 것이며, 언뜻 보기에는 자못 평민이 말하듯 쓰여 있어도 실은 그렇지 않습니다. 이것은 진짜 평민 문학이 아닙니다. 평민이 노래하는 속요 따위, 이것도 지금은 받아쓰는 사람이 있어서 이것이야말로 민중이 노래하고 있는 것이니까 평민의 소리라고 일컫고 있습니다. …지금의 문학자는 모두 지식인입니다. 노동자, 농민이 해방되지 않는 한 노동자, 농민의 사상은 언제까지나 지식인의 사상 그대로입니다. 노동자, 농민이 참된 해방을 획득함으로써 비로소 참된 평민 문학이 태어나는 것입니다.[24]

여기서 우리는 루쉰이 자신의 문학을 비판하는 것을 봅니다. 동시에 루쉰은 중국이 혁명을 겪고 있음에도 사회가 크게 바뀌지 못했음을 꼬집어요. 여전히 구태의연한 문학작품들이 수두룩했고 신문의 문장도 전부 구식이었지요. 아래 문단에서 루쉰은 당시 진행되던 혁명 자체에 의문을 가집니다. 즉

23) 위의 책, 88쪽.
24) 위의 책, 89쪽.

**1926년의 루쉰**

동조합의 데모조차 민중이 스스로 하지 않
것이 진정한 혁명이냐고 묻는 것이지요.

고통을 호소하거나, 투덜대거나 하는 일조차도
없습니다. 있다고 하면 노동조합이 데모를 하는
것뿐인데 이것은 정부가 허가한 것이며, 압박에
의한 반항이 아닌, 말하자면 위로부터의 혁명입
니다.[25]

　루쉰은 정부가 허락한 반항은 진짜 투쟁이 될 수 없다고 보았습니다. 온
전한 평민의 목소리를 내기에 한계가 있기 때문이지요. 그런데 역사는 아이
러니한 것 같아요. 오늘날은 루쉰의 작품들 역시 마오쩌둥의 허가에 의해
공인된 사회주의 문학이 되었으니까요. 땅속에 잠든 루쉰이 이를 본다면 비
웃지 않을까요?[26]

　루쉰은 민중의 손에 쓰인 평민 문학의 보기로 다음과 같은 글을 듭니다.
1925년 쑨원이 죽자 그의 묘인 중산능(中山陵)에 쓸 어린아이의 혼을 석공
이 모으고 다닌다는 소문이 돌아요. 그러자 어린아이가 있는 집에서는 자
식들의 혼이 빠져나가지 않도록, 주문가를 적은 붉은 천을 아이의 왼쪽 어
깨에 둘러주었다고 합니다. 거기에 적힌 글 중 하나는 다음과 같지요.

---

25) 위의 책, 87~88쪽.
26) 그런데 루쉰이 혁명이란 단어로 무엇을 지칭했는지는 다소간 논란이 있다. 중국의 문학 이론가들은 루쉰이
　　말한 중국혁명이 소비에트 러시아혁명을 뜻한다고 주장한다. 그러면서 위 글에서 그가 '평민의 세계야말로
　　혁명의 결과'라고 언급한 것을 든다. 또는 「상하이와 난징의 수복을 경축하는 저쪽 측면」(1928)에서
　　러시아혁명에 대한 레닌의 말을 인용한 점을 들기도 한다. 하지만 나의 해석은 다르다. 당시의 혁명이란
　　국공합작에 의한 국민혁명을 뜻할 뿐이다. 루쉰이 사회주의혁명을 전망했다고 보는 것은 억측이다.

제멋대로 만드는 중산능

나에게 상관이 있을 것인가

혼을 불러도 가지를 않네

제멋대로 자기가 하면 된다.


　루쉰은 이러한 글을 높이 평가합니다. 정신승리와 나약함에 젖은 지식인의 글보다는 민중의 생활에서 나온 글이 당시 사회를 훨씬 통쾌하게 폭로하고 있다는 점에서요. 아래 글은 4·12학살 직전인 4월 10일에 쓴 것입니다.


　　요즈음의 혁명문학가는 극단적으로 암흑을 두려워하여 암흑을 덮어두려 하지만 시민은 대담·솔직하게 그것을 폭로한다. 한편의 약아빠짐이 딴 편의 둔중한 무관심에 부딪힌 결과, 혁명문학자는 사회 현상을 도저히 똑바로 볼 수 없어서, 마치 까치는 기뻐하지만 올빼미는 싫어하는 노파처럼 미신이 깊어지고 사소한 길조를 발견하여 자기도취하고 그것으로 시대를 초월한 셈이 된다.

　　축하하오. 영웅 여러분! 그대는 전진하시라. 내버려진 참된 현대는 뒤에서 그대의 진군을 바라볼 것이다.

　　그렇지만 실제는 공존하는 채이다. 그대가 눈을 감고 있을 뿐이다. 눈을 감기만 하면 '무덤의 진호(鎭護)'는 보지 않아도 된다. 그리고 그것이 그대의 '최후의 승리'이다.[27]


## 샤먼과 광저우

3·18사건으로부터 1주일 후 루쉰을 포함한 교수 등 50명에게 체포령이 내


---

27) 「주술가」, 『노신문집』, 제4권, 193~194쪽.

샤먼에서　　　　　　　　　　　　　　샤먼대학교에 있는 루쉰의 방

려집니다. 그는 일본인·독일인이 경영하는 병원 등 여기저기로 피신했지만,
베이징은 그에게 이미 너무나 위험한 도시가 되어버렸지요. 1926년 7월, 죽
은 쑨원의 권력을 이어받은 장제스의 국민당정부에 의한 북벌이 개시되었
습니다. 10만 명에 달하는 국민혁명군이 혁명의 본거지였던 광저우[廣州]
에서 출발하여 각지의 지방 군벌과 전투를 벌였어요. 8월, 군벌의 베이징정
부에 의해 블랙리스트에 오른 루쉰은 14년간의 베이징 생활을 끝내고 남쪽
으로 떠났습니다. 그의 제자이자 연인인 쉬광핑이 상하이까지 함께했지요.
1920년에 새로 설립된 샤먼[廈門]대학으로부터 초청장을 받았기 때문인데
요. 샤먼은 대만 섬을 마주 보는 남쪽 끝 바다에 있는 섬입니다. 그 아래로
홍콩이 있지요.
　루쉰은 그 대학에서 생애 최초로 정식 교수가 됩니다. 국문과와 국학원

연구교수로서 '중국 소설사'와 '중국 문학사'를 강의했는데요.[28] 루쉰은 그곳에서 『아침 꽃을 저녁에 줍다』를 집필합니다. 1926년에 쓰인 이 책은 어린 시절의 추억담을 모은 것입니다. 앞서 설명한 「개·고양이·쥐」, 「오창회」, 「아장과 산해경」, 「24효도」, 「아버지의 병환」, 「자질구레한 일들」, 「후지노 선생」, 「범애농」 같은 글도 이때 쓰였고요. 한편으로 그는 매주 광저우에 있는 쉬광핑에게 열렬한 편지를 보냈습니다. 샤먼에서의 생활은 그에게 어린 시절을 회상하며 연애편지를 쓰는 낭만적인 시간이었지요. 그러나 연인끼리 오래 떨어져 살기가 힘들었던 탓인지, 또는 신생 대학의 분위기가 맞지 않았던 탓인지, 다른 교수와의 마찰 탓인지, 그도 아니면 인구 10만 명 남짓한 작은 섬에서 살기가 불편했는지 루쉰은 이듬해 1월, 샤먼보다 훨씬 남쪽인 광저우의 중산(中山)대학으로 자리를 옮깁니다. 그곳에서 그는 문학계 주임이자 교무주임으로 일합니다. 그리고 중산대학의 조교가 된 쉬광핑과 공개적으로 동거했고요.

아까 제가 광저우를 '혁명의 진원지'라고 했는데요. 국민당을 만든 중국 혁명의 아버지 쑨원이 신해혁명을 출발한 기점이 바로 광저우이기 때문입니다. 쑨원은 1917년 광저우 군사정부 대원수에 취임했고 1920년에는 제2차, 1923년에는 제3차 광저우 군사정부를 조직했습니다. 그리고 1923년 7월, 국민당 개조(改組)선언을 발표했지요. 1924년, 국민당의 제1회 전국대표대회가 열려 국공합작이 시작된 것도 광저우에서였습니다. 오늘날에도 중국 3대 도시 중 하나인 광저우는 당시 중국에서 다섯 번째 가는 대도시였습니다. 화남지방 최대의 도시로 1928년 당시 인구가 81만 명에 이르렀지요. 과거부터 광저우는 남해무역의 중심지였는데요. 1862년에는 영국과 프랑스의 조

---

28) 당시 샤먼대학의 국문과 주임교수는 린위탕[林語堂, 1895~1976]이었다. 그는 우리나라에도 널리 알려진 『생활의 발견』의 저자이기도 하다. 린위탕과 루쉰은 성격적으로 잘 맞지 않았던 듯하다.

중산대학

『아침 꽃을 저녁에 줍다』
1928년에 출간된 초판본이다.

계[29]가 설치되었으며, 루쉰이 그곳에 살 무렵에는 이미 현대 도시로의 면모를 갖추고 있었습니다.

광저우에서 루쉰은 바쁘게 지냈습니다. 특히 중요한 강연을 몇 번이나 했어요. 가령 '소리 없는 중국(無聲的中國)'이나 '케케묵은 노랫가락은 이미 끝났다(老調自己經唱完)'와 같은 강연인데요. 과거의 케케묵은 노랫가락은 이미 끝났는데도 계속 부르면 중국이 끝장나서 더 이상 노래를 부를 수 없게 된다고 하면서 젊은이들이 전통과 무관하게 대담하게 말하고 용감하게 나아가야 중국을 소리 있는 중국으로 바꿀 수 있다는 내용이었어요. 특히 외국인들이 중국의 전통을 강조하는 것은 중국을 이용해 먹으려는 수작에 불과하다고 비판했어요.

29) 조약에 의해 어떤 나라가 영토 일부분에 한해 외국인이 거주하고 영업하는 것을 허가한 구역. 특히 19세기 후반 영국, 미국, 일본 등 8개 강대국은 중국의 개항 도시마다 조계를 설치하여 침략의 근거지로 삼았다.

# 1927년

## 4·12사건

흔히 루쉰의 생애는 1927년에 벌어진 4·12 상하이 쿠데타를 경계로 전기와 후기로 나눌 수 있다고 합니다. 이 사건이 왜 일어났는지 간단히 살펴볼까요? 1926년 7월부터 장제스 총사령관에 의한 북벌이 시작되었습니다. 그러자 1927년 1월 국민당 좌파와 공산당은 장제스의 독재 야심에 맞서 우한 정부를 수립해요. 물론 국민당 우파와 장제스는 이에 대립각을 세우지요. 같은 해 3월, 장제스는 상하이에 도착하여 반대파를 몰아낼 계획을 세워요. 결국 4월 12일, 그는 이른 새벽부터 노동자 조직을 습격하여 공산당원 5천 명을 학살합니다. 그리고 엿새 후인 18일, 국민당 우파를 중심으로 한 난징 정부를 수립합니다. 그 후 공산당원 또는 동조자에 대한 대대적인 체포와 학살이 시작되고,[30] 이 일로 국공합작은 붕괴됩니다.[31] 4·12사건은 혁명에 대한 루쉰의 인식에 커다란 전환점이 되는데요. 5개월 뒤에 쓴 「유항(有恒) 씨에 답하여」라는 글을 통해서 이를 엿볼 수 있습니다. 그 글에서 그는 "사상에 변화가 생기고 있었"다고 말해요.[32]

30) 베이징에서 장쉐량의 아버지인 장쭤린이 이끌던 군벌이 좌익과 자유주의파를 탄압하여 공산당 지도자인 리다자오 등이 처형되는 일도 있었다.

31) 그 후 공산당은 지하에 숨어 농촌에서 근거지를 구하고, 국민당도 일시적으로 좌파와 우파로 분열되어 북벌은 중단된다. 그러나 1927년, 장제스는 북벌을 재개해 6월에 베이징을 점령한다. 1928년 말에 그는 동북 군벌 장쉐량이 만주 전역을 다스리던 자신의 세력을 이끌고 국민당 정부에 합류한다. 이로써 신해혁명 이후 벌어졌던 분열이 해소되어 중국이 통일된 것이다.

32) 『노신문집』, 제4권, 123쪽.

4·12 쿠데타의 만행

첫째, 저 자신의 망상이 깨진 일입니다. 여태까지 저는 늘 낙관해왔습니다. 즉 청년을 압박하고 살육하는 자는 거의가 노인이므로 그러한 노인이 차츰 죽어간다면 아마 중국에는 활기가 생기리라는 낙관입니다. 그렇지 않다는 생각이 지금 들었습니다. 청년을 살육한 자는 대부분 모두 청년인 것 같습니다. …

둘째, …저는 전에 이렇게 쓴 적이 있습니다—중국의 역사는 인간을 먹는 연석(宴席)의 역사이며, 먹는 자와 먹히는 자가 있다. 먹히는 자도 전에 인간을 먹었으며, 지금 먹고 있는 자도 언젠가 먹힌다라고. 지금 저 자신이 그 연석을 거들고 있음을 알게 되었습니다. …요컨대 지금 만약 '하다못해 아이를' 하는 식의 무난하고 조심스러운 의견을 또 한 번 진술한다 하더라도 저의 귀에조차 그것이 공허하게 울린다는 것입니다. …

중국의 잔치에는 취하(醉蝦)라는 요리가 있지요. 새우가 팔팔 뛰고 싱싱할수록 먹는 사람은 유쾌해지며 흡족해합니다. 저는 이 요리를 거들고 있는 셈입니다. 착실하고, 그리고 불행한 청년의 두뇌를 명석하게 하고 그 감각을 예민하게 함으로써 만일 재난을 당했을 때의 고통을 배가시키며, 동시에 청년을 미워하는 패거리를 위하여 배가된 고통을 바라보며 오싹오싹한 쾌감을 느낄 수 있게 하는

것입니다.[33]

1932년에 쓴 『삼한집(三閑集)』의 「서언」에서도 루쉰은 마찬가지의 논조를 이어나갑니다.

> 나는 쭉 계속하여 진화론을 믿고 있으며, 그래서 장래는 반드시 과거보다 낫고 청년은 반드시 노인보다 낫다고 생각하고 있었으므로, 설사 열 번 칼을 맞아도 겨우 한 번 화살을 되쏠 만큼 청년을 존중해왔다. 그런데 이 같은 나의 생각이 잘못이었음을 뒤에 알게 되었다. 그렇더라도 유물사관의 이론에서 가르침을 받았다거나 혁명문학의 작품에 매혹된 것은 아니다.[34]

흔히 1927년은 루쉰이 마르크스주의에 기운 시기라고 합니다. 특히 중국 공산주의자들이 이런 견해를 지지하지요. 그러나 위 글을 보면 루쉰은 자신이 "계속해서 진화론을 믿고" 있다고 하면서 자기 생각이 '유물사관'의 이론에서 가르침을 받은 것이 아님을 분명하게 밝히고 있습니다. 따라서 루쉰이 1927년의 국공분열 이후 '진화론에서 마르크스주의로' 사상을 고쳤다고 보는 관점[35]에는 문제가 있어요.

한편 그의 사상에 변화가 생긴 것은 이미 전부터 예정되어 있었던 것이었어요. 저는 도리어 1926년의 3·18사건으로부터 그의 변모가 시작된다고 봅니다. 아니, 어쩌면 앞에서 본 1925년의 5·30사건에서 비롯되었다고도 볼 수 있겠지요. 루쉰은 「소잡감」(1927)에서 다음과 같은 말로 혁명과 얽힌 당

33) 위의 책, 124쪽.
34) 『노신문집』, 제5권, 47쪽.
35) 『노신의 문학과 사상』, 172쪽.

시 상황에 대해 냉소적인 시각을 드러냅니다.

> 혁명, 반혁명, 불혁명.
>
> 혁명자는 반혁명자에게 죽는다. 반혁명자는 혁명자에게 죽는다. 불혁명자는 혁명자로 간주되어서 반혁명자에게 죽든가, 반혁명자로 간주되어서 혁명자에게 죽든가, 아니면 아무것도 아닌 것으로 여겨져 혁명자, 또는 반혁명자에게 죽는다.
>
> 혁명, 혁혁명, 혁혁혁명, 혁혁…[36]

## 『들풀』머리말

1924년부터 1926년 사이에 루쉰은 산문시집 『들풀』을 썼고 그 책은 1927년에 발간되었습니다. 그 머리말[題辭]은 장제스가 1927년에 저지른 4·12 쿠데타로부터 2주 후에 쓰인 것이기에 논조가 매우 어두워요. 그 첫 문단은 다음과 같이 시작되어 "가라 야초[37]여, 나의 제사와 더불어!"로 끝납니다.

> 침묵하고 있을 때 나는 충일(充溢)을 느낀다. 입을 열려 하자마자 공허를 느낀다.
>
> 지나간 생명은 이미 사멸하였다. 나는 이 사멸을 기뻐한다. 그것으로써 일찍이 그것이 생존했었다는 것을 깨달을 수 있으므로 사멸한 생명은 이미 부후(腐朽)하였다. 그것으로써 아직도 그것이 공허가 아님을 알 수 있으므로.
>
> 생명의 진흙은 땅에 버려지고 교목(喬木)은 자라지 않고 다만 야초만 생겨난다. 이것은 나의 죄다.
>
> 야초는 그 뿌리가 깊지 아니하고 꽃과 잎이 아름답지 아니하고, 더구나 이슬을 마시고 물을 마시고 죽은 지 오래인 사람의 피와 살을 먹고 마시며 제각기 자기

---

36) 〈소잡감〉, 『노신문집』, 제4권, 146쪽.
37) '들풀'을 말한다.

생명을 얻어낸다. 그 생존마저도 짓밟히고 꺾이어 마침내는 사멸하여 부후할 뿐이지만.

허나 나는 근심이 없으며 마음은 즐겁다. 소리 높이 웃음 웃고 노래 부른다.

나는 나의 야초를 사랑한다. 허나 야초를 장식으로 여기는 땅을 미워한다.

지화(地火)는 땅속을 운행하며 솟구친다. 용암이 한번 솟구치면 모든 야초와 교목들을 태워버린다. 이리하여 부후하는 것조차 없어지고 만다. ...[38, 39]

이 책은 아주 얇지만 매우 시적으로 삶과 죽음, 사랑과 원한, 빛과 어둠이라는 대립되는 두 가지 개념의 중간에 처한 루쉰의 고뇌를 보여줍니다.

가령 이 책에 실린 「복수」는 예수에 관한 이야기입니다. 그는 예수를 학대하는 민중에 대해 "폭정이 타인의 머리 위에 떨어지기만을 바라고 그것을 기뻐할 뿐만 아니라 잔혹함을 즐기고, 타인의 고통을 감상함으로써 안위를 삼을 것이다"라고 비판해요. 반면 예수가 스스로 못 박혀 죽는 것을 기쁨으로 즐긴다고 묘사하면서 이처럼 고통과 치욕을 견딜 수 있는 자야만 참된 전사가 될 수 있다고 역설합니다. 그 외에도 이 책에는 「입론」, 「개의 반박」 그리고 「연」이 수록되어 있습니다. 그중 「개의 반박」을 포함한 몇 편은 뒤에서 소개할 거예요.

루쉰은 4·12쿠데타 사건으로 중산대학의 교수직을 그만두었습니다. 4월 12일 오후, 각과 주임이 모인 긴급회의에서 루쉰은 체포된 학생들을 구해달라고 요구했으나 대다수 교수들은 침묵으로 일관했어요. 부총장은 중산대학은 국민당이 만든 대학이니 교수와 학생은 국민당의 결정에 따라야 한다

---

38) 『노신문집』, 제2권, 112쪽.

39) 여기서 '땅속의 불. 용암'이라고 한 것을 중국에서는 중국공산당과 마오쩌둥이 이끌던 중국혁명의 상징이라고 해석하기도 하지만, 반드시 그렇게 볼 근거는 없을 듯하다.

고 주장했습니다. 루쉰은 격앙된 목소리로 그에게 물었습니다.

"체포된 학생들이 무슨 죄를 범했습니까?"

" … "

"그들은 어디로 연행되었습니까?"

" … "

부총장은 아무런 대답도 하지 않았지만 루쉰의 요구도 거절했어요. 그날 루쉰은 저녁 식사도 하지 않고 잠도 자지 못했습니다. 며칠 뒤 그는 사직서를 제출했어요. 쉬광핑도 마찬가지였지요. 그가 사직하면 학생들이 동요할 것을 두려워한 학교 측이 그를 만류하려고 했으나 루쉰은 면회조차 거절합니다. 사표는 6월 6일 수리되었고요.

그 후 10월에 상하이로 떠나기 전까지 그는 위험한 정치 상황 속에서도 강연을 했습니다. 그중 하나는 「위진의 기풍 및 문장과 약 및 술의 관계」예요. 그 일부를 다시 읽어보도록 할까요?

> 조조(曹操)가 공융(孔融)을 죽이고, 사마의(司馬懿)가 혜강(惠岡)을 죽인 것은 모두 불효라는 이유에 얽매여서인데, 그렇다고 해서 조조나 사마의가 도대체 효자의 모범이었을까요? 그저 자기에게 반대하는 자를 죄주기 위하여 불효라는 명목을 이용했을 뿐입니다.[40]

이 말이 무슨 뜻인지 알려면 삼국지에서 내려오는 이야기를 좀 설명할 필요가 있는데요. 위나라 조조의 신하였던 공융은 기근이 들어 다들 죽어갈 때 아버지가 못난 사람이라면 다른 사람에게 식량을 주는 편이 낫다는 발

---

40) 『노신문집』, 제2권, 112쪽.

언을 하였습니다. 조조는 평소 자기 정책에 사사건건 반대하던 공융을 탐탁지 않게 생각하고 있었어요. 그래서 이를 빌미로 공융의 삼족을 몰살시킵니다. 효에 어긋난다는 죄목이었지요. 사마의가 혜강을 죽인 것 역시 마찬가지입니다. 친구가 불효 죄로 누명을 쓰자 그 무고함을 밝히려 증언하다가 자신도 똑같이 불효한 자로 몰린 거예요. 루쉰은 삼국지의 고사에 빗대어, 군벌들이 과거에는 민중을 억압하다가, 국민당의 위세가 오르자 삼민주의를 신봉하는 척하는 것을 비꼰 것입니다. 진정한 삼민주의자들의 입장에서 그들이 얼마나 위선적으로 보일지를 대변한 거예요.[41] 이는 학생을 죽이는 장제스가 신해혁명의 계승자임을 부정한 것입니다.

41) 위의 책, 113쪽.

# 상하이

## 경제·문화적으로 우수한 상하이로 가다

루쉰은 1927년 9월 말, 쉬광핑과 함께 비밀리에 광저우를 탈출하여 10월에 상하이에 도착했습니다. 그리고 1936년 10월에 숨을 거두었으니 딱 9년을 이곳에서 산 셈이지요. 상하이에서 그는 비교적 평온한 생활을 보냈지만, 그는 죽을 때까지 중국이 외세의 침략 욕심에 휘둘리는 것을 보아야 했습니다. 1931년 일본이 만주를 침략한 '만주사변'이 터졌고, 루쉰이 죽은 뒤 1년도 채 안 되어 중·일전쟁이 발발했으니까요. 국내 사정도 여전히 혼란스러웠지요. 1928년 말에 장제스의 북벌전쟁이 끝나고 국민당의 국민정부가 출범하면서 중국이 통일되었습니다. 이때부터 '훈정기(訓政期)'가 시작되어요. 명목상은 군정에서 헌정으로 이행되는 시기라는 의미지만 실상은 국민당의 일당 독재체제를 굳히던 시기입니다. 하지만 지방에는 군벌 세력이 남아 있어 국민당에 저항하는 전쟁이 끊이지 않았어요. 더구나 국공합작이 붕괴된 뒤 공산당은 강서(江西)성 농촌 지역에 혁명의 근거지를 세우고, 1931년에는 중화소비에트공화국을 수립했습니다. 이에 맞서 국민당은 공산당 토벌을 약 10년간 계속해요. 따라서 실제로 국민당이 중국 내에서 완전히 통제한 지역은 장쑤성과 저장성에 불과했어요. 따라서 재정 수입 대부분을 상하이에 의존할 수밖에 없었지요. 이는 그만큼 상하이가 산업과 금융의 중심지였음을 의미합니다. 1928년 수도가 난징으로 옮겨지면서 가까운 지역이던 상하이는 제2의 수도로서 더욱 발전했지요.

당시는 국외의 위협과 국내의 분열에도 불구하고 중국의 제도와 문물이 급속도로 성장하던 시기였어요. 전국적으로 철도망이 깔리고 자동차도로가 건설되었습니다. 또한, 전화와 우편제도가 정비되었고요. 근대적인 화폐제도가 확립되어서 국내 시장이 통일되었지요. 이러한 제도적 발전은 모두 국민당 정부의 중앙집권을 진척시켰습니다. 또한, 1919년에는 취학률이 11퍼센트에 불과했지만 1935년에는 30.7퍼센트에 이를 만큼 학생 수도 급격히 늘어났고요. 특히 상하이의 대학생은 1931년에 베이징의 대학생 수를 월등히 능가하는 1만3천 명 정도가 되었지요. 또, 중국에서 가장 영향력 있던 양대 신문의 발행 부수는 1921년에 5만 부였는데 5년 뒤인 1926년에는 3배가 넘는 15만 부에 이르렀습니다. 이처럼 당시 상하이에는 미디어가 급격히 증대되고 이를 즐길 독자들도 많았습니다. 루쉰이 과거에 살았던 베이징보다 경제·문화적으로 우수했어요. 그 이상으로 문화인들이 즐겨 찾을 곳은 중국에 다시없었다고 할 수 있지요.

그러나 루쉰이 상하이로 간 이유는 따로 있습니다. 당시에는 상하이 대부분이 외국인에 대한 치외법권이 적용되는 조계지였기에 국민당 정부의 지배에서 어느 정도 자유로웠거든요. 비교적 언론·출판의 자유도 보장되었고요. 따라서 4·12쿠데타 이후 많은 문화인들, 특히 반체제적인 문화인들이 제 목소리를 내기 위해 모였습니다. 공산당원인 마오둔 외에도 궈모뤄[郭沫若, 1892~1978]를 비롯한 《창조사》 동인들, 그리고 《창조사》를 결성했지만 결국 갈라서게 된 위다푸[郁達夫, 1896~1945] 등이 그곳에서 살았어요. 또한 훗날 대가로 이름을 날리는 문인들도 당시 상하이에서 신인으로서 여럿 등단했는데요. 대표적으로는 우리나라에도 번역된 라오서[老舍, 1899~1966], 딩링[丁玲, 1904~1986], 바진[巴金, 1904~] 등이 있습니다.

## 상하이의 루쉰

항구 도시인 상하이는 루쉰의 삶에 큰 영향을 끼친 도시들 사이에 있었습니다. 고향인 사오싱, 서양 학문을 처음으로 공부한 난징, 일본 유학 후 교원으로 일한 항저우와도 제법 가까웠지요. 상하이와 사오싱은 우리나라로 치면 서울-대구 정도이니 먼 거리로 느껴질 수도 있겠지만 중국 전역과 비교하면 다시 고향으로 돌아온 것이나 다름없었습니다. 중국 지도를 펼쳐보면 루쉰은 중간 지역에서 태어나 북쪽의 수도에 가서 살다가 남쪽으로 쫓겨난 뒤 다시 중앙으로 돌아와 생을 마감한 셈이지요.

루쉰이 살던 집은 현재 유적지로 지정되어 보존되고 있습니다. 상하이에서 루쉰은 원고료만으로 살아가는 전업 작가였는데요. 집의 크기를 보면 원고료를 제법 두둑하게 받았던 것 같습니다. 아무튼, 그는 거의 부르주아 수준의 생활을 누렸어요. 지금도 상하이에 가면 그의 집 외에도 루쉰과 관련된 여러 건물을 볼 수 있습니다. 루쉰의 집 부근에는 그가 자주 드나든 우치야마[內山] 서점이 있고요. 루쉰이 1930년부터 활동한 좌익작가연맹 기념관도 있지요.

상하이에서 생활할 때 루쉰은 10권의 잡문집과 한 권의 소설집을 발간합니다. 이때 낸 잡문집은 루쉰이 평생 쓴 잡문의 4분의 3에 이르는 양이에요. 그러나 대부분은 논쟁이고 우리에게는 유감스럽게도 그다지 참고할 점이 많지 않습니다.[42]

---

42) 1930년대 상하이 문단은 나날이 논쟁으로 해가 뜨고 졌다고 해도 과언이 아니다. 처음에 이는 4·12 쿠데타에 의해 쫓겨난 좌파 내부의 혁명문학 논쟁으로 시작되었다. 이어 문학에서 정치를 배제하고자 한 신월(新月)파의 잡지 《신월》에 대항하는 좌익작가연맹이 결성되어 논쟁은 더욱 치열해졌다. 1931년의 국민당계 문예지를 줏대 없는 어용문학으로 비판한 민족주의문학 논쟁, 1932년의 문학의 정치성과 계급성을 부정하는 문학인을 비판한 자유인 논쟁과 제3종인 논쟁, 1934년의 문어문의 부활에 대해 구어문을 옹호하고 나아가 대중어를 창조하고자 한 것을 둘러싼 논쟁들이 당시 상하이 문단의 뜨거운 쟁점이었다. 이는 독자들을 끌어 모으고자 끝없이 논쟁을 유발한 언론의 속셈과 잘 맞아떨어졌다. 또한 이러한 논쟁은 공산당의 정치적 주장을 대변하기도 했는데, 당시엔 이것이야말로 공산당이 조금이나마 자유롭게 활동할 수 있는 유일한 방법이었기 때문이다. 상하이에서도 공산당은 비합법적 정당으로

▲ 루쉰의 상하이 집

▶ 루쉰의 방

▶ 루쉰과 쉬광핑, 그리고 아들

취급받았다. 게다가 상하이와 너무 먼 장시성에 본거지를 둔 공산당은 1934년, 1백만 명의 국민당군에
포위당했으며, 이후 연안을 수도로 하는 새로운 근거지를 건설할 때까지 2년의 혹독한 대장정을 감행해야
했다. 공산당이 정치적 활동을 봉쇄당한 채로, 합법적으로 활동할 유일한 방법은 문학뿐이었다.

지금이나 그때나 언론은 가십거리에 목말라했어요. 특히 친정부적인 국민당계 언론은 베이징에 본처를 버려두고 17세 연하의 제자와 사는 루쉰을 끝없이 씹어댔습니다. 당시의 중국 형법은 간통죄를 쌍벌죄[43]로 처벌하고 있었어요.[44] 루쉰은 아내가 베이징에 있었던 탓인지 간통죄로 피소되지는 않았습니다. 그러나 정치적인 이유로 위협을 당해 일본인 친구 우치야마 간조의 집이나 여관에 피신한 적이 많았어요. 지하 공산당이 주도한 중국자유운동대동맹(中國自由運動大同盟)과 좌익작가연맹에 가입하고 사회주의를 주장하는 강연을 했을 때였습니다. 이 탓에 1930년 3월, 루쉰은 국민당계 언론으로부터 공산당을 선전한다고 비판당합니다. 이어 1931년 1월, 루쉰의 제자인 러우스[柔石, 1902~1931] 등 젊은 작가들이 처형된 '좌련 5열사' 사건이 터졌을 때도 그는 몸을 숨겨야만 했습니다. 또 만주사변 직후 일본군이 상하이에 침략한 1932년 1월, 그리고 우치야마 서점의 점원이 체포된 1934년 8월에도 몇 주일 동안 피신했고요. 이러한 위협 때문에 루쉰은 신문이나 잡지에 글을 쓸 때마다 이름을 바꾸어야 했습니다.

## 현실적 기반 없는 혁명문학을 회의하다

언론의 자유가 어느 정도 허용된 상하이는 여러 사상의 해방구가 되었습니다. 그런데 이곳에는 과거 예술지상주의자였다가 별안간 프롤레타리아 문학을 내건 문인들도 있었습니다. 예컨대 궈모뤄가 그랬지요. 그는 특히 루쉰을 가장 격렬하게 '봉건의 찌꺼기'니 '파시스트'니 하며 비난했어요. 하지만 루

---

43) 어떤 행위에 가담한 당사자를 양쪽 다 처벌하는 범죄. 마찬가지의 범죄로 뇌물죄 등이 있다.
44) 우리에게 영화 「완령옥」으로 알려진 여배우 롼링위[阮玲玉, 1910~1935]는 당시 영화의 여왕으로 불렸으나 간통으로 피소되자 재판 전날 자살했다. 루쉰은 그녀의 죽음에 대해 언론이 '무력한 여성'에 대해 가혹했다고 비판했는데, 그 필체가 루쉰답지 않은 완곡한 것이어서 그 자신도 언론을 두려워한 것임을 알 수 있다.

쉰이 보기에 이들은 자신의 경험이나 각성 없이 외래 사상을 추종할 뿐이었습니다. 이들 역시 자신들이 그저 마르크스주의의 세례를 받고 전향했을 뿐임을 인정했고요. 그렇기에 그들은 '민중'을 너무나도 피상적으로 이해했고 현실과는 동떨어진 관념 속에서 살았습니다. 루쉰이 그런 관념화를 거부하고 평생 민중의 무자각성을 비판한 것과는 정반대지요. 1928년에 공산당원들이 공개적으로 처형을 당하는 일이 있었습니다. 사람들은 그 장면을 몰려다니며 구경했어요. 20년이 지나도 중국 인민은 루쉰이 센다이에서 환등기를 통해 본 민중과 조금도 변한 점이 없었던 것입니다. 그들이 자신들을 프롤레타리아로 칭한다 해도 마찬가지였지요. 이러한 기사를 보고 루쉰은 「귀공대관(歸共大觀)」(1928)에서 자신의 느낌을 다음과 같이 토로합니다.

한번 훑어보자. 금세 사문구에 내걸린 목, 교육회 앞에 나란히 놓인 세 구의 목 없는 시체가 그대로 눈에 떠오를 것 같지 않은가. 더구나 그 시체는 적어도 팔은 드러난 채로이다―이것은 내 자신이 지나치게 암흑이기 때문에 상상이 잘못되었는지 모르지만. 그리고 무수한 '민중'이 한 무리는 북에서 남으로, 한 무리는 북에서 남으로 밀고, 밀리며, 아우성치고, 들떠서 떠들어대고… 게다가 사족을 덧붙인다면 그 얼굴마다에 '스릴'을 기대하거나, 또는 만족에 잠긴 표정을 하고 있다.

나는 내가 본 한도 내의 '혁명문학'이나 '사실문학' 중에서 이만큼 힘찬 문학에 부딪친 기억이 없다. …

이쯤에서 그만두겠다. 더 이상 쓰는 걸 계속하면 또 영웅들로부터 암흑을 흩뿌려 혁명을 방해한다는 질책을 받게 되겠지. …이런 소리를 했다가는 용사의 모처럼의 사기를 떨어뜨리는 결과가 될지도 모른다.

그렇지만 목을 잘랐기 때문에 혁명이 퇴각한 예는 거의 없다. 혁명이 끝나는 것은 대개의 경우, 기회주의자가 잠입하여 내부에서 구멍을 뚫기 때문이다. 이것은 적화할 때뿐만 아니라 어떤 주의에 의한 혁명의 경우도 마찬가지다.

그렇지만, 암흑이기 때문에, 출구가 없기 때문에 혁명이 일어나는 게 아닌가. 만약 자기 앞에 '광명'과 '출구'의 보증서가 놓여 있지 않으면 혁명에 참가하지 못하겠다면, 이것은 혁명가가 아닐 뿐만 아니라 기회주의자마저도 되지 못한다. 기회만 엿보다가 승패가 판가름 나면 아무 쓸모가 없다.

마지막으로 조금만 더 암흑을 지적해본다면, 우리들 중국의 오늘날(초시대가 아닌 오늘날)의 민중은 사실은 당 따위는 문제가 아니며, 그저 '목'과 '여자의 시체'가 보고 싶을 뿐인 것이다.

그것만 있다면 그것이 누구의 것이건 구경꾼은 있다. '권비(拳匪)'의 난 때, 청 말의 혁명당 탄압 때, 민국 2년 때, 그리고 작년과 금년, 이 불과 20년간에 나는 그것을 몇 번이나 보거나 듣거나 했다.[45]

적당주의에 치우친 혁명이 얼마나 허약한지를 루쉰은 이 사건을 통해 재확인합니다. 현실적 기반 없이 프롤레타리아라는 이름만 내세우는 혁명문학을 그는 믿지 않았어요.

이러한 사건들로 1927년에 루쉰의 기분은 착잡하기 그지없었습니다. 하지만 이듬해 그는 「통신」(1928)[46]이라는 글에서 여전히 마음이 무겁다고는 하지만 작년만큼 무겁지는 않다며 활동을 재개할 뜻을 밝혔습니다.[47] 루쉰은 그 이유를 근래의 상황을 통해 혁명을 결정하는 것은 인간이며, 글이 아

---

45) 『노신문집』, 제4권, 196쪽.

46) 이 글은 한 젊은이가 루쉰에게 편지를 보내고, 루쉰이 여기에 답신을 하는 형식으로 구성되었다. 발신자는 루쉰의 글을 읽고 감명을 받아 혁명에 뛰어들었으나 결국에는 실망에 빠져 몸겨누운 21세의 청년이며, 앞으로 자신은 어떻게 해야 하는지 묻는다. 답신에서 루쉰은 그동안 자신이 써온 글을 반성하면서, 자신은 현실을 폭로하기는 했어도 청년 독자들을 속이거나 선동할 생각은 없었으며 천성의 혁명가도 되지 못한다고 인정한다. 한편으로 루쉰은 현실을 바라보지 않는 이른바 '혁명문학가'들을 비판한다.

47) 『노신문집』, 제4권, 189쪽.

님을 알았기 때문이라고 해요. 그리고 혁명문학가 대부분이 그해에 한꺼번에 등단한 것을 지적하면서, 이들의 의미 없는 논쟁에 대해 다음과 같이 꼬집었어요. "여전히 한편끼리 서로 칭찬하고, 한편끼리 서로 싸움질만 하고 있으니 도대체 '혁명은 이미 성공했도다' 문학자인지 아니면 '혁명은 아직 성공을 못 했도다' 문학자인지 내겐 분간이 되질 않소" 하고 말입니다.

루쉰은 잡지 《어사》의 편집자이자 대표였습니다. 그는 「나와 어사의 관계」(1930)에서 창간 이후 지금까지의 역사를 돌아보며 이 잡지의 특색에 대해 다음과 같이 설명합니다. "생각하는 대로 말한다, 스스러워하지 않는다, 새로운 것의 탄생을 촉진한다, 그걸 가로막는 낡은 것에 대해선 극력 공격을 가한다." 또한 "권력자의 칼 아래서 그 위엄을 찬양하고 그 적을 깎아내려 아첨하는 것을 떳떳하게 여기지 않은" 점도 《어사》의 편집자들이 추구하는 길이었어요. 이 잡지는 주로 베이징대학교 문과 학생들에게 팔렸습니다. 이에 대해 루쉰은 "아마 베이징대학교의 법·정·경제과 출신 제군에겐 《어사》의 영향이 거의 없다 해도 큰 과오는 없을 것이다"[48]라고 했습니다.[49]

## 계급문학론

「'경역(硬譯)'과 '문학의 계급성'」(1930)에서 루쉰은 계급론적 관점으로 자신의 문학론을 보여줍니다.[50] 이 글에서 주목되는 것은 다음 단락입니다.

> 문학도 또한 인간을 빌지 않고선 '인간성'을 나타낼 수 없지만, 일단 인간을 빌어버리면 계급 사회에선 절대로 그 소속하는 계급성에서 이탈하지 못한다. 이것은

---

48) 위의 책, 220쪽.

49) 위의 책, 220쪽.

50) 루쉰은 1928년부터 1년여 주로 소련의 문학논문을 집중적으로 번역했다. 그런데 이에 대해 경역(어색한 번역)이라는 비판이 들어오자, 루쉰은 이를 재반박하며 이 글을 썼다.

'속박'을 가하니까 그리되는 게 아니라 말하자면 필연이다. 물론 '희로애락은 인지 상정이로다'이다. 하지만 가난뱅이에겐 주식시장에서 가진 돈을 털려버릴 걱정은 없으며, 석유왕은 북경에서 석탄 찌꺼기를 줍는 노파의 마음에 깊이 사무치는 쓰라림은 모른다. 흉작지의 난민은 아마 부자 노인처럼 난초 화분을 즐기는 일은 없을 것이며, …물론 '기적이여!', '레닌이여!'가 그대로 무산문학은 아니지만, 그렇다고 '모든 것이여!', '모든 인간이여!', '기쁜 일이 일어나서 인간이 기뻐한다!'가 '인간성'‘그 자체'를 표현한 문학이랄 수 없는 것이다.[51]

　　여기서 루쉰은 교조적인 좌익주의자를 경계합니다. 무조건 혁명을 외칠 뿐 현실을 바라보지 않는 자들을 비판해요. 루쉰의 이러한 관점은 「비급진적인 급진 혁명론자」(1930)라는 글에서도 나타납니다.

　　이를 테면 이런 표현이 있다고 하자―무릇 혁명군이란 어떤 대부대이더라도 그것이 참된 혁명군이 되기 위해선 모든 전사의 의식이 정확하고 또한 선명해야 하며, 그렇지 못하다면 한 푼의 값어치도 없다고. 일견 지극히 타당하고 또한 철저한 의견인 것처럼 여겨지지만, 그것은 불가능한 요구이며, 탁상공론이며, 혁명을 해치는 입에 단 약이다.

　　마치 제국주의의 지배하에서 대중을 훈련시켜 각각 저마다에게 '인류애'를 심어주고 그것으로 화기애애한 '대동세계'를 실현하는 게 불가능한 것처럼 혁명자와 적대관계에 있는 세력하에서 언론이나 행동을 통하여 대다수 사람들에게 모조리 올바른 의식을 심어주는 것은 불가능하다. 따라서 어떤 혁명부대라도 봉기의 최초 단계에선 현상에의 반항이라는 한 점에서 전사의 생각이 거의 일치할 뿐이며,

51) 『노신문집』, 제4권, 240쪽.

궁극적인 목적에 관해선 각각 다른 게 보통이다. …물론 궁극의 목적이 다르기 때문에 진군 중에 끊임없이 낙오, 도망, 퇴폐, 배반은 나오지만, 그래도 진군이 계속되고만 있으면 시일이 지남에 따라서 그 부대는 더욱 순화된, 더욱더 정예한 부대로 변해가는 것이다.[52]

루쉰은 1929년에 예용쩐[葉永蓁]이라는 작가가 쓴 「불과 10년」이라는 작품에 서문을 써준 적이 있어요. 그런데 《신보》라는 잡지가 그 소설을 철저하게 비판합니다. 주인공이 개혁을 위해 북벌전쟁에 참가하는 동기가 자기중심적인 것이 매우 유감이라면서요. 그러자 루쉰은 오히려 그러한 비평가의 위선을 지적합니다. 이런 개인주의적 비평가들은 딱히 이상도 능력도 없기 때문에 자극이 될 만한 소재를 찾아다닐 뿐이라는 것이지요. 루쉰은 이러한 이들을 '데카당', 즉 퇴폐주의자라고 부릅니다.

그러한 데카당에게는 혁명도 새로운 자극의 하나인 것이다. …철저하고도 완벽한 혁명문학을 요구하고, 시대의 결함이 반영된 작품에 대해선 이런 것은 한 푼의 값어치도 없다고 눈살을 찌푸린다. 아무리 사실에 어긋나더라도 그런 것은 문제시하지 않는다. 프랑스의 보들레르는 데카당 시인으로 잘 알려진 사람이지만 그는 혁명을 환영했다. 그러나 혁명이 그의 데카당 생활에 지장을 줄 듯싶자 그는 혁명을 증오했다. 이와 같이 혁명 전야의 종이 위의 혁명가, 더구나 철저하고도 격한 혁명가는 정작 혁명이 되면 그때까지의 가면-스스로도 의식하지 못한 가면을 벗어 팽개치는 것이다. …

52) 위의 책, 249쪽.

또한 루쉰은 현실에는 관심도 없으면서 무조건 양비론을 일삼는 평론가들도 비판합니다. 이런 자들은 누군가 어떤 사상을 주장하는 것을 보면 그저 이를 공격하고 트집 잡기 위해서 닥치는 대로 다른 사상을 끌어오지요. 그러나 남의 결함을 지적할 뿐 자신의 주관은 없습니다. 루쉰은 그들의 습성을 다음과 같이 꼬집습니다.

> 또 하나는 뭐라 부를 것인지 아직 정하지 못했다. 요컨대 자기에게 일정한 생각이 없고 세상사는 모두가 글렀고 자기만이 언제나 옳다고 여김으로 해서 결국엔 현상긍정으로 낙착되는 패들이다. …자기 이외에는 모두가 자기에게 필적하지 못하므로 언제나 자기가 '중용의 도'의 체현자 같은 느낌이 들어 언제나 자기만족하고 있을 수 있다.[53]

## 「좌익작가연맹에 대한 의견」

루쉰은 1930년 '중국좌익작가연맹'에 가입했습니다. 그렇지만 그들 역시 루쉰의 날카로운 지적을 피하지는 못했어요. 루쉰은 「좌익작가연맹에 대한 의견」(1930)에서 '좌익'작가는 매우 간단히 '우익'작가로 변할 수 있다고 주장하며 그 이유를 다음 세 가지로 제시합니다.

> 첫째로, 만약 실제로 사회 투쟁에 접촉함이 없이 유리창 속에 틀어박혀 문장을 쓰거나 문제를 연구하거나 할뿐이라면 아무리 과격한 것이라도, '좌익적'인 것이라도 손쉽게 할 수 있습니다. 그런데 막상 실제로 부닥쳤을 땐 대번에 납작해져버립니다. …

53) 위의 책, 230~231쪽.

둘째로, 만약 혁명의 실제 상태를 모르고 있으면 이 경우에도 역시 간단히 '우익'으로 변합니다. 혁명은 괴로운 것이며, 아무래도 더러움이나 피를 머금지 않을 수 없고, 시인이 상상하는 것 같은 재미있는 혹은 아름다운 것은 아닙니다.

그리고 또 시인이나 문학자 등은 다른 모든 사람들보다 지위가 높고, 그 일이 딴 모든 일보다 귀중하다고 여기는 것도 또한 옳지 못한 관념입니다. …지식계급엔 지식계급의 할 일이 있으므로 부당하게 경시해선 안 되지만, 그렇다고 노동계급이 특별히 예외적으로 시인이나 문학자를 우대해야만 할 의무는 없는 것입니다.[54]

이어 루쉰은 혁명을 꾀하는 작가가 앞으로 주의할 점으로 역시 세 가지를 지적했습니다.

첫째로, 낡은 사회와 낡은 세력에 대한 투쟁은 단호한 결의로써 부단히 계속할 것, 그리고 실력을 가르는 일이 중요합니다. 원래 낡은 사회라는 것은 기초가 매우 견고한 것입니다. 새로운 운동은 그것보다 큰 힘을 갖추지 않으면 상대를 뒤흔드는 일 같은 건 못합니다. 더욱이 낡은 사회는 새로운 세력을 타협시키는 독특한 묘수를 갖고 있지만, 자기 쪽에선 절대로 타협하지 않는 것입니다. …

무산문학 운동의 경우 …낡은 사회 쪽에서 …받아들였다고 하는 것은 무산문학이 조금도 두려울 것이 못 된다, 그렇기는커녕 자기들도 만지작거릴 수 있고 장식으로도 된다…는 것입니다. 그리고 무산문학자 쪽은 어떤가 하면, 문단에 조그만 지위가 생겼다, 원고도 팔리게 되었다, 이젠 투쟁할 필요도 없다는 것입니다. 비평가도 '무산문학은 이겼다!'며 승리의 노래를 구가하고 있습니다. …

둘째로, 좀 더 전선을 확대시켜야 한다고 나는 생각합니다. …모든 낡은 문학과 낡

54) 위의 책, 252~254쪽.

214

은 사상에 대하여 새로운 집단의 주의가 돌려져야 할 것을 오히려 거꾸로 새로운 문학자끼리 한 구석에서 서로 다투고, 그걸 낡은 집단의 패거리가 한가로이 옆에서 관전하고 있는 꼴이 돼버렸습니다.

셋째로, 우리는 대량의 새로운 전사를 양성해야 합니다. 그것은 뭐니 뭐니 해도 현재 일손이 너무나 적기 때문입니다. …그러니까 그 내용이 아무래도 빈약해집니다. …

우리는 대량의 새로운 전사를 양성할 필요에 직면함과 아울러 실제로 문학전선에 설 인간으로서 '끈질김'을 요구받고 있습니다. …곧잘 시집이나 소설집을 한두 권 낸 다음 영구히 모습이 사라져버리는 사람이 있습니다. 어디로 갔는고 하면, 한 권이나 두 권 책을 내면 그것으로 크건 작건 명성이 오릅니다. 그걸 밑천 삼아서 교수 혹은 그밖에 합당한 지위가 얻어걸립니다. …이런 상태니까 문학이건 과학이건 중국엔 변한 게 이루어지질 않습니다.

마지막으로 연합전선은 공통된 목적을 갖는 것이 필수조건이라고 나는 생각합니다. …만약 목적이 노동 대중에 있다고 한다면 전선은 당연히 통일될 것입니다.[55]

## 「상해문예의 일별」

「상해문예의 일별(一瞥)」(1931)에서 루쉰은 중국 대중문학과 신문학을 검토하는데요. 여기서 그는 혁명문학에 대해 "아직 충분한 계획성이 없었고 또한 착오도 적지 않았다"고 비판합니다.[56] 이는 앞에서 본 궈모뤄 등의 비판에 대한 답이기도 합니다.

뜨거워지기 쉬운 것은 식기 쉽습니다. 심할 때엔 데카당으로까지 진전합니다. 그

55) 위의 책, 252~257쪽.
56) 『노신문집』, 제5권, 19쪽.

가 문인인 경우엔, 이러쿵저러쿵 구실을 달아서 자신이 변했던 이유를 변명하는 것입니다. 이를 테면 남에게 도움을 받고 싶을 때는 크로폿킨의 상호부조론을 이용하지만, 남과 다투고 싶을 때는 이번엔 생존경쟁설을 이용한다는 식입니다. 고금을 불문하고 무릇 일정한 이론이 없는 자, 또는 주장의 변화에 조리가 없고 그때그때의 형편에 따라 여러 가지 이론을 갖고 와서 무기로 삼으려고 하는 자들은 무뢰한으로 불려야 합니다.[57] …

'혁명'과 '문학'의 관계는 마치 두 척의 배가 나란히 있는 것과 같은 미묘한 것으로서, 그중 한 척이 '혁명', 한 척이 '문학'이며, 작가는 한쪽 발을 그 각각의 배에 싣고 있는 것입니다. 그리고 환경이 나아지면 혁명의 배에 싣고 있는 발에 힘을 주어 버팁니다. 이때는 분명히 혁명가입니다. 그리고 일단 혁명이 압박을 받으면 문학의 배 쪽 발에 힘을 주어 버팁니다. 그리고 단순한 문학자로 변해버립니다. …

공중회전 곡예를 하는 쁘띠 부르주아 계급은 설사 혁명문학자가 되어 보아야 혁명문학을 쓰려고 하면 혁명을 왜곡하여 쓰는 것이 고작입니다. 왜곡하여 쓴다는 것은 혁명에는 오히려 해롭습니다. 그러므로 그들의 전향은 조금도 애석히 여길 일이 아닙니다. …

하룻밤 사이에 돌연변이를 일으켰다고 자칭하는 쁘띠 부르주아 계급 문학자는 머지않아 또 돌연변이로 원래 모습으로 되돌아가는 것입니다. …

그렇다면 남아 있는 좌익작가는 뛰어난 무산계급 문학을 쓸 수 있을까요? 나는 이것도 어려울 것이라고 봅니다. 왜냐하면 지금의 좌익작가는 모두 독서인-지식계급이고, 따라서 혁명의 실제를 그리려고 해도 그것은 매우 어렵기 때문입니다. …

오늘날 문예는 드물게 보는 압박과 박해를 받고 있어 광범한 아기(餓饑)상태에 있습니다. …이 상태는 지금까지의 지배계급의 혁명이 묵은 의자의 쟁탈전에 불과했

57) 위의 책, 19쪽.

음을 말해주고 있는 것입니다. …노예가 주인이 되면 '나리'라고 하는 호칭을 결코 폐지하지 않습니다. 뽐내는 품이 아마 주인보다 한결 완벽하며, 한결 익살맞을 것입니다. 마치 상해의 노동자가 약간의 재산을 모아서 작은 공장을 경영하게 되면, 오히려 노동자를 철저하게 학대하게 되는 것과 같은 것입니다. …

영업을 목적으로 하는 서점이 출판하는 것은 후환을 두려워하여 가렵지도 않은 문장만 싣습니다. "물론 혁명은 필요하지만 필요 이상으로 혁명하지는 말지어다"라는 따위입니다. …

그러나 압박자에게 정말로 문예가 없는가라고 한다면, 있습니다. 다만 딴 곳에 있습니다. 공전(公電)이라든가, 고시라든가, 신문기사라든가, 민족주의의 '문학'이라든가, 재판관의 판결문 등이 그것입니다. 예를 들면 4, 5일 전, '신보'에 이런 기사가 실렸습니다. 어느 여자가 남편에게서 계간(鷄姦)을 강요당하고 또한 구타당하여 피부에 멍이 들었기 때문에 남편을 고소하였습니다. 그때의 재판관의 판결문에 의하면, 법률상 남편이 처를 계간하는 것을 금하는 명문은 없고, 피부에 멍이 든 것은 생리적 기능이 훼손된 것이 아니므로, 그 고소는 성립될 수 없다는 것이었습니다. …하지만 멍이 든 부분의 피부의 생리적 기능은 훼손된 것입니다. 이러한 일은 지금의 중국에선 늘상 보게 되는 것으로서 진기하지도 아무렇지도 않습니다. 그러나 나는 이것만으로 사회 현상의 일부를 매우 잘 알 수 있으며, 평범한 소설이나 장시보다도 낫다고 여기는 것입니다.[58]

한편 루쉰은 당시에도 좌익작가연맹에 속해 활동하고 있었는데요. 당시 일부 지식인들은 좌익작가연맹의 문학을 '예술의 배신자'라고 조롱했습니다. 멋대로 정치적 견해를 집어넣어서 예술을 타락시켰다는 것이지요. 그들

58) 위의 책, 20쪽.

은 작가는 계급에 얽매이지 않는 초연한 태도를 지녀야 한다고 여겼기 때문입니다. 특히 초우양[周揚, 1908~1989]이라는 작가는 이러한 비판에 가세했을 뿐더러 더 나아가 자신을 제3종인이라고 칭했어요. 즉 제3의 길이라는 뜻이지요. 루쉰은 이들과도 치열한 논쟁을 벌였는데요. 루쉰의 입장은 「제3종인을 논함」에서 볼 수 있습니다. 초우양 등은 그동안 좌익작가들이 지나친 비평을 일삼아서 제3종인 작가들이 붓을 꺾는다고 주장했는데요. 이에 대해 루쉰은 다음과 같이 비판합니다.

> 사실은, '제3종인'이 '붓을 꺾는' 원인은 좌익비평이 지독해서가 아니다. 진짜 원인은 '제3종인' 따위의 것은 성립되지 않기 때문이다. …
> 계급 사회에 살면서 초계급적인 작가를 지향하고, 전투의 시대에 살면서 전투 이탈의 고립을 찾고, 현재에 살면서 장래를 위한 작품을 쓰는 그러한 인간은 실은 주관 내부의 환영이며 현실세계에선 성립되지 않는다. 그러한 인간이 되려는 것은 자기 손으로 자기 머리칼을 잡아끌어 지구에서 이탈하려고 시도하는 것과 같은 것이다. 그리고 이탈하지 못하기 때문에 초조해한다. 그러나 그것은 남이 자신의 머리를 흔들어서 잡아끌지 못하게 했기 때문에 그리된 것은 아니다.[59]

## '구국'을 내세운 허위를 비판하다

1931년 9월, 만주사변이 터졌습니다.[60] 일본이 선전포고도 없이 만주를 침

---

59) 위의 책, 63쪽.

60) 만주사변의 배경은 다음과 같다. 만주의 실세이던 동북 지역 군벌이었던 장쭤린은 일본에 협조적이던 친일파였다. 그런데 그는 1928년 의문스러운 기차 사고로 사망한다. 그 후 사건의 전모가 드러나는데, 장쭤린이 일본의 허수아비가 되는 것을 거부하자 일본 관동군이 손을 써서 그를 제거한 것이었다. 이에 장쭤린의 아들 장쉐량은 1928년 일본에 등을 돌리고 국민당 정부에 합류한다(그러나 그는 다른 군벌과 마찬가지로 국민당 정부와는 독립하여 독자적인 정책을 폈다). 당시 만주 등 동북부를 수출과 정치적 측면에서 가장 중요하게 여기던 일본은 이에 위기를 느끼고 만주를 침략한다.

략해 점령한 것이지요. 그리고 이듬해 일본은 중국 역사상 '마지막 황제'로 불리는 푸이[溥儀, 1906~1967][61]를 꼭두각시로 내세운 만주국을 세웠습니다. 만주국은 허울만 독립국일 뿐 실상 일본에 충성을 다하는 괴뢰정부였어요. 이에 중국 전역에서 항일운동이 벌어졌으나, 당시의 구국운동에 대해 루쉰은 비판적인 시각을 보였습니다. 『위자유서』에 나오는 「항공 구국의 희망 세 가지」에서 루쉰은 다음과 같이 말합니다.

> 지금 많은 사람들이 가지각색의 구국을 소리 높여 외치고 있다. 마치 갑자기 모든 사람이 애국자라도 된 것처럼. 그러나 사실은 그렇지는 않다. 본래부터 이런 것이다. 지금 소리를 높이기 시작했을 뿐인 것이다.
>
> 그래서 은행가는 저축 구국, 원고장이는 문학 구국, 그림쟁이는 예술 구국, 댄스 마니아는 오락에 구국을 의탁하고, 더욱이 담배회사의 주장에 의하면 마점산(馬占山) 장군의 초상이 인쇄된 담배를 피우는 것도 구국의 길에 부합되지 않는 것은 아니라고 한다.[62]

'마점산'이란 마적 출신인 동북 지방 군벌입니다. 이들은 민주사변에서 일본군에 대항해 싸웠어요. 하지만 그들의 목적은 헤이룽장[黑龍江]성[63]의 지배권을 확보하는 데 있었지 결코 애국이 아니었습니다. 그러나 당시 국민당이 일본군에 선전포고는커녕 무저항 정책을 취해 한창 중국 민중들의 원성을 사던 중, 정부에 대한 반발심으로 민족영웅으로 받들어진 것이지요. 이

---

61) 그의 극적인 삶은 1988년, 이탈리아 감독 베르나르도 베르톨루치의 영화 「마지막 황제(The Last Emperor)」를 통해 전 세계로 알려진다. 이 영화는 선통제 푸이의 일대기를 다루는 동시에 중국의 근대사를 조망하여 아카데미 시상식에서 아홉 개의 상을 받았다.

62) 『노신문집』, 제5권, 126쪽.

63) 중국 동북부 만주지역에 있는 성. 북쪽으로는 러시아, 서쪽으로는 내몽골 자치구, 남쪽으로는 지린성과 접해 있다.

를 본 루쉰은 구국을 내세운 허위를 비판합니다. 은행의 경우 저축을 확보하고자, 담배회사는 담배를 팔고자 억지 애국심을 만들어낸다는 거예요. 위의 설명에 이어 루쉰은 국민당이 나라를 구하자며 전국 각지에서 모금하여 외국에서 전투기를 사들인 일까지 회의적으로 바라봅니다. 정부가 전투기를 출동시켜 보았자 일본군이 아닌 공산당을 죽일 뿐이라면서요.

군중심리에 도취하는 대신, 오히려 루쉰은 현실에 대해 끊임없이 발언했습니다. 1931년 청년 작가 다섯 명이 살해되었는데요. 그중의 한 사람은 루쉰이 이미 만나본 적이 있는 사람이었어요. 그를 회고하며 루쉰은 「망각을 위한 기념」(1933)을 썼습니다. 이 글의 첫 부분에서 그는 "일찍부터 무언가 짧은 글이라도 몇 사람의 청년 작가를 기념하고자 생각하고 있었다"라고 글을 쓰게 된 동기를 밝혔습니다. 루쉰은 젊은이들이 흘린 피를 생각할 때마다 비애를 느껴서 차라리 이를 잊고 싶어서 이 글을 적은 거예요. 역설적으로 이는 그가 현실에서 뿌려진 피들을 얼마나 생생하게 느끼고 있는지를 증명하지요.[64] 이 글의 마지막에서 그는 다음과 같이 애도합니다.

젊은이가 늙은이를 위해 기념을 적는 것이 아니다. 그리고 요 30년 동안 내가 목격한 것은 청년의 피뿐이었다. 그 피는 겹겹이 쌓이고, 숨도 못 쉴 만큼 나를 묻었다. 나는 그저 이렇게 필묵을 희롱하여 몇 구절의 문장을 엮음으로써 간신히 진흙 속에 작은 구멍을 파고 거기서 헐떡임을 계속할 뿐인 것이다. 이것은 어떠한 세계일까. 밤은 길고, 길도 또한 멀다. 나는 망각하고 말하지 않는 것이 좋을지도 모른다. 그렇지만 나는 알고 있다. 설령 내가 아니더라도 언젠가 꼭 그들을 생각해내고, 다시금 그들에 관하여 이야기할 날이 오리라는 것을…[65]

64) 『노신문집』, 제5권, 84쪽.
65) 위의 책, 94쪽.

## 국방문학 논쟁

1935년 말, 공산당은 항일민족 통일전선을 결성합니다. 이에 호응하여 초우양이 국방문학을 제창하고 좌익작가연맹을 해산하여 1936년 6월, 중국문예가협회를 이루지요. 한편 루쉰과 그 제자 후평[胡風, 1902~1985] 등은 이를 그리 신뢰하지 않았습니다. 그래서 '민족혁명전쟁의 대중문학'이라는 슬로건을 제시하고 7월에는 바진 등 문학가들의 지지를 받아 문예공작자 선언을 발표합니다. 그런데 초우양 등의 좌익혁명파들은 이것이 통일전선을 파괴한다며 루쉰을 비난해요. 왜냐하면 그들은 국방문학의 이념에 부합하는 작품만을 인정했거든요. 반면 루쉰은 그러한 태도야말로 '혁명의 미명 하에 사리사욕을 채우려는' 신형의 악력이라고 비판했습니다. 그리고는 도리어 「서무용(徐懋庸)에게 답하고 아울러 항일통일전선에 대하여」라는 글을 써서 "그들은 교묘하게 혁명적 민족역량을 말살하며 혁명적 대중의 이익을 손상시키고, 오로지 혁명을 이용하여 사리사욕을 도모할 뿐"이라고 비꼬았지요.[66] 8월 이후, 공산당은 이런 식의 논쟁이 항일민족통일전선 결성에 불이익을 초래한다는 판단을 내립니다. 10월에는 루쉰의 주장을 받아들인 '문예계 동인의 단결과 언론 자유를 위한 선언'이 루쉰, 궈모뤄, 마오둔 중심으로 발표되었지요. 그리고 그 직후 10월 19일, 건강이 급속히 악화한 루쉰은 천식으로 사망합니다.

## 루쉰 최후의 창작집 『고사신편』

이 책에는 역사소설 8편이 수록되어 있어요. 그 작품들은 1922년부터 1935년까지 집필되었습니다. 즉 「하늘을 보수하는 이야기」는 1922년, 「달로 날

---

66) 『노신문집』, 제4권, 210쪽.

상하이 시절의 루쉰

아갔다는 이야기」와 「검을 단련하는 이야기」는 1926년, 「전쟁을 막은 이야기」는 8년 뒤인 1934년에 쓰였지요. 그리고 루쉰은 이어 1935년에 마지막 작품들을 썼습니다.

앞에서 보았듯이 루쉰의 사상은 1925년 즈음 진화론에서 계급론으로 기울었습니다. 루쉰 생애 마지막에 쓰인 「전쟁을 막은 이야기」나 「홍수를 다스린 이야기」에서 민중적인 민중의 지도자가 묘사되는 점에서도 그의 사상적 변화가 느껴져요. 이는 루쉰이 그동안 그렇게나 질타해온 민중을 다시 신뢰하기 시작했다고 해석할 수 있습니다. 하지만 그의 모든 후기 작품의 주인공이 긍정적으로 그려진 것은 아니에요. 예컨대 「고사리를 캐는 이야기」, 「관소를 떠나는 이야기」, 「죽은 자가 되살아난 이야기」에서 루쉰은 부정적인 인물을 묘사합니다. 이 작품들에 나오는 인물들은 만년의 루쉰이 민중보다도 더욱 문제가 있다고 보았던 지식인을 상징해요. 또한 「관소를 떠나는 이야기」에서 그는 명백히 노자를 비판합니다. 그러나 여기서 비판의 대상은 노자의 사상 자체가 아니에요. 그보다는 노자의 '무위'사상이 현실 사회에서 전혀 기능하지 못한다는 점을 꼬집은 것이죠. 이 점은 「죽은 자가 되살아난 이야기」에 나오는 장자도 마찬가지예요. 그 작품들은 뒤에서 다시 설명하겠습니다.

# 외국문학과 번역

## 타고르와 쇼, 그리고 도스토옙스키

1924년 인도 시인 라빈드라나트 타고르(Rabindranath Tagore, 1861~1941)[67]가 중국을 방문했습니다. 당시 후스 등의 현대평론파를 중심으로 한 신월사(新月社)는 세계적인 시인을 적극적으로 환영했어요. 루쉰은 「사진 찍기 따위에 대하여」(1924)[68]에서 이를 풍자했습니다. 또한 1933년에는 영국 극작가 조지 버나드 쇼(George Bernard Shaw, 1856~1950)[69]가 중국에 왔습니다. 그를 만난 루쉰은 「쇼와 쇼를 보러온 사람들을 본 기록」(1933)을 남겼어요. 루쉰은 중국인들이 그를 맹신적으로 추앙하는 일에 대해서는 역시 비판적으로 풍자했지요.

> 그것은 그의 작품 혹은 전기를 읽고 좋아진 것이 아니라 그저 어디에선가 약간의 경구(驚句)를 읽고, 누구에겐가 그가 곧잘 부르주아 사회의 가면을 벗겨낸다는 것을 들었기에 좋아진 것이다. 또 하나는, 중국에도 퍽 서양 신사의 흉내를 내는 패들이 있는데, 그들이 대개 쇼를 좋아하지 않기 때문이다. 나는 때때로 내가 싫어하는 사람이 싫어하는 사람을 좋은 사람이라고 여길 때가 있다.[70] …
>
> 2층에 오르자 문예를 위한 문예가, 민족주의 문학가, 사교계의 꽃, 연극계의 왕 등

---

67) 인도의 벵골 지방에서 태어난 시인이다. 시집 『기탄잘리』를 통해 동양인으로서는 처음으로 노벨문학상을 받았다.

68) 『무덤』, 249~261쪽.

69) 영국의 극작가 겸 비평가이자 소설가. 1925년 노벨문학상을 받았다. 대표적인 작품으로는 희곡 『무기와 인간』 등이 있다. 평생 재치 있고 신랄한 명언을 여럿 남긴 것으로 유명하다.

70) 『노신문집』, 제5권, 77쪽.

조지 버나드 쇼와 함께

베이징에 있는 칭화대학교를 방문한 타고르

대충 50명쯤이 모여 있었다. 한 무더기로 모여서 그에게 여러 가지 일을 질문하였다. 마치 '대영백과사전'이라도 찾아보는 것처럼.[71] …

다음날의 신문기사가 쇼의 진짜 말보다 재미있다. 같은 날, 같은 장소에서, 같은 말을 듣고 쓴 기사가 각각 달랐다. 영어 해석도 듣는 이의 귀에 따라 어지간히 달라지는 것 같다. 이를 테면, 중국의 정부에 대해 영자 신문의 쇼는, 중국 인민은 자기들이 감복하는 자를 선출하여 통치자로 삼아야 한다고 말하고 있고, 일본어 신문의 쇼는, 중국에는 정부가 몇 개나 있다고 하였고, 한자 신문의 쇼는, 좋은 정부가 언제나 일반 인민의 환심을 얻는 것이 아니라고 말씀하고 있는 것이다.

이런 면으로 보면 쇼는 풍자가가 아니라 거울집이다.[72]

위의 글을 보면 루쉰은 쇼의 작품을 딱히 좋아하지 않았던 듯합니다. 쇼의 글보다도 쇼를 대하는 중국인들의 태도가 중국 사회를 더욱 분명하게

71) 위의 책, 80쪽.
72) 위의 책, 81쪽.

비춰준다고 했잖아요? 물론 그렇다고 루쉰이 버나드 쇼라는 인물 자체를 싫어한 것 같지는 않습니다. 이미 다른 글에서 이 영국 신사에 대해 긍정적으로 평가한 적이 있거든요. 1925년 5·30 사건에서 영국 경찰이 중국인 노동자와 학생을 살해한 사건에 대해 영국 지식인들이 깊은 동정을 보내며 선언서를 냈는데, 그중에 버나드 쇼도 있었습니다. 이들이 중국을 위해 울분을 터트려준 것을 본 루쉰은 영국인의 품성에도 배울 것이 있다고 썼지요.[73]

한편 루쉰은 「도스토옙스키에 대하여」(1936)에서 도스토옙스키와 단테를 젊은 시절 존경하기는 했으나 도저히 사랑할 수는 없었다고 털어놓습니다. 그들이 위대한 문학가라는 것을 인정하는데도 말이에요. 이는 도스토옙스키와 루쉰이 작가로서 인물을 다루는 태도가 서로 달랐기 때문입니다. 도스토옙스키의 작품 속 인물들은 온갖 억압과 횡포에 대해서도 철저하고 진실하게 인내해요. 하지만 루쉰은 이러한 인내가 참을 수 없도록 위대하므로 오히려 '허위'라고 여겼습니다.[74]

## 왜 번역했는가?

루쉰이 도쿄 유학시절부터 외국문학을 접했다는 사실은 앞에서 설명했어요. 22세인 1903년에 쥘 베른의 작품을 번역한 것을 시작으로, 그는 죽기까지 33년간에 걸쳐 31종의 외국 작품을 중국어로 옮겼지요. 그 양은 1973년에 나온 그의 전 20권 전집의 반인 10권에 이를 정도로 방대합니다. 루쉰은 번역에 대해 다음과 같이 털어놓은 적이 있어요.

나의 버릇이지만, 글을 쓰고 싶지 않거나 또는 쓸 힘이 없을 때, 그러나 아무래도

---

73) 『노신문집』, 제3권, 145~146쪽.
74) 『노신문집』, 제6권, 177쪽.

쓰지 않으면 안 될 때 책임을 모면하는 방법으로 번역을 이용한다.[75]

루쉰은 주로 러시아와 동유럽 및 일본의 문학작품 및 평론을 즐겨 번역했습니다. 그가 외국 평론을 옮긴 시기는 주로 1924년에서 1929년 사이에 집중되어 있어요. 그 밖에는 대부분 소설 등 외국 작품을 번역했지요. 그는 자신이 러시아 작품에 애정을 가진 이유가 "거기서 피압박자의 선량한 영혼을 보았고, 영혼의 고통과 몸부림을 보았기 때문"이라고 말합니다. 같은 이유로 그는 러시아 문학을 '우리의 스승이요 벗'이라고 불렀지요. 이에 대해 어떤 평론가는 '저명한 영·미·독·불의 문인'을 무시한다고 비판하기도 했어요. 그러자 그는 "세계문학사는 문학의 눈으로 보는 것이지 탐욕의 눈으로 보는 것은 아니다"[76]라고 답했지요. 게다가 루쉰은 그 저명한 영국·미국·독일·프랑스의 문인조차 중국에서는 잘 읽히지 않으니 불우하다고 꼬집습니다.

중국에서 학교를 만들어 이 네 나라 국어를 배우게 한 것은 상당히 오래전부터의 일이다. 처음에는 외교를 위해 통역 양성만이 목적이었으나 그 뒤 차츰 번창해졌다. 독일어는 청 말의 군제개혁 이후로 성행하였고, 프랑스어는 민국의 '근공검학(勤工儉學, 1912년의 프랑스에의 유학운동)' 이후에 성행하였다. 그보다 이른 것이 영어이다. 상업과 해군이 두 큰 기둥이었고 학습인구도 영어가 제일 많으며 학습을 위한 교과서나 참고서도 영어가 제일 많았다. 영어로 입신한 학자나 문인의 수효도 많다. 그러나 해군은 군함을 남에게 보낼 뿐이다.[77]

75) 『노신문집』, 제4권, 180쪽.
76) 위의 책, 151쪽.
77) 위의 책, 151~152쪽.

## 번역의 방법

우리나라에서는 번역을 창작보다 쉬운 일로 생각하지만, 사실은 그렇지 않아요. 오죽하면 번역을 제2의 창작이라 부르겠어요? 루쉰은 그 점을 「제미정(題未定)' 원고」에서 다음과 같이 토로합니다.

> 가령 어떤 명사나 동사가 생각나지 않는다 해도 창작 같으면 피하고 지나가면 그
> 만이지만 번역에서는 그럴 수가 없다. 어떻게 해서든지 생각해야만 한다. 그리고
> 생각하는 동안에 머리가 혼란해진다. …
>
> 될 수 있는 대로 중국화할 것인가, 아니면 외국 냄새를 될 수 있는 대로 보존할 것
> 인가. …알기 쉽게 하는 것만이 문제라면 창작이나 번안으로서 사건이나 인물이나
> 모두 중국식으로 하는 것이 낫다. 적어도 번역인 바에는 첫째 목적은 그것을 통해
> 서 외국을 알 수 있고 정(情)을 옮길 뿐만 아니라 지(智)로 증대시켜주는 것이니,
> 언제 어디서 무슨 일이 있었던가 하는 정도는 분명하지 않으면 안 된다. 외국 여
> 행과 비슷한 것으로서 거기에 이국정서, 즉 외국 냄새라는 것이 빠져서는 안 된다.
> 그렇다고 정말 완전히 귀화된 번역문이라는 것이 이 세상에 있을 리는 없다. 설사
> 있다 해도 껍데기뿐이니, 이것은 엄밀한 의미에서 번역이라 할 수 없다. 번역은 모
> 름지기 동시에 양면에 주의를 기울이지 않으면 안 되는 것이다. 일면은 물론 될 수
> 있는 대로 쉽게 할 일이지만, 또 다른 일면은 원작의 아름다운 모습을 보존하는 일
> 이다. 다만 이 보존은 흔히 습관의 차이 때문에 알기 쉽게 하는 것과는 모순된다.
> 아무래도 상대가 외국인인 것이다. 습관의 차이는 어쩔 수 없다.[78]

**루쉰 번역의 특징 중 하나는 그가 축자역(逐字譯)을 했다는 점입니다. 이**

---

78) 위의 책, 144~147쪽.

는 글자 하나하나를 따라서 정확하게 번역하는 직역(直譯)인데요. 이러한 번역은 보통 매우 유치한 것으로 여겨집니다. 더욱이 어휘력이나 문장력이 뛰어난 루쉰이라면 충분히 의역(意譯)하는 것도 가능했을 텐데 왜 그랬을까요? 이에 대해 루쉰은 「번역에 관한 통신」에서 다음과 같이 말합니다.

나는 지금도 '매끄럽지 못한 한이 있더라도 정확하게 원문을 번역'할 것을 주장한다. … 그러한 번역서는 새로운 내용을 들여올 뿐 아니라 새로운 표현법까지도 들여온다. 중국의 글과 말은 그 방식이 너무나 정밀하지가 못하다. …법이 정밀하지 못하다는 것은 사고가 정밀하지 못함을 증명하는 것이다. 바꾸어 말하자면, 두뇌가 얼마간 흐리멍덩하다는 것이다. …이 병을 치료하기 위해서는 고통스럽더라도 계속해서 고생을 좀 하는 수밖에 없다.[79]

그런데 루쉰은 원서가 아닌 일본어 번역판의 중역을 주로 해서 비판을 받았습니다. 이에 대해 루쉰은 번역된 책이 많지 않은 상태에서는 어쩔 수 없다고 대응했지요. 그리고 자신들은 번역하지 않으면서 중역을 욕하는 자들의 행태를 '사기행각'이라 비판했습니다. 같은 논리로 보면 오늘날 우리나라에도 루쉰의 질책을 받아야 할 사람들이 많을 듯하지만 말입니다.

---

79) 『이심집』, 382쪽.

# 루쉰의 미술론과 목판화운동

루쉰은 어린 시절 그림을 감상하고 그리기를 좋아했습니다. 이미 살펴보았듯이 1913년과 1918년에는 미술평론도 썼지요. 그의 미술론은 1925년 이후에 더욱 많이 집필되는데요. 그중 일부는 전람회와 화집 혹은 목판화에 붙인 글이었고 나머지는 일반 평론이었어요.[80] 루쉰의 미술론은 당시 그가 주도한 목판화운동과 함께 이루어졌습니다. 먼저 『근대판화선집』(1929)에 쓴 「머리말」을 살펴볼게요.

> 중국의 옛사람들이 발명한 것으로서 오늘날 폭죽을 만들고 방위를 보는 것에 사용되는 화약과 나침반은 유럽에 전파되고, 그들에 의해 총포나 항해에 응용되어 그 원래의 선생에게 많은 손해를 입혔다. 그 외에 하나의 작은 것이 있었으나, 해가 없었기 때문에 거의 잊혀졌다. 그것이 바로 목판화다.[81]

이어 그는 유럽의 목판화를 설명합니다. 위 글이 쓰인 1929년에 목판화운동을 주도한 '18예사(藝社)'가 창립되었는데요. 루쉰은 그 3년 뒤에 열린 '18예사 습작 전람회' 머리말에서 다음과 같이 말합니다.

> 중국에는 근래에 진실로 예술가라고 할 만한 사람들이 없다. '예술로'라고 칭하는 이들은 스스로 칭하는 자들이고, 예술이라고 하는 것보다는 도리어 그들의 이력

---

80) 그 목록은 『노신의 미술론』, 265~266쪽 참조.
81) 위의 책, 275쪽.

과 작품의 제목—일부러 지어내는 것이 향염(香艶), …고괴(古怪), 웅심(雄深)이다
—에 의존한다. 그들은 사람들을 속여서 황당한 느낌을 갖게 한다.[82]

　　루쉰은 중국의 전통적인 연환(連環)도화[83]를 다시 일으킬 것을 주장했습
니다. 그는 문인화를 비롯한 중국의 전통 회화를 '소비의 예술'에 불과하다
고 비판하는 반면 연환도화를 그것에 대립하는 것으로 평가했어요. 그러면
서 「'옛 형식의 채용'을 논함」(1934)에서 다음과 같이 말했습니다.

　　그것은 지금까지 단지 유력자의 총애를 입고, 그래서 지금도 많이 잔존하고 있
　　다. 그러나 소비자가 있다면 반드시 생산자가 있고, 따라서 한쪽에 소비자의 예
　　술이 있는 것과 함께 다른 쪽에는 생산자의 예술도 있다. 고대의 생산자 예술은
　　보호하는 사람이 없었기 때문에 소설의 삽화 외에 우리들은 거의 아무것도 볼 수
　　없다.
　　오늘날에는 아직 시장에 새해의 화지(花紙, 새해에 벽에 붙이는 색채화)와 몽고
　　우(猛克) 선생이 지적한 연환도화가 있다. 이것들은 반드시 정진정명(正眞正銘)
　　의 생산자 예술이라고는 할 수 없으나, 고급 유한자의 예술과 대립되어 있음에는 의
　　문의 여지가 없다.
　　그러나 그렇다고 하여도 그것은 또한 소비자 예술의 영향을 크게 받고 있다. 예컨
　　대 문학에서는 민요의 대부분이 사언(士言, 옛 시의 형식)의 범위를 벗어나지 못
　　하였고, 그중에서는 제재의 다수가 사대부를 다룬 것이다.

---

82) 위의 책, 274쪽.
83) 현대 중국의 연속만화 또는 극화(劇畵). 원형은 판본삽화와 달력, 연화(年畵)에 있다. 1929년 상하이에서
　　루쉰이 제창하여 러우스[柔石], 왕팡런[王方仁], 추이전우[崔眞吳] 등이 결성한 조화사(朝花社)가 중심이
　　되어 목각화운동과 함께 추진되었다. 전통적인 국화풍(國畵風)에 서양화의 사실주의를 가미하여, 인쇄에
　　적합하도록 목판화의 특색인 명쾌한 윤곽선을 사용했다.(미술대사전(용어편), 1998, 한국사전연구사)

콜비츠 판화선집

그러나 이미 정련(精練)을 가하여 명쾌, 간결한 것으로 되었다. 이것도 단적으로 말하여 탈피하기는 하나, 지금까지는 속(俗)한 것으로 취급되었다. 민중에 주목하고 있는 예술가가 이러한 것에 주목하는 것은 반드시 오류가 아니다. …

민중을 위하여 가능한 한 알기 쉽게 하도록 노력하는 것이야말로 또한 올바른 진보적 예술가의 바른 노력이다. 옛 형식을 채용함에는 반드시 삭제가 행해져야 하고, 삭제한 경우에는 반드시 첨가가 행해져야 한다. 그 결과가 새로운 형식의 출현이고 또한 변혁이기도 하다.[84]

루쉰은 글뿐만 아니라 독일의 판화가인 케테 콜비츠(Käthe Kollwitz, 1867~1945)[85]의 판화를 비롯한 여러 미술작품을 중국에 알렸습니다. 그는 「심야기(深夜記)」란 글에서 1931년 자신이 콜비츠의 그림을 처음으로 소개

84) 위의 책, 269~270쪽.
85) 독일의 대표적인 판화가인 그녀는 표현주의 사조에 따라 검은색과 흰색인 굵은 선의 대조가 돋보이는 강렬한 판화작품들을 선보였다. 그녀는 언제나 가난하고 억압받는 민중들의 비극적인 삶을 그려냈는데, 세계 1차 대전으로 열여덟 살이던 둘째 아들을 잃은 후에는 반전(反戰)의 메시지를 담은 작품들을 창작하기도 했다.

**케테 콜비츠 동상**
베를린-프렌츨라우어 베르그의
콜비츠 광장에 있다
(구스타프 자이츠 작품, 1960).(CC BY-SA 3.0)

했다고 밝히면서 자신이 개최한 그녀의 전시회에 대해 다음과 같이 말했습니다.

거기에 펼쳐져 있는 그림들은 빈곤, 질병, 기아, 죽음 등이었다. 물론 저항과 궐기도 있으나, 그러나 그런 것은 비교적 적게 들어 있었다. 거기에는 그녀의 자화상이 많았는데, 그 얼굴에는 증오와 분노가 치밀어 올라오고 있었다. 그러나 그것보다도 강렬한 어머니의 자애와 연민이 더욱 깊이 깔려 있다. 그것은 모두 곤욕을 당하고 학대받은 어머니의 마음 자태를 그린 화상들이다. 그러한 어머니는 손가락을 붉은 물로 장식하지 않았으며, 흔히 농촌에서 볼 수 있는 시골 여인의 모습이다.

좌익작가답지 않게 루쉰은 할리우드 영화도 즐겼습니다. 한편 당시의 중국 영화는 열악하고 천박해서 전혀 보지 않는다고 일기에 썼습니다. 또한, 지하 공산당이 제작에 참여한 상하이 영화는 거의 관람하러 가지 않으면서도, 1930년에는 일본의 프롤레타리아 영화운동에 대한 논문인 「선전 선동 수단으로서의 영화」를 번역하기도 했습니다.

# 멋대로 원망하라,
# 나 역시 한 사람도 용서하지 않겠다!


1939년 10월 19일, 56세로 루쉰은 숨을 거두었어요. 평생 결핵을 비롯하여 많은 병마에 시달려 그야말로 만신창이로 죽었지요. 직접적 사인은 심장성 천식의 발작이었고요. 4천 명이 넘는 시민들이 장례식장에 참배한 가운데 22일, 그는 만국공묘에서 땅속에 잠들었습니다. 쑨원의 미망인인 쑹칭링[宋慶齡, 1893~1981], 쉬광핑, 마오둔, 바진, 주양 등이 관을 옮겼고, 바진이 추도사를 읊었지요. 정부 관료나 자가용을 타고 온 부자는 한 사람도 없었어요. 그 후 1956년, 그는 자신이 살던 집 근처에 있는 홍구공원(지금의 루쉰 공원)에 이장되었습니다. 죽기 한 달 전쯤 그는 유서나 다름없는 「죽음」(1936)을 썼습니다.


사람들이 믿고 있는 사후(死後)의 상태가 죽음에 대한 무관심을 더욱 조장하고 있다. …가난한 사람은 대개 사후에 곧 윤회가 시작된다고 생각하고 있다. …물론 불교에서 말하는 윤회는 그 절차가 까다로워서 이렇게 간단한 것은 아니지만, 가난한 사람은 도무지 무식한 탓으로 이를 모르는 것이다. …게다가 유귀(幽鬼)의 복장은 임종 때와 같다고 믿고 있다. 좋은 옷을 갖지 못한 가난한 사람은 유귀가 되어 보았자 별로 즐겁지 않을 터이다.…

지위나 권세가 있는 자들…은 살아 있을 때에 인간의 도리를 초월할 수 있었던 것과 마찬가지로 죽은 뒤에도 윤회를 초월할 수 있으리라고 생각하고 있다. …그리하여 나이 50 전후가 되면 스스로 자기 묘소를 찾고 관을 준비하고 미리 지전(紙

錢)을 태워 저승에 저금을 해둔다. 자손을 낳았으므로 해마다 공양(供養)은 받을 수가 있다. …유쾌하지 않은가. …

금년에 큰 병을 치르면서 …비로소 인간은 죽어도 유귀가 되지 않는다고 스스로 믿고 있었음을 확신하였다. 나는 유언장을 쓰는 데 생각이 미쳤을 뿐이었다. …

1. 장례식을 위해 누구한테도 한 푼도 받아서는 안 된다―단, 친구들만은 이 규정과 상관없음.

2. 즉시 입관하여 묻고 뒤처리를 해버릴 것.

3. 여하한 형식으로든 기념 비슷한 행사를 하지 말 것.

4. 나를 잊고 자기 생활에 충실할 것―그렇지 않다면 진짜 바보다.

5. 아이들은 성장하여 만일 재능이 없다면 조용한 직업을 구하여 세상을 살아가라. 절대로 공소한 문학자나 미술가가 되지 말라.

6. 타인이 주겠다고 약속한 것을 기대하지 말라.

7. 타인의 이나 눈을 해치면서 보복에 반대하고 관용을 주장하는 그러한 인간은 절대 가까이하지 말 것.

이 밖에도 물론 더 있었지만 이제는 잊어버렸다. 다만 기억하고 있는 것은 열이 있었을 때, 서양인은 임종 때에는 곧잘 의식 같은 것을 행하여 타인의 용서를 빌고 자기도 타인을 용서한다는 이야기를 생각했었다는 것이다. 나의 적은 상당히 많다. …멋대로 원망하도록 하라. 나 역시 한 사람도 용서하지 않겠다.


저는 다른 항목들에 대해서는 잘 모르겠습니다. 다만 "4. 나를 잊고 자기 생활에 충실할 것―그렇지 않다면 진짜 바보다"라는 그의 유언을 지켜주지 못해 미안한 기분이 드는군요. 그를 잊지 못하고 이 책을 썼으니까요. 그러나 장례식에 대한 유언만큼은 본받고자 합니다. 물론 한국은 중국보다 땅이 좁으니 저는 매장 대신 화장을 해달라고 부탁할 생각이에요. 또한, 장례

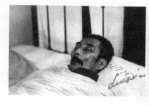

▲ 죽은 루쉰의 얼굴

▶ 관 위를 덮은 '민족혼'

▶ 홍쿠공원 루쉰의 묘역에
  1956년 세워진 루쉰 동상

식뿐만 아니라 살아 있을 때도 기념행사에 큰 의미를 부여하지 않으려고 다짐하고 있습니다.

그의 유언 중 가장 가슴에 남는 것은 마지막 문장입니다. "7. 타인의 이나눈을 해치면서 보복에 반대하고 관용을 주장하는 그러한 인간은 절대 가까이하지 말 것." 그는 여기에 한 문단을 더해서 굳은 결심에 쐐기를 박지요. "나의 적은 상당히 많다. …멋대로 원망하도록 하라. 나 역시 한 사람도 용서하지 않겠다." 저는 이러한 그의 유언도 저의 유언으로 삼고 싶습니다.

루쉰의 시대 이상으로 이 땅에도 적은 많습니다. 남을 해치면서도 정작 자신이 궁지에 몰렸을 때는 처벌을 회피하고자 하는 이들에 의해 '관용'이란 말이 악용되고 있지요. 그런 이들은 자신이 불리할 것 같은 상황에만 '중용'이니 '객관'이니 하는 말을 내세웁니다. 그러나 루쉰의 말마따나 페어플레이는 아직도 이릅니다. 사람을 무는 개가 물에 빠졌다고 해서 아무 조치도 없이 놔주어서는 안 돼요. 루쉰은 죽어가는 순간에도 그러한 이들과는 타협하지 않겠다는 평소 태도를 분명히 밝힌 것이지요.

앞에서도 말했듯이 그의 주검은 '민족혼'이라는 명정으로 덮였어요. 그의 삶을 '민족혼으로 살다'라는 말로 요약한 책도 있다고 했지요. 앞에서도 말한 것처럼 그가 중국인을 사랑한 것은 지극히 당연한 사실이지만, 그가 애국주의자라거나 전통주의자, 또는 민족주의자라거나 심지어 국가주의자라는 식의 오해는 하지 말아야 한다는 점을 다시 강조합니다. 도리어 그는 보편주의적인 지식인으로 살았습니다.

제5장

루쉰의 지식인론

# 루쉰의 입론

## 허위주의에서 벗어나라

앞에서 말했듯이 제가 처음으로 접한 루쉰의 작품은 「입론」(1925)입니다. 그렇지만 이번 장의 첫머리에 이 글을 인용하는 것은 단지 제가 처음 읽었기 때문만은 아니에요. 그의 글 중에서 최초로 소개할 가치가 있다고 생각해서입니다. 이 글은 '우리는 어떻게 말해야 하는가'라는 근본적인 문제를 제시하면서 허위주의를 질타합니다.

> 꿈속에서 나는 소학교 교실에 있었는데, 글을 쓰기 위해 선생에게 의견 발표의 방법을 물었다.
>
> "어렵지!" 안경 너머로, 나를 옆 눈질로 노려보며 선생은 말하였다.
>
> "이런 이야기가 있다. 어느 집에 남자아이가 태어나 온 집안이 크게 기뻐하였다. 한 달이 되자, 탄생 축하의 자리에 안고 나가 손님들에게 아이를 보였어. 물론 덕담을 들으려고 말이지. 어떤 사람은 '이 아이는 틀림없이 부자가 될 것입니다'라고 말했으므로 크게 고마워하였다. 어떤 사람은 '이 아이는 틀림없이 벼슬을 할 것입니다'라고 말했으므로 주인도 답례로 그에게 덕담을 해주었다. 한 사람은 '이 아이는 틀림없이 죽을 것입니다'라고 말했으므로 모두가 호된 매질을 하였다. 죽는 것은 필연이지만 부귀의 몸이 된다는 것은 거짓말일지도 모른다. 그러나 거짓말은 좋은 보답을 받았고, 필연은 얻어맞았다. 너는…"
>
> "저는 거짓말도 하기 싫고, 얻어맞고 싶지도 않습니다. 선생님, 그러면 뭐라고 말해야 할까요?"

"그렇다면 이렇게 말해야지-허허, 참 이 아이는 정말 …아이고, 참! 핫하하, 힛히히!"[1]

이렇듯 「입론」은 매우 짧은 잡문으로, 1927년에 출판된 『들풀』에 수록되었습니다. 생일을 맞은 아기에게 사람들이 다들 축하한답시고 빈말로 덕담하는데요. 단 한 사람만은 그 아기가 언젠가 반드시 죽을 거라는 진실을 말했다가 얻어맞는다는 이야기지요. 자신의 견해를 어떻게 드러내야 하는가는 지식인만이 아니라 모든 인간의 가장 기본적인 고민거리가 아닐까 합니다. 루쉰은 분위기에 맞추어 적당히 말하면 대접을 받고 진실을 말하면 죽기까지 한다는 아이러니를 꼬집으면서, 그래도 진실을 말해야 한다고 주장해요. 허위주의에 빠져서는 안 된다는 것입니다.

우리는 인사치레의 덕담이 판치는 세상에 살고 있어요. 대부분 주체성 없는 노예들이 주인에게 바치는 아양이지요. 물론 높은 지위의 사람이 자기보다 낮은 사람들에게 위로랍시고 단상에 올라 꾸며낸 말을 하는 때도 있으나, 어느 경우에나 힘의 관계가 작용하고 있습니다. 여기서 말하는 노예와 주인의 관계는 루쉰이 인간을 이해하던 관점 중 가장 핵심적인 것입니다. 아랫사람이 혀로 아첨하는 것은 윗사람에게 잘 보여 출세하기 위해서입니다. 반면 윗사람이 그런 소리를 일삼는 것 역시 아랫사람을 잘 다스려 자신의 치적을 세우기 위해서이지요. 그렇게 지도자가 입에 발린 소리로 희망을 제시하는 것이 요즘에도 역시 비전이라고 포장됩니다. 나아가 리더라면 비전을 제시해야 한다고까지 일컬어지지요. 사실 그러한 비전이란 대부분 거짓말인데 말이지요.[2]

---

1) 『노신문집』, 제2권, 45쪽. 단 번역 제목은 「의견 발표」이다.
2) 특히 내가 「입론」을 처음 읽었을 때 우리나라는 '조국 근대화'라는 구호와 '새마을 노래'로 하루하루가 지날

일상에서도 마찬가지입니다. 저는 소위 덕담을 그럴듯하게 잘하는 사람들을 자주 봅니다. 가끔은 저 자신도 그런 덕담을 하도록 요구받는 때가 있어요. 그러나 언제나 「입론」이 생각나서 입이 잘 떨어지지 않습니다. 그래서인지 남을 칭찬하는 데 매우 인색하다는 소리를 듣기도 해요. 아무런 근거도 없이 무조건 남을 좋게 말하는 사람들을 보면 때에 따라서 부럽기도 하지만 그다지 믿음이 가지 않습니다. 글로 아첨하는 것도 마찬가지입니다. 특정한 조직의 잡지나 신문에 청탁받아서 그런 글을 쓰는 경우는 그나마 괜찮습니다. 읽지 않고 피하면 되니까요. 하지만 명색이 학술 논문이나 저서에도 그런 의례(儀禮)적인 글들이 난무하는 것은 문제입니다. 특히 연주회나 전시회의 초대장에 쓰인 글들은 하나같이 찬양 일색으로 화려하기만 할 뿐 난해해서 이해하기 힘들 정도입니다. 그런 글들의 끝에 교수니 평론가니 하는 이름을 버젓하게 붙이는 것이 민망하지 않은 걸까요? 또 일반적인 모임은 물론이고 학술적인 모임에서도 비판은 찾아볼 수 없고 모든 논의는 구렁이 담 넘어가듯 두루뭉술하게 끝나곤 해요. 진지한 토론을 하고자 하면 항상 남을 욕만 한다고 비난을 듣습니다. 비판과 욕설을 구별하지 못하는 것이죠. 따라서 루쉰의 문제 제기는 19세기 말 20세기 초엽의 중국만이 아니라 오늘날의 우리도 새겨보아야 할 부분입니다. 말을 하거나 글을 쓸 때 지식인이라면 근본적으로 지녀야 할 태도지요. 루쉰은 엄격하게 글을 쓰고 자신의 글대로 살았습니다. 글을 쓸 때 군더더기를 용납하지 않았을 뿐더러 번역조차 직역을 고집했어요. 그리고 한 점의 타협도 없는 소수자의 삶을 죽을 때까지 지속했습니다. 또한 그는 의례적인 글만이 아니라 고상한 유교나 문어체의 글도 당연히 싫어했습니다. 그것이 인간에 대해 자유롭고

때로, 그야말로 정권이 만들어낸 비전이 흘러넘칠 때였다. 그러나 그것은 전체주의적인 유신독재의 치부를 가리는 데 이용되었다고 비판할 수 있다.

**세 가지 신조**
중국을 지배하는 유교, 도교, 불교를 상징적으로 나타냈다.

평등한 고찰을 방해하기 때문이에요. 다음은 「수감록」 57번째 글인 「현재의 도살자」(1919)에 나오는 구절입니다.

> 고아(高雅)한 선비는 말한다. "구어(口語)는 비속하고 천박해서 식자의 일소에 붙일 값어치도 없다"고.
>
> 문자를 모르고 다만 입으로만 지껄이는 중국인이 '비속하고 천박한' 것은 말할 것도 없다. …한탄스러운 것은 그런 고아한 선비라 할지라도 …아침부터 밤까지 고아로 일관할 수 없으며, 옛 문장을 읊조릴 때는 고아하더라도 일상 회화에서는 역시 '비속하고 천박'한 구어를 쓸 수밖에 없다는 것이다. …육신을 지닌 인간이면서 불로불사의 신선을 꿈꾼다, 지상에서 생활하면서 하늘에 오르려고 한다, 분명히 현대인이고 현재의 공기를 호흡하고 있는 터에 진부한 유교와 죽어가는 언어를 억지로 보존하기 위해 현재를 짓밟는다, 그런 것들은 모두 '현재의 도살자'다. '현재'

를 죽이는 일은 '장래'를 죽이는 일이다―자손의 시대인 장래를.[3]

　'자손의 시대인 장래를' 살려야 한다는 주제 의식은 「광인일기」에서도 드러난 바 있습니다. 루쉰이 처음으로 집필한 소설이자 중국 최초의 구어체 소설인 그 작품은 유교를 '식인'의 사상으로 비판했죠. 뒤에서도 다시 볼 테지만, 여기서 식인이란 삼강오륜으로 정의할 수 있는 부자, 군신(君臣), 장유(長幼), 부부 간의 질서입니다. 이러한 차별적인 규율 속에서 지배자는 피지배자에게 충성, 효도, 복종만을 요구하며 잡아먹었다는 것입니다. 이것이야말로 자유와 평등을 죽이는 짓이지요.

　루쉰은 「이것과 저것 2」, 「올려 파기와 내려 파기」(1925)에서 "중국인은 지금까지 조금이라도 자기에게 불안을 느끼게 하는 상대를 만나면 두 가지 수법을 사용했다―그를 내리 누르던가 또는 받들어 올리던가"라고 말합니다.

> 내리 누르기 위해서는 오래된 습관이나 오래된 도덕을 이용하든가 관청의 힘을 빈다. 그 때문에 고독한 정신적 투사는 민중을 위해 분전하면서도 도리어 그 수법에 걸려 멸망했다. …그 내리 누르기가 효과가 없을 때는 받들어 올린다. 추켜세우거나 환대하여 상대가 만족하게 여기면 무해한 것으로 보고 안심을 한다.
>
> 영리한 사람들은 물론 자기의 이익을 위해 받들어 올린다. …그런데 여느 사람들―곧 경서(經書)를 읽지 않은 사람들―이 받들어 올리기를 할 경우는 그 '동기'의 대부분이 액막이일 뿐이다. …요컨대 받들어 올리는 것들의 십중팔구는 좋은 것이 아니다. …
>
> 따라서 불안이 해소되지 않을 뿐 아니라 불안이 더욱 늘어난다. …

---

3) 『노신문집』, 제2권, 25쪽.

중국인이 스스로 자기를 괴롭히는 근본은 받들어 올리기에 있다. "스스로 자기를 행복하게 하는" 데는 내려 파기가 긴요하다. 그 어느 쪽이나 거기에 드는 노력은 거의 비슷한데도 타성만으로 움직이는 사람은 역시 올려 쌓는 쪽이 힘이 덜 든다고 생각하는 모양이다.[4]

루쉰은 인간에 대한 고찰에서 자유롭고 평등하기를 요구합니다. 내리 누르는 지배로서의 노예화는 물론 섬겨 받드는 존경으로서의 우상화에 철저히 반대하는 거예요. 저는 이러한 정신이야말로 루쉰 사상의 핵심이라고 생각합니다.

## 관념주의에서 벗어나라

루쉰은 자신의 글 「눈을 똑바로 뜨고 본다는 것」(1925)에서 허성[虛生]이라는 사람이 시사단평으로 「우리는 무슨 일에나 눈을 똑바로 뜨고 보는 용기가 필요하다」라고 쓴 글을 인용했습니다. 여기서 루쉰은 "분명히 먼저 용기를 가지고 정시(正視)를 해야만 그다음에 생각하고 말하고 행동하고 임무를 다할 수 있으므로 그 정시를 소홀히 해서는 이야기가 되지 않는다. 그러나 불행하게도 그 용기가 우리 중국인에게는 가장 부족하다"라고 말했어요. 이어 자신은 이 말을 다른 각도에서 바라본다며 다음과 같이 일컬었습니다.

중국의 문인은 인생에 대해서―적어도 사회 현상에 대해서, 많은 경우에 정시하는 용기를 갖지 못했다. 우리의 성현은 아주 옛날에 "예가 아니거든 보지 말라[非禮

勿視]"는 가르침을 남겼지만 그 '예'란 것이 아주 엄해서 '정시'는커녕 '평시(平視)'
나 '사시(斜視)'조차도 적용되지 않았다. …

만약 처음에 용기를 가지고 정시하지 않는다면 마침내 정시를 할 수 없게 되고, 결
국 보아도 보이지 않는 지경에 빠질 것은 뻔한 이치이다. …그런데 그것이 자기의
모순이나 사회의 결함에서 생긴 고통이라면 설령 정시하지 않더라도 몸에 와 닿
는다.

문인은 민감하기 때문에 그런 면에서 일찍부터 불만을 느끼고 있었다는 것은 그
들이 쓴 글을 통해서 알 수 있다. 하지만 막상 결함이 폭로될 결정적인 순간이 되
면 그들은 흔히 "그런 일은 없었다"고 중얼거리면서 눈을 감아버린다.

그 '감은 눈'으로 보면 모든 것이 원만하며, 당장 직면한 고통은 단순히 "하늘이 장
차 이 사람에게 큰 업무를 내리려고 할 때는 반드시 먼저 그 심지(心志)를 괴롭히
고 그 근골(筋骨)을 피곤하게 하며 그 육체를 굶주리게 하며 그 신변이 텅 비도록
하며 그 행동이 예상과 빗나가게 한다"에 지나지 않는 것이 된다.

그리하여 문제는 사라지고 결함도 사라지고 불평도 사라지고 따라서 또한 해결도
사라지고 개혁도 사라지고 반항도 사라진다. 만사가 '원만'하게 마무리되며 초조
하게 생각할 것이라곤 아무것도 없다. 마음 편하게 차를 마시고 베개를 높이 베고
자기만 하면 된다. 그렇게 하지 않고 걱정스러운 얘기라도 한다면 당장 '시의에 맞
지 않는다'는 죄명이 씌어 의례 대학 교수로부터 규탄을 받게 된다. 쳇!

실험한 것은 아니지만 때로는 이런 일을 상상해본다─가령 오랜 세월 동안 자기
방 안에만 틀어박혀 살아온 노신사를 한여름 대낮의 눈부신 태양 아래 내놓는다
든가 또는 깊은 규방에서 곱게 자란 처녀를 깜깜한 광야로 끌어낸다면 어떻게 될
까?

아마도 눈을 꼭 감고 그때까지 보아온 옛 꿈을 계속해서 볼 수밖에 없을 것이며,
따라서 현실은 일변되었는데도 그들의 눈에는 햇빛이나 어둠이 보이지 않을 것이

다. 어느 경우에나 눈을 감아버림으로써 스스로를 속이고 또 남을 속인다. 그 속이는 방법은 은폐와 감언이설이다.

중국의 혼인방법에 결함이 있다는 것을 재자가인(才子佳人) 소설의 작가들은 일찍부터 느끼고 있었다. 따라서 이런 줄거리가 만들어진다. 먼저 한 사람의 재자가 벽 위에 시를 쓰면 그것을 본 가인이 화답하는 시를 쓴다. 그렇게 해서 서로 사모하는 사이—오늘날에는 연애라고 불러야 한다—가 되고, 마침내 '종신(終身)'의 언약'을 맺게 된다. 그런데 그 언약 뒤에는 어려운 문제가 따르게 된다. …

그래서 명나라 말엽의 작가들은 곧바로 현실에는 눈을 감고 구제책을 안출해냈다. 곧 과거에 급제한 재자가 가인과의 결혼을 임금으로부터 허락받는다는 줄거리이다. …문제가 생기더라도 그것은 과거에 급제하느냐 못하느냐로 전이되며 혼인제도의 좋고 나쁨과는 관계없는 것이 되고 만다. …

이 세상은 그 얼마나 행복하고 광명에 가득 찬 낙원인가? 만약 불행한 사람이 있다면 그것은 그 사람의 자업자득임에 틀림없다.[5]


위 글을 읽다 보면 우리나라 고전소설 중 떠오르는 작품이 있습니다. 『춘향전』이 바로 그런 명나라 소설의 줄거리를 그대로 모방한 것인데요. 여기서 고전소설에 대한 문학적 평가를 재검토할 의도는 전혀 없습니다. 다만 작중에 나타나는 그런 식의 문제 해결이 루쉰의 말대로 어떤 현실 비판도 되지 못한다고 말하고 싶을 뿐이에요.

나아가 저는, 왜 우리에게는 『춘향전』에 대한 근본적인 비판이 없는 걸까, 묻고 싶습니다. 전통적으로 내려오는 이야기 구조 속에서 그런 식의 안일한 결말을 너무나도 자주 보았고, 심지어 오늘날까지도 그러한 정서가 TV 드

---

5) 『노신문집』, 제3권, 164~165쪽.

라마나 영화를 통해 끊임없이 재생산되고 있잖아요? 나아가 이전에 과거시험이 그랬던 것처럼 오늘날에는 사법고시나 공무원시험 합격이 젊은이들의 꿈이 되고 있다는 점도 씁쓸할 따름입니다.

중국인이 사물을 똑바로 보는 용기를 갖지 못한 채 속임수와 감언이설로 기묘한 도피로를 만들며 자기 스스로 그것을 올바른 길이라고 잘못 알고 있다는 사실, 그 자체가 국민성이 비겁하고 게으르고 교활하다는 것을 나타내고 있다. 그날그날의 만족, 곧 그날그날의 타락 속에서 그날그날의 영광을 꿈꾼다.

실제에 있어서도 나라가 망할 때마다 순사하는 충신의 수효는 늘어나지만 시일이 지나면 보복은 생각조차도 못하고 그저 충신들을 찬미할 뿐이다. 약탈을 당할 때마다 정절을 지키다가 죽은 열녀의 수효는 늘어나지만 시일이 지나면 범행자를 처벌하는 일도 자위책을 강구하는 일도 잊고 열녀를 추도하는 노래를 부를 뿐이다. …

지금까지 중국인은 감히 인생을 똑바로 보지 못했기 때문에 속임수와 감언이설에 의존하게 되었고 그에 따라 속임수와 감언이설의 문예를 생산해냈다. 그리고 그 문예가 중국인을 더욱더 속임수와 감언이설의 깊은 늪 속에 빠뜨렸고 마침내 그것을 자각조차도 하지 못하는 처지에 이르게 했다. …

요즘은 세상 형편이 많이 달라진 모양이어서 대체로 화조풍월(花鳥風月)을 읊는 대신 철(鐵)과 혈(血)의 찬가만이 들려오는데, 만약 그것이 거짓 마음이나 거짓 입에서 나온 것이라면 …모두 공허할 뿐이다. …그래서는 가련하게도 위로부터 내려씌운 '애국'이라는 큰 간판 아래서 눈을 감는 꼴이 된다―그도 아니면 본래부터 눈을 감고 있는지도 모르지만.

일체의 전통 사상과 전통 수법을 타파하는 대담한 투사가 출현하지 않는 한 중국

에 참으로 새로운 문예는 생겨나지 않을 것이다.[6]

## 거대주의를 벗어나라

루쉰은 '애국'은 물론 '민중', '민족', '동포' 따위의 거창한 말을 신뢰하지 않습니다. 그는 「생각나는 대로 11」(1925)에 나오는 〈동포여! 동포여!〉에서 이렇게 토로합니다.

> 학생들은 연설을 할 때 흔히 '동포여! 동포여!…'라고 외친다. 그러나 제군은 그것이 어떤 '동포'이며 그 '동포'들이 어떤 마음을 갖고 있는지를 아는가? …그것들을 알고 난 다음에야 그 밖의 해야 할 일의 계획을 세울 수 있다.
> 그러기 위해서는 분식(粉飾)을 하지 않아야 한다. 가령 동포 따위는 있지 않다는 것을 발견했다고 하자. 그렇다면 처음부터 창조를 다시 하면 된다. …분식을 해서는 아무것도 제대로 되지 않는다.[7]

루쉰은 동포나 민족 또는 민중에 대한 환상을 갖지 말아야 한다고 했습니다. 물론 그러한 개념들을 완전히 부정한 것은 아니에요. 그러나 그것들에 대한 관념적 환상을 품는 것을 경계하면서, 대신 실체를 정확하게 알아야한다고 했지요. 루쉰은 같은 글에 실린 「역시 무일물(無一物)」에서 다음과같이 말합니다.

> 중국의 정신문명은 오래전에 총포의 힘으로 분쇄되었다. 수많은 경험을 쌓은 결과가 수중에 있는 것이라곤 '무일물'뿐, 그것이 거의 증명필이다. 물론 그 '무일물'

6) 위의 책, 167~168쪽.
7) 위의 책, 149쪽.

을 금구(禁句)로 삼는다면 다소의 자기만족은 얻을 수 있을 것이다. 더구나 듣기 좋은 말로 바꿔놓는다면 추운 날에 난로를 쬐는 것과 같아 좋은 기분이 되어 꾸벅 꾸벅 졸 수도 있을 것이다. 다만 그 보답은 치유 가능성 전무, 치러온 희생은 전부 무효라는 것이 된다. 왜냐하면 모두 졸고 있는 동안에 요괴변화가 희생을 다 잡아 먹으면서 갈수록 비대해질 테니까.

아마도 이렇게 하는 수밖에 없다. 각자가 이제부터는 기억력을 높이고 사방팔방 으로 눈을 돌려 지금까지 나와 남을 기만해온 일체의 희망적 관측을 완전히 몰아 내고, 또 나와 남을 속이는 수단을 상대방이 누구이든 모조리 배척해야 한다. 요컨 대 중국의 전통인 손끝만의 잔재주를 일체 버려야 한다. 그러고 나서 체면에 얽매 이지 말고 우리에게 총을 겨눈 코쟁이들을 본받아야 한다. 그래야만 비로소 새로 운 희망의 싹을 기대할 수 있다.[8]

## 전통을 믿지 마라

루쉰은 또한 전통이란 이름으로 내려오는 허위를 고발합니다. 예컨대 「속 담」(1933)에서 그는 전통을 표상하는 민간의 속담이 다음과 같은 계급적 이 데올로기에 불과하다고 비판하지요.

속담이란 언뜻 보기에는 한 시대, 한 국민의 사고방식의 집약처럼 보이기 쉽지만, 실은 일부 사람의 사고방식에 불과하다. 지금 '각자 자기 집 앞의 눈이나 쓸고, 남 의 집 지붕의 서리엔 상관 말라'를 보기로 삼아보자. 이야말로 피압박자들의 격언 이다. 즉 세상을 위하여 힘써라, 세금을 납부하라, 할당금을 내라, 분수에 만족하 라, 태만하지 말라, 특히 부질없는 참견을 하지 말라고 훈계하고 있는데, 여기에

8) 위의 책, 132쪽.

압박자는 포함되어 있지 않다.

독재자의 이면은 노예이다. 권력의 자리에 있을 때는 만능이지만, 권력을 잃으면 노예근성 백 퍼센트가 된다. 손호(孫皓, 243~283)[9]는 제1급 폭군이었지만, 진(晋)에게 항복하고 나서는 어릿광대와 다를 바 없게 되었다. 송의 휘종(徽宗, 1082~1135)은 제위에 있을 때는 거만 그 자체였지만, 포로가 되고 나서는 그 어떤 굴욕도 감내했다. 자신이 주인일 때 모든 타인을 노예 취급하는 자는, 주인을 갖게 되면 스스로 노예임을 감수한다. 이것은 천경지위(天經地緯), 움직일 수 없는 진리다.

따라서 압박하고 있을 때 '각자 자기 집 앞의 눈이나 쓸고, 남의 집 지붕의 서리엔 상관 말라'는 격언을 신봉하고 있는 인물은, 일단 남을 억누를 권세를 손에 쥐게 되면 태도가 싹 바뀌어, '각자 자기 집 앞의 눈을 쓸지 말고 남의 집 지붕의 서리에 상관하라'로 되는 것이다. …

교육자의 임무는 가르치는 일이다. 설령 성과가 오르든 말든, 요컨대 그의 '자기 집 앞의 눈'은 학교의 정비다. 그런데도 '활불(活佛)'에 배례하러 가거나 한방의의 선전을 하거나 한다. …우두머리들이 위에서 제멋대로 놀면 서민들은 아래서 서로 으르렁거린다. 이래서 각자의 집 앞은 엉망진창, 각자의 지붕 위도 엉망진창이 되어버린다.

여자가 팔이나 장딴지를 드러내는 옷을 입게 되자 그것은 현인들에게는 쇼크였던 듯, 그런 옷은 입을 수 없다며 와글와글 의논이 일더니 그 뒤에 분명히 금지명령이 공포된 일도 있다. 그런데 놀랍게도 금년엔 거꾸로 …일부러 통행인의 장의(長衣) 자락을 자르게 하는 판국이다. 사실 장의는 없어도 괜찮은 것이다. 그러나 장의를 입지 않은 것, 또는 옷자락을 자르는 것이 '중대시국'에 유익하다고 생각하는 것은 참으로 이상한 경제학이라 하지 않을 수 없다. …

---

9) 삼국시대 오(鳴)의 최후 황제.

사람에게는 그 사람 나름의 사상과 식견밖에 없고, 그가 소속된 계급은 초월할 수 없는 것이다. 이런 말을 하면 또 금기인 계급에 관하여 말한 것으로 여길지 모르지만, 그것이 사실이다. 속담이 온 국민의 사고방식이 아닌 것은 그 때문이다. 옛날의 수재(秀才)는 제 딴엔 무엇 하나 모르는 것이 없다고 생각했었다.

그래서 '수재는 대문을 나서지 않고도 천하의 일을 안다'는 큰 자만, 큰 거짓말이 생겼고, 서민은 그것을 정말이라고 믿었기 때문에 그것이 속담이 되어 유행했다. 그런데 실제로는 '수재는 대문을 나설지라도 천하의 일을 모른다'는 것이다. …

남해성인(南海聖人)이라 불리는 캉유웨이[康有爲], 이 걸출한 인물은 11개국을 주유하여 발칸에 와서야 비로소 왜 외국에서는 '대역(大逆)사건'이 있는가를 알았다. 그 이유란 것이, 궁전 담이 너무 낮다는 것이다.[10]

위 글에는 루쉰 사상의 정수라 할 수 있는 여러 가지가 나타나 있습니다. 우선 그는 상식이란 허위에 불과하다고 꼬집어요. 속담이나 격언은 압제자가 피압제자를 압박하기 위해 퍼트렸을 뿐이라는 것입니다. 또한 그는 압제자는 언제나 상하관계로만 인간을 파악하므로 주인과 노예로만 타인을 바라본다고 해요. 이러한 인간관에서는 자유나 평등이 있을 수 없겠지요. 그런데 루쉰은 노예나 주인이나 사실 똑같다고 지적합니다. 그렇기에 노예가 주인의 자리를 얻으면 똑같이 아랫사람을 핍박하지요. 따라서 인간의 해방은 노예가 주인의 자리로 기어오른다고 이루어질 수 있는 게 아니에요. 그보다는 사람이 사람을 지배하는 제도 자체를 개혁해야만 실현될 수 있는 것입니다. 그것을 위해서는 무엇보다도 개개인이 노예근성을 벗어나야만 하고요.

루쉰은 언어를 통한 투쟁의 길을 택했습니다. 굳이 한자어로 쓰자면 비판

10) 『노신문집』, 제3권, 97~98쪽.

이나 비평이라 하겠지요. 그러나 루쉰의 경우는 말싸움이라는 말이 더 어울립니다. 왜냐하면, 언제나 말을 내뱉듯 담담하게 싸움의 글을 써내려갔기 때문입니다. 이는 그의 글에 대한 중요한 특성과 관련이 있어요. 그에게 글이란 일상에서 유리된 것이 아니라 언제나 자신의 삶에서 나온다는 점입니다. 따라서 그에게는 이론이라고 할 것이 없습니다. 젊을 때는 남의 생각을 인용하기도 했으나 나이가 들면서 그의 비평은 언제나 자신의 생활에 뿌리박혀 있었지요. 위의 「속담」이 그 전형이라고 할 수 있습니다.

루쉰은 「북경통신」(1925)에서도 속담, 즉 고훈(古訓)을 다음과 같이 비판한 바 있습니다. 여기서 그는 유가나 도가 등의 고전(古典)에 대해서도 마찬가지로 공격적인 펜촉을 들이댑니다. 이는 즉 중국 전통 전체에 대한 부정입니다.

중국에서는 자고로 '살아남는 것'을 가장 중시하여 왔습니다. '명을 아는 자는 위태로운 담장 아래 서지 않는다'느니, '귀한 집 자식은 처마 밑에 앉지 않는다'느니, '신체발부는 수지부모니 불감훼상이 효지시야 (身體髮膚 受之父母 不敢毁傷 孝之始也)…'라느니에 더하여, 자식이 아편 먹는 것을 바라는 부모조차 있었습니다. 아편을 피우면 집 밖으로 돌아다니는 일은 없을 것이며, 가산을 탕진할 염려도 없기 때문입니다.

그러나 이런 집안의 가업이 오래도록 보존될 리 없습니다. 왜냐하면 그것은 '구차한 삶'이기 때문입니다. '구차한 삶'은 살아가지 못하는 것의 시초입니다. 종국에는 살 수 없게 됩니다. '살아남자'고 해서 한 일이지만 너무 비겁하였기에 '죽음'을 초래합니다. 중국의 고훈에 '구차하게 살라'고 가르치는 격언들이 그렇게 많은데도 중국에는 죽는 자가 많고 이민족의 침입도 끊이지 않았어요. 의도와는 정반대의 결과가 되었던 것입니다.

이것만 보더라도 우리가 고훈을 내처버려야 함은 한시도 늦출 수 없는 시급한 일임을 알 수 있습니다. 정말 부득이한 일입니다. 우리는 살아야 하지만, 구차하게 살아서는 안 되기 때문입니다.

## 언론의 자유가 가장 중요하다

1932년,[11] 《중학생》이란 잡지사에서 루쉰에게 질문을 던졌습니다. "외우내환이 번갈아 닥치는 비상시를 맞아 무엇을 목표로 삼아야 하는가?"라고요. 이에 루쉰은 '언론의 자유'라고 답했습니다.[12] 지식인이든 아니든 인간이라면 자기 생각을 드러낼 권리가 있고, 기본적으로 그것이 보장되어야만 누구든 자기 뜻을 세울 수 있는 것이란 뜻이지요. 따라서 루쉰은 전체주의 사회를 인정할 수 없었습니다. 만약 루쉰이 공산당 치하에 살았다면 당연히 그 체제에 반대했을 거예요. 이러한 점에서, 저는 현대 중국이 루쉰을 추앙하는 것 자체에 의문을 가집니다. 언론의 자유가 압살된 사회에서 언론의 자유를 부르짖은 사람을 영웅으로 받든다니, 도대체 있을 수 있는 일인가요?

베이징에 가면 루쉰이 교사로 재임했던 베이징여자사범대학이 있습니다. 지금은 루쉰 중학으로 이름이 바뀌었지요. 그 건물 교정으로 들어가는 정문 양쪽 벽에는 루쉰의 글과 함께 전(前) 중국 주석 장쩌민[江澤民]의 글이 나란히 걸려 있습니다. 그런데 이를 본 한국인 교수가 "수십 년 전에 유명을 달리한 한 문학가의 글이 동일하게 취급되고 있는 것을 볼 때, 이 학교에서 루쉰은 단순한 문학가로서가 아니라 마오쩌둥이 그토록 되뇌었던 혁명가요 사상가로 거듭나고 있음을 확인할 수 있는 순간이었다"라는 글을 쓴 적이 있어요.[13] 하지만 저는 루쉰이 살아 있었다면 그의 글이 독재자와 함께

---

11) 중국 공산당계는 루쉰이 1927년부터 마르크스주의에 기울기 시작했다고 주장하는데, 1932년은 그로부터 5년 후이다. 이는 루쉰이 죽기 4년 전이기도 하다.

12) 『노신문집』, 제5권, 41쪽.

13) 『민족혼으로 살다』, 153쪽.

베이징에서 연설하는 루쉰

걸리는 것을 극력 거부했을 거라 생각합니다. 게다가 독재자와 같이 걸려 있는데 혁명가와 사상가로 거듭난다니요? 관점에 분명 오류가 있습니다. 저는 이것이야말로 루쉰이 평생을 두고 손가락질했던 노예근성에서 벗어나지 못한 사고방식이 아닐까 생각합니다.

그러나 언론도 언론답지 않으면 아무 소용이 없지요. 당시 언론과 여론은 개혁 세력을 '과격주의'로 몰아붙였습니다. 그래서 루쉰은 「왔다」(1919)[14]를 집필해서 이러한 언론을 신랄하게 비판해요. 언론은 흔히 "과격주의가 왔다"는 말을 떠들어대지만 정작 과격주의가 무엇인지는 설명해주지 않는다는 것입니다. 따라서 그 누구도 과격주의가 무엇인지 모르는 채로 그저 '왔다'고만 여기며 두려워할 뿐이란 말이지요. 한편으로 루쉰은 중국에 '주의

14) 「수감록」 56번, 『노신문집』, 제3권, 24~25쪽.

(主義)'란 '없다'고 말합니다. 예컨대 '사상을 발표하기도 전에 죄가 되며 입만 뻥긋해도 경을' 치는 나라에서는 자유주의가 없다는 뜻입니다. 이러한 통찰은 바로 지금 우리에게도 적용되지 않을까요? 이러한 비판은 「성무(聖武, 무공이 있는 황제)」(1919)라는 글에서도 나타납니다.

…중국은 본래 새로운 주의가 발생하는 데가 아니고 또 새로운 주의를 받아들이는 데도 아니다. 때로는 어떤 외래사상이 있었다고 하더라도 곧바로 색채를 바꿔버린다. 더구나 그것을 자랑으로 생각하는 사람이 의외로 많다. 번역서의 서문, 발문이나 외국 사정에 관한 해설이나 비평을 훑어보기만 해도 우리의 사상과 그들의 사상은 여러 겹의 철벽으로 가로막혀 있다는 것을 발견할 수 있다. …

새로운 주의의 선전자를 가령 점화를 하는 사람으로 본다고 하면 상대방에게 정신적인 연료가 있어야만 불이 붙여진다. …중국인에게는 그런 대목이 없다. 그렇기 때문에 관계가 생겨나지 않는다. …

중국 역사의 정수 속에는 실제로 어떤 사상도 어떤 주의도 포함되어 있지 않다. 그 정수는 다만 두 가지 물질로 이루어져 있다. 칼과 불이다. 그리고 '왔다'가 그 총칭이다.

불이 북에서 오면 남으로 달아난다. 칼이 앞에서 오면 뒤로 물러난다. 드높게 쌓여 있는 장부들도 모두 그것의 기록이다. …간단히 말하면 인간 심성에 내재된 수성(獸性)의 측면에 도사린 욕망의 만족에 지나지 않는다. …

오늘날의 외래사상은 아무튼 자유 평등의 숨결과 상호공존의 숨결을 많든 적든 간직하지 않는 것이 없으므로 …나만이 일체의 공간과 시간의 술을 다 마시려고 하는 우리 식의 사상의 세계에서는 그것이 실제로 발을 디딜 여지가 없다. 그러므로 다만 '왔다'를 방지하기만 하면 충분하다. 다른 나라를 보라. 거기서는 그 '왔다'에 저항한 자야말로 주의를 가진 인민이었다. 그들은 자기가 믿는 주의를 위해 다른 일체의 것을 희생하고 뼈와 살로써 상대방의 칼날을 무디게 했고 피를 쏟아 불길을 껐다. 칼과 불의 눈부신 색깔이 사라져 갔을 때 비로소 밝아오는 하늘이 바라다 보였다. 그것이 새로운 세기의 서광이었다.

서광이 머리 위에 있어도 위를 쳐다보지 않으면 영원히 물질의 섬광만이 눈에 비칠 뿐이다.[15]


　사람들은 종종 중을 미워하고, 여승을 미워하고, 이슬람교도를 미워하고, 그리스도교를 미워하지만 도사는 미워하지 않는데요. 이 이치를 알게 되면 중국에 대하여 대강 알 수 있습니다.


짧은 소매를 보기만 해도 곧 하얀 윗 팔을 상상하고, 곧 전 나체를 상상하고, 곧 성기를 상상하고, 곧 성교를 상상하고, 곧 잡교를 상상하고, 곧 사생아를 상상한다. 중국인의 상상력은 이 점만은 이처럼 약진적이다.[16]

## 간결하게 쓰라

또한, 같은 해 그는 사회주의 문학잡지로부터 '창작할 때의 마음가짐'에 대한 질문을 받았어요. 이에 대해서도 루쉰은 사회주의에 대해서는 일절 언급하지 않고 다음과 같이 답했습니다.


1. 여러 가지 일에 주의를 기울이고, 될 수 있는 한 많이 볼 것. 잠깐 보아서 쓰는 것은 완전하지 않다.

2. 쓰이지 않을 때는 무리하게 쓰지 않는다.

---

15) 위의 책, 제3권, 26~28쪽.
16) 〈소잡감〉, 『노신문집』, 제4권, 147쪽.

3. 어떤 특정한 사람만을 모델로 하지 않는다. 많이 본 것 중에서 모아서 인물상을 만든다.

4. 다 쓰고 나서 적어도 두 번은 다시 읽고, 있어도 좋고 없어도 좋은 어(語), 귀(句), 문(文)은 아끼지 않고 될 수 있는 한 삭제한다. 소설의 재료를 스케치로 줄이거나 스케치의 재료를 길게 늘이지 않는다.

5. 외국의 단편소설을 읽을 것. 거의 전부가 동구와 북구의 작품이었고, 일본 작품도 있었다.

6. 본인 외엔 아무도 모르는 형용사, 형용구 등을 제멋대로 만들지 않는다.

7. '소설 작법'이라는 것을 신용하지 않는다.

8. 중국의 이른바 '비평가'가 말하는 것은 신용하지 않고, 신뢰할 수 있는 외국 비평가의 평론을 읽는다.[17]

루쉰은 일부러 '알기 쉽게 쓰지 않는' 글을 비판합니다. 『위자유서(僞自由書)』(1933)에 실린 「두 가지의 난해성」에서 루쉰은 다음과 같이 말했습니다.

세상에서는 문장을 비평할 때 만약 국어 교사 풍의 사람이면, 먼저 문의(文意)가 '이해되는가'와 '이해 안 되는가'에 주목하는 것이 상례다. …그러나 '중국문'을 '알기 쉽게' 쓰기란 매우 어려운 일이다. …

사실 그것은 필자가 모르기 때문이 아니라, 아마 '알게 해선 안 된다'고 마음먹고 앞질러서 일부러 '알기 쉽게 쓰지 않은' 경우가 더 많을 것이다. 일류 현인들은 이런 것을 입에 담지 않고 '예술을 위한 예술가'가 된다. 이류 현인들은 갖가지 방법으로 있는 힘을 다해 이해하기 어려움에 거죽만을 발라 꾸며서 '민족주의 문학'[18]

<hr>

17) 『노신문집』, 제5권, 42쪽.
18) 여기서 '민족주의 문학'이란 1930년대에 중국 국민당 정부가 혁명문학에 대항하여 일으킨 문학운동을

자가 된다. 어느 쪽이나 상대방이 '알아선 곤란한' 즉 '일부러 모르게끔 쓰는' 한패임에는 다름이 없지만.[19]

## 모든 것을 회의하라

지쳐서 견딜 수 없을 때 이따금 현세에 초연했던 사람들에게 마음이 끌려 모방해본다. 그러나 소용이 없다. 초연한 마음이란 조개와 같아 바깥에 껍질이 없으면 안 된다. 게다가 맑은 물도 필요하다. 천간산(淺間山) 기슭에는 여관이 있을 게 틀림없지만, 상아탑을 세우는 사람은 없으리라 생각한다.

잠시 동안의 마음의 평안을 얻기 위해, 요즈음 나는 궁여지책으로 다른 방법을 생각해냈다. 그것은 사람을 속이는 일이다.

위 단락은 「나는 사람을 속이고 싶다」(1936)의 첫 문단입니다. 이 글은 루쉰이 사망하던 그해에 일본어로 쓰여 일본 잡지에 발표되었어요. 그 전해에 상해사변을 일으킨 일본 해군이 상하이에서 암살되자 그곳에서 살던 사람들이 대거 이사했습니다. 그러자 정부는 이사를 금지했고 신문은 제 고장을 떠나는 사람들을 '우민(愚民)'으로 비난했지요.

이사하는 사람을 괴롭히고 마차꾼을 때리는 정도는 아무것도 아니다. 중국 백성들은 항상 그 피로써 권력자의 손을 씻기고 또 고운 사람으로 만들어주는 터이지만, 이번에는 이 정도로 끝나고 있으니 일단 매우 다행한 일이다.[20]

말한다. 따라서 우리나라에서 통용되는 개념과는 다르지만 본질적으로 크게 다를 바는 없다고 보아도 무방하다.
19) 『노신문집』, 제5권, 127~128쪽.
20) 『노신문집』, 제6권, 179쪽.

루쉰은 이러한 소동이 벌어지는 것을 지켜보고만 있는 것이 불편하여 일부러 상해사변의 전화가 미치지 않은 조계(租界)지구로 영화를 보러 갑니다. 그곳에서 루쉰은 어린 소녀가 추운 날씨에도 수재 의연금을 모금하고 있는 것을 보고 돈을 내요. 그는 그 돈이 정부 관료들의 주머니로 들어갈 뿐 제대로 쓰이지 않으리라는 것을 알고 있었습니다. 그렇지만 그것이 정말로 수재민의 손으로 가게 될 것이라고 믿는 사람처럼 행동하지요. 또한, 가난한 물만두 장수에게 다소라도 벌이가 되어주려고 만두를 사기도 합니다. 그러나 루쉰은 이것이 자기만족일 뿐이라고 자조해요. 이런 선행을 베풀어보았자 그저 사람을 속이는 짓에 불과하다는 것입니다.

> 장자가 말한 것이 있다. "수레바퀴 자국에 괸, 거의 말라 가는 물에서 괴로워하는 붕어는 서로 입에 침을 묻혀주며 습기를 나눈다"고. 그러나 그는 또 말한다. "차라리 강물 속에 있으면서 서로를 잊는 것이 낫다"고.
> 슬프게도 우리는 서로를 잊을 수 없다. 이리하여 나는 더욱더 사람을 속이는 일을 왕성하게 하기 시작한 것이다. 그 속이는 공부를 마치지 않는다면 원만한 문장을 쓸 수 없게 되리라. …
> 나 혼자의 기우일지 모르나 상호 간에 진심을 보여주며 서로 이해하기 위해서 붓이나 입 또는 종교가의 이른바 눈물로 눈을 씻는 경우와 같이 편리한 방법이 가능하다면 물론 크게 좋은 일이겠지만, 아마도 이런 일이 이 세상에서는 드물 것이다. 슬픈 일이다. 엉터리 글을 쓰면서 진실한 독자에게 미안한 생각이 든다.[21]

위의 글은 루쉰의 회의(懷疑)정신을 잘 보여줍니다. 여기서 그는 '자신에

---

21) 위의 책, 181쪽.

게 충실하다'는 것은 자기모독이라며 자신은 아무것도 아니라고 털어놓습니다. 자신이 하는 선행은 남을 속이는 일에 불과하고, 이를 고백하는 것조차도 그러한 기만의 연장선에 있다고요. 진실을 남에게 털어놓아 자신의 짐을 가볍게 하는 위선일 뿐입니다. 옛말 중에는 대중들의 기분을 좋게 해주는 말들이 있어요. 가령 고진감래(苦盡甘來)라거나 '노력은 배신하지 않는다'라는 말이 그러합니다. 그러나 과연 이런 말들이 진실일까요? 아무리 노력해도 안 되는 일도 있습니다. 이런 경구들은 자기 자신에 대해 과도한 기대를 품게 하며 현실을 오해하도록 만들기도 해요. 이로부터 좌절이 생겨나지요. 루쉰은 자신을 과신하는 나르시시즘을 경계합니다. 그는 자신이 아무것도 아니라는 것을 분명히 자각해요. 그는 오히려 그런 현실이기 때문에 끝없는 극복이 필요하다고 주장합니다.

마찬가지로 루쉰은 문학에 대해서도 회의합니다. 그는 문학이 어떤 대단한 것이기 때문에 하는 게 아니라 그것밖에 할 수 있는 것이 없으므로 한다고 진술해요. 따라서 자신이 하는 일이 정의를 세우기 위한 것이라고 주장하지 않습니다. 작가라는 직업에 대단한 의미가 있다고 보는 관점을 그는 거부해요. 그러나 이 같은 태도를 허무주의라 볼 수는 없습니다. 그는 과대평가도 과소평가도 아닌 냉철한 현실 인식을 품었을 뿐이니까요. 루쉰은 자신의 글이 필요하지 않은 시대가 오는 날을 희망했어요. 그러나 그런 시대가 좀처럼 오지 않으리라는 것도 알고 있었습니다. 이것이 그를 때로 절망하게 만든 게 아닐까요?

## 생활을 중시하라

저는 위에서 루쉰이 '평생을 두고 싸웠다'고 말했습니다. 많은 학자들이 루쉰을 투쟁가로 이해하는 부분인데요. 하지만 그의 삶을 보면 그런 점만 있는 것은 아니에요. 모순적으로 보이는 측면도 있고 너무나도 나약하고 어두운 면도 적지 않습니다. 중요한 점은 그가 그런 점을 전혀 숨기지 않았다는 사실이에요. 그래서 그는 완전무결한 위인이 아닌, 안쓰러운 점을 지닌 우리의 친구가 될 수 있지요.

루쉰이 죽기 직전에 집필한 글 중에 「이것도 생활⋯」(1936)이 있습니다. 오랜 투병생활 끝에 적어낸 글인데요. 그중에 다음과 같은 문장이 있습니다.

> 우리는 진기한 꽃에만 마음이 팔려 가지나 잎에 눈을 돌리지 않는다. 저명한 인물의 전기를 쓸 경우에도 특히 그의 특이성만을 과장하기가 쉽다. 이백(李白)은 어떻게 시를 짓고 어떻게 미친 짓을 했던가, 나폴레옹은 어떻게 전쟁을 했고 어떻게 잠을 자지 않았던가 하는 데 대해서는 쓰지만, 평상시의 얼굴 모습, 수면 상태에 대해서는 쓰지 않는다.
>
> 실제는 24시간 내내 미친 짓에 빠지거나 24시간 잠을 자지 않는다면 절대로 인간은 살아갈 수가 없다. 때로는 미친 짓을 하거나 때로는 자지 않을 때도 있다는 것은, 그 밖의 경우에는 미친 짓을 하지 않거나 또는 자기도 한다는 것을 말하는 것이다. 그런데도 많은 사람은 이런 평범한 것들을 생활의 찌꺼기라고 생각하고 거들떠보지도 않는다.
>
> 따라서 인간이나 사물을 바라보는 것이 마치 장님이 코끼리 만지는 식이 되어버린다. ⋯
>
> 가지나 잎을 따는 사람은 절대로 꽃이나 열매를 가질 수가 없다.[22]
>
> 본시 때와 장소를 불문하고 항상 애국적이어야 한다는 취지에는 누구나 이론의 여지가 없으리라. 다만 나는 그것을 생각하면서 수박을 먹으라는 명령을 받는다

---

22) 위의 책, 222쪽. 단 번역은 수정됨.

면 아마 수박이 목에 넘어가지 않으리라고 생각한다. 무리하게 삼킨다 해도 소화 불량이 되어 언제나 뱃속이 안 좋을 것이다. …

만일 수박을 비유로 들어 국치(國恥)를 한바탕 늘어놓은 다음 희희낙락하며 그 수박을 먹고 그것을 영양분으로 섭취할 수 있는 사람이 있다면, 그 사람은 신경 이 매우 둔한 사람이 아닐까 생각한다. 그런 사람에게는 무슨 말을 해도 소용없 는 일이다. …

그럼에도 불구하고 이런 억지 요구를 내거는 사람들이 세상에 있는 것이다. 수박 하나도 사람들로 하여금 마음 놓고 먹게 하려 하지 않는다. 사실은 전사(戰士)의 일상생활은 하나에서 열까지 모두가 영웅담과 똑같은 것은 아니다. 그러나 동시 에 영웅담과 관계없는 것은 하나도 없다. 실제의 전사는 그런 것이다.[23]

위 글은 삶에 대한 루쉰의 깊은 통찰을 보여줍니다. 동시에 이 책의 기본 적인 '입론'을 제시하는 것이기도 하지요. 저는 루쉰의 삶을 영웅시할 생각 도 없지만 그렇다고 수박을 먹는 루쉰을 그리듯이 그와 관련된 일상 하나하 나를 억지로 끌어오고 싶지는 않습니다. 그런 식의 전기는 이미 많이 나와 있기 때문입니다.

23) 위의 책, 223~224쪽.

# 개 또는 개판

## 인간은 개보다 못하다

루쉰의 글에는 「입론」처럼 그야말로 촌철살인(寸鐵殺人)하는 단편이나 콩트들이 많습니다. 짧지만 강하게 치고 들어오는 잽과 같은 글이지요. 그중에서도 압권은 『들풀』에 나오는 「개의 반박」[24]입니다.

꿈속에서 나는 좁은 길을 걷고 있었다. 옷도 신발도 남루하여 거지와 흡사하였다.

개가 등 뒤에서 짖었다.

나는 거만하게 돌아보며 꾸짖었다.

"쉿, 조용히 해! 권세에 아부하는 개놈아!"

"헷헷!" 그는 웃었다. 그리고는 말을 이었다. "무슨 말씀입니까? 도저히 사람님한테는 못 미칩니다."

"뭐라고?" 나는 발끈해졌다. 심한 모욕이라 생각하였다.

"부끄럽습니다. 저는 아직 동(銅)과 은을 구별할 줄 모릅니다. 게다가 무명과 명주도 구별할 줄 모릅니다. 게다가 관리와 백성의 구별도 못합니다. 게다가 주인과 종의 구별도 못합니다. 게다가…"

나는 도망치기 시작하였다.

"잠깐만 기다리십시오. 아직 드릴 말씀이…" 그는 등 뒤에서 큰 소리로 짖었다.

나는 줄달음치며 도망쳤다. 힘껏 달려서 간신히 꿈에서 도망쳐 나오자 나 자신의

24) 위의 책, 38쪽.

침대 위였다.


짖는 개를 보고 '권세에 아부하는 개놈'이라고 꾸짖자 개가 사람에게 반박합니다. 자신이 권력 앞에서 꼬리를 흔든다지만 사람에게는 미치지 못한다는 것이지요. 자신은 아직 동과 은, 무명과 명주, 관리와 백성, 주인과 종을 구별할 줄 모른다는 겁니다.[25] 이 콩트를 통해 루쉰이 나타내고자 한 주제가 뭘까요? 우리는 종이 아니라 주인이 되고자 합니다. 쌍놈이 아니라 양반이 되고자 하고요. 모두의 자유와 평등을 원하는 것이 아니라 남에게 군림하고자 하지요. 그것이 입신출세에 대한 욕망으로 나타납니다. 이렇듯 자신은 주인이 되고 남을 종으로 삼고자 하는 허위의식은 중국만의 이야기는 아닌 것 같습니다.

## 물에 빠진 개는 두들겨 패라

개를 통한 풍자는 '물에 빠진 개는 두들겨 패라'에서 절정에 이릅니다. '물에 빠진 개는 두들겨 패라'고 하는 구절이 나오는 「'페어플레이'는 아직 이르다」(1925)는 이미 우리나라에서도 여러 번 회자되었을 정도로 유명합니다. 특히 최근에 저에게 더욱 호소하는 바가 컸어요. 이 말은 '물에 빠진 개는 때리지 않는 것'이 페어플레이라는 린위탕[26]의 주장에 대한 반박인데요.

혁명 후 숨어 지내다가 위안스카이[袁世凱]의 반동기에 혁명가들을 물어 죽여 중국을 암흑 속에 빠뜨린 보수 세력을 루쉰은 물에 빠진 개에 비유하여 그들의 반동을 경계해야 한다고 주장했습니다.[27] 그들 속에는 민족주의

---

25) 여기서 제기되는 주인과 종의 구별은 루쉰이 평생토록 싸워온 주제임은 이미 앞에서도 말했다.

26) 린위탕은 일찍이 그 전집이 우리나라에 나왔고 『생활의 발견』을 비롯한 그의 많은 책이 일찍부터 우리나라에서 널리 읽혀왔다.

27) 나는 그러한 개들이 우리나라에도 많으며 그들은 틈만 있으면 준동(蠢動)하려 한다고 본다. 특히 지금이

자를 가장한 전통주의자나 복고주의자도 있었어요. 중국에서 위안스카이를 둘러싼 인간들이 그러했습니다. 페어플레이를 앞세운 서양식 중용주의자인 린위탕도 마찬가지였고요. 이들에 대해 루쉰은 다음과 같이 말합니다.

알다시피 개와 고양이는 원수지간이 아닌가? 그런데도 불구하고, 그들은 개이면서도 고양이와 몹시 닮았다. 절충, 공정, 조화, 평형을 다 갖춘 체 의젓하게 지내면서, 다른 자는 모두 과격하고 자기만이 '중용지도'를 체득한 얼굴을 하고 있다. 그런 탓인지 부호, 환관, 귀부인, 영양들의 사랑을 한 몸에 받고 있으며 그 종자는 면면히 이어지고 있다. 그가 하는 일이란 몸을 감싼 깜찍한 털을 내세워 '귀인'의 사육을 받기도 하고 또는 국내외 여인들이 나들이할 적에 목을 묶은 가는 줄에 끌려 그들 뒤를 졸졸 따라다니는 것이다.

그런 무리들은 먼저 물속에 빠뜨리고 이어서 때려줘야 한다. 만일 스스로 물에 빠졌다 하더라도 뒤쫓아가 때려도 무방하다. 다만 너무 사람이 호인이어서 때리지 않는다면 할 수 없지만 불쌍히 여길 필요는 없다. 그런 땅개인데도 용서할 수 있다면, 다른 개는 더구나 때릴 것이 없다. 왜냐하면 그들은 권세엔 몹시 아첨하지만 아직도 늑대에 가까울 만큼 야성을 지니고 있으며, 땅개처럼 간에 붙었다 염통에 붙었다 하지는 않기 때문이다. …

지금의 관료와 국산형 신사 또는 서양형 신사는 자기 마음에 들지 않는 자는 모조리 빨갱이나 공산당으로 몰아버린다. …국산형 신사, 또는 서양형 신사들은 중국에는 중국 나름의 사정이 있으므로 외국의 평등이나 자유 따위는 중국엔 적용할 수 없다고 입버릇처럼 되뇌고 있기 때문이다. 이 '페어플레이'도 그 가운데 하나라고 나는 생각한다. 그렇잖으면 그가 너에게 '페어'하지 않은데 너는 그에게 '페어'

그렇다. 또한, 그들을 계속 때려야 한다는 루쉰의 말에 나도 동의한다. 그러한 저항과 비판의 정신이야말로 루쉰이 우리에게 주는 교훈이다.

266

하게 대한 결과, 너만 바보가 되고 만다. …

'페어'는 상대에 따라 베풀어야 한다. 무엇 때문에 물에 빠졌던 상대가 사람이면 구해내야 하고, 개면 그대로 두어야 하며, 나쁜 개면 때려야 하는가. 한마디로 말하면 파벌싸움[黨同伐異]이 있을 뿐이다 …

성실한 사람들이 흔히 말하는 '공리'도 오늘의 중국에서는 착한 사람을 돕지 못하고 도리어 악인을 보호하는 구실을 하고 있을 뿐이다. 왜냐하면 악인이 뜻을 얻어 선인을 학대할 적엔, 설사 공리를 부르짖는 사람이 있더라도 그는 절대로 귀를 기울이지 않기 때문이다. 부르짖음은 부르짖음으로 끝날 뿐 선인은 여전히 고초를 당한다.

그런데 어떤 기회에 선인이 나서게 될 경우 악인은 본래대로라면 물에 빠져야 마땅한데도, 그때도 성실한 공리론자는 '보복하지 말라'든가 '자비로워라'든가 '악으로써 악에 대항하지 말라'는 말들을 외쳐댄다.

그러면 그때만은 그것이 부르짖음으로 끝나지 않고 실제로 효과를 나타낸다. 선인은 과연 그렇다고 생각하며, 그 때문에 악인은 구제된다. 그러나 구제된 뒤에도 감쪽같이 속였다고 생각할 뿐 회개 따위 하지 않는다. 그 뿐 아니라 토끼처럼 세 곳이나 굴을 파놓고 남에게 아첨도 잘하므로, 얼마 안 가 세력을 되찾아 전과 마찬가지로 나쁜 짓을 시작한다. 그때가 되면 공리론자는 다시 큰 소리로 절규하지만, 이번엔 악인은 귀를 기울이지 않는다. …

페어플레이는 그 폐단이 크며, 극단적인 경우엔 오히려 그것이 약점으로 작용하여 거꾸로 악한 세력으로 하여금 단물을 빨게 하는 결과를 빚게 한다. …

나는 감히 단언한다. 개혁반대자의 개혁자에 대한 악랄한 공격은 아직껏 늦춰진 일이 없으며, 그 수법도 갈수록 음험해져 거의 극한에 달하고 있다는 것을. 개혁자만이 아직도 꿈을 꾸면서 이제까지 손해를 보고 있는 것이다. 앞으로는 기필코 그

런 태도라든가 방법을 고쳐야 한다.[28]

루쉰은 지식인에 대해 언제나 '영원한 비판자'인 동시에 '영원한 회의자'였어요. 앞서 말했듯이 루쉰이 '물에 빠진 개'라고 부른 것은 당대의 보수세력입니다. 그들은 처음에 개혁 세력을 혁명당이라고 부르고 관아에 밀고하여 부귀영화를 누렸습니다. 그러나 혁명이 터지자 그들은 상갓집 개처럼 주눅이 들어 그들이 그렇게도 증오하던 새로운 기풍을 받아들였지요. 그리고 스스로 '문명'을 깨우쳤다며 다시 기어 올라왔어요. 그러나 위안스카이의 반동이 시작되자 그들은 혁명가들을 물어 죽였습니다. 또한 루쉰이 이글을 쓰던 당시에는 그들을 공산당이라고 부르며 물어 죽이고 있었지요. 이런 상황에서 무슨 페어플레이인가라는 것입니다.

루쉰은 이 글에 대한 비판에 대해 「개·고양이·쥐」(1926)란 글로 대응해요. 여기서 다시 그는 「개의 반박」에서처럼 동물이 사람보다 낫다고 역설합니다.

사람과 금수와는 실은 그다지 엄밀하게 구별할 필요가 없다. 동물의 세계는 옛사람이 상상했던 것처럼 쾌적하고 자유스럽지는 못하다 해도 아무튼 요설(饒舌)이나 작위(作爲)는 인간세계보다는 훨씬 적다. 그들은 성정(性情) 향하는 대로 행동하고, 좋은 건 좋다, 나쁜 건 나쁘다고 할 뿐 한 마디도 변명은 않는다.

벌레나 구더기는 더러울지 모르나 스스로 청순 고상한 체하지는 않는다. 맹수나 맹금은 약한 동물을 먹이로 잡아먹으니 잔인하다 할 수는 있으나, 그들은 '공리'나 '정의'의 깃발을 내세우며 희생자에게 먹히는 순간까지 자기들을 숭배 찬미하라

---

28) 『노신문집』 제3권, 191~197쪽. 역문은 저자가 약간 수정함.

고 강요한 일은 한 번도 없다.

인간은 어떤가. …거짓말은 그래도 낫다 치고, 마음에도 없는 말을 하면서도 그것을 의식하지도 못하는 지경에 이르렀으니, 그저 우는 것, 짖는 것밖에는 모르는 동물 앞에 내심으로 부끄러울 수밖에 없으리라.[29]

## 권력 하수로서의 지식인 개

루쉰은 개를 권력에 복종하는 지식인에 비유하기도 했어요. 루쉰이 그들에 대해 뭐라고 풍자했는지 한번 볼까요?

누더기를 걸친 자가 지나가면 강아지는 컹컹거린다. 그러나 반드시 개 주인이 명했거나 부추겨 덤벼들게 해서가 아니다.

강아지는 때때로 사육주보다도 잔소리꾼이다.

불원간에 누더기를 걸치지 마라. 위반자는 공산당이라고 하는 말이 닥칠지도 모른다.[30]

루쉰은 1936년에 쓴 「반하소집(半夏小集) 6」이라는 글에서, 장자가 한 말을 부정합니다. 장자는 자신이 죽어갈 때 제자들이 장례 준비를 하자 매장해보았자 어차피 땅강아지와 개미의 밥이 될 테니 굳이 묻지 말라고 합니다. 그렇지만 루쉰의 생각은 달랐어요.

내 피와 살이 꼭 동물에게 먹혀야 한다면 부디 사자나 호랑이, 매에게 먹히고 싶다. 빌어먹을 개 따위에게는 절대로 먹히고 싶지 않다.

29) 『노신문집』, 제2권, 64쪽.
30) 〈소잡감〉, 『노신문집』, 제4권, 146쪽.

사자나 호랑이나 매를 살찌게 하면, 그들은 창공에서, 바위에서, 밀림에서 위대한 장관을 더해줄 것이다. …그러나 빌어먹을 개 따위는, 살찌게 해줘 봤자 여기저기 코나 벌렁거리고 다니며 멋대로 짖어댈 뿐이다. 이 얼마나 혐오스러운가.[31]

위에서 '빌어먹을 개'란 '혁명작가'들을 뜻합니다. 이러한 관점은 〈반하소집 3〉에서도 다음과 같이 언급됩니다.

일단 '연합전선'의 제창이 있자 옛날에 적에 투항했던 한 무리의 '혁명작가'들이 '연합'의 선각자연하는 얼굴로 서서히 모습을 나타냈다. 매수된 적에게 내통한 비열한 행위가 이제 와서는 모두 '진보'를 위한 빛나는 사업이기나 했던 양으로.[32]

연합전선이란 1930년대의 국민당과 공산당의 '항일민족통일전선'을 뜻합니다. 여기서 '혁명작가'는 그 전선의 소위 '국방문학파'에 가담한 전향파였지요.

## 인간 훈련법

루쉰은 「야수 훈련법」(1933)에서 야수를 광대로 변하게 하려면 우선 그 야수의 신임을 얻어야 한다고 합니다. 이는 전통 사회에서 지도자가 백성을 다스리던 방법과 똑같은데 이것이 오늘날 중국의 사회에도 여전히 내려오고 있다고 말합니다. 루쉰이 보기에 중국인들은 마치 가축과도 같은 상황에 놓여 있었거든요.

그러나 이 '치다(牧)'라는 말은 양이나 소에 해당하는 말이다. 이들은 야수에 비하

---

31) 『노신문집』, 제6권, 240쪽.
32) 위의 책, 238~239쪽.

면 훨씬 겁 많고 약하기에 꼭 '신임'에만 의지할 필요는 없다. 주먹을 같이 써도 무방하다. 이것은 바로 지배자의 위신을 당당하게 세우는 것이다.

위신으로 다스려지는 동물은 '건너뛰거나 일어서는' 것만으로는 불충분하고, 털 끝 하나까지 피 한 방울까지 고기 한 점까지 바쳐져야만 한다. 최소한 소나 양처럼 날마다 젖이라도 짜내야 한다.

이런 옛날 방법이 현대에까지 통용되고 있다는 걸, 나는 예전엔 미처 몰랐다.

또한 루쉰은 쇼펜하우어가 신사를 고슴도치에 비유[33]한 것을 언급합니다. 이는 오늘날에도 '고슴도치의 딜레마'라고 널리 알려져 있는데요. 고슴도치는 서로 멀어지면 춥고 가까이하면 가시 때문에 아프니까 적당한 거리를 유지한다고 합니다. 이는 인간관계에 있어 사람들이 서로의 감정을 찌르지 않기 위해 예의범절을 지키는 것에 대한 우화이지요. 하지만 루쉰은 중국에서는 그것이 통하지 않는다고 주장해요.

공자는 '예절은 낮은 일반 백성에게는 적용되지 않는다'고 했다. 현재의 사정에 비추어 보건대, 백성들은 고슴도치에 접근하지 못하는 것이 아니라 고슴도치가 서민을 멋대로 찌르면서 온기를 얻고 있다. 백성들이 부상을 당하는 것은 당연하다. 그러나 이는, 그대만이 가시가 없어 그들로 하여금 적당한 거리를 지키도록 하지 못한 탓이다. 공자는 '형벌은 사대부에게는 적용되지 않는다'고 했다. 이 말을 듣고 보면, 사람들이 신사가 되려고 애를 쓰는 것이 당연하다고 여겨진다.

이러한 고슴도치들을 이나 몽둥이로 막아낼 수는 있다. 그러나 적어도 고슴도치

33) 이 말의 기원은 쇼펜하우어의 『Parerga und Paralipomena』, Volume II, Chapter XXXI, Section 396의 내용이다. 내용은 다음과 같다. "추운 겨울날, 서로의 온기로 추위를 견디기 위해 몇 마리 고슴도치가 모였다. 하지만 고슴도치들이 모일수록 바늘이 서로를 찌르기 시작했으므로 떨어져야 했다. 하지만 추위는 고슴도치들을 다시 모이게 만들었고, 다시 같은 일이 반복되었다. 모임과 헤어짐을 반복한 고슴도치들은 다른 고슴도치와 최소한의 간격을 유지하는 길이 최고의 수단이라는 것을 발견했다."

사회가 제정해놓은 죄명을 뒤집어쓸 각오를 하지 않으면 안 된다. 예를 들어 이런 죄명들이다.

"저런 쌍놈들 같으니라구!"

"이런 무례한 놈!"


루쉰은 1933년 『위자유서(僞自由書)』를 집필합니다. 여기 수록된 「싸움구경」이라는 글은 직접 싸움에 뛰어들기를 주저하는 중국인의 모순을 비꼰 거예요. 당시는 1931년 일본군이 벌인 만주사변으로 중국이 위기에 처한 상황이었습니다. 그러나 장제스 정부는 '평화 애호'란 핑계로 무저항 정책을 취했고 군벌은 수수방관할 뿐이었어요. 인민은 그것을 구경만 했고요.


우리들 중국인은 어쨌든 자신을 평화 애호가라고 말하고 싶어 한다. 그렇지만 사실은 싸움을 좋아하는 것이다. 다른 생물이 싸우는 것을 좋아하고, 자기들이 싸우는 것을 보기 좋아한다.

가장 널리 알려져 있는 것은 투계(鬪鷄)와 투(鬪)귀뚜라미이다. (…) 한가한 군중이 그것을 둘러싸고 구경한다. 게다가 돈까지 건다. 옛날에는 투어(鬪魚)도 있었다. (…) 스페인에서는 사람과 소가 싸우지만, 우리들 것은 소와 소를 싸우게 하는 것이다. 그들을 싸우게 하고 자기는 참가하지 않는다. 인민은 모른 체하고 볼 뿐이다. 군벌들은 자신들의 싸움에 열중한다. 인민은 모른 체하고 볼 뿐이다.

하긴 군벌들도 본인이 싸우는 것은 아니다. 병사들에게 싸우도록 하는 것이다. 따라서 1년 내내 전쟁을 하고 있어도, 두목은 언제나 무사태평하다. 별안간에 오해가 풀리고, (…) 별안간에 …물론 말할 것도 없이, 별안간에 또 전쟁을 냅다 시작할 수도 있다.

그렇지만 인민은 저희들 멋대로 연극을 하라고 해놓고 볼 뿐이다. 다만 우리들의

**선양을 침공하는 일본 관동군**

투사가 외적을 대할 때는 다르다. 가까이 있는 자는 '무저항', 멀리 있는 자는 '돌쇠뇌를 짊어지고 앞서 달리리라'이다.

'무저항' 쪽은 액면 그대로 설명이 필요 없다. '돌쇠뇌를 짊어지고 앞서 달리리라' 쪽은 어떤가. 돌쇠뇌의 제조방법은 이미 오랜 옛날에 아무도 모르게 되어버렸다. (…) 역시 국산인 병사와 사서 비치해둔 무기를 사용하여 자기들만이 싸우는 것이 고작일는지 모른다. 중국의 인구는 대단히 많다. 우선 당분간은 살아남은 자가 구경해줄 것이다. 물론 그러기 위해서는 외적에 대하여는 아무쪼록 '평화 애호'로 나갈 수밖에 없다.[34]

34) 『노신문집』, 제5권, 122~123쪽.

# 전사

「이러한 전사」

루쉰의 작품집에서 정수라고 할 만한 책을 꼽자면 산문시집『들풀』을 들고
싶습니다. 그리고 그중에서도 가장 인상 깊은 글은 「이러한 전사」(1925)예
요. 이 글은 루쉰 자신의 자화상이라고 칭해 마땅합니다.

> 이러한 전사(戰士)는 없을까.…
>
> 그는 그의 있는 그대로에다가 무기는 야만인이 사용하는 투창뿐이다.
>
> 그가 무물(無物)의 진(陳)에 발을 들여놓자, 만나는 사람마다 모두가 격식대로의
> 인사를 한다. 그 인사가 적의 무기라는 것, 사람을 죽이고 피를 보지 않는 무기라
> 는 것, 많은 전사들이 그 때문에 멸망했다는 것, 포탄과 마찬가지로 용사의 힘을
> 위축시키는 무기라는 것을 그는 알고 있다.
>
> 그들의 머리 위에는 가지가지 깃발이 꽂혀 있고, 가지가지 아름다운 칭호가 수 놓
> 여 있다. 자선가, 학자, 문사, 장로, 청년, 아인(雅人), 군자 …머리 아래에는 가지가
> 지 웃옷이 있는데, 가지가지 무늬가 수 놓여 있다. 학문, 도덕, 국수, 공론, 논리, 정
> 의, 동방문명…
>
> 그러나, 그는 투창을 치켜든다. …
>
> 그는 미소하며 옆구리를 겨냥하여 던지자, 바로 그들의 심장을 꿰뚫었다.
>
> 모든 것이 무너져내렸다─그러나 웃옷만은 남았다. 그 안에는 무물이었다. 도망친
> 무물의 사람은 승자였다. 왜냐하면 그는 자선가 기타의 사람들을 살해한 범인이
> 었으므로.

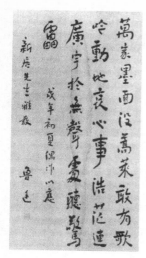

**루쉰의 시**
루쉰은 "나는 침묵 속에서
천둥소리를 듣는다"라고 씀으로써
혁명에 대한 확신을 표현했다.

그러나 그는 투창을 치켜든다. …

마침내 그는 무물의 진중에서는 나이 들어 수명이

다하였다. 그는 마침내 전사가 아니며 무물의 물은

승자였다. …

태평…

그러나 그는 투창을 치켜든다!

　'무물의 진'이란 중국 사회를 상징합니다.

실제로는 아무것도 없는 땅이지만 보이지

않는 악령이 지배하는 곳이지요. 여기서 악

령이란 학자, 문인 등의 지식인들입니다. 그

들의 무기는 격식을 갖춘 인사예요. 또한 그

들은 혈연, 지연, 학연 등의 인간관계로 전사

를 죽입니다. 전사들은 그런 봉건적인 인간관계로부터 떠나 있으므로 그동

안 수없이 패배해서 죽어갔습니다. 게다가 학문, 도덕, 국수, 공론, 논리, 정

의, 동방문명 등등의 온갖 미명의 이념 역시 전사를 죽이지요. 그러나 죽은

전사는 다시 투창을 치켜듭니다. 이는 루쉰 자신의 의지를 선언한 거예요.

그리고 어떤 자세로 삶을 대해야 하는지를 보인 것이기도 하고요. 글의 마

지막에서 전사는 사막에 서 있습니다. 그는 자신을 살해한, 중국에서 전통

이라는 이름으로 허울 좋게 지켜지던 허례허식을 끝까지 부정합니다.

## 전사는 괴롭힘에 초연해야 한다

루쉰은 그동안 악습에 투쟁해온 전사들이 어떻게 괴롭힘을 당해왔는지를

알고 있었습니다. 자신도 언제나 이에 대항해 투쟁해왔으니까요. 그는 「전사

와 파리」(1925)에서 죽은 전사를 괴롭히는 파리를 그려냅니다. 파리는 제아무리 잘난 체해도 파리라는 것이지요. 당연히 전사는 파리 떼에 초연해야 합니다.

전사가 전사했을 때 파리가 맨 먼저 발견하는 것은 그의 결점과 상처이다. 붙어서 빨고 붕붕 날며 의기양양하여 죽은 전사보다도 영웅인 체한다. 그러나 전사는 이미 전사한 터라 손으로 쫓거나 하지 못한다. 그런지라 파리들은 더욱 붕붕 날면서 자기 깐에는 그 소리가 불후의 소리라고 한다. 왜냐하면 그들의 완전함은 전사를 훨씬 초월하니까.

분명히 아직 누구도 파리의 결점과 상처를 발견한 자는 없다.

그러나 결점이 있더라도 전사는 전사이며 완전하더라도 파리는 그냥 파리이다.

가거라, 파리 떼들아! 아무리 날개가 있더라도 아무리 붕붕거려도 절대로 전사를 초월할 수 없다. 너희 벌레들아![35]

이렇듯 전사를 공격해대는 파리 떼는 루쉰 생전 그를 비웃던 보수적인 문인들을 연상시킵니다. 루쉰은 그들에 맞서 평생 셀 수 없는 논쟁에 휘말렸지요.[36]

그런데 루쉰이 파리라는 곤충에서 나쁜 점만을 본 건 아닌 것 같아요. 그는 「여름벌레 벌레 세 가지」(1925)에서 파리와 벼룩, 모기에 대해 논하는데요. 여기서 파리를 옹호하는 서술을 합니다. "파리는 자기가 좋고 아름답고 청결한 것 위에 똥을 갈긴 뒤에 득의만면한 태도로 도리어 그것이 불결

---

35) 『노신문집』, 제3권, 99쪽.
36) 우리는 뒤에서 그 논쟁에 대해 살펴볼 것이다. 하지만 그러한 논쟁들이 딱히 대단한 가치를 가진 것이 아니므로 일단은 제쳐놓기로 하겠다.

하다고 비웃는 그러한 짓은 아직 하지 않는 것 같다. 누가 뭐라 해도 그것만 은 도덕적이다."[37] 분명 이러한 점은 위선을 떨며 이중 잣대를 들이대는 지식 인들보다 나은 것 같습니다. 그렇다면 나머지 두 벌레에 대해서는 그가 뭐 라고 하는지도 한번 들어볼까요? "벼룩은 피를 빤다. 분명히 불쾌하기는 하 지만 소리도 내지 않고 갑자기 물어뜯는 점은 단도직입 시원스럽다. 그러나 모기는 다르다. 물론 단 한 번에 피부를 찌르는 수법에 어느 정도의 철저성 이 없는 건 아니지만 찌르기 전에 윙윙 대 연설을 까는 수법에는 참을 수가 없다. 만일 그 연설이 인간의 피는 모기의 주린 배를 채우기 위해 있다는 이 유를 설명하는 것이라면 더욱 참을 수 없다. 다행히 나는 그것을 이해하지 못하지만."[38]

## 지도자나 지식인을 믿지 마라

루쉰은 지식인이었지만 스스로가 지식인이란 것을 대단하게 생각하지 않았 습니다. 「문외문담(門外文談)」(1934)은 그가 죽기 2년 전 쓴 글인데요. 당시 그는 이미 중국을 대표하는 문인으로 추앙받고 있었습니다. 이 글은 60년 만에 대단한 더위가 찾아와서 사람들이 모두 밖에 모여 세상 돌아가는 일 들에 대해 이야기꽃을 피우는 것으로 시작됩니다.

> 그들 중에는 내가 어느 정도 고서를 들여다봤다는 이유로 나를 믿는 사람도 있었
> 고, 양서를 약간 읽을 줄 안다는 이유로 나를 믿는 사람도 있었고, 고서와 양서를
> 다 읽을 줄 안다는 이유로 나를 신용하는 사람도 있었다.
> 그러나 그와 반대로 같은 이유로 나를 믿지 않는 사람도 있었다. 저 녀석은 '박쥐'

37) 『노신문집』, 제3권, 101쪽. 단 번역은 수정됨.
38) 위의 책, 100쪽.

라는 것이었다. 내가 고문에 관해서 언급하자 당송팔대가도 아닌 네 말을 믿을 수 있겠느냐고 웃는 것이었다. 대중어에 관해 언급하자, 근로 대중도 아닌 주제에 잘난 체한다고 웃는 것이었다.

지당한 말이다. 그 전에 가뭄이 화제에 올랐을 때 들은 이야기인데, 어느 관리가 시골에 조사하러 갔다 와서 이런 보고를 하였더란다-장소에 따라서는 재해를 입지 않았을 수도 있었을 텐데도 재해를 입었다. 이는 농민들이 물을 푸는 일을 게을리 한 탓이라고.

그런데 어느 신문의 보도로는, 60세 된 노인이 아들이 물을 푸다 지쳐서 죽어버렸는데도 한 해는 여전하자 앞날을 비관하여 자살해버렸다고 한다. 관리와 농민 사이에는 이다지도 생각이 다르다. 그렇다면 내 야담(夜談)도 고작해야 문밖의 한가한 사람의 씨알머리 없는 이야기라고 해야 할는지.[39]

　

　루쉰은 민중이 자신을 부정해도 그것은 '지당한 말'이라며 흔쾌히 이러한 비판을 받아넘깁니다. 지식인으로서 자신이 민중의 삶을 온전히 이해할 수 없다는 것을 언제나 인정하고 있는 것이지요.

　또한 위 글의 마지막 부분에서도 볼 수 있듯이 루쉰은 지도자를 부정합니다. 그의 이러한 태도는 다른 글인 「문인은 서로 경멸한다」에서도 찾아볼 수 있지요. 이는 루쉰이 항상 지식인에 대해 회의하고 있던 것과 같은 맥락이에요. 현실에 직접 나서지도 않은 채 잘난 척, 공리공담이나 일삼는 지식인을 굳이 지도자로 치켜세울 필요는 없다는 것입니다. 그래서 루쉰은 "전진을 지향하는 청년들의 대부분은 지도자를 찾고 있다. 그러나 나는 말하고자 한다-절대로 찾지 못할 것이라고. 오히려 찾지 못하는 것이 다행이

---

39) 『노신문집』, 제6권, 21~22쪽.

다."⁴⁰라고 지도자를 부정합니다.

> 자기 스스로 지도자입네 하고 금 간판을 달고 다니는 지도자를 왜 청년들이 찾을
> 필요가 있는가? 차라리 벗을 찾아내 이것이야말로 생존의 길이라고 생각되는 방
> 향으로 함께 걸어가는 것이 좋다. 제군에게는 넘치는 힘이 있다. 밀림에 부닥치면
> 밀림을 채벌하고, 광야에 부닥치면 광야를 개간하고, 사막에 부닥치면 사막에 우
> 물을 파라. 무엇을 찾지 못해 가시덩굴에 막혀버린 낡은 길을 찾으려고 하는가! 냄
> 새가 분분한 속물 지도자를 찾으려고 하는가!⁴¹

1920년대 초기에 중국에서 헌법제정운동이 벌어졌습니다. 그 토대 중 하
나가 1923년에 있었던 돤치루이[段祺瑞]의 쿠데타 이후 뒤처리를 위해 열
린 국민대표대회인데요. 여기에 참가한 단체들은 헌법을 제정하고자 했습니
다. 그런데 해외유학파로 조직된 한 단체가 자기들은 특수지식계급이므로
국민대표대회에 더 많은 인원을 배당받아야 한다고 주장하는 청원서를 냈
어요. 루쉰은 「춘말한담(春末閑談)」(1925)에서 중국의 역사와 현실을 논하
며 그 집단을 비판했습니다. 여기서 루쉰은 러시아인 E와의 대화를 통해 신
랄한 풍자를 이끌어가지요.

> 어느 날 그는 갑자기 아주 근심스러운 얼굴로 이렇게 말했다. 당장에라도 과학자
> 가 이상한 약을 발명하지 않을까요, 그것을 주사하면 누구나 대거리 한 마디 않
> 고 부역이나 전쟁에 기꺼이 나가는 기계와 같은 인간으로 만들어버리는 약을 말
> 입니다. …

40) 위의 책. 118쪽.
41) 위의 책. 119쪽.

우리나라에서는 성군, 현신(賢臣), 성현 및 성현의 제자들이 아주 옛날부터 그와 비슷한 '황금세계'의 이상을 품고 있었다. "오직 임금만이 복을 만들고 오직 임금만이 옥식(玉食)을 한다"가 아닌가?

"군자는 마음으로 노동하며 소인은 힘으로 노동한다"가 아닌가? …다만 유감스러운 것은 이론은 완벽한데 그것을 완벽하게 실현하는 좋은 방법이 발명되지 않았다는 것이다. 위엄을 떨치는 임금에게 복종하기 위해서는 죽는 것이 제일인데 죽어버리면 옥식을 헌상할 수 없게 된다. …

왕조는 빈번하게 교체되었으며 '일만 년 왕국'의 꿈은 실현되지 않았다. …더구나 오늘날은 별스럽게 새 국면이 개척되고 있는 모양이다. 그도 그럴 것이 '특수지식계급'으로 불리는 해외유학 출신자의 단체가 출현했는데, 그들의 연구실에서 연구를 한 결과 의학의 미발달 상태가 인종개량에 유리하며 중국 여성의 지위는 아주 평등하며 사물은 모두 더할 나위 없이 올바른 상태에 놓여 있다는 것이 판명되었다니까.

그것으로 볼 때 E의 우려는 아주 근거가 없지 않은지도 모른다. 하지만 아무래도 러시아는 괜찮다. 우리 중국처럼 '특별한 국정'도 없고 '특수지식계급' 같은 것도 존재하지 않으니까.[42]

'특별한 국정'이란 미국인 법률고문이 위안스카이를 지지하면서 중국은 공화제가 적합하지 않은 특별한 정치적 상황을 지녔다고 한 말을 비꼰 것입니다. 루쉰의 풍자는 이 글의 뒷부분으로 갈수록 더 신랄해지는데요. 그는 중국인들을 윗사람의 착취에 고분고분 따르는 기계로 만드는 방법이 뭐가 있을지 궁리를 계속하다가 다음과 같은 방법을 권유합니다.

42) 위의 책, 103~104쪽.

지금 당장은 옛 늙은이들의 경서의 전수 방법이나 학자들의 '연구실 지키기'주의와 문학자 및 다방 경영자의 '정치엔 입을 다물라'는 규칙이나 교육자의 보지도 듣지도 말하지도 말라는 다짐 이외엔 더욱 좋고 더욱 완전한, 더구나 피해를 수반하지 않는 방법이란 찾을 수 없을 듯하다. 사실은 해외유학 출신자들의 특별 발견이라는 것도 옛날의 현인들이 생각한 것보다 몇 발자국 앞서 있지 않다. …

그들을 다스리는 길은 당연히 무리를 이루는 것을 금지하는 것이며 그 방법은 틀리지 않다. 다음으로는 발언을 금지하는 것이다. …그렇지만 그처럼 말한 것은 이론적으로 그렇다는 것뿐이며 실제의 효과 면에선 그 역시 뭐라 할 수 없다. 그 현저한 예로서 저 전제 러시아에서 니콜라이 2세가 '붕어'하자 로마노프 왕조가 '단절'한 것을 들 수 있다. 그 원인은 요컨대 2대 양법(良法)이 있었지만 또 한 가지 중요한 것이 결여되어 있었기 때문이다. 곧 생각하는 것을 금지하지 못한 것이다.

그러므로 비난은 우리의 조물주에게로 돌아간다. …

가령 머리가 없어도 부역이나 전쟁을 할 수 있는 기계가 생긴다면 그 얼마나 눈부신 세상이 될 것인가! 그렇게 되면 높은 분과 보통 사람의 구별을 모자나 훈장으로 나타낼 필요가 없어진다. 머리가 있는가 없는가를 보기만 하면 주인과 노예, 관리와 인민, 윗사람과 아랫사람, 귀(貴)와 천(賤)이 구별된다. 혁명이니 공화니 회의니 하는 성가신 것들도 없어질 테고 전보만으로 충분히 절약된다.…[43]

그는 「나의 '적(籍)'과 '계(系)'」라는 글에서 "'존경'의 해독은 도리어 유언(流言)보다도 심하다"고 합니다. 이어서 그는 "나는 본래 존경해야 할 것을 갖지 못하고, 또한 사람들로부터 존경받는다고도 생각하지 않는다"고 해요. 루쉰이 근거 없는 '유언비어'보다도 '존경'이 나쁘다고 여긴 이유가 뭘까요?

43) 『노신문집』, 제3권, 105~106쪽.

존경이란 상하관계에서 생깁니다. 따라서 상하관계를 싫어하고 평등관계를 좋아한 루쉰으로서는 당연히 이런 사고방식을 가질 수밖에 없었을 거예요. 즉, 그는 사람들이 자신을 지도자로 떠받드는 것도 싫어했습니다.

루쉰은 자신이 위대한 문학가라고 잘난 척하기는커녕 자신 역시 누군가로부터는 증오를 받는 것이 당연하다고 말했어요.

> 더욱 분명히 말하자면 나는 증오하는 것이 너무나 많으므로 자신도 마찬가지로 증오를 받아야 한다고 생각한다. 그것이야말로 이 세상에 사는 인간다움을 갖는 것이다.

루쉰은 「이것과 저것 3」(1925)인 「선두와 후미」에서 지도자의 뒤를 따를 뿐 결코 스스로는 앞으로 나서지 않는 중국인의 민족성을 비판했습니다. 그는 중국인들에 대해 다음과 같이 지적했어요. "선두가 되지 않고 후미가 되어도 부끄러워하지 않는다", "전쟁을 먼저 일으키지 않는다", "화란(禍亂)의 실마리를 풀지 않는다", "행복의 선두가 되지 않는다"고요.

> 그 때문에 무슨 일에나 개혁이 쉽지 않다. 선봉대나 단기(單騎) 돌격에서는 대부분의 사람이 꽁무니를 뺀다. 그러나 인간이란 도교에서 설명하듯이 무욕의 존재는 절대로 아니며 오히려 욕망의 덩어리이다. 그런데 그것을 정면으로 드러내려고 하지 않기 때문에 음모나 더러운 수법을 쓸 수밖에 없게 된다. 그리고 그 때문에 사람들은 더욱 비겁해진다. …따라서 큰 군중인데도 조금이라도 위험한 낌새를 보면 새떼나 짐승의 무리처럼 산산이 흩어지고 만다. 우연히 소수의 사람들이 도망가는 것을 창피하게 여기고 도망하지 않았다가 궁지에 몰리기라도 하면 공론은 이구동성으로 그들을 바보 취급한다. 일단 "새기기 시작하면 끝까지 손을 놓지 않

는" 사람에 대해서도 같은 태도를 보인다. …

경주를 예로 들더라도 선두의 몇 사람이 결승점에 도달하기라도 하면 다른 주자들은 맥이 풀려 완주를 포기하고 …가끔 꼴찌인데도 단념하지 않고 역주하는 사람이 있지만 그는 조소의 대상이 된다. …

그 때문에 중국에는 지고도 영웅이 된 인물, 철저한 반항자, 단독 전투를 마다하지 않는 무인, 일부러 반역자를 추도하는 경골한(硬骨漢) 등이 아주 드물게밖에는 나타나지 않았다. 이길 것 같으면 와 하고 달려들고 질 것 같으면 와 하고 흩어질 뿐이다. …

이긴 자가 존경받는 것은 당연한 일이나 꼴찌가 되었더라도 역주를 멈추지 않고 결승점을 향해 달리는 주자와 그 주자를 진지하게 지켜보는 관객이야말로 중국의 앞날의 대들보가 될 것이라는 것을.[44]

## 전사여, 검을 단련하라

「검을 단련하는 이야기」(1926)는 그의 역사소설집인 『고사신편(故事新編)』(1936)에 수록되어 있습니다. 미간척[眉間尺]이라는 남자가 칼 만들기로는 천하제일의 장인이었던 아버지의 원수를 갚는다는 이야기이지요. 『고사신편』이 역사적으로 전해져오는 설화를 각색한 작품집인 만큼, 이 이야기도 중국의 오래된 설화집 『수신기(搜神記)』에 수록된 「삼왕묘(三王墓)」 전설을 원본으로 합니다. 그러면서도 한편으로는 루쉰의 현실 풍자적인 시각을 엿볼 수 있어요.

미간척의 어머니는 질그릇에 빠진 쥐를 죽이지도 놓아주지도 못하는 아들의 우유부단함을 못마땅해 합니다.[45] 아들이 16세 되던 날 어머니는 아버

---

44) 위의 책, 185~186쪽.

45) 이는 원전에는 없는 부분으로, 루쉰은 기존 정치의 악습에 불평하면서도 개혁에 투신하지도 못하는

지의 원수에 대해 털어놓아요. 20년 전에 왕비가 푸른빛이 도는 신비한 쇠구슬을 낳았습니다. 왕은 그것을 미간척의 아버지에게 건네며 녹여서 칼로 만들라고 명령했어요. 아버지는 3년에 걸쳐 두 자루의 보검을 만드는 데 성공했습니다. 그러나 그는 칼을 바치자마자 왕에게 죽임을 당할 것을 알았어요. 폭군인 왕은 그 검보다 나은 검을 다른 사람에게 만들어주지 못하도록 대장장이를 죽일 것이 분명했기 때문입니다. 아버지는 두 자루의 보검 중 한 자루를 임신 중인 아내에게 맡깁니다. 그리고 아들이 자라면 자신의 원수를 갚도록 해달라고 유언을 남기죠. 아버지는 칼을 진상하러 궁궐로 떠났고 자신이 예언한 대로 왕에게 죽임을 당했습니다.

미간척은 아버지의 유언대로 왕을 죽이러 떠납니다. 그러나 역시 우유부단한 성격 탓에 성 안에 들어가서도 사소한 시비에 붙들려 시간을 지체해요. 그런 미간척 앞에 검은 옷의 남자가 나타납니다. 그는 "나는 전부터 너를 알고 있었다"라고 말해요. 그 뿐만 아니라 다음과 같은 사실을 알려줍니다. "네가 웅검을 등에 쥐고 아버지 원수를 갚으려 하고 있는 것도 알고 있다. 그 복수가 불가능하다는 것도 알고 있다. 불가능할 뿐만이 아니다. 오늘 벌써 밀고한 자가 있어 네 원수는 진작 동문으로 해서 왕궁으로 돌아가 너를 체포하라고 명령을 내린 것이다."[46]

미간척은 어머니의 말대로 자신의 우유부단한 성격을 고쳤어야 한다며 좌절합니다. 그러자 남자는 자신이 대신 원수를 갚아주겠다고 선언합니다. 놀란 미간척이 그를 '의협심 많은 분'이라고 부르자 그는 그런 호칭은 자신

당대 중국 지식인과 민중의 우유부단함을 비꼬았다고 볼 수 있다. 또한, 이 이야기에 등장하는 폭군은 전승에서는 춘추전국시대의 오나라 왕이라고도 하고 초나라 왕이라고도 하지만, 루쉰의 이야기에서는 어느 시대의 어느 나라 왕인지 제대로 밝히지 않고 있다. 이는 이야기의 보편성을 증가시킨다. 현재 중국의 지도자와 군중을 비꼰 것으로도 읽힐 수 있도록 굳이 어느 시대인지 적어두지 않은 것이다.

46) ) 『노신문집』, 제2권, 206쪽.

을 욕되게 하는 짓이라고 합니다. 미간척이 홀어미와 외아들을 동정해서 도와주는 것이냐고 다시 묻자 사내는 답하지요. "그런 불결한 호칭은 두 번 다시 입에 담아서는 안 된다." 그는 냉정하게 말합니다. "의협, 동정, 그런 것들은 옛날에는 때 묻지 않았던 때도 있었으나, 지금은 모두가 고리대금업자의 자본으로 변하였다. 내 마음속에는 그런 것들은 하나도 없다. 나는 너를 위해 원수를 갚는다. 그것뿐이다."

대신 그는 두 가지, 즉 검과 미간척의 목숨을 요구합니다. 의심하는 미간척에게 사내가 말해요. "내가 네 목숨과 네 보물을 속여 뺏으려 한다고 의심해서는 안 된다." 미간척은 왜 자신을 도와주는 것이냐고 재차 질문하고, 결국 사내는 이렇게 말합니다. "너는 아직 모르느냐. 내가 복수의 명인인 것을. 네 것은 내 것이다. 그것은 또한 나 자신이다. 내 영혼에는 그처럼 많은 상처가 있다. 나는 이미 나 자신을 증오하고 있다." 그 말을 들은 미간척은 스스로 자신의 목을 베어 사나이에게 바칩니다. 사나이는 미간척의 머리와 보검을 들고 왕궁으로 향하지요.

그는 왕의 신하에게 자신이 이제껏 아무도 본 적 없는 요술을 부릴 줄 안다고 떠벌립니다. 그리고 그것을 보여주려면 금으로 된 용과 금으로 된 솥이 필요하다고 하지요. 그 말을 듣고 왕은 황제인 자신이야말로 금룡이며 금솥 또한 갖고 있다고 답합니다. 왕에게 불려간 사내는 자신이 금솥에 아이의 목을 던져 넣을 테니 머리가 춤을 추며 노래를 하는 것을 지켜보라고 말합니다. 과연 그 말대로 머리는 춤을 춰요. 그러다가 별안간 노래가 끊기며 머리가 솥 아래로 가라앉습니다. 왕이 어찌 된 거냐고 묻자 사내는 솥에 가까이 가야 보인다고 대답하지요. 왕이 솥 안을 들여다보자 사내는 왕의 목을 벱니다. 왕의 머리는 끓는 솥 안으로 빠집니다.

원전 설화에서는 이것으로 복수가 마무리되지만, 루쉰의 이야기에서는 아직 끝나지 않습니다. 솥 안에서 미간척의 목과 왕의 목은 싸움을 벌입니다. 그러나 왕은 교활하여 항상 적의 뒤통수를 노려요. 뒷목을 물린 미간척의 머리는 움직일 수가 없게 됩니다. 이에 검은 옷의 남자도 자기 목을 보검으로 베어 솥 안에 빠집니다. 끓는 물속에서 사내의 목과 미간척의 목은 함께 왕의 목을 공격해요. 마침내 왕의 목은 확실히 죽습니다. 그 후 신하들과 왕비들이 솥에서 머리들을 건져내지만, 세 개의 머리 모두 이미 백골만 남아 어느 것이 왕의 것인지 알 수가 없었어요. 그래서 결국에는 세 머리를 함께 장례를 치르게 됩니다.

이 이야기에서 루쉰이 말하고자 하는 것은 무엇일까요? 루쉰은 미간척의 죽음을 통해 복수가 결코 아름답지 않은, 처참한 현실임을 상기시킵니다. 사내는 원수를 갚기 위해서는 복수자 자신의 머리도 내놓아야 한다고 해요. 그야말로 '머리로 머리를 바꾸는' 셈입니다. 게다가 삶는 물에 빠져서도 지배자의 머리는 죽지 않아 치열한 사투를 벌여요. 이는 루쉰이 "물에 빠진 개는 때려야 한다"라고 주장했던 바를 떠올리게 합니다. 즉 혁명을 이루려면 자신의 피를 흘릴 각오가 되어 있어야 하며, 한 번 개혁의 뜻을 내걸었다면 끝까지 투쟁해야 한다는 것이지요. 우유부단해서는 아무것도 이룰 수 없는 것입니다. 또한, 검은 옷의 남자는 의협이나 동정은커녕 권력을 쟁취하는 것도 혁명의 목적이 아님을 말해줍니다. 그보다는 민중 스스로가 혁명의 주체가 되어야 한다는 뜻이지요.

제6장

# 루쉰이 본
# 중국과 중국인

# 중국 책을 읽지 마라

## 중국 책은 절대 읽지 마라

루쉰은 어느 잡지사의 설문 조사에 응해 「청년 필독서」(1925)를 집필했습니다. 이 글에서 그는 중국 책을 읽지 말라고 주장해 당시 중국 학계에 커다란 충격을 안겨주었습니다. 생각해보세요. 만약 우리나라 지식인이 이런 글을 썼다면 어떤 반응이 돌아왔을까요? 당시 중국 지식인들의 반응도 여러분이 상상하는 것과 크게 다르지 않았습니다. 이 글에서 루쉰은 이렇게 자신의 견해를 밝혔습니다.

> 나는 중국의 책을 읽으면 어쨌든 기운이 감소되며 실제 인생과 유리되는 느낌이 든다. 외국의 책—인도는 제외하고—을 읽으면 인생과 접촉하면서 무엇인가 일을 하고 싶을 때가 많다.
>
> 중국의 책에서는 설사 현 세상을 곧바로 설명하는 경우라도 그 대부분이 미라의 옵티미즘이다. 외국의 책에서는 가령 데카당스나 페시미즘의 경우라도 살아 있는 인간의 데카당스이고 페시미즘이다.
>
> 중국의 책은 될 수 있는 대로 적게 읽거나 전혀 읽지 말고 외국의 책을 읽는 편이 좋다고 생각한다.
>
> 중국의 책을 읽지 않을 때의 손해란 그저 문장을 잘 쓸 수 없다는 정도일 뿐이다. 그리고 오늘날의 청년에게 가장 중요한 일은 '행(行)'이지 '언(言)'이 아니다. 살아 있는 인간이어야 한다는 것이 중요하지 문장을 쓰지 못한다는 것은 대단한 것이

못 된다.[1]

## 중국 역사책도 읽지 마라

「이것과 저것」 중 첫 번째 글에 해당하는 「독경(讀經)과 독사(讀史)」(1925)에서 루쉰은 역사서를 읽는 것에 대해 다음과 같은 견해를 밝힙니다.

사서란 본래 과거의 치부책이다. 따라서 전진을 추구하는 투사에게는 그것이 필요치 않다. 다만 아까 말한 것처럼 독서의 습관이 몸에 밴 사람에게는 도움이 된다. 그것을 읽음으로써 과거가 현재와 얼마나 비슷한가, 또 현재의 어리석은 행위나 사고방식이 옛날부터 있었던 것으로서 그 결과가 얼마나 비참한가를 알 수 있다. …

그러나 나는 예부터 그와 같았으니까 현재도 해야 할 일이 없다든가 우리의 운명은 이미 결정되어 있으니까 그 '과거'를 외경해야 한다고 생각하지는 않는다. …

요컨대 역사를 읽으면 읽을수록 중국의 개혁을 늦춰서는 안 된다는 것을 알 수 있다.[2]

중국의 역사서로서 가장 대표적인 것은 정사(正史)로 인정받는 『24사(史)』입니다.[3] 루쉰이 살아 있던 당시까지 집필된 책들을 따져보면 사마천의 『사기(史記)』에서 시작되어 명나라 역사를 다룬 『명사(明史)』로 끝나지요. 「생각나는 대로 4」(1925)에서 루쉰은 다음과 같이 말합니다.

1) 『노신문집』, 제3권, 94쪽.

2) 위의 책, 182쪽.

3) 청나라가 멸망한 후 중국이 편찬하고 있는 사서인 『신원사(新元史)』와 『청사고(淸史稿)』까지 포함해 오늘날에는 『25사』, 혹은 『26사』라고 부르기도 한다.

일찍이 나는 『24사』 따위는 단순히 '서로 살육을 한 기록'이며 '지배자 일족의 족보'에 지나지 않는다는 설을 듣고서 과연 그럴 것이라고 생각했다. 그러나 그 뒤 내 자신이 읽어보고 나서 그것이 당치않은 말임을 알았다. …

마치 시간의 흐름이 우리 중국에 한해서는 인연이 없는 것처럼 보인다. 오늘날의 중화민국은 그대로 5대이며 송나라 말년이며 명나라 말년이다.

명나라 말년을 미뤄서 오늘날을 생각해보건대 앞으로의 중국은 지금보다도 더욱 부패하고 더욱 분열하며 더욱 광포와 잔학이 늘어날지 모른다. …

도대체 국민성이란 것은 그처럼 바꾸기 힘든 것일까? 만약 그렇다면 장래의 운명도 거의 가늠할 수 있게 된다. 귀에 못이 박일 정도로 들어 왔던 '옛날에도 그랬다'가 들어맞는 말이 된다. …

다행히 국민성이 절대로 바뀌지 않는다는 것은 누구도 충분한 근거를 갖고 단정하지는 못한다. 그 때문에 그 '불확정' 가운데는 가령 예외—그런 상태가 이제까지 한 번도 일어나지 않았다는 의미에서—로서 멸망에 대한 공포가 포함된다고 하더라도 그와 마찬가지로 예외로서 부활의 희망도 포함되어 있는 것이다. 겨우 그것만이 개혁자의 위안이 아닐까?

그러나 그 조그만 위안조차도 옛날의 문명을 자만하는 많은 사람들의 붓끝에서 말살되고, 새로운 문명을 중상하는 많은 사람들의 혀끝에서 익사하고, 새로운 문명의 가면을 쓴 많은 사람들의 언행에 의해 박살될지 모른다. 왜냐하면 비슷한 예가 그야말로 '옛날부터 있었기' 때문이다.[4]

루쉰은 「등하만필」(1925)을 써서 중국의 역사에 대해 통렬하게 비판합니다. "중국인들은 지금까지 '사람' 값을 쟁취한 적이 없으며 기껏해야 노예

---

4) 『노신문집』, 제2권, 135~136쪽.

에 지나지 않았고 지금까지도 여전하다"⁵면서 따라서 역사를 민족의 '흥기' '발달' '중흥' 등으로 구분함은 사실 '노예가 되고 싶어도 될 수 없었던 시대' '잠시 안정적으로 노예가 된 시대'를 뜻함에 불과⁶하다고 비판해요.

그러나 중국의 고유한 문명을 찬양하는 사람들이 많아졌고 여기에 외국인들까지 가세하게 되었다. 나는 늘 이런 생각을 한다. 중국에 오는 사람마다 만일 골치 아파하고 이맛살을 찌푸리며 중국을 증오할 수 있다면 나는 감히 진심으로 감사를 드리겠다. 왜냐하면 그는 틀림없이 중국인들의 고기를 먹고 싶어 하지 않을 것이기 때문이다.⁷

이른바 중국의 문명이란 사실 부자들이 누리도록 마련된 인육의 연회에 지나지 않는다. 이른바 중국이란 사실 이 인육의 연회를 마련하는 주방에 지나지 않는다. 모르고서 찬양하는 자는 그래도 용서할 수 있지만, 그렇지 않다면 그들은 영원히 저주받아 마땅하다.⁸

그 하나는, 중국인은 열등한 종족이므로 원래의 모양대로 하는 것이 가장 잘 어울린다고 하여 일부러 중국의 낡은 것들을 칭찬하는 사람이다. 또 하나는, 세상 사람들이 각기 서로 달라야만 자신의 여행에 흥취를 더할 수 있어 중국에 가서는 변발을 보고, 일본에 가서는 게다를 보고, 고려에 가서는 삿갓을 보고자 하는 사람이다. 만일 옷차림이 한결같다면 아예 재미가 없어질 것이므로 그래서 아시아가 유럽화하는 것을 반대하는 사람들이다.⁹

5) 위의 책, 290쪽.
6) 위의 책, 292쪽.
7) 위의 책, 293~294쪽.
8) 위의 책, 297쪽.
9) 위의 책, 298쪽.

## 중국 과학책도 읽지 마라

루쉰은 센다이전문대학에서 서양 의학을 공부했습니다. 따라서 중국 의학의 한계를 너무나도 잘 알고 있었어요. 「생각나는 대로 1」(1925)에서 그는 중국 의학서들이 얼마나 허술한지 지적합니다. 예를 들어 근육이 손가락과 발가락에서 시작된다고 한 『내경(內經)』이 의술인의 보감이고, 남녀 간의 뼈의 수가 다르다고 한 『세면록(洗寃錄)』이 검시인의 지침서라는 점을 루쉰은 '천하에서 첫째가는 기사(奇事)'라고 했어요. 또한 치통은 서양식 치과의사가 들어와서야 치료할 수 있게 되었는데, 중국 의사는 치통의 근본 원인인 충치를 제거하는 기술은 익히지 않고 임시방편인 땜질 기술만을 모방하고 있는 것도 '천하에서 둘째가는 기사'라고 했습니다. 심지어 남의 것을 받아들이는 것조차 올바르게 하지 못하냐는 것이지요.

이는 중국인들이 신체를 이해하는 데 있어 지나치게 유교적 예법에 의존했기 때문일지도 모르겠습니다. 변법자강운동을 주도했던 캉유웨이는 꿇어 엎드려 절하는 예법을 칭송하면서 이를 위해 무릎이 있다고 했습니다. 그는 공자교, 즉 유교를 국교로 삼아야 한다고 주장한 사람이에요. 그런데 중화민국이 들어선 후 꿇어 엎드려 절하는 예법이 폐지되고 대신 서양식 인사로 대체됩니다. 그러자 캉유웨이는 이는 서양식 모방일 뿐 공자에 대한 예의가 아니라고 비난했어요. 이를 들은 루쉰은 무릎의 진짜 용도도 모르는 것이냐며 이렇게 비꼽니다. "아닌 게 아니라 걸을 때 발을 움직이는 방법은 좀 관찰하기가 불편할는지 모른다. 그러나 의자에 앉을 때 무릎의 굴신(屈伸)까지도 잊어버린대서야 성인이란 말을 듣는 사람이 격물[10]을 등한히 했

---

10) 격물(格物)이란 사물의 이치에 대한 연구를 뜻한다. 이는 모든 수양의 근본으로 유교에서 가장 중요하게 여기는 핵심 개념 중 하나이다. 간략하게 설명하자면 사물에 관해 깊이 연구해야만 그 본질을 깨달을 수 있고 거기에서부터 도가 시작된다는 뜻이다.

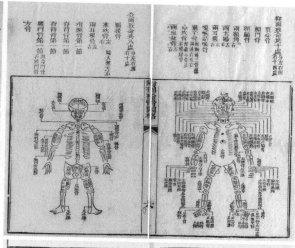

▲『내경』

▶『세면록』(1843년 판)

▶『본초강목』

▶『본초강목』에 나오는
　814종의 식물과 곤충

다고 말할 수밖에 없다"고 말이지요. 그러나 루쉰은 중국이 형벌의 집행에 서만큼은 인간의 몸을 제대로 관찰했다고 합니다. 몸 중에서 가장 가느다란 목을 베고 가장 살이 많은 엉덩이에 체형을 가하는 것이 "격물에 철저했음을 안 것은 '성인'에 비할 바 아니다"라고요. 또한 계엄령이 선포되면서 이러한 형벌이 부활한 것은 국수(國粹) 보존을 위한 '천하에서 셋째 가는 기사'라며 신랄하게 풍자합니다.[11]

그러나 루쉰이 중국의 모든 과학서적을 불신한 것은 아닙니다. 그는 뒤에 「경험」(1933)이라는 글에서 『본초강목(本草綱目)』을 이름 없는 사람들이 누대에 걸쳐 이루어낸 지혜의 보고라고 예찬하거든요.[12] 의학만이 아니라 건축, 요리, 어로, 수렵, 농업, 공업 모든 면에서 인정할 만하다는 것입니다.[13]

루쉰은 한편, 「생각나는 대로 2」에서 중국에 여유가 없는 것을 개탄합니다. 가령 서양 책에서는 갖가지 일화가 수록되어 글에 활기를 불어넣지만, 그것이 중국어로 번역되는 경우에는 생략되어 교과서와 같은 딱딱한 책이 된다는 것인데요. 손질이 덜된 물건, 임시방편으로 넘기는 사무처리, '아름다움'과 '대견함'을 생각하지 않는 것도 이러한 시대정신의 결과라고 할 수 있습니다.

---

11) 『노신문집』, 제3권, 132~133쪽.
12) 『노신문집』, 제5권, 95~96쪽.
13) 그런데 루쉰은 같은 글에서 똑같이 여러 사람의 '경험'을 통해 만들어졌으면서도 부정적인 것도 있다고 비판한다. 예를 들어 "남의 돌림병에 상관 말고 제 감기에나 신경 쓰라", "관청 문이 아무리 활짝 열려 있어도 돈 없으면 따지러 가지 마라"는 이기적인 속담 등이 그러하다.

# 중국 전통 비판

## 만리장성이 무엇인가?

만리장성이 중국의 제일가는 상징임은 두말할 필요도 없습니다. 만리장성은 지구에서 인간이 건설한 것 중 가장 거대한 구조물이자 유네스코 세계유산에 등재되기도 했어요. 그러나 루쉰은 이 거대한 장성을 바라보며 탄식합니다. 진시황제는 북방 오랑캐의 침입을 막기 위해 막대한 인부를 동원해 가며 만리장성을 쌓도록 명하였는데, 그 길이가 만 리를 넘다 보니 공사 중 다치거나 죽은 인부가 셀 수 없었기 때문이지요.

> 위대한 장성이여! …
> 그런데 사실, 많은 인부들이 이 장성 때문에 고역에 시달리다 죽기만 했지, 장성 덕분에 오랑캐를 물리쳐본 적은 없다. …
> 나는 언제나 장성이 내 주위를 에워싸고 있는 것처럼 느껴진다. …
> 위대하고도 저주스런 장성이여!

만리장성보다 유명하지는 않지만, 저장성 항저우 시에 자리했던 뇌봉탑(雷峰塔)에는 수백 년 동안 내려오는 전설이 있었습니다. 인간으로 둔갑해서 한 사내를 홀려 혼인까지 올린 백사를 어느 영험한 고승이 탑 아래에 봉인했다는 이야기지요. 뇌봉탑은 그 장엄한 규모로 서호 10경 중 하나로 꼽히기도 했습니다. 그런데 이 탑이 1924년에 무너졌습니다. 그해 루쉰은 '만천하 인민의 기쁨이 얼마나 클까'라며 「뇌봉탑의 도괴에 대하여」를 씁니다. 그리고 이듬해

「다시 뇌봉탑의 도괴에 대하여」를 써서 다음과 같이 풍자해요.

우리들 중국인은 …대부분이 10경병이란 것을, 적어도 8경병을 앓고 있다. …더구나 '십자형' 병원균은 혈관에 침입하여 온몸에 퍼져 있으며… 약에는 십전대보탕, …적어도 환자들에게 이상한 기분을 일으키게 하고 아끼던 지병의 10분의 1이 갑자기 탈락한 것을 알리는 효과는 있을 것이다. …

사실은 그처럼 자연히 일어나는 파괴는 아무런 도움이 되지 않는다. 따라서 그것을 유쾌하게 생각하는 것은 부질없는 자기기만이다. 풍류인과 '10경병' 환자와 전통주의자는 틀림없이 고심참담 그럴듯한 구실을 만들어 다시 10경을 갖추려고 할 것이니까.

파괴가 없으면 새로운 건설도 없다는 생각은 대체로 옳다. …루소, 슈티르너, 니체, 톨스토이, 입센 등은 …'궤도파괴자'이다. …그런데 그와 같은 인간이 중국에는 없다. 설사 있다고 하더라도 사람들이 뱉는 침 때문에 익사해버릴 것이다. …중국에 '10경병'이 있는 한은 루소 일파와 같은 미치광이는 절대로 태어나지 않는다. …

그러나 완전히 정체한 생활이란 이 세상에 있을 수 없으므로 파괴자가 오긴 온다. …어떤 사람이 중국론에, 만약 신선한 피를 가진 야만인의 침입이 없었다면 중국은 어디까지 부패했을지 알 수 없다는 대목이 있다. …

우리는 혁신적 파괴자를 찾고 있다. 그와 도적이나 노예의 구별을 우리는 알고 있어야 한다. …모든 언동이나 사상 속에 그것을 사유의 수단으로 하려는 조짐을 보이는 자는 도적이다. 그것을 눈앞의 작은 이익의 수단으로 하려는 조짐을 보이는 자는 노예이다. 그 앞에 내건 것이 설사 아무리 훌륭하고 아름다운 깃발일지라도.[14]

14) 위의 책, 72~75쪽.

296

**뇌봉탑**
1924년 탑이 무너지기 전 본래의 모습이다
(1910).

이러한 숫자놀음은 중국에만 있는 것이 아니지요. 뉴스에서 나오는 10대 진미니, 와인이니, 관광지니 등의 소리를 들으면 어쩐지 무리해서라도 맛보고 마시고 가보고 싶잖아요? 루쉰은 이러한 권위에의 호소를 비판한 것입니다.

앞에서 보았듯이 루쉰은 일본 유학시절에 「문화편향론」을 썼는데요. 여기서 루소, 슈티르너, 니체, 톨스토이, 입센 등을 서양의 물질문명에 대항한 새로운 문화를 주장한 사람들로 칭송했습니다. 그 글을 쓴 것이 1907년이었으니 적어도 위 글 「뇌봉탑에 대하여」를 쓴 1924년까지 루쉰은 그러한 '궤도파괴자'들에 대한 사랑을 지녔던 것이라고 볼 수 있겠네요. 아니 죽을 때까지 그러했어요.

루쉰이 비판한 중국인의 또 다른 특성은 관(官)에 집착하는 것입니다. 루쉰은 「교육계의 3혼」(1926)이란 글에서 다음과 같이 말해요.

> 중국인은 관에 대한 집착이 매우 강하다. …꼭두각시인 황제를 위로 받들고, 관에 반항하는 것은 황제에게 반항하는 것으로 여겼으므로 그런 무리들은 모두 '비도(匪徒)'란 '아호'로 불렸다.[15]
>
> 이 세상에는 관이 말하는 '도둑'과 민이 말하는 '도둑'이 있고, 관이 말하는 '민'과 민이 말하는 '민'이 있으며, 관은 '도둑'이라고 하지만 사실은 참다운 국민인 경우

15) 위의 책, 208쪽.

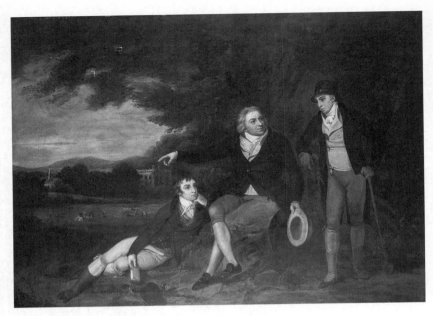

**백신 처방을 권유하는 에드워드 제너**
(CC BY 4.0)

가 있으며, 관이 '민'이라고 하지만 사실은 관아의 하수인인 경우가 있다. 그러므로 '민혼'처럼 보여도 사실은 '관혼'일지도 모를 경우가 가끔 있다. 그 점을 '영혼' 감정가는 충분히 주의해야 한다.[16]

위의 문장은 혁명할 권리와 저항할 권리를 주장하는 것입니다. 루쉰은 「나폴레옹과 제너」(1935)라는 글에서 나폴레옹, 칭기즈 칸, 히틀러를 살성(殺聖)이라 불러요. 이들은 후대에 이름을 남기긴 했지만, 전쟁을 일으켜 무수한 자국민과 다른 나라 국민을 죽음으로 내몰았지요. 루쉰은 그런 파괴자들

16) 위의 책, 210쪽.

이 존경을 받지만, 종두법을 발견해 인류를 구한 영국의 의사 에드워드 제너(Edward Jenner, 1749~1823)는 이름조차 기억되지 못하는 현실을 개탄합니다.

만일 이와 같은 생각이 고쳐지지 않는다면 세계는 그냥 이렇게 파괴될 것이며, 사람들은 여전히 고통을 받게 되리라.

## 유교와 왕조

루쉰은 「황제에 대하여」(1926)에서 다음과 같이 중국 역대 왕조를 비판합니다. 또한 그들을 숭배하라고 가르친 유교적 질서 역시 잘못되었다고 하지요.

중국인은 귀신을 다루는 데 있어서 역신이나 화신처럼 흉악한 것에는 아첨하고 토지신이나 조왕신처럼 우직한 것은 조롱한다. 황제에 대한 방법도 그와 비슷하다. 임금과 신민은 원래 같은 민족으로서 난세를 맞이하여 "이기면 임금이고 지면 역적"이란 말대로 한 사람은 황제가 되고 많은 사람은 평민이 되는 것이 통칙이다. 따라서 사고방식의 면에서 양자 사이에는 큰 차이가 없다. 황제나 대신들에게 '우민정책'이 있듯이 인민 쪽에는 그 나름의 '우군정책'이 있는 것이다.
옛날 우리 집에서 있었던 늙은 하녀가 알고 있는, 그리고 정말로 믿고 있는 황제를 다루는 방법 …"가령 겨울에 참외를 달라거나 가을에 복숭아를 달라고 할 때 그것을 어떻게 금방 구할 수 있겠어? 그러면 그는 당장 화를 펄펄 내면서 사람을 죽인단 말씀이야. 그러니까 황제에겐 1년 내내 시금치만 올린다고 하더군. 그것은 언제나 금방 구할 수 있는 물건이니까. 그러나 그것을 시금치라고 말하면 그는 또 틀림없이 화를 내고 말 거야. 아무렴, 그건 값싼 물건이니까. 그래서 아무도 시금치라고 부르지 않고 다른 이름으로 부른대. '빨간 부리를 가진 초록색 앵무새'라고 말야."

머리가 단순한 여자의 눈에도 바보처럼 보이는 황제란 아무래도 무용의 장물(長物)이 아니겠는가? 아니 그렇지는 않다. 그녀의 생각으로는 그것이 필요하며 더구나 마음껏 뽐내게 해줘야 할 존재이다. 자기보다 강한 자를 그의 힘으로 응징하는 일에는 쓸모가 있기 때문이다. 따라서 마음대로 사람을 죽일 수 있다는 것이 황제의 불가결한 조건이다. …

'성군'에 의지하여 도를 행하려고 하는 유가의 방법도 같은 수법이다. …성인지도(聖人之徒)도 역시 그에게 '빨간 부리를 가진 초록색 앵무새'를 먹이지 않을 수 없다. 그리고 그것을 '천(天)'이라고 부른다. 천자의 행동은 모두 '천의(天意)'를 체화(體化)한 것이므로 마음대로 날뛰어서는 안 된다는 논리이다. 그런데 그 '천의'라는 것은 편리하게도 유자만이 알 수 있는 것이다.

거기서 도출되는 결론은 결국 황제가 되려면 유가의 가르침을 받아야 한다는 것이다.[17] 하지만 그런데도 횡포한 황제가 날뛰는 일이 있다. 아무리 '하늘'을 말해봐야 "내 뜻이 바로 하늘의 뜻이다"라고 오히려 역습한다. …그리하여 나라는 망하고 하늘로 밥을 먹는 성현군자들은 울려고 해야 울 수도 없고 웃으려고 해야 웃을 수도 없게 된다.

그렇게 되면 그들은 자기의 주장을 글로 남기면서 폭군을 매도할 방법밖에 없다. 그리고 백 년 뒤에나 곧 그들이 죽은 뒤에나 그들의 주장이 세상에 받아들여지기를 기대하면서 자기만족에 빠진다.

하지만 그 책들에 쓰인 것이란 그저 '우민정책'이나 '우군정책'이 모두 실패로 끝났다는 것뿐이다.[18]

**루쉰은 「모래 황제」(1933)에서 학자들이 중국인을 모래알에 비유하는 것**

---

17) 위의 책, 229~230쪽.
18) 위의 책, 229~230쪽.

은 옳지 않다고 했습니다. 비록 민중들이 무식하기는 하지만 자신들의 이해 관계가 걸린 일에는 단결하기 때문이에요. 루쉰은 백성들이 모래알 같다는 것은 곧 "통치가의 다스림의 성공 탓"이라고 보았습니다.

그렇다면 중국에는 모래알이 없는가? 있기는 있다. 그러나 서민들이 아니라 대소 관직의 통치자들이다.

사람들은 '출세도 하고 돈도 번다'고 말한다. 그러나 이 둘은 결코 병렬적인 것이 아니다. 출세는 오직 돈 벌기 위해서일 뿐이며, 돈을 벌기 위한 실마리에 불과하기 때문이다. …나라님이 청렴하라, 명을 내려도 졸개들은 들은 시늉도 안 하며, 오직 '은폐'로 답할 뿐이다. 그들은 모두 잇속만 챙기는 이기적인 모래알들이다. 잇속을 챙길 수 있을 때 챙기면 그만이고, 받듦을 받을 수 있을 때 받듦을 받으면 그만으로, 그들 모래알 하나하나가 모두 황제이다. 러시아 차르 황제를 중국어로 옮기며 사황(沙皇)이라 옮긴 이가 있었다.

이런 모래황제들이 백성들을 다스리게 되자, 온 중국이 온통 모래알 천지로 변해 버렸다. 그러나 이런 중국 사막 밖에는 자기들끼리 똘똘 뭉쳐진 사람들, 외국인들이 있었다. 그들은 무인지경을 가듯 사막으로 들어왔다. …

"군자는 원숭이와 학으로 되었고, 소인은 버러지와 모래로 되었다"는 말은 이런 경우를 두고 한 말이다. 그들이 들어오자, 군자들은 학처럼 날아오른 것이 아니라 원숭이처럼 나무로 올라갔다. 나무가 쓰러지면 원숭이들이 뿔뿔이 흩어지듯, 그들은 자기들 우두머리가 망하자 뿔뿔이 다른 나무로 옮겨갔다. 그들은 고생할 턱이 없었다.

땅바닥에 남은 것은 땅강아지 같은 하찮은 미물, 서민들뿐이었다. 그들은 깡그리 밟혀 죽을 수도 있었다. 모래황제들에게도 대항하지 못했는데, 하물며 그 모래황제까지 이긴 승자를 어떻게 당해낼 수 있을 것인가. 이렇듯 미물들이 모두 죽어가는 참에 붓을 휘두르며 떠벌리는 사람들이 나타났다. 그들은 백성들에게 심각하게 묻고 있다. "국민들이여, 그대들은 어찌하여 이 모양 이 꼴로 처신하고 있단 말인가?" "국민들이여, 이러다가 장차 어떻게 뒷감당을 할 셈인가?"

돌연 '국민'을 내세우며 떠들 뿐, 더 이상 다른 이야기는 아무것도 없다. 그러면서 국민들이 나서서 침입으로 인한 손실을 보충해야 한다고 요구한다. 그러나 이는 손발이 꼭꼭 묶인 사람더러 가서 도둑을 잡아오라는 요구와 진배없는 것이 아닌가!

모래황제들의 치적의 가장 든든한 주춧돌은 바로 이런 무리들이었다. 그러나 한편으로 이들 무리들의 이러한 행태는, 원숭이들의 최후의 눈물이자, 자기 잇속만 챙긴 나머지 필연적으로 도달하기 마련인 종말적 위기일 수도 있는 것이다.

흔히 중국의 정치철학을 민중의 마음을 정복하는 왕도라고들 합니다. 왜냐하면 지배자가 갖추어야 할 덕목을 설파한 공자의 '인'이나 '덕치주의' 등이 널리 알려져 있기 때문입니다. 또한 공자는 백성의 마음을 얻어야 군주가 될 수 있다는 말을 남기기도 했어요. 그러나 루쉰은 「불·왕도·감옥」(1934)에서 이러한 유교적 이념이 제대로 존재한 적이 없다고 꼬집습니다.

공자나 맹자는 확실히 그 왕도를 크게 선전했지만, 선생들은 주조(周朝)의 신민이었을 뿐 아니라 제국을 주유(周遊)하며 활동했으므로, 어쩌면 관리가 되고 싶었기 때문인지도 모른다. …그러나 다른 기록을 보면 그 왕도의 원조며 전가(專家)였던 주조마저도 토벌을 시작할 때 백이(伯夷)와 숙제(叔齊)가 말을 가로막고 간하자 그들을 끌고 가지 않으면 안 되었다. …

유사(儒士)와 방사(方士)는 중국의 특산 명물이다. 방사의 최고 이상은 선도(仙道)며, 유사의 그것은 곧 왕도다. 그러나 유감스럽게도 중국에는 선도도 왕도도 있어 본 적이 한 번도 없다. 오랜 역사상의 사실이 증명하는 바에 의하면, 옛날에 참된 왕도가 있었다는 것은 거짓이며, 지금도 아직 있다고 한다면 신약이어야 한다. 맹자는 주조 말에 생활했기 때문에 패도를 일컫는 것을 부끄럽게 여겼지만, 만약 지금도 살아 있다면 인류의 지식 범위의 전개에 따라서 아마 왕도를 칭하는 것을 부끄럽게 여겼을 것이다.[19]

루쉰은 『고사신편』의 「고사리를 캐는 이야기」(1935)에서도 백이와 숙제를 비판합니다. 이들은 주나라 무왕이 상나라 주왕을 공격하자 이는 인(仁)도 가 아니라며 산으로 들어가 평생 고사리를 캐 먹으며 살다 죽은 인물들인데요. 루쉰의 소설 속에서 그들은 언제나 선왕의 도를 말하지만, 사실은 진부한 말밖에 내뱉을 줄 모르는 이들로 그려집니다. 또한 자신들의 말에 어긋나는 나약하고 위선적인 모습만을 보여주지요. 백이와 숙제는 우리나라 교과서에서도 유학자의 모델로 등장한 적 있습니다. 그렇지만 루쉰의 작품 속에서는 한 하녀가 그들에게 그들이 먹는 고사리조차 주나라의 것이 아니냐고 지적하여 그들의 기만을 들춰내지요.[20]

## 중국 깡패의 기원을 찾다

루쉰은 「깡패의 변천」(1930)에서 공자와 묵자에 대해 독특하게 설명합니다. 공자는 덕치주의를 주장했고 묵자는 법치주의를 주장했는데요. 그중 묵자를 추종하던 이들이 시간이 흘러 지금의 깡패가 되었다는 것입니다.

이 글에서 루쉰은 이른바 '협객'의 근원을 묵자로 봅니다. 이는 오늘날까지 내려오는 무협소설의 '사상적' 근본에 대한 흥미로운 논의이기도 해요. 그런데 루쉰은 무협소설의 원조라 할 수 있는 중국 고전소설 『수호전』의 가

---

19) 『노신문집』, 제5권, 118쪽.
20) 『노신문집』, 제2권, 194쪽.

치를 부정합니다. 주인공 중 한 사람인 '이규'의 언행이 노예근성에 젖어 있다고 보았기 때문이지요.

> 공자도 묵자도 현상에 불만이어서 개혁을 생각했다. 하지만 그 제일보는 인주(人主)의 환심을 사는 일이었다. 그리고 인주를 조종하기 위해 사용한 도구가 모두 '하늘'이었다.
>
> 공자의 제자들은 유자(儒者)가 되고 묵자의 제자들은 협자(俠者)가 되었다. '유(儒)는 유(柔)'이므로 이쪽은 위험이 조금도 없다. 그런데 협자는 천성이 바르고 곧기 때문에, 묵가의 말류(末流)가 되면 '죽음'을 궁극 목표로 삼기에까지 이르렀다. 그리고 그 후 정직한 자는 차츰 죽어버리고 교활한 협자만이 뒤에 남았다. 한대의 대협(大俠)쯤 되면 만일의 경우에 대비하여 귀족이나 대관에게 선물을 계속했다.
>
> 사마천은 "유는 문으로써 법(法)을 난(亂)하고, 협은 무로써 금(禁)을 범(犯)한다"고 말했다. '난'이나 '범'은 옥신각신하는 작은 분쟁일 뿐이며, 절대로 '반(反)'은 아니다. 하물며 그 배후엔 '오후(五候)'와 같은 유력자가 대기하고 있는 것이다.
>
> '협'이란 말은 차츰 사라지고 그 대신 도적이 나타났는데, 이 또한 협자의 한동아리이다. 그들의 슬로건은 '하늘을 대신하여 도를 행함'이었다. 그들이 반대한 상대는 천자가 아니라 간신이며, 그들이 빼앗은 상대는 장군이나 대신이 아니라 평민이었다.
>
> 『수호전』의 형장 침입 장면에서 이규는 도끼를 휘둘러 대활약을 하는데, 그 도끼로 목이 잘린 건 구경꾼이었다. 『수호전』엔 틀림없이 이렇게 쓰여 있다─우리는 천자에 반대하는 것이 아니므로 일단 대군에 맞아들여지면 귀순하여 국가를 위하여 다른 도적, 즉 '하늘을 대신하여 도를 행'하지 않는 도적을 치는 것이라고. 확실히 이건 노예이다.

만주인이 침입하여 차츰 중국이 제압되자, 이젠 '협기'가 있는 사람마저도 도적이 되려고 기도하지도 않고, 간신을 규탄하려고도 않고, 또 천자를 직접 섬기려고도 않게 되었다. 그 대신 고관 또는 특명전권 등의 경호원이 되어 도적을 잡는 역할을 맡고 나섰다. …위로부터의 명령은 엄수해야 되지만 아래로 향해선 마음껏 뽐낼 수 있다. 몸의 안전도가 더해진 만큼 노예근성도 강해졌다.

그런데 도적이 되면 관병에게 당하며, 도적을 잡는 역할을 맡으면 도적에게 당하게 될지 모른다. 절대 안전한 협객에 뜻을 둔다면 어떤 것이나 좋지 않다. 그래서 깡패가 나설 차례가 되었다. 승려가 음주했다 하여 두들기고, 남녀가 밀통했다 하여 붙잡고, 사창이나 밀매인을 보면 괴롭힌다. 이건 순풍미속을 유지하기 위함이다. 조계(租界)의 규칙 같은 걸 모르는 도회지 구경 온 시골사람을 만나면 감쪽같이 속인다. 이건 무지를 경멸하기 때문이다. 단발한 여인은 놀리고 사회운동가는 미워한다. 이건 질서를 존중하기 때문이다. 이는 오직 전통이란 뒷방패가 있고, 또한 상대가 그다지 강적이 아니기 때문에 제멋대로 행동할 수 있는 것이다.[21]

이 글을 읽으며 우리는 묵자의 후계자라 할 수 있는 '협자'들에 대한 루쉰의 찬양과 그 뒤에 이들이 왜곡되어간 과정을 구별할 필요가 있습니다. 묵자에 대한 더욱 분명한 언급은 『고사신편』의 「전쟁을 막은 이야기」에서 볼 수 있어요. 이 소설에서 묵자는 다음과 같이 농민 그 자체의 모습으로 묘사됩니다.

따로 누더기 보자기를 하나 찾아내어 경주자가 다 찐 옥수수 만두를 가져오자 그

21) 『노신문집』, 제4권, 215~216쪽.

것들을 모두 그 보자기에 쌌다. 옷 같은 것은 준비하지 않고, 세수수건도 간직하지 않고, 혁대만을 다시 매고 당(堂)에서 내려섰다. 짚신을 신고 보퉁이를 등에 지고 나서 뒤돌아보지도 않고 나갔다. 보퉁이 속에서는 더운 김이 모락모락 피어나고 있었다.[22]

묵자는 송나라를 침략하려는 초나라를 방문해 전쟁하지 못하게 설득해 냅니다. 송나라로 돌아가 보았자 민중들로부터 아무런 감사도 받지 못할 터인데도 그렇게 해요. 이러한 묵자의 모습은 앞서 본 「검을 단련하는 이야기」에 나오는 '검은 사람'이나 다음의 「홍수를 다스린 이야기」에 나오는 우(禹)를 연상케 합니다.

그렇다면 「홍수를 다스린 이야기」의 줄거리를 한번 살펴볼까요? 거칠고 거친 홍수가 범람해 만물이 물에 잠긴 시대, 천제가 우에게 홍수를 다스리라는 명령을 내리는 것으로 이야기는 시작합니다. 그런데 작중 학자들이 할 줄 아는 것은 '굿모닝' '하우두유두' '컬처' 'OK' 따위의 외래어를 떠드는 것뿐이에요. 그중 한 사람은 우 임금이 결코 맡은 일을 해내지 못할 거라고 단언하며, 자신의 유전학적 지식을 떠벌리지요.

"부잣집 자손들은 모두 부자이며, 악인의 자손들은 모두 악인이었소. 이것이 곧 '유전'이란 것이오. 따라서 곤(鯀)이 성공치 못했는데 그 아들 우가 성공할 리는 절대로 없소. 왜냐하면 어리석은 자는 슬기로운 자식을 낳을 수 없기 때문이오."[23]

곧이어 홍수 실태를 시찰하려고 수도에서 관리들이 내려오는데요. 지식

22) 『노신문집』, 제2권, 228쪽.
23) 위의 책, 164쪽.

인들은 현실을 제대로 파악하지 못하고 수재(水災) 상황이 그리 심각하지 않다는 보고를 올립니다. 백성들도 노예근성에 젖어서 물풀과 나뭇잎으로 간신히 연명하면서도 군소리를 하지 않아요. 자신들은 이미 무엇이든지 익숙해져 있으니 괜찮다고 합니다. 고관들은 우에게 다음과 같이 아룁니다. 이 역시 학자들이 논하던 것과 똑같은 쓸모없는 공론에 불과합니다.

"백성들은 모두 착실합니다. 그들은 길들여져 있습니다. 말씀 올리겠습니다. 그들은 어려움을 견뎌내는 데 있어서 세계에 그 이름을 떨칠 자들이옵니다."

"그런데 저는 벌써 의연금 모집 계획을 세웠습니다." 다른 한 고관이 말하였다. "전기식료품 전람회를 여는 것입니다." 여흥으로 미스 오랑캐를 초청하여 현대연극을 하게 합니다. 입장권제를 하기로 하고 회장에서의 모금은 절대 하지 않을 뜻임을 밝혀두는 바입니다. 이렇게 하면 관중은 틀림없이 많을 것으로 사료됩니다. …

"하오나, 최대의 긴급한 일은 조속히 대형의 뗏목 떼를 파견하여 학자들을 고원으로 맞아들이는 일입니다." 세 번째의 고관이 말하였다. "그리고 다른 한편으로 기광국에 사자를 보내어 우리들이 얼마나 문화를 존중하고 있는지를 알려서 구휼품은 매달 이곳으로 보내주면 좋겠다는 것을 말씀드리는 일입니다. 학자들의 보고가 여기 제출되어 있습니다만, 정말 당당한 문장입니다. 그들의 의견에 의하면 문화는 나라의 명맥이며 학자는 문화의 영혼이다, 문화로서 존재하는 한 중화는 존재하는 것이며, 모든 여타의 것은 제 이 제 삼의 ….

"그들의 의견에 의하면 중국의 인구는 너무 많습니다." 처음의 고관이 말하였다.

"다소 줄이는 것은 태평을 기하는 길입니다. 더구나 그들은 단지 우민(愚民)에 지나지 않으며, 그 희로애락은 지자(智者)가 헤아리는 바와 같은 정치(精緻)한 것이 아닙니다. 사람을 알고 일을 논하려면 먼저 주관에 의거하지 않으면 안 됩니다. 가령 셰익스피어는…."

"멋대로 해!" 우는 속으로 생각하였다. 그러나 입으로는 큰소리로 이렇게 말하였다. "내가 조사해본 결과, 종래의 '인(湮, 둑을 막는 것)'법은 잘못임을 알았다. 앞으로는 '도수(導水, 물을 흐르게 하는 것)'법에 의지하면 안 된다고 생각하는데, 여러분의 생각은?"

좌중은 숨을 죽여 묘지와 같았다. 고관들의 얼굴에 사색이 나타났다. …수염도 새하얀 한 고관이 천하의 운명이 내 세 치 혀끝에 달렸다는 듯이, 각오를 하고 생사를 도외시하여 단호하게 항의하였다. "인은 대인의 부군께서 정하신 방법이옵니다. '3년간 아비의 길을 고침이 없으면 효라 하리로다.'(논어) 부군께서 승천하신후 아직 3년이 되지 않았습니다." …

"다른 여러 가지 방법은 이른바 '모던'이라 하는 것입니다. 옛날 치우씨도 이 점에 있어서 실패하였던 것입니다."[24]

우는 기존에 실패했던 '둑을 막는 방법'을 바꿔 '물길을 트는 방법'을 제안하는데요. 신하들은 아버지가 한 일을 자식이 바꾸는 것은 옳지 않다는 유교적 질서를 들어 이에 강하게 반발합니다. 게다가 거기에 더해 '둑을 막는 방법'은 이미 세간에 좋은 방법으로 정평이 나 있으니 이대로 따라야 한다고 해요. 그 외의 다른 현대적인 방법들은 실패일 뿐이라고요. 그런데 이주장은 앞에서 서양 오랑캐의 현대연극을 들여오자고 한 고관의 말과는 모순됩니다. 이는 속물근성에 빠져 서양의 물질문명을 맹신하면서도 정작 근본적인 개혁은 거부하는 지식인들의 모순을 보여줍니다. 우는 신하들의 반대를 무릅쓰고 물길을 틀어 홍수를 다스립니다.

황제는 "곧 특별 명령을 내려 백성들은 모두 위의 행위를 본받아야 할 것

24) 위의 책, 173~175쪽.

이며, 그러하지 않는 자는 즉시 죄인으로 간주하겠다는 것을 포고"[25]합니다. 그렇지만 우는 화려한 행사에 참여한 후 그 자신도 변해서 제사와 의복에 집착하는 사람이 되고 맙니다.

## 할리우드 영화가 인기를 끈 이유

루쉰은 「깡패의 변천」에서 질서를 핑계 삼아 약자를 괴롭히는 깡패를 묘사했습니다. 그런데 여기서 깡패란 경찰까지 포함한 관료 지배계급으로 볼 수 있을지도 몰라요. 위 글에서 루쉰은 그나마 현대 중국에는 '협객소설' 또는 '깡패소설'이 없다고 보았는데요. 그렇지만 만약 '지금보다 더 타락이 진행되면' 이러한 깡패들이 소설의 주인공이 될 것이라고 내다보았습니다. 그리고 이러한 작품을 쓸 이로 소위 '혁명문학자'에 기대한다고 야유했습니다.

그러나 당시 중국에 이런 이야기가 전혀 없었던 것은 아니에요. 바로 영화가 그런 역할을 했습니다. 루쉰은 『현대영화와 부르주아 계급』의 「역자 부기」에서 그런 영화의 상업성과 허구성을 비판합니다. 스크린에서 자극적이고 낭만적인 이미지들을 보여줄수록 관객은 자신의 현실을 돌아보며 무기력해지기 마련이니까요. 또한, 영화 속에 숨겨진 제국주의적 구조를 비판 없이 수용하게 되기도 하고요. 그 비판은 오늘날의 한국 극장가에도 그대로 맞아떨어집니다. 당시 중국에 상영된 영화 대부분은 지금 한국과 마찬가지로 미국의 할리우드 영화였거든요.

신문엔 영화 광고가 연일 2쪽 이상이나 실린다. 출연자가 몇 만 인이라느니, 제작 비용이 몇 백만이라느니 하며 여봐란듯이 벌이는 자랑 경쟁, '최고의 풍류·낭만·

25) 위의 책, 178쪽.

향염(香艶)·육감·익살·연애·열정·모험·용장·무협·신괴(神怪) ···공전의 초대작'
이라는 식이니 마치 보러 가지 않고는 죽어도 죽지 못할 것 같은 기분이 든다. ···
낡은 무기를 군인에게 팔아넘기는 것과 마찬가지로 돈벌이가 목적이다. ···그 목
적은 '최고의 풍류·낭만·향염(香艶)·육감···'을 보는 것이다. ···그들의 '용장·무협'
의 초대작 전쟁영화를 보면 무의식 속에서 주인이 이렇게 강해선 자기가 노예
로 있는 것도 할 수 없는 일이라고 생각할 것이고, 또 그들의 '최고의 풍류·낭만'
의 초대작 연애영화를 보면 마님이 저렇게 육감적이어선 손을 들었다며 자기혐
오에 빠질 것이다ㅡ화풀이로 백계 러시아인 창부를 사는 것쯤은 아직 할 수 있다
하더라도. 아프리카 원주민은 무엇보다도 백인이 지니는 양총을 탐내며, 아메리
카의 흑인은 백인 여자를 강간하고 싶어 하며, 화형으로 위협받아도 그치질 않는
다. 그들의 실제의 '초대작'을 보고 있는 탓이다. 다만 문(文)과 야(野)의 차이로,
중국인은 옛 문명국인이기 때문에 마음으로는 감복해도 실행엔 이르지 못할 것
이다. ···

작년, 아메리카의 '무협스타'인 페어뱅크스[26]가 달러를 너무 많이 모으게 되자 동
양으로 놀러 왔었다. 상해의 각종 단체는 미리 그 환영 계획을 세웠다. 어쨌든 중
국엔 옛날부터 '배우를 편드는' 기풍이 있는 데다 당송 이래 무기력한 소시민이
자기를 대신하여 악인을 해치워줄 '검협'을 숭배하여 마지않았고··· 영화로 말하
더라도 서양의 '7협5의', 즉 '삼총사' 등은 절대적인 인기가 있었다. ···

하긴 개중에 반대자도 있어서, 그가 「바그다드의 도적」에 출연하여 몽고의 왕자
를 차서 죽인 건 중국에 대한 모욕이라고 으르렁댄다. 그러나 이건 그 영웅이 도
적인 주제에 계급을 두 단계나 뛰어넘어서 마침내 왕녀의 부마가 되었다는 이야
기로, ···'이 출세담에 의하여 흥분하고, 부르주아 계급에의 충성을 맹세하는 기분'

---

26) 미국의 영화배우. 1923년부터 영화에 출연하기 시작해 액션활극 영화의 주인공으로 전 세계적인 이름을
날렸다. 그는 할리우드 최초의 액션스타라고 일컬어지기도 한다.

이 되게 만드는 것일 뿐, 짐짓 중국을 모욕한 건 아니다. …이렇게 헛다리짚는 일이 중국에선 흔히 있는 일이며, 희한하지도 아무렇지도 않다. …

이윽고 페어뱅크스는 도착했고, 어떤 단체가 환영을 자청했더니 "공식연회엔 절대로 출석하지 않는다"고 대리인으로부터 딱 잘라 퇴짜를 맞고 서양 협객의 존안을 뵙는 광영을 끝내 입질 못하게 되었다. 그런데 페어뱅크스는 '일본 도착 후는 스케줄 일체를 일본 쪽에서 정하고 동경에선 극장의 스테이지에서 일본의 민중과 대면'하게 되었다.[27]

루쉰은 중국이 세계적인 영화배우인 더글러스 페어뱅크스(Douglas Elton Fairbanks Jr., 1909~2000)를 바라보는 태도를 풍자합니다. 상해영화협회에서는 이 세계적 스타에게 보낸 초청장에서 그를 '중화민국의 인민'으로 부르고, 그에게 '세계 인류의 상호애'를 유도하라고 권고하며, '4천여 년의 역사 문화로 단련된 정신'의 진실된 중국 모습을 소개해달라고 신신당부했는데요. 이에 루쉰은 말해요. …"실은 여기에 설명된 정신이란, 설령 국내에 아무리 전쟁이나 분쟁이 있더라도 우리들 '몽고'왕의 자손은 서양 나라에 대해선 절대로 예의 바르다는 것이다. 그것뿐이다"[28]라고요. 그리고 이러한 태도가 얼마나 구차한 것인지 꼬집습니다.

이야말로 피압박 옛날 국가의 인민의 정신, 특히 조계 거주자의 정신이다. 압박받고 있기 때문에, 무력함을 자인하고, 세계에 선전해 달라고 남에게 부탁한다. 부탁하는 이상 아무래도 아첨한다. 하지만 한편 자기가 '4천여 년의 역사 문화에 단련되었다'고 믿고 있으므로 세계에 선전해달라고 남에게 부탁하는 교만함이 있다.

---

27) 『노신문집』, 제4권, 226~228쪽.
28) 위의 책, 229~230쪽.

아첨과 교만이 결합된 것, 이야말로 몰락한 옛날 국가의 인민의 정신의 특색이다. 구미 제국주의자는 폐총을 써서 중국에 전쟁과 분쟁을 충동질한 끝에 다시금 낡은 필름을 써서 중국인을 깜짝 놀라게 하고 우둔화시킨다. 필름이 더 낡아지면 다시금 오지에 가지고 들어가 우둔화의 범위를 확대한다.[29]

여기서 '4천여 년의 역사 문화'라는 문구는 어쩐지 낯설지가 않지요. 각종 미디어에서 우리나라에 대한 애국심을 고취시킬 때도 비슷한 표현을 자주 쓰니까요.

게다가 우리나라도 서구세계의 관심에 집착하는 면이 분명 있습니다. 세계스타가 방한할 때마다 '우리나라에 대해 얼마나 아는지'에 대한 질문부터 하는 걸 떠올려보세요. 그런 의미에서 루쉰의 지적을 우리나라의 상황에도 적용해볼 필요가 있다고 생각합니다.

## 노자를 비판하다

「관소를 떠나는 이야기」(1935) 또한 『고사신편』(1936)에 수록된 작품으로, 이 이야기의 주인공 역시 중국의 성현으로 떠받들어지는 노자와 공자입니다. 작품의 첫 문장은 이렇게 시작합니다. "노자는 미동도 하지 않고 앉아 있었다. 마치 시든 나무처럼."[30] 이때 공자가 찾아와 더없이 공손한 태도로 대화를 청합니다. "저는 시, 서, 예, 악, 역, 춘추의 6경을 연구하였습니다. 72명의 군주를 만나려고 다녔지만 아무도 채용해주지 않았습니다. 정말 사람이라는 것은 알 수 없는 것입니다. 아니면 '도'가 알 수 없는 것일까요?"[31] 이

29) 위의 책, 229~230쪽.
30) 위의 책, 217쪽.
31) 위의 책, 217쪽.

에 노자는 답합니다. "6경이니 하는 어린애 속임수 같은 것은 단순히 선왕의 자취야. 그 자취를 만들어낸 자는 어디에 있는가? 자네가 말하고 있는 것은 이 자취와 같은 것이야. 자취는 물론 신발로 밟아서 생긴 것이겠지. 설마 자취가 그대로 신발이라고는 할 수 없겠지." 공자는 그 말에 대해 곰곰이 생각하지만 깨닫지 못하고 돌아가지요.

석 달 뒤에야 공자는 다시 찾아와 말합니다. "저는 오랫동안 자진하여 변화 속에 몸을 던지는 일을 하지 않았습니다. 그래 가지고 남을 변화시킬 힘이 있겠습니까?" 그제야 노자는 공자에게 답해주지요. "자네는 깨달았네." 그렇지만 공자가 떠나자마자 노자는 자신이 거처하던 곳을 떠나고자 해요. 깨우침을 얻은 경위를 노자만이 알고 있으니 공자의 마음이 편치 않아 불상사가 생길 것이라는 우려에서입니다. 이에 노자의 제자가 두 사람이 품은 것은 같은 도[同道]가 아니냐고 묻자 노자는 같은 도가 아니라고 합니다. "설사 같은 한 켤레의 신발이라고 할지라도 내 것은 모래땅을 밟는 것이고 그의 것은 조정에 오르는 것"이라면서요.[32] 이어 노자는 공자의 태도가 앞으로 달라질 것이라고 예언합니다. "그는 앞으로는 다시 오지 않는다. 앞으로는 나를 선생이라 부르지도 않고 영감쟁이라 부를 게다. 뒤로 가서는 무슨 잔재주를 피울지도 몰라." 그 후 노자는 모래밭으로 길을 떠나 관소에 이르러 옛 제자의 청으로 강연을 하지만 아무도 알아듣지 못합니다.

여기서 노자의 언행은 루쉰의 사상을 바탕으로 한 것일까요? 글쎄요. 루쉰은 후일 「'관소를 떠나는 이야기'의 관소」라는 글에서 공자는 실행가이며 노자는 공론가였다는 점에서 도리어 공자가 이겼다고 평가합니다.[33]

루쉰은 이미 「북경통신」(1925)에서 도가의 '세상 밖으로'는 그것을 읽는

32) 위의 책, 219~220쪽.
33) 『노신문집』, 제6권, 205쪽.

사람의 마음을 '가라앉게' 만들거나 '현실 생활과 유리된' 방향으로 몰고 간다고 지적한 바 있습니다. 또한, 유가의 '세상 안으로'는 충효를 내세워 봉건적 계급으로 사람을 얽어맨다고 비판했지요. 특히 중용은 '산 것도 아니요, 죽은 것도 아닌' 구차한 삶을 조장하는 것이라고 평했습니다.

루쉰은 1933년, 명나라가 망했을 당시의 도교 은둔가들의 모순을 들추는 글을 써요. 그들은 이민족에 빌붙은 한간(漢奸)을 비판하여 사람들의 존경을 받고 천수를 누렸으며, 자식도 과거를 보아 출세하게 했습니다. 하지만 정작 이민족과 묵묵히 싸운 열사들은 자식조차 남기지 못했지요. 루쉰은 이를 들어 현대의 지식인들이 그러한 은둔가를 닮지 말기를 당부합니다. 흔히 루쉰을 유교 비판자로 보는 한편 도교에 대해서는 그가 호의적이었다고 해석하는 시각이 있는데요. 루쉰이 도교를 높이 평가했던 것은 사실이지만 그 현실적 기능에 대해서는 비판적이었음을 주목할 필요가 있습니다.

루쉰은 『고사신편』의 「죽은 자가 되살아나는 이야기」[34]에서 장자도 부정적으로 평가합니다. 여기서는 특히 양비론 또는 무시비관(無是非觀)이 비판의 대상이에요. 양비론이란 '저 역시 옳기도 하고 그르기도 하며, 이 역시 옳기도 하고 그르기도 하다'라는 기준을 모든 대상에 적용하는 태도입니다.

장자는 길을 가다가 해골을 보고 가엾은 마음에 신께 부탁해 그를 살려냅니다. 알몸으로 되살아난 남자가 자신의 옷을 요구하자 장자는 옷이란 있을 수도 있고 없을 수도 있는 법이라고 말해요. 그러나 시골 남자는 자기 물건을 돌려주지 않으면 장자를 놓아주지 않겠다고 소리칩니다. 장자는 미친 듯이 호루라기를 불어서 순경을 불러요. 순경은 명망 높은 학자를 숭배하기에 장자를 구해줍니다. 그리고는 장자에게 그의 옷을 하나 벗어서 사내가

34) 위의 책, 239~247쪽.

치부만이라도 가리게 하자고 요청하지만, 장자는 초나라 왕을 알현해야 한다는 구실로 거절해요. 이렇듯 장자 철학의 핵심 중 하나인 무시비관은 근본적으로 권력에 유리한 방향으로만 작용하는 것이지요.

## 「현대 중국에 있어서의 공자님」

중국의 현대 지식인 중에서 유교 비판자라고 하면 바로 루쉰입니다. 앞에서 보았듯이 그가 1918년에 쓴 처녀작인 「광인일기」는 유교를 식인교라고 비판하여 중국인들에게 충격을 던졌지요. 유교를 그렇게 강력하게 비판한 지식인은 루쉰이 역사상 처음이었고, 그렇게 강렬한 글도 역사상 처음이었어요. 그 뒤에도 그는 유교에 대해 많은 글을 썼지만 가장 대표적인 것은 죽기 2년 전인 54세—처녀작이 나온 지 16년 뒤인 1934년—에 일본의 잡지 《개조》에 일본어로 쓴 「현대 중국에 있어서의 공자님」입니다.

루쉰은 1902년 고분학원에 입학한 지 며칠 지나지 않아 일본인 학감(學監)이 중국 유학생들을 집합시키고는 너희는 공자의 제자들이니 공자묘에 가서 예를 드리자고 하여 놀랐다는 이야기를 합니다. 공자와 그 제자들에게 절망하여 새로운 지식을 배우고자 일본에까지 왔고, 자신은 공자의 제자라고 생각한 적이 없기 때문이었지요. 루쉰은 자기를 포함한 현대 중국의 백성들이 공자를 진정으로 믿고 있지 않다고 말합니다.

> 만일 일반 백성한테 공자님이 어떤 분인가 묻는다면 그들은 물론 성인이라고 대답하지만, 그러나 그것은 권력자들의 축음기에 지나지 않는다. 그들도 글자를 존경하지만 그러나 그것은 글자를 존경하지 않으면 벼락을 맞아 죽는다는 미신 때문이다. (…) 즉 공자님은 중국에 있어서는 권력자들에 의해 떠받들어졌고 (…) 일

반 민중과는 매우 인연이 먼 존재였다는 것이다.[35]

루쉰은 고급 관료를 지망하는 자에게 유교는 과거에 합격하기 위해, 출세를 위한 도구에 불과했고, 봉건왕조시대의 지배자나 그 지배 권력을 집행하는 관료도 유교를 자신들의 지배 도구로 파악한 데 불과했다고 비판합니다.

중국에 있어서의 일반 민중, 특히 이른바 우민이라는 사람들은 공자님을 성인이라 하지만 성인이라고 느끼지는 않는다. 그를 조심스럽게 대하기는 하나 친근히 여기지는 않는다. 그러나 아무래도 중국의 우민들만큼 공자님을 잘 이해하는 사람들은 이 세상에 또 없으리라고 나는 생각한다.

물론 공자님은 대단한 치국의 방법을 고안해냈지만 그러나 궁극적으로는 모두 민중을 다스리기 위한 것, 즉 권력자들을 위한 고안이었지 민중 자체를 위해 궁리한 일은 전혀 없었다. "예는 서민에게 내리지 않는다"는 것이었다.

유교에 호의적인 학자들은 루쉰이 공자에 대해 거리를 두기는 했지만 그다지 반감을 가진 것은 아니었다고 하지만 의문입니다. 즉 루쉰이 비판한 유교는 공자의 유교가 아니라 봉건 도덕화한 유교라는 것이지요. 그 이유로 루쉰이 논어 등의 유교의 가르침에 대해 상세하게 비판하지 않았다는 점을 들고 있으나[36] 저는 루쉰에게는 그럴 필요가 없을 정도로 유교 자체에도 비판적이었다고 봅니다.

---

35) 위의 책, 132~134쪽.
36) 가령 片山智行, 『孔子と魯迅』, 筑摩書房, 2015, 188쪽.

# 중국인 민족성에 대한 비판

## 연극을 하지 마라

루쉰은 「속 즉흥일기」(1926)에서 서점에 들렀다가 야스오카 히데오[安岡秀夫]라는 일본인이 『소설로 본 중국의 민족성』이란 책을 사 들고 돌아온 일에 대해 씁니다. 이 글에서 루쉰은 책에서 비판한 중국인에 대한 다음과 같은 지적에 동감해요.[37]

> 지나치게 체면, 위용을 중히 여김
>
> 운명에 안주하여 사물을 체념하기 쉬움
>
> 호흡이 길고 끈질김
>
> 동정심이 적고 잔인성이 많음
>
> 개인주의와 사대주의가 두드러짐
>
> 지나친 검약과 부정한 금전용
>
> 허례에 파묻혀 허문(虛文)에 흐름
>
> 미신이 깊음
>
> 향락에 빠져 음란한 풍속이 성함

야스오카 히데오는 자신의 저서에서 스미스(A. H. Smith, 1845~1932)라는 미국인이 쓴 『중국인의 성격*Chinese Characteristic*』(1890)이란 책을 자주

---

37) 『노신문집』, 제4권, 23~24쪽.

인용했습니다. 그 책은 중국인이 연극적이라고 하면서 그 이유를 체면을 중시하기 때문이라고 보았는데요. 이에 대해 루쉰은 진짜 이유는 그것이 아니라고 말해요. 즉, 중국인들은 "그저 심중에 부정에 대한 노여움이 있더라도 보복의 용기가 없으므로 이 세상은 통틀어 연극이라고 얼버무려온 것뿐이다"라고요.[38] 이어 루쉰은 국수주의자의 연극적 태도를 비판합니다.

국수주의자 또는 도덕가 등이라 일컬어지는 패들이 분통스러운 눈물을 흘리는 것을, 난 여태까지 진정에서 나오는 눈물이라고 믿어본 적이 없다. 설사 실제로 눈에서 눈물이 줄줄 흐르고 있더라도, 그때는 손수건에 고추나 생강즙을 배어들게 했는지의 여부를 살필 필요가 있다고 생각하고 있다. 국수의 보존이니, 도덕의 진흥이니, 공리의 유지니, 학풍의 정돈이니… 정말 진심으로 그렇게 생각하고 있는 것일까? …

이전에 중국인은 러시아의 '허무당' 하면 소름이 끼칠 정도로 무서워했는데 그것은 오늘날의 '적화'와 마찬가지였다. 그러나 사실은 그런 '당' 같은 것이 있을 턱이 없고 그냥 '허무주의자' 또는 '허무사상가'가 있었을 뿐이었다. …그런데 중국인의 관점에서 본다면 그러한 인간은 그것만으로도 이미 미워해야 할 존재이다.

그러나 실제 문제는 중국인 중 어느 부류, 특히 고등인이라는 자들이 도대체 신이나 종교나 전통의 권위에 대하여 애초부터 '믿고' '따르고' 있는지, 아니면 '두려워서' '이용'하고 있는 것인지? 그 변화에 순응하여 확고한 입장이 없는 점으로 보건대, 그들에게는 '믿고' '따를' 아무런 것도 없고 그저 본심과는 별개의 몸짓을 연기하는 데 지나지 않는다는 것을 알 수 있다.

---

38) 위의 책, 24쪽.

허무당을 찾는다면 중국에는 얼마든지 있다. 다만 러시아와 다른 점은 저쪽은 생각하는 대로 말하고 또한 실행하는 데 반해 우리는 생각한 대로 말하지 않고 무대 뒤와 무대 위에서 하는 방식이 일치하지 않는다. …이런 특수한 인간을 구별하기 위하여 '연극의 허무당' 또는 '체면의 허무당'이라고 부르는 것이 좋으리라.[39]

이틀 후, 루쉰은 『소설로 본 중국의 민족성』에서 중국 요리에 대한 언급이 있었던 것이 떠올라 다시 이런저런 책들을 되새겨봅니다. 여러 중국인과 외국인들은 중국 요리에 대해서 그것이 세계 제일이라고 하지만, 정작 루쉰은 그 중국 요리가 무엇을 지칭하는 것인지 모르겠다고 해요. 그들이 칭송하는 중국 요리란 극소수의 상류계층만이 먹어온 것에 지나지 않는다는 것입니다.

우리나라에서는 장소에 따라서 파나 마늘과 함께 잡곡 빵을 씹어 먹는 곳도 있으며, 식초, 고추, 김치를 반찬으로 밥을 먹는 곳도 있다. 더 많은 사람들은 돌소금밖에 핥을 수 없으며, 돌소금마저 핥을 수 없는 사람도 많다. …세계에서 으뜸이…라고 극구 칭찬하는 것은 물론 이런 것이 아니라 높은 사람들, 고등 인종의 입에 들어가는 요리임에 틀림이 없다.

또한 야스오카 히데오는 자신의 책에서 중국 요리가 성욕을 돋우는 강장제적 성질을 포함한다고 봤는데요. 루쉰은 중국인으로서 이에 대해 실소를 터트리지요. "연회에서의 중국 요리는 꽤 진한 맛을 지니지만, 그것이 일반 국민이 먹는 음식은 아니다. 또한, 중국의 높은 사람 중에 호색한이 많은 것

39) 위의 책, 25~26쪽.

도 사실이지만 요리와 강장약을 뒤죽박죽으로 만들 정도는 아니다"라고 말입니다.[40]

## 체면을 버려라

위의 글에서 중국인의 민족성 중 하나로 지적된 것은 체면을 중시한다는 것이었어요. 루쉰은 체면에 관한 유명한 글을 썼는데요. 바로 「'멘츠[面子]'에 대하여」(1934)입니다. 멘츠란 바로 체면을 뜻해요. 루쉰은 외국인이 이를 연구하는 것은, 마치 청나라 왕조 말에 변발을 움켜잡았을 때와 마찬가지로 '중국 정신의 관건'을 쥐는 것이라고 보았어요.[41] 루쉰은 이러한 체면 문화의 유명한 사례로 청나라 조정 때의 일화를 소개해요. 외국인이 이권을 내놓으라고 협박해오자, 겁먹은 대관들은 한마디로 승낙하고는 그들을 뒷문으로 내보냈어요. 그러고는 상대방이 '앞문으로 나가지 못했으니' 체면을 잃고 중국인은 체면을 지켰기에 우위에 섰다고 여겼다는 이야기예요.

체면의 종류는 다양합니다. 계층마다 요구되는 체면도 다르지요. 어떤 기준을 두고 그 아래로 떨어지면 '낯을 깎'이고 이를 아무렇지도 않게 여기면 '철면피'가 됩니다. 예를 들면, 인력거꾼이 길가에서 웃통을 벗고 이를 잡고 있으면 문제가 아니지만, 부잣집 사위가 그러면 '낯이 깎인다'라고 해요. 물론 인력거꾼에도 낯은 있어서 만약 마누라한테 걷어차여 자빠져 운다면 낯이 깎이는 것이고요. 한편 루쉰은 꼭 높은 계급이라고 해서 체면이 엄격하게 적용되는 것은 아니라고 합니다. 인력거꾼이 남의 돈지갑을 훔치다 들키면 낯이 깎이나, 상류계급 사람이 금은보화를 슬그머니 훔치면 낯이 깎이지

40) 위의 책, 28쪽.
41) 『노신문집』, 제6권, 45쪽.

않으니까요.[42]

이어 루쉰은 체면 때문에 사람을 죽인 뉴스를 예로 듭니다. 그만큼 중국
인들이 체면을 얼마나 중시하는지를 보여주는 사례지요. 한편으로 그는 체
면을 중시하는 것이 반드시 좋은 것은 아니지만 "요즘은 함부로 말할 수가
없다"면서 한 발짝 물러서기도 합니다. 즉, 그렇다고 자신이 '철면피'가 되라
고 한 적은 없다는 말인데요. 루쉰이 굳이 이렇게 언급한 것은 그의 말을 곡
해해서 받아들이는 사람들 때문입니다.

> 가령 '효행반대론' 같은 것을 운운하면 금방 부모를 구타하라고 선동이라도 하는
> 듯이 해석할지 모르며, 남녀평등을 주장하기만 하면 금방 저자는 난교를 주장하
> 고 있다는 말을 듣게 될지도 모른다―그러니 아무래도 해명하지 않으면 안 되는
> 것이다. …
> 중국인이 '멘츠'를 중시하는 것은 좋다 하더라도, 유감인 것은 이 '멘츠'가 '융통 자
> 재'하여 변화가 많고, 따라서 '철면피'와 혼동된다는 점이다.[43]

체면을 중시한다는 것은 지금도 중국인들의 기본적인 행동양식으로 알
려져 있습니다. 체면이라는 말은 중국에서도 한국에서도 여러 가지로 사용
되는데요. '체면을 고려한다', '체면을 살린다', '체면을 세운다', '체면을 세
워준다', '체면을 잃는다', '체면을 유지한다' 등 일상에서 흔히 듣는 말이 많
습니다. 이러한 경향을 편의상 대인주의(對人主義, personalism)라는 말로 부
르기로 해요.[44] 이는 대인관계를 중시하는 사상이지만 단순한 예의범절과

42) 위의 책, 46쪽.
43) 위의 책, 47쪽.
44) S. G. Redding, *The Spirit of Chinese Capitalism*, de Gruyter, 1990, 83쪽.

는 좀 다릅니다. 예를 들어 "미안합니다(すみません)"라는 말을 입에 달고 사는 일본인[45]에 비해 중국인은 자기주장이 강해 좀처럼 사과하지 않습니다. 그러한 태도는 한국인과 닮았다고 할 수 있어요. 또한, 미국인이나 유럽인과도 비슷하지만, 서양의 개인주의(individualism)와는 다른 개념입니다. 그러면 이러한 대인주의에서 비롯한 문화적 요소들을 살펴볼까요?

"식사하셨습니까?"는 한국에서 격식을 차릴 때 자주 사용하는 인사법인데요. 중국에서도 같은 인사말을 듣게 됩니다. 이는 식사가 사회적으로 매우 중요함을 뜻해요.[46] 그래서 중국이든 한국이든 식사를 통한 인간관계를 매우 중시하지요. 따라서 접대할 때의 식탁은 매우 거창합니다. 이 때문에 중국에서는 식당의 식사를 간소하게 하라는 정부의 지시가 내려지기도 했는데요. 별로 소용이 없었던 모양입니다. 또한, 식사할 때 좌석의 배치도 꽤 까다롭습니다. 초청자 곁에 주빈이 앉는 것부터 시작해서 맨 끝자리까지 순서를 정해놓아요. 그리고 공식적인 자리인 경우 초청자의 환영사와 주객의 답사가 식사 전에 행해집니다. 또 초청자가 따라주는 술은 반드시 마셔야 하고요. 이를 소위 '대작(對酌) 문화'라 합니다. 한국에도 술 상무라는 말이 있잖아요. 또한 식사비는 당연히 초청자가 내야 합니다. 만일 손님이 내고자 하면 초청자의 체면을 손상하는 것이 되거든요. 서로 자기가 값을 계산하겠다고 다투면서 "내 얼굴이 뭐가 됩니까?"라고 하는 말을 우리도 종종 들을 수 있잖아요?

중국이나 한국에서 나타나는 자기중심성은 강한 자기주장에서 비롯합니다. 하지만 그것이 자기책임과 연결되지는 않아요. 그 탓에 분쟁이 생기는

45) 같은 동아시아인이라도 일본인은 특이한 점이 많다. 세계적으로도 그러하다. 그러한 특징 중 하나로 일본인이 곧잘 자기비하에 젖는 점을 들 수 있다. 이에 반해 중국인은 자화자찬과 자존심이 강하다. 그래서 타인에 비해 자신의 재능이 뛰어나다고 생각하는 경우가 많다. 이 점도 한국과 마찬가지다.

46) 1989년 6·4 천안문사건에서 민중들이 크게 호응한 것은 학생들이 단식이라고 하는 방식을 취했기 때문이었다.

거고, 중재자의 존재가 중요시되는 것입니다. 이러한 자기중심성은 당연히 응집이나 단결에 문제를 일으키는데요. 중국에는 "인민 각자는 용(龍)이나 셋만 모이면 돼지가 된다"는 격언이 있습니다. 중국혁명의 아버지인 쑨원은 단결력이 부족한 중국인을 모래사장의 모래로 비유한 적도 있지요. 그러나 한번 집단적인 감정에 휩쓸리면 쉽게 단결하기도 합니다.

앞에서 저는 중국이나 한국의 대인주의가 서양의 개인주의와는 다르다고 했습니다. 중국이나 한국에서는 '공동체'를 중시하지만, 공중도덕은 부족한 점이 아직 많아요. 반면 서양의 공중도덕은 '사생활'의 존재를 인정함을 전제로 합니다.[47] 서양의 개인주의란 기본적으로 집단주의와 대비되는데요. 이는 집단을 구성하는 개인의 자유롭고 독립된 자주성을 존중하는 가치관입니다. 그러나 대인주의에는 이처럼 집단에 대항한다는 요소가 없고 개인만이 중심으로서 존재하지요. 물론 대인주의라는 것 자체가 주변 타인이나 상황에 대응한 것이므로 타자 지향적이고 상황 의존적인 성격이 드러납니다. 즉 대인주의의 두 가지 성질인 '자존심이 강하다'는 것과 '상대나 형편에 따라 자기 행동을 바꾸는 것'이 모순되지 않는다는 것이지요.

## 욕으로 보는 종족 사회의 혈연관계

루쉰은 욕설을 통하여 중국의 종족 사회를 낱낱이 살펴봅니다. 중국인들의 가장 일상적인 욕은 '타마더(他媽的)'예요. 한국어로 옮기면 '그 에미'란 뜻인데요. 타(他)라는 3인칭 대신 니(你)라는 2인칭을 쓰면 우리말로 '네 에미'란 뜻으로 더욱 직접적인 욕이 됩니다. 그리고 실생활에서는 그 말 앞에 성교를 뜻하는 동사와 그 말 뒤에 성기를 뜻하는 명사가 붙어서 더욱 욕설의

47) 金耀基, 中國人的'公''私'槪念, 喬健·潘乃谷, 『中國人的觀念與行爲』, 麗文文化事業股份有限公司, 1998, 67쪽.

강도를 높이지요. 루쉰은 「'타마더'에 대하여」(1925)에서 그 욕을 중국에서 가장 일반적이라는 의미에서 '나라욕'으로 부릅니다. 그는 외국에는 이런 비슷한 욕이 없고 중국에서도 옛날에는 그런 것이 없었다고 설명한 뒤, 가문을 중시한 진나라 무렵에 하등인(下等人) 계층으로부터 그 욕이 시작되었다고 추측합니다. 이 글은 중국의 종족 사회가 빚은 혈연에 의한 인간관계를 가장 날카롭게 비판한 글입니다.

> '하등인'이 아직 벼락부자가 되기 전이라면 당연히 대체로 '타마더'를 자주 입에 오르내린다. 그러나 어떤 기회가 와서 우연히 한 자리를 차지하고 대략 몇 글자만 알게 되면 곧 점잖아진다. 아호도 있게 되고, 신분도 높게 되고, 족보도 고치게 된다. 그리고 시조를 한 사람 찾아야 하는데, 명유(名儒) 아니면 명신(名臣)이다. …
>
> 그렇지만 어리석은 백성 중에도 어쨌든 총명한 사람이 있어 벌써부터 이러한 속임수를 꿰뚫어본다. 그래서 '입으로는 인의예지를 말하지만 마음속은 남도여창(男盜女娼)이다'라는 속담이 생긴다. 그들은 훤히 알고 있는 것이다.
>
> 그리하여 그들은 반항하며 '타마더'라고 한다. (…) 중국인들은 지금까지도 무수한 '등급'을 가지고 있고, 가문에 의지하고, 조상에 기대고 있다. 만약 고치지 않으면 영원히 유성(有聲) 무성(無聲)의 '나라욕'이 있을 것이다.[48]

## 중국의 인간관계

중국이나 한국에서는 사람을 대할 때 무엇보다도 먼저 그의 성(姓)을 묻습니다. 개인적인 차원을 넘어 사회적으로도 이 같은 행동을 중시합니다. 중국이나 한국에는 종친회라는 모임도 있어요. 종친회란 '성과 본이 같은 일

---

48) 『무덤』, 319~320쪽.

가붙이끼리 모이는 것'을 말하는데, 일본에는 이런 게 없답니다. 일본은 중국 한국과 함께 같은 동아시아 사회에 속하지만 '성'보다 '가(家)'를 중요시하거든요. 그래서 일본에서는 성이 다른 아이를 양자로 맞아 가문을 계승하기도 합니다. 하지만 중국이나 한국에서는 후계자가 없어도 성이 다른 아이를 절대로 입양하지 않았고 지금도 대체로 마찬가지이지요. 일본에서는 '가'가 하나의 실체이기 때문에 양자를 들일 때 성이 어쨌든 가문을 키워갈 능력 있는 자를 선택하지만, 중국이나 한국에서는 '가'란 혈연관계를 갖는 인간의 집합체에 불과하다고 보기 때문에 혈육 중에서 선택하는 것입니다. 결혼한 여성이 일본에서는 '가문'의 성을 따르지만, 중국이나 한국에서는 성이 변하지 않는 것도 마찬가지 논리입니다. 결혼한다고 해도 혈연은 역시 다르다는 것을 분명히 의식하기 때문이에요. 말하자면 같은 집안이 아니라는 것이지요.

중국이나 한국에서는 혈연이나 지연 또는 학연으로 얽힌 인간관계가 중시되는데요. 이 역시 대인주의에서 비롯한 것입니다. 한국의 대인주의는 보통 언제 어떤 일이 벌어질지 모른다는 불확실성에서 비롯하는데요. 인간관계에 집착하고 의존하는 것 역시 이 같은 배경 때문입니다. 이러한 인간관계는 사실 물질적인 관계에 의해 유지되는 것이 아니에요. 앞에서 말했듯이 대개 식사나 술자리 등을 통해 시작되어 점점 더 큰 경제적 거래로 나아갑니다. 그러면서 서로 관계가 있는 사람들 사이에 특별한 친밀감이 형성되지요. 이는 반대로 관계가 없는 자에 대해선 무관심하거나 때에 따라 적대적인 감정까지 생겨날 수 있다는 뜻이기도 해요. 흔히 중국인이나 한국인이 질서를 지키지 않는다고 합니다. 저는 이런 현상을 인간관계가 형성되지 않은 모르는 사이에서 벌어지는 일이기 때문이라 봅니다. 한편 인간관계가 형성된 후에는 상하서열을 비롯한 질서를 지킵니다. 이러한 인간관계는 종족(宗族)제에서 기원해요. 즉 동성동본 간의 관계를 중시하는 것입니다.

　중국이나 한국에서 체면과 인간관계를 연결하는 것이 인정(人情)이에요. 여기서 말하는 인정이란 순수한 인간미를 뜻하는 것이 아닙니다. 그보다는 '자기와의 거리, 즉 친소 정도에 따라 타인의 위치를 정하고, 그 거리 정도에 따라 자신의 행위를 결정하는 심리'를 말합니다. 이때 친하고 소원한 정도를 결정하는 요인이 바로 혈연, 지연, 학연 등의 인연이에요. 이에 따라 외부 인간은 '자기 사람=일가'와 '아는 사람' 및 '모르는 외부인'으로 구분되고, 이 세 가지 유형에 따라 타인을 어떠한 원칙에 따라 대할지 결정합니다. 즉 '욕구원칙'에 따를 것인지, '인정원칙'이나 '공평원칙'에 따를 것인지를 선택하는 것입니다. 이러한 사회에서는 친밀도가 높으면 강렬한 공동체 의식이 생겨나고 개인들끼리 서로 돕습니다. 하지만 친밀도가 없는 경우에는 감정적으로 서로 동일시하는 일이 불가능하므로 응집력이 강해질 수 없지요. 따라서 도구적·수단적 관계가 지배하게 됩니다. 중국이 사회주의를 받아들인 뒤에도 그러한 경향은 근본적으로 변하지 않았어요. 중국을 대표하는 사회학자이자 인류학자인 페이샤오퉁[費孝通, 1910~2005]은 이러한 심리가 바탕이 된 행동양식을 '격차와 서열에 의한 모델'이라 부릅니다.[49]

　앞에서 우리는 루쉰이 '각자 자기 집 앞의 눈이나 쓸고, 남의 집 지붕의 서리엔 상관 말라'는 속담을 비판한 것을 보았는데요. 페이샤오퉁 역시 이를 인용하면서 중국에 공중도덕이 부족함을 지적합니다. 또한 그는 이 문제의 근본적인 원인을 중국인의 동심원적 인간관계라 보았어요. 즉, 자신을 중심으로 여러 개의 원을 그려놓고 그 안과 밖에서 각기 다른 행동을 한다는 것인데요. "안에서 밖으로 향함에 따라 인간관계는 소원하게 되고 감정

---

49) 費孝通, 『鄕土中國』, 生活·讀書·新知三聯書店, 1985. 정영석 옮김, 『향토 중국:중국 사회문화의 원형』, 비봉출판사, 2011.

도 얕아진다"는 것입니다.[50] 그의 논의에서 주목할 만한 점은 그러한 동심원의 인간관계를 '신축적인 자기를 중심으로 확대된다'고 보는 시각입니다. 이에 대해 그는 "중국의 사회 구조는 서양의 그것과는 달리 …마치 돌을 던진 뒤의 파문과 같다는 점이다"[51]라고 말합니다.

## 대인주의의 형성 과정

대인주의는 어린 시절부터 형성됩니다. 대인주의에 젖은 가정일수록 아이를 대단히 소중하게 여기는 경향을 보여요. 이러한 부모들은 아이가 자기감정을 상하지 않도록, 그리고 가족의 결속에서 벗어나지 않도록 키웁니다. 그래서 어떤 부모들은 자식이 이웃집 아이와 싸움을 해도 다른 사람의 아이를 꾸중할망정 자기 아이를 꾸중하지 않지요. 한편 이러한 부모는 아이가 자신과 같은 사고방식을 가지는 것을 넘어, 자신의 분신이 되어주길 원합니다. 그래서 아이에게 무조건 자기 말을 듣도록 강요해요. 아이는 부모와 같은 사람이 되도록 강요당하고, 그 결과 세상에 부모만 한 사람은 없다는 것을 언제나 새기며 살아가게 됩니다.

동아시아에서 친족이란 부계 혈연집단이자 동일 조상을 공유하는 이들로 이루어져 있습니다. 중국과 한국에서 성으로 상징되는 혈연주의가 더욱 강하다는 점은 이미 앞에서 살펴보았지요. 따라서 누구의 자식인가 하는 친자관계가 그 사람이 어떤 인간인지에 대한 정체성 형성에 결정적인 영향을 미칩니다. 또한, 혈연에 의해 재산을 대물림하는 경향이 강하지요. 중국은 사회주의를 들여오면서 그런 전통을 파괴하고자 했으나 실패했고, 시장경제의 도입에 따라 가산(家産)도 다시 부활하고 있습니다. 한국에서 재벌

---

50) 費孝通, 『鄕土中國』, 25쪽.

51) 위의 책, 23쪽.

가의 기업 소유가 보여주는 가족주의가 가장 쉬운 예입니다. 프랑스의 인류학자이자 역사학자인 에마뉘엘 토드(Emmanuel Todd, 1951~)는 가족을 구성하는 요소인 친자관계와 형제관계에 주목한 연구를 내놓았는데요. 여기서 그는 친자의 경우 아이가 성장하여 부모에게서 독립하는지 아닌지에 따라 자유주의와 권위주의를 구분했고요. 또한, 형제의 경우 균분상속을 받는지 아닌지에 따라 평등주의와 불평등주의로 나누었습니다. 그리고 그 각각을 조합하여 절대 핵가족, 평등주의 가족, 직계 가족, 공동체 가족으로 분류하지요.[52] 이에 따르면 중국은 공동체 가족, 한국과 일본은 직계 가족 문화를 지니고 있습니다. 즉, 세 나라 모두 부모와 자식 간에 권위주의적인 관계가 있으며, 형제관계는 중국의 경우 평등주의, 한국과 일본의 경우 불평등주의 아래에 놓여 있습니다. 이런 분류에 동의하지 않는 분도 있겠지만, 각 사회를 이해하는 데에 참고할 수 있을 것으로 생각합니다.

가족구조와 함께 중요한 사회 요소 중 한 가지는 강력한 관료 중심의 전통입니다. 즉 중국이나 한국에서는 과거에 합격하여 관료로 등용되는 것이 가문의 사회적 지위에 결정적인 역할을 했어요. 사회주의 체제이던 중국에서도 대학에 입학하는 것이 과거의 과거시험을 방불케 했고, 시장경제가 도입된 뒤에도 이는 변하지 않아 오늘날에도 높은 교육열이 유지되고 있지요. 관료제는 서양의 경우 형식적인 합리성을 본질로 합니다. 그렇지만 중국과 한국의 경우 이는 합리적이기보다는 대인주의적인 성격을 띱니다. 이를 이해하려면 중국과 한국의 권력구조를 살펴볼 필요가 있는데요. 양국의 권력구조는 강대한 힘을 가진 지도자를 전제로 합니다. 이는 왕조시대는 물론이고 중국의 경우 청나라 멸망 후 위안스카이로부터 지금의 시진핑[習近平] 정부까

---

52) Emmanuel Todd, *L'Invention de l'Europe*, 1996, 김경근 역, 『유럽의 발견-인류학적 유럽사』, 까치, 1977, 199쪽 이하 참조.

지 이어집니다. 한국에서도 이승만 이후 오늘날까지 마찬가지고요. 이는 정치만이 아니라 경제 사회 문화 등 모든 영역에 나타나는 현상인데요. 이를 대인주의라는 관점에서 보면, 지도자와 가까운지 아닌지에 따라 얻을 수 있는 자원의 양이 결정되기 때문이라고 볼 수 있습니다. 이러한 권력구조에 대한 일반적인 이해는 미국식 관점을 바탕으로 하는데, 경제 성장이 진전되고 시장경제가 성장함에 따라 중간층이 형성되고, 그들에 의해 사회가 민주화되면서 불평등이 해소되어간다는 것입니다. 하지만 제 생각은 다릅니다. 중간층이 자녀를 지배층으로 육성하고자 하고, 개인적인 관계를 통하여 권력의 비호를 받고자 하는 경우 그러한 예상은 어긋날 수 있거든요. 즉 권력에서 벗어나고자 하는 것이 아니라 권력을 적극적으로 이용하고자 하는 경우말이지요. 전통 사회에서 그랬듯이 말입니다.

루쉰은 "먹으로 쓴 거짓말은 피로 쓴 사실을 감출 수 없다"고 했습니다. 이를 제 나름대로 바꿔보면 "먹으로 쓴 거짓말은 피로 통하는 현실을 감출 수 없다"라고 할 수 있겠네요.

## 중국인은 운명론자인가?

루쉰은 중국인이 운명론자가 아니라고 보았습니다. 일본에서는 29세의 여성이 결혼하면 일찍 남편이 죽고 재혼을 해도 대여섯 번 그렇게 된다고 하지만, 중국의 경우에는 '액막이', 즉 도사가 나타나서 이를 테면 복숭아나무로 대여섯 명의 남자상을 새기고 주문을 쓴 다음 혼례를 올려주고 난 뒤 그 상을 태운다고 합니다. 그러면 그들이 미래의 남편 대신 죽어준다고 해요. 따라서 진짜 결혼 상대인 일곱 번째 남편에게는 위험이 하나도 없게 된다는 거예요.[53] 그러니까 중국인에게 운명이란 '움직일 수 있는 것'이죠. 이는 즉 운명이란 게 '사전의 지침이 아니라 사후의 위안을 위한 합리화'라는 말도 됩니다.

물론 중국인에게도 역시 미신이 있고 '신(信)'도 있으나, 다만 신념만은 결여되어 있는 듯하다. 우리는 옛날에 황제를 매우 숭배했으나 동시에 그를 노리개 취급하기도 하였다. 황후나 황비를 존중했으나 동시에 속임수를 쓰는 기미도 없지 않았다. …공자를 존숭(尊崇)하는 유자라도 한편으로는 부처를 예배하였다. …종교전쟁은 일찍이 한 번도 없었고 북위시대부터 당 말에 걸친 불교와 도교 사이의 성쇠의 반복은 소수의 무리가 황제 귀에다 달콤한 소리를 속삭인 결과에 불과하다. 풍수, 점, 기도 …아무리 커다란 '운명'이라도 돈을 조금 내거나 머리를 몇 번씩 죽이면, 미리 점지된 것이 번복되어버린다. 즉 점지되지 않은 것으로 된다. …

인간으로서 '신념'이 없고, 회의만 하는 것은 좋지 않은 일인지 모른다. 이래서는 '절조가 결여되는' 것이니까. 그러나 나는 운명을 믿는 중국인이 한편으로는 운명을 움직일 수 있다고 믿고 있는 것이야말로 낙관해도 좋을 점이라고 생각한다. 다만 오늘날에도 보이듯이 미신을 사용하여 다른 미신을 움직이고 있을 뿐이므로 결국은 도로아미타불이다. 앞으로 바른 도리와 실행-과학으로써 미신을 대체할 수 있게 된다면 그때 정명론(定命論)의 사고방식이 중국인으로부터 떠날 것이다. 만일 그날이 온다면, 그날부터 승려, 도사, 무술사, 점성가, 풍수… 등이 자리를 과학자들에게 넘겨주게 되고 우리들은 1년 내내 괴물에 시달리며 살지 않아도 될 것이다.[54]

53) 『鄉土中國』, 生活·讀書·新知三聯書店, 1985. 48~49쪽.
54) 『노신문집』, 제6권, 48~50쪽.

# 국학 비판

## 국학에 반대하다

루쉰은 이와 같이 꾸준히 전통을 비판하면서 전통의 복고를 주장하는 국학에 반대합니다. 예컨대 「"그로써 그 회삽(晦澁)함을 떨친다"」(1922)는 글에서 다음과 같이 말합니다.

> 상해의 조계에 사는 '국학자'는 어차피 구어문으로 글을 쓰는 자는 대개 청년들이므로 그들은 골동품이 된 책들을 손에 든 적이 없을 것으로 지레짐작하고 그들을 위압하기 위해 '국학'이라는 것을 끄집어내는 모양이다. …
> 국학자여, 신학파는 너를 "모멸하여 족히 말할 것이 없다"고 여기며 국학자는 국학대로 말을 해도 사람에게 통하지 않는다면 네 앞날은 캄캄하다.[55]

'송의 태조' 혹은 수많은 임금 중의 하나로 추정되는 인물화가 발견되었는데, 이 그림을 본 어느 유명한 국학자가 이것이 일본인이 그린 위작이라고 주장했습니다. 왕의 수염이 위로 치켜 올라간 것은 일본식 화풍이라면서요. 그렇지만 중국의 다른 고대 인물화에서도 그런 모양의 수염은 많이 발견되었지요. 이런 이야기로 시작되는 「수염 이야기」(1924)는 루쉰의 풍자를 잘 보여주는 걸작 중 하나입니다.

---

55) 위의 책, 57쪽

**북송 태조의 초상화**

아마도 지구의 인력작용 때문인지는 모르나 수염이 아래로 처지게 되는 것은 훨씬 후대로서 원 또는 명나라 때의 화상부터이다. 아무리 일본인이 끈기가 있더라도 한에서 당에 걸친 연대의 가짜 골동을 그처럼 많이 만들어 중국의 …(역대) 심산유곡이나 폐허 황야 등에 묻어둘 수 있단 말인가? …

나는 아래로 처진 수염은 몽골식이며 몽골인이 퍼뜨린 것이라고 생각하는데 우리의 현명한 학자선생은 그것이야말로 국수(國粹)라고 생각하는 모양이다. …

독일 유학 출신의 애국자…에 의하면 내가 중국에 대해 악담을 하는 것은 내가 일본 여성을 아내로 삼았기 때문이며, 그러기에 자기 나라의 단점을 그들에게 선전한다는 것이다. 그처럼 내가 중국의 결점을 약간만 지적해도 '집사람'까지 거기에 연루시켜 국적 변경을 강요한다. 그런 점으로 볼 때 이번처럼 특히 일본에 관한 문제를 들고 나선다면 그 정도가 아닐 것이 분명하다. 다행히 송 태조나 또는 아무개 종의 수염이 실없는 누명을 썼다고 해서 설마 당장에 홍수가 나거나 지진이 일어나는 일이야 없을 터이다. …

나라가 망하는 일은 있어도 국수가(國粹家)가 없어지는 일은 절대로 없다. 그리고 국수가가 있는 한 그 나라는 망한 것이 되지 않는다. 그러면 국수가란 무엇인가? 국수를 보존하는 자이다. 국수란 무엇인가? 나의 수염에 대한 것이다.[56]

**또한 루쉰은 「잡감」(1926)에서 전통주의자를 다음과 같이 비판합니다.**

고대를 흠모하는 자는 고대로 돌아가라! 이 세상에서 도망치고 싶은 자는 빨리 떠나라! 하늘에 오르고 싶은 자는 어서 올라가라! 영혼을 육체에서 해방하고 싶은 자는 빨리 놓아줘라! 현재의 지상은 현재에 집착하고 지상에 집착하는 자가 있어야 할 장소이다.

그러나 현세를 싫어하는 인간이 아직도 살고 있다. 그들이야말로 현세의 적이다. 그들이 하루 머물러 있으면 그 하루만큼 구제되지 않는다.[57]

**우리나라에서는 아직도 전통 명절이나 제사를 지낼 때 음력을 사용합**

---

56) 위의 책, 76~80쪽.
57) 위의 책, 116쪽.

니다. 중국에서는 1930년에 그것이 폐지되었는데요. 루쉰은 「습관과 개혁」(1930)에서 음력 폐지는 '사소한 문제'이며 세상 돌아가는 일에 별로 영향을 주지 않는다고 합니다. 그런데 평소 시골 농부나 어부에 대해 관심도 없던 지식인들이 갑자기 그들의 평계를 대며 반대의 목소리를 높이는 것을 보고 참 투철한 박애정신이라고 조롱하지요.

현대 중국에서 치르는 공자제(孔子祭)는 1914년 위안스카이가 처음으로 개최한 것입니다. 그 후 1934년 장제스가 '신생활운동'을 전개하면서 유교 윤리를 바탕으로 사상 통제를 강화하여 루쉰의 저서를 비롯하여 149종의 신문예 도서를 금지해요. 장제스 정부는 8월 27일을 공자 탄생 기념일로 정하고 공자 숭배를 국가 행사로 추진했습니다. 당시 신문은 공자제에서 연주된 음악(韶樂)을 듣고 "석 달 동안이나 고기 맛을 모른다"는 옛 공자의 말을 인용하며 찬사를 보냈어요. 그러나 루쉰은 「'고기 맛을 모르다'와 '물맛을 모르다'」(1934)에서 그곳에서 "고금의 구별 없이 모든 악기를 다 채용했다 했으니" 옛날 공자가 들었던 음악과는 다르지 않겠냐고 지적합니다.[58] 그리고 공자제가 행해진 그날, 시골에서 음료수를 얻기 위한 자리다툼으로 사람이 맞아 죽은 기사를 인용하며 다음과 같이 말해요.

소악을 듣는 것은 하나의 세계이며, 음료수가 없는 것도 또 하나의 세계이다. 고기를 먹어도 맛을 알 수 없게 된다는 것은 하나의 세계이며, 음료수 때문에 격투를 벌이는 것 또한 하나의 세계이다. 물론 그 사이에는 군주와 소인의 차이라는 커다란 차이가 있는 셈이지만. 그러나 "소인이 없으면 군자를 기를 수 없다" 하였으니, 소인들이 멋대로 격투를 벌이고 목마름으로 하여 목숨을 함부로 하는 것은 괘씸

58) 위의 책, 43쪽.

한 일이다. …

따라서 우리들에게는 고기를 먹는 사람이 그 연주를 들어서 고기 맛을 모르게 되는 '소악' 외에도 물맛을 모르게 된 인간이 그 연주를 듣고 물을 마시고 싶어지는 '소악'도 필요한 것이다.[59]

## 문화유산 보존 열풍과 국학 비판

루쉰은 고고학이라는 명분으로 문화유산 보존 열풍이 일어나고 있던 당시 세태도 비판적으로 바라보았습니다. 특히 그는 그것이 외국인이 중국을 지배하기 위한 수단이자, 개혁을 가로막는 보수 반동으로 이용되고 있음을 경계했지요.

외국의 고고학자들이 계속 찾아오고 있다. 오랠진저, 중국의 학자들도 일찍부터 저마다 외치고 있다-고적 보존, 고적 보존이라고.

그러나 혁신을 하지 못하는 민족은 고적 보존도 하지 못한다.

그 때문에 외국의 고고학자들이 계속 찾아오고 있다.

만리장성은 벌써 옛날에 폐물이 되었다. …노대국의 국민은 말라빠진 전통 속에 빠져들어 변혁의 의지를 잃은 데다 쇠약 때문에 에너지가 모두 스러졌는데도 서로 살육하는 것만은 그만두지 않는다. 밖으로부터 새로운 세력이 침입하는 것은 대수롭지 않다. …

그런데도 보존론자들은 노상 혁신을 공격하고 옛날 것에 매달리는 일에만 정신이 팔려 있다. …

외국인들 가운데는 중국이 영원히 그들의 감상용의 거대한 골동품이 되기를 바라

59) 위의 책, 44쪽.

는 자도 있다. 괘씸한 일이기는 하나 별로 이상할 것은 없다. …그러나 중국인이면서 자기뿐 아니라 젊은이와 어린아이까지 끌어들여 그들의 감상용의 거대한 골동품이 되려고 하는 사람들조차 있다. …

중국에서는 학교 교육에서 경서(經書)를 폐지했는데 미션 스쿨에서 노후한 유자들을 교사로 초빙하여 학생들에게 『사서(四書)』를 읽히고 있지 않은가? …외국인이 발행하는 중국인 상대의 신문은 5·4운동 이후의 조그마한 개혁운동이 일어날 때마다 반대의 급선봉 노릇을 하지 않았는가? 그리고 외국인 편집장 밑에 있는 중국인 부편집장은 유교 숭배와 국수보존으로 굳어져 있지 않은가?[60]

루쉰은 국학만 비판한 게 아닙니다. 「쓸데없는 참견·학문·회색 등」(1926)에서 그는 당시의 학문 전반이 피상적이기만 하다는 점을 꼬집습니다.

요즈음 국민학생들이 칠색판을 가지고 노는 것을 흔히 보게 된다. 원판에 일곱가지 색깔을 구분하여 칠한 것으로, 정지해 있으면 색동으로 깨끗하게 보이지만, 회전시키면 회색이 된다-제대로라면 흰색이 되어야 하는데 서툴러 회색이 된 것이다.

저명한 학자들의 대저작을 죽 늘어놓은 대잡지는 과연 그 색채가 눈부시긴 하나 회전은 안 된다. 만약 회전시킨다면 그것이 회색으로 변하기 십상이다. 하긴 그렇게 하는 편이 더 특색이 잘 나타날지도 모른다.[61]

## 일본을 배워라

앞에서도 보았듯이 루쉰은 많은 외국 책을 번역했습니다. 여기서는 일본 문

---

60) 『노신문집』, 제3권, 138~140쪽.
61) 위의 책, 207쪽.

예평론가 쿠리야가와 하쿠손[廚川白村]의 저서『상아탑을 나와서』을 번역하고 쓴 「번역 후기」(1925)에 나타난 일본에 대한 루쉰의 생각을 살펴보도록 해요. 『상아탑을 나와서』라는 책의 내용은 일본의 "미적지근하고 어중간한 타협적인 거짓으로 뭉쳐진, 잔다란 깜냥도 모르고 으스대는 보수적인 풍조"[62]에 대한 비판입니다. 그런데 루쉰은 자신이 이 책을 번역한 이유를 "이웃 사람의 결함을 폭로함으로써 우리 국민의 가슴을 후련하게 하려는 의도 때문이 아니"[63]라고 토로해요. 그리고 다음 문장에서 이렇게 덧붙입니다.

> 또 오늘날의 중국에는 '약소국 병탄'의 기개도 없고 나로 말하더라도 외국의 약점을 탐지하는 사명을 띠고 있는 것은 아니므로 그러한 배려에서 번역한 것도 아니다.[64]

위의 인용에서 '약소국 병탄'이란 일본의 조선 침략을 뜻해요. 이를 '기개'라고 불렀다는 걸 대한민국 사람으로서 우리는 어떻게 이해해야 할까요? 물론 이를 반어법으로 이해해야 한다는 견해도 있습니다. 평소 제국주의를 비난해온 루쉰의 사상을 볼 때 일부러 아이러니한 단어를 사용하여 비꼬았다는 것이지요. 일본이 약소국을 병탄한 건 당연히 잘못이지만, 그렇다고 중국이 더 나은 점은 없다는 말이라는 뜻인데요. 물론 이런 식의 옹호를 강요하는 것은 아닙니다. 이걸 어떻게 해석할지는 여러분의 판단에 맡기겠습니다.

여하튼 루쉰은 일본인에 대한 비판이 중국에도 그대로 적용된다는 이유

62) 위의 책, 177쪽.
63) 위의 책, 177쪽.
64) 위의 책, 177쪽.

에서 이 책을 번역한다고 말했습니다. 그리고 일본에는 독창적 문명이 없고 전부 중국으로부터 들여온 것이라고 한 비판에 대해 다음과 같이 논합니다.

> 그 때문에 우리나라에는 양국의 관계가 악화되었을 때는 흔히 그것을 구실 삼아 일본을 비웃거나 자위하는 경향이 있다. 그러나 내가 보기에 오히려 그것이야말로 일본이 오늘의 일본을 있게 한 연유이다. 오래된 것이 적고 고집하지 않아도 되므로 시대가 바뀌면 아주 쉽게 자기를 변화시켜 어떤 경우에나 환경에 순응하여 살아갈 수 있다. 중국처럼 나라가 오래되었기 때문에 고유한 낡아빠진 문명에 매달려 동맥경화증을 일으키고 결국은 멸망으로의 길을 걷는 것과는 크게 다르다. 만약 중국이 철저한 개혁을 수행하지 못한다면 아무래도 일본 쪽이 중국보다 길게 살아남을 운명에 놓일 것이다. 나는 그것을 확신한다. 더구나 몰락한 명문가의 자손이 멸망으로 가는 길보다는 새로 일어난 집안이 융성한 발전으로 가는 쪽이 훨씬 눈부신 것이다.[65]

위의 글을 읽으면서 한국은 과연 어떤지 생각하지 않을 수가 없어요. 우리나라도 일본을 비웃으면서 자존심을 챙기는 경향이 있으니까요. 그것은 우리도 중국처럼 고유한 문명이 있기 때문일까요? 아니면 중국의 문명을 받아들여 일본에 전달했기 때문일까요? 여하튼 일본에 대한 루쉰의 두둔은 계속됩니다. 그는 일본이 중국 문명을 수용하는 태도에 대해 다음과 같이 긍정적으로 평합니다.

> 마치 옛날의 일본에 '견당사(遣唐使)'가 있었던 것처럼 중국에서도 많은 유학생들

---

65) 위의 책, 178쪽.

이 각각 유럽이나 미국이나 일본으로 건너갔다. …그러나 서양 요리는 먹었는지 모르지만 '정치는 하지 말라'이다. …

저쪽 '견당사'는 가지고 돌아간 것이 우리와는 꽤나 달랐던 것 같다. 그 때문에 일본은 중국 문명을 많이 채용했음에도 불구하고 형벌에 능지(凌遲)[66]가 없고 궁중에 환관이 없으며 여성에게 전족이 없다.[67]

즉 중국 문명이 전파되어 들어올 때 잔혹한 고문과 같은 악습은 받아들이지 않았다는 것이지요. 한편 한반도에서도 전족은 없었으나 능지처참과 환관(내시)은 있었습니다. 그 밖에도 우리나라는 일본에 비교할 수 없을 정도로 중국 문명을 대폭 수용했어요. 특히 루쉰이 전면 부정하는 유교적 풍습을요.

또한, 루쉰은 중국에서 일어난 개혁의 첫걸음인 5·4운동에 대해서도 "유감스럽게도 모처럼의 기운을 압살하려는 사람들이 더 많았다"고 개탄했습니다.

5·4운동에 대한 사후 평가에 있어서도 중국인들 사이에서는 모호한 발언이나 케케묵은 논의가 많았다. 외국인들 사이에서는 처음엔 그 의의를 크게 인정한 평가가 나타났으나 동시에 국민성과 역사에 배치되기 때문에 무가치하다는 비난도 있었다. 나중 것은 중국의 다수파인 케케묵은 논의와 거의 같은 취지이다. 그들 자신이 개혁자가 아니기 때문이다.[68]

의화단 사변 무렵에는 중국을 헐뜯는 외국인이 많았으나 요즘에는 중국의 전통

---

66) 위의 책, 178~179쪽.
67) 위의 책, 178~179쪽.
68) 위의 책, 178~179쪽.

중국에 도착한 일본 사절단

문명을 찬미하는 그들의 소리를 자주 듣게 된다. 중국이 그들의 자유롭고도 제멋대로의 향락을 눈감아주는 낙토가 될 날이 임박한 모양이다.[69]

이 글에서 루쉰은 일부러 번역하지 않은 「문학가와 정치가」라는 글에 대해 언급합니다. 쿠리야가와가 이 글을 집필한 취지는 "문학과 정치는 모두 민중의 깊고 엄숙한 내면생활에 뿌리박은 활동이므로 문학가는 실생활의 지반 위에 서야 하며 정치가는 문예를 깊이 이해하고 문학가에게 접근해야 한다"[70]는 것이었는데요. 중국에는 이런 글을 소개해봤자 이미 별 소용이

69) 위의 책, 179~180쪽.
70) 위의 책, 175쪽.

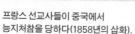

프랑스 선교사들이 중국에서
능지처참을 당하다(1858년의 삽화).

정상적인 발(왼쪽)을 가진 여성과
구부러진 발(오른쪽)을 가진 여성(1902년)

없을 것이라는 생각에 번역하지 않은 것이지요.

> 그러나 오늘날의 중국 정객이나 관료들에게 대해서 그런 말을 해봐야 '쇠귀에 경
> 읽기'이다. 아니 그보다는 양자의 접촉이 북경에서는 벌써부터 있어 왔으며 갖가
> 지 추태와 어리석은 행동이 그 새롭고 어두운 그림자 속에서 빚어지고 있다.[71]

루쉰은 상아탑을 나온 뒤에는 어떻게 할 것이냐는 질문에 대해서 쿠리야
가와의 또 다른 평론집인 『십자가두를 간다』에 나오는 글의 결론을 인용합

---

71) 위의 책, 175쪽.

니다.

실제로 모리스는 문자 그대로 거리에 나와 토론을 벌였다. 사람들은 말한다. 현대의 사상은 막다른 골목에 와 있다고. 그러나 조금도 막다른 골목에 와 있지 않다. 다만 십자로에 서 있을 뿐이다. 길은 얼마든지 있다.[72]

## 외국을 배워라

**루쉰은 한나라시대의 거울을 보고 「거울을 보고 생각한다」(1925)를 집필했어요.**

생각건대 한나라 당시의 사람은 참으로 아량이 있었다. 새로 들어온 동식물을 싫어하지 않고 태연히 장식의 문양으로 채용했다. 그 점에서는 당나라 사람도 역시 관대했다. …오늘날에는 묘는 말할 것도 없고 흔해빠진 그림을 놓고 보더라도 감히 한 포기의 양화(洋花), 한 마리의 양조(洋鳥)를 소재로 하는 사람이 있는가? … 시대가 내려와 송대가 되면 문학예술에서 오늘날 풍의 국수주의 냄새가 코를 찌를 만큼 심하게 난다. …일단 국세가 쇠약해지자 인심도 역시 위축하고 신경과민이 되어 외국의 사물을 접촉할 때면 마치 자기가 상대방의 포로가 된 듯한 기분이 들어 받아들이기는커녕 거꾸로 눈을 내리깔고 몸을 떨며 달아나서 숨는다. 더구나 그것을 합리화하기 위한 이유를 짜낸다. 그렇게 해서 국수는 약한 왕자와 약한 노예의 보물이 된다. …

그러나 만약 진보를 바란다면, 또는 퇴보를 바라지 않는다면 촌각을 아껴서 스스로 신기축(新機軸)을 엮어내야 한다. 적어도 이역으로부터의 재료를 받아들여야

72) 위의 책, 176쪽.

**루쉰의 가족**

한다. 온갖 우려, 퇴영적인 생각, 좁은 도량-그것들 때문에 이렇게 하면 조상의 관습으로 돌아갈 수 있지 않을까, 저렇게 하면 오랑캐로 여겨지지 않을까 하고 자나깨나 거기에만 마음을 쓰고 살얼음을 밟는 기분으로 덜덜 떨고만 있어서는 변변한 것 하나 창조할 리가 없다. 그러기 때문에 '오늘날이 옛날보다 못하다'고 생각하는 것은 실제로는 '오늘날이 옛날보다 못하다'고 입버릇처럼 말하는 선생님들이 너무 많은 탓이다.[73]

73) 위의 책, 90~93쪽.

루쉰은 1929년, 48세라는 늦은 나이에 아들 저우하이잉[周海嬰]을 얻습니다. 아이는 머리가 조금 굵어지자 자못 '반동적인' 태도로 "이런 게 무슨 아빠야!"라고 내뱉곤 해요. 그러한 성질 탓에 일본 아이로 오인되어 얻어맞은 적도 있었다고 합니다. 당시 중국에서는 얌전한 아이는 중국 아이, 개구쟁이는 일본 아이라는 선입견이 있었거든요. 그런데 그런 아들이 중국 사진관에서 사진을 찍었더니 평범한 중국 아이처럼 주눅이 든 모습으로 그려졌습니다. 아이가 주눅이 든 순간에 사진을 찍은 탓이지요. 이런 일화에 덧붙여 루쉰은 「아이들의 사진과 관련하여」(1934)에서 다음과 같이 말합니다.

> 점잖은 것은 그다지 악덕이랄 수는 없다. 그러나 그것을 연장하여 모든 일에 점잖기만 한다면, 그것은 미덕이랄 수 없으며 오히려 바보라고나 해야 할 것이다.
> …
> 중국에서는 대체로 그저 점잖게 되는 것-정적인 방향만이 팽배해 있다. …'동적'인 아이는 대개의 경우 사람들이 고개를 젓는다. 그런 건 '외국식'이라고 여기는 것이다. 게다가 오랫동안 침략을 받아온 탓으로, 이런 외국식이 유달리 눈엣가시처럼 되어 있고, 그런 감정이 한 걸음 더 나아가면 이 '외국식'의 반대로 나아가려한다. …이것이야말로 중국 고유문화의 보존이고, 이것이야말로 애국이며, 이것이야말로 노예근성으로부터의 해방인 것이다. …그러나 내가 보는 바로는 '외국식'이라 하는 것 중에는 뛰어난 것이 상당히 많다. 더구나 그것들은 원래는 중국인의 성질 속에도 있었던 것인데 다만 역대 왕조의 압박에 의해서 완전히 위축되어버려서 이제는 스스로도 그것을 깨닫지 못하고 송두리째 외국인에게 바쳐버린 것도 있다. 그것들은 기필코 되찾아야—부활시켜야—한다. 물론 신중히 선택한 후에.
> 설사 그것이 중국 고유의 것이 아니라 할지라도 뛰어난 것이라면 배워야 마땅하

다. 비록 그 선생이 우리의 적이라 할지라도, 우리는 그들에게서 배워야 한다. …
입으로만 애국이니, 국수니 하고 떠드는 것이 실제로는 노예화 작용과 무관한 것
이라고는 생각지 않는다는 것이다.[74]

74) 『노신문집』, 제5권, 18~20쪽.

# 이상한 나라 중국

「어느 동화」(1936)는 "어느 때 어느 곳에 이런 나라가 있었다. 권력자는 인민을 억누르고 있었으나 아직도 백성들이 강적같이 여겨져서 견딜 수 없었다"라는 문장으로 시작합니다. 이는 동화 아닌 동화로서 중국의 현실을 그대로 그려내지요.

두꺼운 사전들이 그것도 여러 종류가 출판되어 있었지만 어느 것이나 쓸모가 없었다. 만약 진실을 알고자 한다면 아직 인쇄된 일이 없는 사전을 보지 않으면 안 되었다. 그 사전에는 매우 참신한 해석이 실려 있었다.

가령 '해방'이란 '총살'이라는 뜻이며 '톨스토이주의'란 '도망'이라는 뜻이고, '관'이란 글자 아래의 설명에는 '거물의 친척과 친구와 노예'라고 되어 있고, '성'이란 글자 아래의 설명에는 '학생의 출입을 막기 위해 만들어진 높고 견고한 벽돌 벽'이라 쓰여 있으며, '도덕'이라는 항목의 설명에는 '여자가 어깨 팔을 노출하는 것을 금지하는 것'이라 되어 있고, '혁명'이라는 항목의 설명에는 '경지를 물바다로 만들고 비행기로 폭탄을 날라 비적(匪賊)들 머리 위에 떨어뜨리는 것'이라 되어 있다.

두툼한 법령집도 출판되어 있었다. 학자들을 각국에 파견하여 현행법을 조사하게 하여 그 정수만을 뽑아서 편찬한 만큼, 그 법률만큼 완전하고도 정밀한 것은 어느 나라에도 없었다. 그러나 권두(卷頭)의 한 페이지는 백지였다. 인쇄된 일이 없는 사전을 본 사람만이 거기에서 글자를 읽어낼 수가 있다. 그 처음에 있는 3개 조는 1)관대히 처분할 수 있다. 2)엄중히 처분할 수 있다. 3)전혀 적용하지 않을 수 있다. 물론 재판소도 있었다. 그러나 백지에서 글자를 읽어낸 피고는 법정에서는 절대

항변하지 않았다. 왜냐하면 악인만이 항변하는 것이며 항변하면 틀림없이 '엄중히 처벌'되기 때문이었다. 물론 고급재판소도 있었다. 그러나 백지에서 글자를 읽어낸 자는 절대 상소하지 않았다. 왜냐하면 악인만이 상소하는 것이며, 상소하게 되면 틀림없이 '엄중히 처벌'받기 때문이었다.

어느 날 아침, 많은 무장 경찰이 어느 미술학교를 포위하였다. …

"정부 명령으로 조사하러 왔으니 잠깐… "

"네, 그러십시오."

청년은 곧 침대 밑에서 자기 윗저고리를 꺼냈다. 거기에 있는 청년은 오랜 경험으로 현명해져 있었으므로 쓸데없는 것을 간수해두거나 하지는 않았다. …결국 책상 서랍에서 편지가 몇 통 발견되었다. 그 편지에는 그의 어머니가 가난 끝에 죽어가는 모습이 적혀 있었으므로 차마 불살라버리지 못했는지도 모른다. 양복 차림의 사내는 한 자 한 자 읽어가다가 "…세계는 인간이 인간을 잡아먹는 연회장이다. 네 어머니는 잡아먹힌 것이다…"라는 대목에 이르러 이마를 찡그리며 연필을 꺼내어 그곳에 줄을 치며,

"이건 무슨 뜻이지?"

"…"

"누가 네 어머니를 잡아먹었어? 세상에 인간이 인간을 잡아먹는 일이 있나? 우리가 네 어머니를 잡아먹었나? 엉!" 그는 눈알을 부라렸다. 마치 그것을 총알처럼 발사하려는 듯이.

"아닙니다. 그것은… 저어…"

…

순경은 호랑이처럼 청년에게 달려들어 다짜고짜 청년의 덜미를 잡고 기숙사 문밖

으로 끌어냈다.[75]

　루쉰은 「어느 동화」에 이어 「또 하나의 동화」를 쓰는데요. 이 이야기는 유치장으로 끌려간 한 학생이 심문을 받는 것으로 시작합니다. 그는 수업 거부를 선동했다는 혐의를 받았으나, 사실이 아니라며 부정해요. 그러자 심문관은 학생이 판화에 새긴 적 있는 러시아 작가의 초상 한 장을 증거로 제시합니다. 그러고는 이 그림에 그려진 사람이 러시아인일 뿐더러 붉은 군대의 장교이므로 그것을 판 학생은 빨갱이 예술가라고 몰아세워요. 그리고 심문관이 손을 까닥하자 "순경 하나가 익숙한 솜씨로 그 청년을 낚아채" 데리고 나갑니다.[76]

　이어 「어느 진실의 편지」는 재판을 보여줍니다. 재판에서 검찰관은 단 세 가지를 물어요. 이름, 나이, 본적. 이 기이한 심문이 끝난 후 피고는 군인 감옥으로 끌려갑니다.

　　거기서는 이단자나 인민을 될 수 있는 대로 잔혹하게 죽이는 것이 사는 보람처럼 되어 있는 듯합니다. 시국이 긴장할 때마다 이른바 중대 정치범을 모아서 끌어내다 총살합니다. 형기고 뭐고 없습니다. 가령 남창(南昌)이 위태로워졌을 때는 한 시간도 채 되지 않아서 22명이 살해되었습니다. …형장은 감옥 안에 있는 8백 평 정도의 채소밭입니다. 수인의 시체는 채소밭 속에다 묻습니다. 그 위에 채소를 갈면 비료도 되는 셈입니다.

　　약 2개월 반 정도 지나서 기소장이 도착하였습니다. 불과 세 마디의 심문으로 재판관이 기소장을 작성할 수 있는지? 그러나 작성되어 있었습니다. 원문은 제게 없

75) 『노신문집』, 제6권, 194~196쪽.
76) 위의 책, 196~198쪽.

지만, 저는 암기하고 있습니다. "목판연구회는 계급투쟁을 선동하고…."

그런데 이내 재판이 열렸습니다. …재판이 열린 지 8일 만에 최후의 법정에서 판결이 선고되었습니다. 판결문에 열거된 죄상은, 이 역시 기소장의 문구와 같았으나 후반은 다음과 같이 되어 있었습니다. "이상과 같은 행위는 국가에 위해를 미치는 행위에 대한 긴급조치법 제 X조 및 형법 제 X백X십X조 제 X항에 의거하여 피고 등은 각기 유기도형 5년에 해당함…."

여기서 다시 '상소'가 필요하겠습니까? '복(服)'으로 족하지요. 이왕에 그들의 법률이니까요.

요컨대 저는 체포에서 석방까지의 사이에 인민 학살의 도살장을 세 곳이나 돈 셈입니다. …고문만을 보아도, 지금의 중국에 어떤 것이 일어나고 있는지 알게 되었습니다. 첫째가 등나무 채찍, 둘째가 호랑이 걸상, 이는 모두 가벼운 쪽입니다. 세 번째가 장대밟기인데, 이것을 죄인을 꿇어앉히고 쇠장대를 무릎 안쪽에 끼우고 장대 양 끝에 덩치 큰 사내를 올려놓는 것입니다.…[77]

이어 수많은 고문이 설명됩니다. 루쉰은 만년에 형벌에 관심을 보였어요. 1935년에 쓴 「병후(病後)잡담」에서 그는 중국 의학서의 인체 해부도는 지극히 조잡한데도 잔학한 형벌의 방식은 대단히 현대적이라고 경탄합니다.[78] 또한 「밉게 보인 죄」에서 그는 "법률상의 수많은 죄명들은 모두 그럴듯한 문구로 포장되어 있지만, 단 한 마디 '밉게 보인 죄'라는 죄목으로 모두 포괄할 수 있다고 생각한다"고 말했습니다. 루쉰은 그러한 사법제도적인 부조리의 뿌리를 중국 역사에서 찾아요. 다음은 「소잡감」에 나오는 이야기입니다.

77) 위의 책, 198~200쪽.
78) 위의 책, 69~73쪽.

유방(劉邦)은 진(秦)의 압제를 제거한다 일컫고 '부로(父老)와 약정할 때 법 3장만'을 유지하겠다고 했다. 그렇지만 나중에는 일족 연좌의 형제(刑制)를 마련하거나 서적의 개인 보관을 금하거나 하여, 하는 짓이 진법(秦法)과 다를 바 없었다. 법 3장이란 입으로 말해본 것일 뿐.[79]

꿀벌의 침은 일단 사용하면 자기의 생명을 잃는다. 견유(犬儒)의 침은 일단 사용하면 자기의 생명을 연장시킨다. 그들은 이만큼 다르다.[80]

사기를 당하지 않도록 조심할 것. 스스로 도적이라 일컫는 자는 조심할 필요가 없다. 뒤집으면 착한 사람이니까. 스스로 성인군자라 일컫는 자는 조심해야 한다. 뒤집으면 도적이니까.[81]

한편, 일본 소설가 무샤노코지 사네아쓰[武者小路實篤, 1885~1976]의 글 『어느 청년의 꿈』을 번역하면서 붙인 「역자 머리말 1」(1922)에서 루쉰은 다음과 같이 말합니다.

"모든 사람이 국가의 입장이 아닌 인류의 입장에서 접촉하게 되지 않으면 영원한 평화는 오지 않는다. 그러나 그러기 위해서는 민중의 각성이 있어야 한다"라는 취지에 나는 전적으로 찬성하며, 그날은 언젠가 반드시 오리라고 생각한다. 아닌 게 아니라 국가라는 것이 지금도 변함없이 존재하지만 한편으로는 인간의 진정한 성품이 날이 갈수록 그 모습을 드러내고 있다. …

중국에서는 운동회를 벌이면 어김없이 판정에 대한 불복이 생겨 서로 주먹질을 하기 일쑤다. 그리고 시일이 흘러도 그에 대한 원한이 풀리지 않는다. 그러한 이유

79) 〈소잡감〉, 위의 책, 제4권, 147쪽.
80) 『노신문집』, 제4권, 144쪽.
81) 위의 책, 145쪽.

없는 적대감정이 세상에는 아주 많아서 남과 북 사이에, 성이나 도나 부현(府縣) 사이에 서로 노려본 채 어떻게 할 수 없는 지경에 빠져 있는 것 같다. 그런 이유 때문에 나는 중국인이 평화 애호자라는 설을 진심으로 믿지 못하며 공포심조차 갖고 있다.[82]

작자 서문에 쓰여 있듯이 그 전체의 안목이 전쟁 반대에 있음은 역자가 췌언(贅言)할 것도 없다. …중국인은 …전쟁에 나가기를 좋아하지 않을지 모르나 남을 동정하지는 않는다. 자기에 대해서는 마음을 쓰지만 남에게 대해서는 마음을 쓰지 않는다. 예를 들면 오늘날 일본이 조선을 병탄(倂呑)한 일에 대해 언급할 때도 득의양양하게 "조선은 원래 우리의 속국이었다"는 식의 말을 해서 듣는 쪽을 송구스럽게 만든다.[83]

여기서 루쉰이 '듣는 쪽'이란 조선인이 아닌 일본인을 말합니다. 그렇다면 루쉰은 역시 일본의 조선 침략을 정당한 것으로 보았던 걸까요? 글쎄요. 최소한 저는 그렇지 않다고 생각합니다. 역시 루쉰이 그동안 주장해온 사상과 이 글이 쓰인 문맥을 보았을 때 말이에요. 저는 루쉰의 이 문단이 강제 병합이라는 잘못된 일에 대해, 이를 부정하지는 못할지언정 '그 나라는 원래 자신들의 속국'이라고 뻐기는 것으로밖에 자존심을 챙길 수 없는 일부 중국인들의 정신승리와 속물근성을 비판한 것으로 읽힙니다. 또한 이를 통해 그동안 그러한 중국인들이 평화 애호자 시늉을 해오던 것의 위선을 지적한 것이지요.

---

82) 『노신문집』, 제3권, 47쪽.
83) 위의 책, 49쪽.

# 중국 문학 비판

## 한자는 누가 만들었는가?

루쉰은 「문외문담(門外文談)」(1934)에서 중국 문자에 대해 설명합니다. 먼저 그는 누가 문자를 만들었는지 논해요.

> 우리는 모든 것에 대하여, 무엇은 누가 무엇은 누가 하는 식으로 그 만든 사람이 옛날의 성인이나 현인이었다는 이야기를 귀에 못이 박이도록 들어왔기 때문에 문자에 대해서도 의당 그런 의문이 생긴다. 그리고 당장에 기원은 잊었으나 하나의 대답이 떠오른다―문자는 창힐(倉頡)이 만들었다고. …
>
> 그렇지만 『역경』의 작자(그가 누구인지 나는 모르지만)는 좀 더 현명하여 "상고 시대에는 결승(結繩)으로써 다스렸으나, 후세의 성인이 이를 서계(書契)로 바꾸었다"고 진술하고 있다.[84]

결승과 서계는 둘 다 고대의 원시적인 언어 체계를 뜻합니다. 결승이란 새끼매듭을 묶어서 숫자를 셈하던 방법이고요. 서계란 태고의 문자를 나무 같은 데에 새긴 것을 말해요. 오늘날에는 1959년 발견된 토기의 상형기호를 한자 탄생을 알리는 표지로 이해하는데요. 이 유물이 만들어진 시기는 대략 기원전 2500년에서 2000년 사이라고 합니다.[85]

---

84) 『노신문집』, 제6권, 22쪽.

85) 병심·동내빈·전리군, 김태만 외역, 『그림으로 읽는 중국 문학 오천년』, 예담, 2000, 36쪽.

그렇기는 하지만, 결승 대신에 서계를 채용한 이는 도대체 어떤 사람일까? 문학자일까? 확실히 오늘날의 이른바 문학자, 즉 문자를 자랑하는 것만을 능사로 하며 그의 손에서 붓을 빼앗아버린다면 아무 짓도 하지 못하는 문학자를 보고 있노라면, 제일 먼저 그들의 일이 머리에 떠오르는 것도 이상할 것이 없다. 그리고 그들로 보더라도 자기들의 밥벌이가 되는 일이니만큼 열심히 노력했으리라고 생각한다 해도 이상할 것이 없다.

그러나 실제로는 그렇지 않았다. 역사 이전의 사람들은 노동할 때도 노래를 불렀고 구애할 때도 노래를 불렀지만 그 노래를 원고지에 쓰거나 기록으로 남기거나 하지는 않았다. 왜냐하면 시가 팔린다거나 전집이 편찬될 수 있다거나 하는 일은 꿈에도 생각하지 않았으므로. 더구나 당시의 사회에는 신문사도 출판사도 없었고 문자도 별로 쓰일 데가 없었다. 학자들의 연구에 의하면, 문자 문제로 노력한 것은 아마 사관(史官)이었으리라.

원시 사회에는 최초에는 무당이 있을 뿐이었다. 이윽고 진화의 과정을 거쳐 매사가 복잡해져서 가령 제사, 수렵, 전쟁 등… 등등에 관하여 기록의 필요가 생김에 따라 무당도 그 본래의 업무인 '접신(接神)' 외에 기록을 작성하는 데에 노력을 기울이게 되었다. 이것이 '사(史)'의 시작이다.[86]

루쉰이 말하듯이 19세기 이래 발견된 갑골편은 3000년 이전 은나라 왕실에서 행한 점복(占卜)의 기록으로서 '갑골복사'라고 합니다.[87] 중국 문자의 기초가 상형(象形)문자라는 점에는 다른 의견을 내는 학자가 없어요. 이상과 같은 고찰에 이어 루쉰은 중국에서 말과 글이 일치한 적이 없었다는 점을 지적하면서, 어떻게 문자가 높은 계급의 전유물이 되었는지 설명합니다.

86) 위의 책, 23~24쪽.
87) 『그림으로 읽는 중국 문학 오천년』, 38쪽.

이는 다른 문학서에서 볼 수 없었던 주장으로, 루쉰의 관찰력이 빛나는 부분이에요.

> 내 추측으로는 중국에서 말과 글이 일치한 일은 한 번도 없었다. 그 이유는 주로 문자가 어렵기 때문에 어쩔 수 없이 생략을 하지 않으면 안 되었기 때문이다. 그 시대의 말을 요약한 것이 고인의 문이며, 고대의 말을 요약한 것이 후세 사람이 만드는 고문인 것이다. …
>
> 문자는 사람들 사이에서 생겨난 것이지만, 나중에는 결국 특권계급의 손에 넘어가버린다. 『역경(易經)』의 작가가 추측했던 바와 같이 "상고시대에는 결승으로써 다스렸다"고 한다면, 그 결승조차도 지배자의 손에 장악되어 있었다는 이야기다. 따라서 무당이나 사관의 손으로 넘어간 뒤에는 말할 것도 없다. 그들은 모두가 추장 아래 만민의 위에 위치하는 무리다. 사회가 변화함에 따라서 문자를 배우는 자의 범위는 넓어지지만, 대부분은 특권계급에 한정되어 있다. 그리고 평민이란 문자 같은 것을 알지도 못한다. 이유는 수업료를 낼 수 없어서가 아니라, 자격 규정에 해당되지 않기 때문이다.
>
> 그 뿐만이 아니라, 책을 볼 수도 없다. 중국에는 인쇄술이 발달하기 이전에는 좋은 책은 모두 '비각(秘閣)이나 삼관(三館)에 수장되어버려서' 글 읽는 선비라 해도 그 속에 무엇이 쓰여 있는지 알 수 없었던 것이다.[88]

비각과 삼관은 책을 보관해둔 장서관을 말합니다. 비각은 궁정에서 관리하였고 삼관은 정부 소관이었어요. 둘 다 송나라시대의 국가기관이었는데요. 이 중 삼관은 사관·소문관(昭文館)·집현원으로 구성되었습니다. 우리

---

88) 『노신문집』, 제6권, 29~30쪽.

나라의 고려시대와 조선시대에 세워졌던 집현전도 이를 본 따 만들어진 기구입니다. 이어서 루쉰의 논지를 계속 들어보지요.

문자가 특권 계급의 수중으로 들어가 버린 탓으로 문자에는 존엄성과 신비성이 수반되게 되었다. 지금도 중국의 문자는 더없이 존엄하다. …지폐가 액막이할 때나 병났을 때 사용되는 것은 문자의 신비성이 그렇게 만드는 것이다.

이와 같이 문자에는 존엄성이 있기 때문에, 문자를 알고 있으면 그 사람까지도 문자에 따라서 존엄한 존재가 된다. 그런데 새로이 존엄하게 되는 사람이 잇달아 나오게 되면 이제까지 존엄했던 사람에게는 불리하게 되고, 또 문자를 아는 사람이 자꾸 늘게 되면 문자의 신비성에도 금이 간다. 어찌하여 지폐에 위력이 있느냐 하면, 거기에 쓰인 문자를 읽을 수 있는 자는 도사뿐이기 때문이다. 그래서 그들은 문자를 쥐고 놓지 않으려고 한다. …

중국의 문자는 대중들에게 있어서 신분이나 경제 등의 제약 외에 또 하나의 어려운 관문을 설치하고 있다. 이 관문만 해도 이것을 넘으려면 10년쯤은 걸린다. 넘기만 하면 사대부가 되는데, 그 사대부가 또한 문자를 더욱더 어렵게 만들려고 애를 쓴다. 그렇게 하면 자기가 더욱더 존엄한 존재가 되고, 여느 사대부보다 지위가 오를 수 있기 때문이다. …

문자가 어려우면 문장도 어려운 것이 본래의 속성인 데다 여기에 사대부가 일부러 어렵게 만들려는 노력까지 더해지니 이래가지고는 아무리 문자와 대중 사이를 연결 지으려 해도 될 수가 없는 일이다. 바로 그 점이 또한 사대부가 노리는 점이기도 하다.

만일 문자가 알기 쉽고 누구나 쓸 수 있는 것이라면, 문자는 존엄성이 없어지고 나아가서는 사대부까지도 존엄하지 않게 되므로, 구어는 문어에 미치지 못한다고 비난을 퍼붓는 사람의 논리 근거는 여기에 있다. 요즘 대중어에 대하여 언급하면서 대중에게는 '천자과(千字課)'만으로 충분하다고 의견을 말하는 사람도 그 진의 는 대개 여기에 있다.[89]

이어서 이 글이 다루는 대상은 문학으로 넘어갑니다. 루쉰은 문자가 없던 선사시대에도 문학이 있었다고 말해요. 즉, 다 같이 무거운 나무를 나르던 중 누군가 '영차'라고 외친다면 그것이 곧 창작이었다는 말이지요. 또한, 다른 사람들도 이를 따라 한다면 그것을 곧 출판이라고 부를 수 있고요.[90] 여기서 '영차'란 유치하기 짝이 없는 말로 들릴 수도 있습니다. 그렇지만 루쉰은 고대문학도 마찬가지라고 하면서 『시경(詩經)』 첫머리에 나오는 시의 '요조숙녀 군자호구(窈窕淑女 君子好逑)'를 인용해요. 요즈음에야 누군가 "예쁘고 상냥한 아가씨가 도련님과 어울리는 커플"이라는 시를 쓴다면 당장 유치하다는 소리를 들을 테지만요. 여하튼 루쉰은 그런 민중의 작품을 특권 계층이 아닌 모두가 공유할 수 있게 하기 위해 다음 조건을 듭니다. "그 작가가 글자를 쓸 수 있어야 하고, 그와 동시에 독자도 글자를 읽고 가능하다면 쓸 수 있어야 한다"라고요. 그러나 그런 방법으로 천자문을 알게 하는 것은 비판합니다. "한정된 자수를 가지고는 마음먹고 있는 것을 표현하기에 충분치 못"하기 때문이지요.[91] 그리고 그 대안으로 제안된 간자(簡字) 등도 소용이 없다고 하면서 차라리 28개의 라틴어로 표기하자고 주장합니다. 그리고 지방에서부터 어문을 대중화시키기 시작해서 곧 전국적인 어문의 대중화를 이루자고 논하지요.[92] 이에 대해 대중이 읽고 쓰는 법을 익히면 다들 문

---

89) 위의 책, 30쪽.
90) 루쉰이 이 글을 쓸 당시에 린위탕이 프롤레타리아 문학을 야유하여 '영차'파라고 불렀는데, 루쉰은 이를 거꾸로 이용하고 있다.
91) 『노신문집』, 제6권, 32~34쪽.
92) 위의 책, 35~36쪽.

학자가 된다고 설치지나 않을까 걱정하는 목소리도 있습니다. 이들은 기존의 질서가 무너지면 '하늘이 무너지지 않을까'라는 식으로 두려워하는 이들이에요. 그러나 루쉰은 이렇게 반론해요. "설사 모두가 문학자가 됐다 한들, 군벌이나 토비(土匪)[93]가 아닌 바에야 개중에 해로울 건 하나도 없다. 고작해야 서로서로 작품을 바꾸어 볼 뿐이다."[94] 또한 문학의 질이 저하될까 봐 우려하는 이들도 있지만, 루쉰은 도리어 "옛 문학의 나쁜 버릇에 물들지 않았기 때문에 그 문학은 강건하고도 참신하다"라고 주장합니다.[95]

루쉰은 대중어문에 대한 여러 가지 반동적인 현상을 꼬집었어요. 그와 동시에 대중에 영합하려는 지식인의 태도 역시 비판합니다.

> 자신을 경시하여 '여러분의 종입니다' 따위의 말은 하지 않고, 타인을 경시하여 타인을 자기의 종으로도 여기지 않는다. 다만 대중 가운데의 한 사람일 뿐이다. 그렇게 하지 않으면 대중의 사업은 할 수 없다고 나는 생각한다.[96]

그런데 루쉰이 중국의 전통을 부정하기만 했던 것은 아니에요. 그는 중국 문학사를 연구하면서 이를 새로운 각도에서 고찰했습니다. 여기서는 그가 전문적으로 저술한 중국 문학사 전체를 검토할 여유가 없으므로 잡문에 나타난 몇 가지 사례만 검토해볼게요.

누구나 『삼국지』에 대해서 어느 정도 알고 있을 것입니다. 대중들에게는 진수가 지은 역사서인 정사보다 나관중이 창작한 역사소설인 『삼국지연의』가 더 유명하지요. 황건적(黃巾賊)의 난이 터진 뒤 5년이 지난 189년, 동탁

---

93) 도적을 일컫는 말.
94) 『노신문집』, 제6권, 38쪽.
95) 위의 책, 38쪽.
96) 위의 책, 40~41쪽.

(董卓)이 권력을 잡아 폭정을 일삼자 그를 토벌하기 위해 각지의 군웅들이 궐기합니다. 그러면서 위나라, 촉나라, 오나라의 천하삼분지계가 펼쳐지지요. 동탁이 부하인 여포(呂布)에게 죽은 뒤 조조(曹操)가 화북을 통일하고, 그 아들 조비(曹丕)가 위나라를 세웠습니다. 그 후 결국에는 진나라가 중국을 통일하고요.[97]

루쉰은 「위진(魏晉)의 기풍 및 문장과 약 및 술의 관계」(1927)라는 강연에서 이 시대의 인간들에 대한 재평가를 시도해요. 그중에서 압권은 그동안 역사학자들에게 악담만 들어온 '죽림칠현'에 대한 재평가입니다. 그동안 죽림칠현은 대나무 숲에서 술독에 빠져 놀면서 예교(禮敎)를 어지럽힌 이들이라는 것이 통설이었는데요. 이에 대해 루쉰은 『장자』 외편에 수록된 격언 중에 "중국의 군자는 예의에는 밝지만, 인간의 마음을 아는 데는 어둡다"라는 말을 인용합니다. 당시 중국 사람들은 예의에 집착하면서도 정작 마음을 다하지 않았다는 뜻이지요. 그러면서 루쉰은 위·진시대에는 사실상 예교가 파괴되었으면서도 예교를 존중하는 척하며 이를 사리사욕에 이용하였다고 주장해요. 이런 상황에서는 예교를 진심으로 믿는 자일수록 겉으로는 예교를 믿지 않는 척할 수밖에 없다는 것이지요. 루쉰은 죽림칠현 중 한 사람인 혜강의 억울한 죽음에 대해 다음과 같이 언급합니다.

> 조조가 공융을 죽이고, 사마의가 혜강을 죽인 것은 모두 불효라는 이유에 얽매여서인데, 그렇다고 해서 조조나 사마의가 도대체 효자의 모범이었을까요? 그저 자기에게 반대하는 자를 죄주기 위하여 불효라는 명목을 이용했을 뿐입니다. 그래서 진실한 사람은 예교가 이 같이 이용되고 모독당함을 보고 불평스러워서 견딜

---

97) 이후 중국이 다시 갈라졌다가 재통일되기까지의 시대를 통틀어 역사학계에서는 '위진남북조(魏晉南北朝)' 시대라 부른다.

**죽림칠현**

수가 없으나 어찌할 도리가 없었습니다. 그래서 저절로 예교에 관해서는 입에 담지 않게 되었습니다. 혹은 믿지 않게 되었습니다. 더 심해지면 반대한다고 말하기도 했으나 그것은 태도뿐이고, 그들의 본심은 예교를 깊이 믿고 있었습니다. 소중한 보물처럼 여기고 있었습니다. 조조와 사마의와는 비교할 수 없을 만큼 대단히 소중히 간직하고 있었을 줄 압니다.[98]

루쉰은 이러한 일화를 당시 중국의 정치적 상황에 비유했습니다. 군벌들은 과거에는 민중을 억압했으나 국민당의 위세가 오르자 삼민주의를 신봉한다고 돌아섰는데, 이 탓에 진정한 삼민주의자들은 공융이나 혜강과 같은 처지에 놓이게 된 것이지요. 군벌의 삼민주의 행사에 참여하지 않으면 삼민주의에 반대한다고 몰아 죽일지도 모르므로 어쩔 수 없이 그들의 말을 따르지만, 진짜 삼민주의자는 스스로 삼민주의를 입에 담지 않게 됩니다. 더구나 '남이 뻔뻔스럽게 입에 담는 것을 들으면, 눈살을 찌푸리며 마치 자기

98) 『노신문집』, 제4권, 112쪽.

가 삼민주의에 반대하고 있는 것 같은 표정을 짓'게 되는 거예요.[99]

루쉰은 도연명(陶淵明, 365 또는 372~427)[100]에 대해서도 새로운 평가를 합니다. 비록 후대에 도연명은 늘 현실에 관심을 두지 않고 유유자적한 삶을 살아간 시인으로 평가되지만, 그는 언제나 정치에 관심이 있었다고요.

> 비록 옛날 사람이라도 시문이 전혀 정치를 초월한 이른바 '전원시인', '산림시인'은 없었다고 생각됩니다. 현세를 완전히 초월한 사람도 없었습니다. 만약 초월해버린다면 시나 글을 지을 리가 없습니다. 시나 글도 또한 인간의 행위로서, 시가 있다는 것은 아직 세상일을 잊지 못한다는 증거입니다.[101]

## 외국 문학 소개의 문제점

루쉰은 「문학과 땀」(1927)에서 평소 자주 논쟁해오던 평론가의 말에 반박합니다. 그 평론가는 문학은 영원히 변하지 않는 인간성을 그려야 한다고 말하며 셰익스피어를 그 보기로 들었는데요. 그의 작품은 인간성을 그렸기에 지금까지 전해지나 그렇지 못한 다른 작가들의 작품은 소멸했다는 것이지요. 이에 대해 루쉰은 전해지지도 않는 다른 작가들의 작품이 인간성을 그렸는지 아닌지를 어떻게 알 수 있는지 의문을 제기하며 다음과 같이 말합니다.

> 전해지기만 하면 좋은 문학, 사라져버리면 나쁜 문학, 천하를 잡으면 왕, 잡지 못

---

99) 위의 책, 113쪽.
100) 도잠이라고도 불리는 도연명은 중국 동진(東晋) 말기부터 송나라 초기까지 살아간 중국 시인이다. 현재 130여 개의 시가 전해오며 오언시를 즐겨 쓴 것으로 알려져 있다. 평이한 문체에 소박한 내용을 다뤄 당시에는 인정을 받지 못했지만 당나라 때부터 그의 시가 재발견되어 명성이 드높아졌다.
101) 『노신문집』, 제4권, 116쪽.

하면 적. 중국류의 역사관은 그대로 중국인의 문학론에도 들어맞는다는 것인지.

더구나 도대체 인간성이란 것이 영구불변인지 어떤지. …

영구불변의 인간성을 그린다는 것은 대단히 어려운 일이다.

땀을 예로 들어보자. 땀을 내는 일은 대개 옛날에도 있었으며, 지금도 있고, 장래
에도 있을 게 분명하다. 그러므로 비교적 '영구불변의 인간성'이랄 수 있다고 나는
생각한다. 그러나 '바람에도 견디지 못하는' 우아한 여인의 땀은 향기롭고, '소처럼
우둔한' 노동자의 땀은 구리다. 오래도록 세상에 남는 문자를 써서 오래도록 세상
에 남는 문학자가 되기 위해서는 도대체 향기로운 땀을 그릴 것인가, 그렇잖으면
구린 땀을 그릴 것인가? 먼저 이 문제를 해결해놓지 않고서는 미래의 문학사상의
지위는 진실로 '위태로운' 것이다. …

중국에서는 도사의 입에서 나오는 '도론(道論)'이건 비평가의 입에서 나오는 문학
론이건 어느 것이나 소름이 끼치는 것으로 나오려던 땀도 쑥 들어가버린다. 그렇
지만 이것이야말로 중국의 영구불변의 인간성일지도 모른다.[102]

루쉰은 중국에서 외국 문학을 피상적으로 수입하는 경향을 「액자」(1928)
에서 비판합니다. 이러한 비판은 중국만이 아니라 지금까지의 한국 문학에
도 그대로 적용할 수 있지요.

중국 문예계의 가공할 현상은 앞을 다투어 명사를 수입하면서 그 명사의 의미를
설명하지 않는 것이다.

그래서 각자 제멋대로 해석한다. 작품에 자기에 관한 일이 많이 쓰여 있으면 그것
은 표현주의다. 젊은 여인의 장딴지를 보고 시를 지으면 낭만주의다. 장딴지를 보

---

102) 위의 책, 155~156쪽.

아도 시를 지어서는 안 된다는 것이 고전주의이다. 하늘에서 목이 내려온다. 목 위에는 소가 있다. 오오, 바다 한복판의 푸른 우레 소리에… 이것은 미래주의이다… 등등.

게다가 그것으로 의론을 벌인다. 이 주의는 좋다, 저 주의는 나쁘다… 등등.

농민들 사이에 이런 만담이 전승되고 있다. 근시안인 사나이 둘이 시력 겨룸을 하게 되었는데, 판정하기가 어려워 관제묘(關帝廟)에 가서 그날 새로 걸린 액자를 보기로 했다. 두 사람 다 몰래 간판장이에게서 액자의 문구를 귀띔 받았다. 그런데 가르쳐주기를 하나에게는 자세하게 하나에게는 대충 가르쳐주었다. 그래서 큰 글자만 가르침 받은 쪽이 작은 글자까지 보인다는 상대에게 거짓말을 했다고 트집을 잡아 싸움이 시작되었다. 이것도 판정이 나질 않아서 부득이 지나가던 사람에게 물어보았다. 그 사람은 주변을 둘러보고 나서 대답하기를, "아무것도 없는데요. 액자는 아직 걸려 있지 않아요" 하였다.

생각건대 문예비평에서 시력 겨루기를 벌여도 역시 먼저 액자가 걸린 다음이 아니면 어색하다. 아무것도 없는데 다투어보았자, 쌍방 모두 독선적인 독단일 뿐이다.[103]

이어 『현대 신흥문학의 제문제』의 「소인(小引)」(1927)에서 루쉰은 다음과 같이 말합니다.

새로운 사조가 중국에 들어올 때는 그것이 그저 몇 안 되는 명사에 불과한데도 주장자는 그걸로 적을 주살(呪殺)할 수 있다고 생각하며, 적대자는 자기가 주살될 것으로 믿고 아우성치길 반년이나 1년, 그리하여 불도 연기도 꺼져버리는 일이 드

---

103) 위의 책, 183쪽.

물지 않다. 낭만주의다, 자연주의다, 표현주의다, 미래주의다… 어느 것이나 지나가버린 것처럼 보이지만, 실제로 그게 출현했었는지 어쩐지도 의심스럽다.[104]

## 중국의 현대문학 비판

루쉰은 생전에 많은 강연을 했습니다. 그런데 항상 바쁜 탓으로 원고를 준비하지 못해서 대부분이 즉흥 연설이었어요. 강연 제목조차 그 직전에 정하는 경우가 많았습니다. 그러나 즉흥 연설이기에 그의 이야기는 더욱더 생동감을 주었지요. 1929년 연경대학 국문학회에서의 강연도 마찬가지였습니다. 강연장을 향하는 자동차 속에서 루쉰은 그날 할 강연의 제목을 정하고 있었습니다. 그런데 도로가 나빠 자동차가 '한 자나 뛰어오를 형편이니 도저히 생각할 겨를이 없었'지요. 그러던 중 그에게 문득 이런 생각이 떠올라요. '외래 문물을 도입하는 데는 한 가지만 도입해선 재미없다. 자동차의 경우에는 좋은 도로와 함께가 아니면 재미없다. 모든 것은 환경으로부터의 영향을 벗어날 수가 없다. 그건 문학-중국에서 신문학이라 불리는 것, 또 혁명문학이라 불리는 것도 마찬가지'다.[105] 그래서 루쉰은 강연 주제로 '오늘날의 신문학 개관'을 정합니다. 그러고는 다음과 같이 연설했습니다.

어떤 애국자일지라도 하여튼 중국의 문화 정도가 뒤늦음을 승인치 않을 수 없겠지요. 새로운 것은 모두 밖에서 침입해 들어옵니다. 그리고 대다수의 사람들이 새로운 힘 앞에서 여우에게 홀린 듯한 꼴이 됩니다. …외국인이 '노무'라 하면 이건 '총살에 처한다'는 의미라고 번역합니다.

어떤 문학이라도 모두 환경에 의하여 생기는 것입니다. 문예지상주의자는 문예엔

---

104) 위의 책, 203~204쪽.
105) 위의 책, 207쪽.

풍운을 일으킬 힘이 있다고 말하고 싶겠지만, 사실은 정치가 선행하고, 그다음에 문예가 변합니다. 문예에 환경을 변화시킬 수 있다고 생각하는 것은 일종의 '관념론'으로서 문학자가 예상하는 대로 사태가 진행되는 일은 거의 없습니다. …

근간 상해에서 출판된 혁명문학 중 책 표지에 삼지창 그림이 있는 책이 있습니다. 이 그림은 『고민의 상징』의 표지에서 가져온 것인데 그 창의 한가운데 날 끝에 해머가 박혀 있습니다. 이 해머는 소비에트의 깃발에서 가져온 것입니다. 하지만 이런 합성을 해 가지고선 결과적으로 찌를 수도 없고 두드릴 수도 없습니다. 기껏해야 이 작가의 어리석음을 나타낼 뿐-아니, 이런 부류의 문예가 패거리의 배지로 안성맞춤입니다.[106]

---

106) 위의 책, 207~210쪽.

# 전통 가정 비판

## 열녀를 세우는 것은 악습이다

「내 절열관(節烈觀)」(1918)[107]은 루쉰이 최초로 쓴 잡문 장편입니다. 「광인일기」를 쓰고 3개월 뒤에 집필했지요. 이 글은 "세상의 도리가 야박해지고 사람의 마음이 날로 나빠져 나라가 나라답지 않다"는 탄식으로 시작됩니다. 오늘날에도 저녁 뉴스나 인터넷 기사 헤드라인에서 흔히 들을 수 있는 소리인데요. 루쉰은 이러한 탄식이 "세상 사람들을 훈계할 수 있을 뿐 아니라 '날로 나쁜' 것으로부터 자기를 제외시킬 수" 있다는 심리 때문에 나온다고 보았습니다.[108] 이러한 탄식과 같은 맥락으로 볼 수 있는 것 중 하나는 1914년 위안스카이가 봉건 유교를 옹호하고자 열녀를 표창한 건데요. 과부에게 수절을 강요하고 열녀로 치켜세우는 풍습은 우리나라 조선시대의 악습 중 하나로 기억하는 이들이 많지만 이는 원래 중국 역사에서 전통적인 것이었어요. 루쉰은 열녀 문화가 강화된 것을 당시 시대상과 인과관계를 연관 지어 이렇게 말합니다. "황제가 신하에게 충성을 다할 것을 요구하자 남자들은 더욱더 여자에게 수절을 요구하였다."[109] 폭군 치하의 신민은 폭군보다도 더욱 잔인하게 마련입니다.

국민이 피정복의 지위로 떨어지면 수절은 성행하게 되고 열녀도 이때부터 중시된

---

107) 『무덤』, 163~180쪽.
108) 위의 책, 163쪽.
109) 위의 책, 172쪽.

다. 여자는 남자의 소유물이기 때문에 자기가 죽으면 재가하지 못하게 할 것이고, 자기가 살아 있다면 더욱이 남에게 빼앗기는 것을 허락하지 않을 것이다. 그렇지만 자기는 피정복 국민으로서 보호할 힘도 없고 반항할 용기도 없으니 다만 여인들에게 자살하도록 부추기는 기발한 방법을 내지 않을 수 없다.

아마 처첩이 넘쳐나는 높은 분들과 비첩이 줄을 잇는 부자들은 난리 통에 그들을 제대로 돌보지도 못하고, '반란군'(또는 '황제의 군대')이라도 만나면 어떻게 해볼 도리가 없었을 것이다. 겨우 자기만 목숨을 구하고 다른 사람은 모두 열녀가 되라고 한다. 열녀가 되고 나면 '반란군'은 얻을 것이 없어지고 만다. 그는 난리가 진정되는 것을 기다렸다가 천천히 돌아와서 몇 마디 칭찬을 한다. 다행히도 남자가 재취하는 것은 불변의 진리이므로 다시 여인을 맞이하면 모든 것이 그만이다.[110]

루쉰은 「여성과 국난」(1933)에서도 위와 같은 취지를 발전시켜 다음과 같이 말합니다. 또한 수절뿐 아니라 재물에 대한 욕심을 가지지 않을 것을 뜻하는 '청빈' 역시 억압이 강한 시기일수록 더욱 강력하게 요구된다는 것이지요.

나라가 어려울 때, 여성들은 특히 더 수난을 당하는 것 같다. 일부 성인군자들은 여자들이 사치를 좋아해 국산품을 쳐다보지도 않는다고 비난한다. 무용이든 육감적이란 용어든 모든 것이 다 유죄다. 남자들은 모두 고행하는 스님들이 되고, 여자들은 모두 수도원에라도 들어가야 나라의 어려움이 풀릴 수 있다는 것일까?

사실 국난은 여자들만의 죄가 아니다. 여성들은 참으로 가엾은 존재이다. 사회 제도가 여성들을 이런저런 것들의 노예로 만들었고, 게다가 갖가지 죄명을 씌우려

---

110) 위의 책, 173쪽.

하고 있다. 한나라 말엽에 당시 여인들의 눈썹이 가느다랗고 끝이 처진 것을 가리켜 이는 망국의 조짐이라고 했다. 기실 한나라가 망한 것이 어찌 여자의 책임이랴!
…

사치와 음탕은 사회 붕괴와 부패 현상 중의 하나일 뿐, 결코 근본 원인은 아니다. 사유재산제 사회에서는 본래 여자를 사유재산으로 여기고, 상품으로 여긴다. 중국의 모든 종교들에는 희귀하고 괴상한 규칙들이 참 많은데, 한결같이 여자를 동물로 취급하며, 여자를 위협, 노예처럼 복종하게 한다. 상류계급의 노리개로 만드는 것도 물론이다. 현재 성인군자들은 여자들의 사치를 욕하고 얼굴을 찡그리면서 체통을 지키려 하고 있다. 그러나 그들은 뒷구멍으로 여인의 육감적인 허벅지 문화를 감상하고 있다. …

이런저런 매춘은 항상 여자의 책임이다. 그러나 사고파는 것은 상대가 있어야 한다. …그러기에 근본 문제는 여자를 사고파는 사회에 있다. 이 근본이 여전히 존재하고, 여자를 사는 사람이 여전히 존재하는 한, 이른바 여성의 사치와 음탕은 결코 소멸될 수 없다.


**루쉰의 「노라는 떠난 후 어떻게 되었는가」(1923)는 입센의 『인형의 집』에 나오는 주인공 노라의 후일담을 상상하여 얘기한 것입니다.[111]**


인생에서 가장 고통스러운 것은 꿈에서 깨어났을 때 갈 수 있는 길이 없다는 것입니다. 꿈을 꾸는 사람은 행복한 사람입니다. 만일 갈 수 있는 길을 찾아내지 못했다면 가장 중요한 것은 그를 깨우지 말아야 한다는 것입니다."[112]

---

111) 여기서 인형이란 사람 모양의 장난감으로, 일본어이나 중국어로는 괴뢰(傀儡)라고 한다. 우리는 괴뢰라는 말을 대개 북한 정권을 지칭할 때만 사용하지만, 꼭두각시라는 뜻의 한자로는 괴뢰가 더욱 적절하다.
112) 『무덤』, 222쪽.

희망을 위해서는 사람들에게 생각을 예민하게 하여 더욱 절실하게 자신의 고통을 느끼도록 하고 영혼을 불러일으켜 자신의 썩은 시체를 목도하도록 해야 합니다.[113]

꿈이 좋습니다. 그렇지 않으면 돈이 중요합니다. 돈이란 이 글자는 아주 귀에 거슬립니다. 그러나 나는 어쩐지 사람들의 의론은 어제와 오늘뿐 아니라 설령 식전과 식후라도 종종 차이가 있다고 생각합니다. …모름지기 하루 동안 그를 굶긴 다음에 다시 그의 의론을 들어보아야 합니다. …자유는 물론 돈으로 살 수 있는 것이 아닙니다. 그러나 돈 때문에 팔아버릴 수도 있습니다.[114]

다만 이 희생을 달가워하는 것은 자신에 속하는 것으로 지사들의 이른바 사회를 위한다는 것과 관계가 없습니다. 군중—특히 중국의 군중—은 영원히 연극의 관객입니다. …이러한 군중에 대해서는 방법이 없습니다. 차라리 그들이 볼 수 있는 연극을 없애버리는 것이 도리어 치료책입니다.[115]

그런데 루쉰은 여성에 대한 편견을 내보이기도 했습니다. 「과부주의」(1925)에서 루쉰은 중국 근대 초 여성 교육에서 유행한 현모양처주의가 사실은 과부주의가 되었다고 비판합니다. 과부주의란 과부 또는 독신 여성[116]이 교육계를 지배하여 제대로 현모양처 교육을 시키지 못하고 있다는 것인데요.

여자는 남편이나 연인이나 자녀가 있어야 비로소 진정한 애정에 눈을 뜬다. 그렇

---

113) 위의 책, 223쪽.
114) 위의 책, 224쪽.
115) 위의 책, 229쪽.
116) 루쉰은 이에 대해 의사(擬似) 과부라는 표현을 썼다. 그는 독신 여성을 과부는 아니지만 과부나 다름없다고 보았다.

지 않으면 애정은 잠복한 채로 있던가 위축해버리던가 심한 경우에는 변태화할 때도 있다. 그러므로 현모양처를 만드는 일을 독신자에게 맡기는 것은 마치 여행 하는 장님을 눈먼 말에 태우는 것과 같다. …

사정이 있어서 할 수 없이 독신 생활을 하고 있는 사람은 남자나 여자나 아무튼 정신이 이상해지기 쉽다. 집요하거나 의심이 많거나 음험한 성질을 갖게 되는 자가 많다. …

그러나 학생은 나이가 젊다. 민며느리나 계모 밑에서 크지 않은 다음에야 그 대부분은 세상 물정에 어둡고 만사를 밝게 본다. 사상이나 언행이나 모든 면에서 그들 과는 정반대이다. …그들에게는 편지는 모두 연애편지로 보인다. 웃음소리는 모두 색정의 발로로 보인다. 찾아오는 남자는 모두 연인이고 공원에 가는 것은 모두 밀 회로 단정해버린다. …

사람은 환경에 따라 상상이나 성격이 그처럼 크게 바뀌므로 과부 또는 의사(擬 似) 과부에 의해 관리되는 학교에서는 젊은이들이 정당한 생활을 할 수 없다. … 나는 교육계의 모든 여성이 모두 남성의 반려로 가야 한다고 말하지는 않겠다. 다 만 그녀들이 더욱 시야를 넓히고 원대한 입장에서 생각하기를 희망할 뿐이다.[117]

위의 글에 대해 당장 반론을 내세울 페미니스트가 많을 거예요. 사실 여성에 대한 루쉰의 편견은 곳곳에 나타납니다. 그러나 위 글이 1925년에 쓰였다는 것을 고려할 필요가 있어요. 서구 자유주의의 중심이라는 미국에서도 1920년에야 간신히 여성에게 참정권을 줬는걸요. 당시 대부분의 나라에서는 여성의 인권이라는 개념 자체가 거의 없거나 희박했습니다. 세계가 여성 인권에 대해 관심을 두게 된 것은 대략 1980년대부터입니다. 우리나라에

117) 『노신문집』, 제3권, 171~173쪽.

**미국의 여성 참정권론자들**
투표권 쟁취를 위해 데모하는 여성들(1913.2월)

서도 그제야 첫 여성주의 운동이 시작되었지요. 그러니 1920년대의 사고방식은 지금에 비하면 매우 한계가 많을 수밖에 없었습니다. 게다가 루쉰은 소설 「복을 비는 제사」에서 혼자의 힘으로 괜찮은 생활을 지탱하다가 강제로 불행한 결혼을 하게 되어 삶이 망가지는 과부를 주인공으로 삼은 적도 있습니다.

## 가거라, 용감하게, 아들아!

루쉰은 「수감록 25」(1918)를 쓰면서 자식의 아버지가 아닌 '인간'의 아버지가 필요하다고 말합니다.

흙먼지와 때투성이인 가난한 집안의 아이들은 길거리에서 뒹굴며 논다. 부잣집의 응석받이 아이들은 집안에서 킥킥거리며 논다. 그리고 성인이 되면 그 두 쪽 모두 열심히 세상을 헤집고 다닌다. 아버지와 마찬가지로, 또는 더욱 나쁘게. …

중국에서는 자식은 낳기만 하면 되며 그들의 선악은 문제 되지 않는다. 낳은 부모는 자식의 교육을 책임지지 않는다. …

청조 말기에 어떤 성에서 처음으로 사범학당을 설립했을 때 한 사람의 노선생이 자못 미심쩍다는 듯이 분개하면서 말했다고 한다. -"스승되는 자가 왜 가르침을 받아야 되는가? 그런 도리대로라면 다시 부범(父範)학당이 있어야 하지 않겠는가?" 그 노선생은 아버지의 자격을 자식을 낳는 것으로 충분하다고 믿고 있었던 것이다. 자식을 만드는 것쯤은 누구나 할 수 있으니까 가르치지 않아도 된다는 셈이다. 어찌 생각이나 했으랴. 지금 중국에 필요한 것은 사실 부범학당인 것을. 그리고 그 노선생은 꼭 그 학당의 초학년에 입학해야 한다.

우리 중국에는 자식의 아버지는 너무나 많다. 앞으로 필요한 것은 '인간'의 아버지이다.[118]

「우리는 지금 아버지 노릇을 어떻게 할 것인가」(1919)에서 루쉰은 젊었을 적에 마음에 품었던 진화론을 다시 되돌아봅니다. 그리고 그것을 다른 아버지들에게도 권해요.

첫째는 생명을 보존해야 한다는 것이고, 둘째는 이 생명을 계속 이어가야 한다는 것이고, 셋째는 이 생명을 발전(바로 진화이다)시켜야 한다는 것이다. 생물은 다 이렇게 하는데, 아버지 역시 이렇게 해야 한다.[119]

---

118) 위의 책, 18~19쪽.
119) 위의 책, 183~184쪽.

여기서 루쉰이 말하는 진화론이란 모든 세대가 다음 세대를 위해 희생하며 발전을 촉진해야 한다는 것을 의미해요. 이는 자녀에게 부모를 위한다는 명목으로 때로는 비인간적일 정도로 효행을 강요하는 유교 도덕과는 정반대이지요. 물론 루쉰 자신은 어머니에게 효자였습니다. 그는 자연스러운 효성 자체를 부정하는 것이 아니에요. 문제는 유교가 일방적으로 비합리적인 효를 강요한다는 데 있습니다. 루쉰은 생물이 진화해온 법칙에 따라 차세대를 사랑하는 것이 중요하다고 토로해요. 그는 부모와 자식 간의 관계에 있어 "오직 해방시켜야만 서로 사이가 좋아지고 오직 자식을 '구속하는' 부형이 없어야 '구속'에 반항하는 '불효한 자식'이 없는 법"이라고 주장합니다.[120]

루쉰은 아리시마 다케오[有島武郎, 1878~1923]의 「아이들에게」라는 글을 인용한 「아이들에게」(1919)를 씁니다.

> 아마 내가 지금 여기서 사라져간 시대를 비웃고 연민하듯, 너희들도 나의 케케묵은 마음가짐을 비웃고 연민할지 모른다. 나는 너희들 스스로를 위해 그렇게 하지 않기를 바라고 있다. 너희들은 나를 발판으로 삼아 높고, 멀리 나를 뛰어넘어 앞으로 나아가야 한다. …
>
> 죽어 넘어진 어미를 먹어 치우면서 힘을 기르는 사자 새끼처럼 힘차고 용감하게, 나를 떨쳐버리고 인생의 길로 나아가거라. …
>
> 가거라, 용감하게, 아들아!

## 시대와 인간

루쉰은 「생각나는 대로 5」(1925)에서 자신이 시대를 잘못 타고난 것을 후회

---

120) 위의 책, 193쪽.

한다고 이야기합니다. 너무 일찍 태어나기도 했고 너무 늦게 태어나기도 했다는 것인데요. 너무 일찍 태어난 것을 후회하는 이유는 유가의 법도에 따라야 했기 때문입니다.

그만큼 손윗사람의 발언이 내게는 위력이 있었으므로 나는 충실히 독서인으로서의 가훈에 따랐다. 일거수일투족에도 마음을 썼고 경거망동은 조금도 하지 않았다. 고개를 들고 다니는 것은 오만한 짓이므로 언제나 눈을 내리깔고 아래를 보고 다녔다. 큰소리를 내는 것은 경박한 짓이므로 될 수 있는 대로 얼굴의 근육을 움직이지 않았다. 그리고 자기 스스로 그것을 당연한 일이라고 생각했다. 그러나 때로는 마음속에서 살며시 그것에 반항하는 생각이 나기도 했다. (…) 그런데 그 마음속의 반항도 원래는 어른이 씨를 뿌린 것이었다. 어른은 자기만은 시종 큰소리로 지껄이거나 웃거나 하면서 아이들에게만 그것을 금지했기 때문이다. …어른들이 내키는 대로 큰소리를 내는 것이 부러워서 나도 빨리 어른이 되었으면 하고 속으로 바랐다. …이제 내가 기쁘게 생각하는 것은 나는 이미 어른이라는 것이다. … 그래서 나는 죽은 체하기를 그만두고 마음 내키는 대로 큰소리로 지껄이거나 웃기 시작했는데 그러자 금세 뜻밖에도 이번에는 진지한 사람들로부터 내가 그들을 '실망'시켰다고 나무람을 들었다. …그래서 슬프게도 아직은 죽은 체하기를 계속할 수밖에―'죽어서 그만둘 때까지'. 그 때문에 나는 이번에는 내가 늦게 태어난 것이 원망스러워졌다. …폭군의 독재정치는 사람을 풍자꾼으로 바꾸지만 우민(愚民)의 독재정치는 사람을 살아 있는 주검으로 바꾸는 모양이다. 그리고 사람들이 차례로 '죽어갈 때' 거꾸로 자기는 그것을 도통(道統)을 옹호한 효과라고 생각하고 그것이야말로 살아 있는 진지한 인간에 가까워지는 것이라고 생각하고 있다.[121]

121) 위의 책, 137~138쪽.

# 루쉰의 힘찬 목소리는 여전히 유효하다!

요즈음은 서로 마주칠 때 하는 인사말이 여러 가지지만, 얼마 전까지는 주로 "식사하셨습니까?"라는 말을 사용했습니다. 이 말이 중국에서 전해 내려온 것인지, 아닌지는 알 수 없어요. 그렇지만 중국에서도 이는 일반적인 인사말입니다. 중국말로는 '쯔판러마[吃飯了嗎]'라고 발음하지요. 이처럼 우리나라와 중국은 언어적으로나 문화적으로 유사한 점을 적잖이 찾아볼 수 있습니다. 가장 대표적인 예는 중국도 우리나라도 같은 한자 문화권에 속해 있다는 점입니다. 비록 우리나라의 일상 속에서 한자가 차지하는 비중은 갈수록 줄어가고 있지만요.

　우리나라 문화가 중국으로부터 여러 가지 영향을 받았다는 점은 부정할 수 없지만, 한편으로 다른 점도 많습니다. 중국어와 한국어는 어법에서 보나 어감으로 보나 아주 달라요. 비유하자면 중국어는 돌을 자연스럽게 쌓은 성과 같지만, 우리말은 돌을 모두 같은 크기로 다듬는 것도 모자라 그 사이마다 시멘트를 바른 느낌이라고나 할까요? 중국말은 단어 몇 개를 툭툭 던지는 것만으로도 문장이 만들어지지만, 우리말은 그 단어를 여러 가지 접속사로 이어야 하잖아요. 그래서 한국어를 중국어로, 혹은 중국어를 한국어로 번역하는 일은 상당히 까다롭다고들 말합니다. 중국말 몇 마디만 한국어로 옮겨도 한 페이지가 가득 차기 일쑤지요. 이러한 차이 때문인지 저는 중국말에 우리말보다 힘이 담긴 것처럼 느껴질 때가 많아요. 그중에서도 루쉰의 말과 글에서 특히 그런 느낌을 받습니다. 이 책을 쓰면서 저는 루쉰의 문장을 곧잘 인용했지만, 제가 느꼈던 그런 힘을 여러분에게 제대로 전달했는지는 의문입니다. 그렇지만 문장의 힘보다 더욱 중요한 것은 그 안에 담긴 내용의 힘이겠지요? 이는 명확한 주제 의식에서 나오는 것일 테고요. 머리말에서도 말했지만 저는 루쉰의 글에 담긴 주제 의식은 그가 살던 19세기 말부터 20세기 초까지의 중국에만 적용되는 것이 아니라고 생각합니다. 지금의 중국, 나아가 지금의 대한민국에도 그대로 먹힐 수 있는 내용이지요. 이 책은 루쉰에 관한 책이기에 우리나라 사회의 문제를 제대로 다루지는 않았어요. 하지만 더할 것도 뺄 것도 없이 우리에게도 그대로 적용된다는 생각에는 변함이 없습니다.

지금 우리는 주위에서 '차이나 쇼크'니, '중국의 시대가 왔다'는 식으로 야단법석을 떠는 것을 쉽게 들을 수 있지요. 2001년에 중국은 WTO[1]에 가입했습니다. 이는 1992년에 있었던 덩샤오핑[鄧小平]의 개혁 개방 이후 완전히 자본주의 사회로 돌아섰다는 방증이라고 볼 수 있는데요. 그 후로 놀라운 경제 성장을 거듭하던 중국은 세계적인 불황을 견뎌내고 오늘날까지 소위 '대국의 저력'을 보여주고 있습니다. 그 증거로 2016년 기준으로 세계 2위의 GDP를 기록하고 있고요. 그러나 중국의 국민들 대부분은 아직도 빈곤한 삶을 이어나가고 있습니다. 더욱 놀라운 것은 중국이 공산주의 체제를 내걸었으면서도 세상 어느 나라보다 빈부격차가 극심하다는 점입니다. 이는 중국이 받아들인 자본주의와 급속한 성장의 폐해라고 볼 수 있어요. 제가 본 중국은 국가의 통제만 받을 뿐, 미국이나 우리나라와 다름없는 전

---

1) 세계무역기구(World Trade Organization). 1955년 설립된 국제기구이다. 세계무역을 증진시키고 무역규제를 철폐하는 것을 설립 목적으로 한다. 본부는 스위스 제네바에 있으며 2013년 기준으로 중국을 포함한 159개국이 가입하였다.

형적인 자본주의 사회입니다.

지난 한 세기 이상 중국에서는 전통 봉건 사회와 싸우는 투쟁이 벌어졌습니다. 그리고 마오쩌둥의 문화대혁명으로 기존 전통은 완전히 사라졌지요. 하지만 독재와 자본주의의 부작용인 극심한 빈부격차로 중국은 다시 신분제나 다름없는 봉건 사회로 돌아가고 있습니다. 루쉰은 이미 20세기 초엽에 그것을 예상하고서 이를 비판했지요. 그래서 제게 루쉰은 여전히 새롭습니다. 중국이 독재 정부 아래에서 경제 개방을 한 것처럼 우리나라 역시 독재를 겪었고 빠른 경제 성장으로 인한 여러 부작용이 사회에 남아 있잖아요? 마찬가지 맥락에서 우리의 민주주의 역시 여전히 많은 숙제를 가지고 있고요. 그러므로 중국과 한반도, 나아가 세계의 민주주의를 위해서 루쉰의 힘찬 목소리는 여전히 중요한 가치를 지닙니다.

루쉰의 목소리는 한마디로 지식인은 권력을 위해 살아가는 존재가 아니라 참된 지식을 통해 권력에 저항하는 존재여야 한다는 것입니다. 이는 그가 지식인으로 살았던 평생, 특히 1919년의 5·4운동에서부터 1936년 죽기까지 삶의 모토로 삼고 실천한 믿음이었습니다. 그 권력에는 청조의 봉건 왕조 권력은 물론 장제스의 국민당 정부 그리고 마오쩌둥의 공산당 권력도 포함되었습니다. 정치권력만이 아니라 자본권력 심지어 학문권력도 포함되었지요. 그런 점에서 그가 톨스토이를 자신의 사표로 삼은 점에 대해서는 앞에서도 말한 바대로입니다.

루쉰은 권력에 대한 아부 내지 복종이 중국의 전통 지식인에게 정신적 DNA라 할 정도로 특히 극심했다고 보았기 때문에 지식인의 반권력성을 강조했습니다. 게다가 놀랍게도 루쉰은 서양 유학생 가운데 그런 경향이 심했다고 보았어요. 서양에 유학했으면 자유나 평등에 대해 남다른 감각을 가지게 되고 중국식 전통이나 현실에 저항할 것으로 기대되는 것과 반대로, 도리어 그들이야말로 더욱더 권력에 기대어 권력을 부리려 했다고 본 것입니다. 이는 우리나라에서도 볼 수 있는 현상이에요. 따라서 유학이란 자서에서의 출세를 위한 하나의 허울에 불과한 것이고 기껏 모방의 답습에 불과한 것입니다. 그래서 루쉰은 중국은 원래 노예국가였고 중국인은 노예집단에 불과했다고 하면서 중국인이 생존할 수 있는 위해서는 노예집단이 인간으로서의 기본 권리, 즉 인권을 확보하는 것이라고 역설했습니다. 그러나 루쉰 당대는 물론이고 지금 21세기 중국에서도 인권은 충분히 보장되어 있지 못합니다. 그러니 루쉰이 말한 노예민족, 노예국가의 수준에서 벗어나지 못하고 있는 것입니다.

이렇게 이야기한다고 해서 우리나 일본이나 서양이 중국보다 낮다고 생각하는 것은 착각입니다. 역사적으로 보면 노예해방이 공식적으로는 중국과 일본이 우리나라보다 빨랐고 과거 시험의 응시 자격에서도 중국은 우리보다 개방적이었습니다. 21세기 한국이 노예국가라고 하면 아무도 찬성하지 않을지 모르지만 대부분의 사람들에게 신분 이동이 거의 불가능한 상태에 있는 지금 노예사회와 다름이 없다고 해도 과언이 아닐 것입니다. 이러한 노예상태로부터의 철저한 해방이야말로 이 시대의 과제이고 지식인의 책무일 것입니다.

루쉰은 그런 노예상태의 원인을 유교로 보고 유교를 비판했습니다. 그런데 최근 중국에서 새로운 유교 바람이 불고 있습니다. 그리고 그 바람이 황사마냥 한국에도 닥치고 있습니다. 황사만 해로운 것이 아니라 유교 바람도 저는 심각한 공해라고 생각합니다. 유교라는 이름의 윤리적 질서와 계급 중심의 관료주의는 오랫동안 닫혀 있던 사회에서는 유지되었지만 19세기 후반 바깥 세계에 노출되자마자 붕괴되었습니다. 중국만이 아니라 한국도 마찬가지였지요. 그런데 최근 부는 새로운 유교 바람은 소위 신유교주의라고 하는 미국제 유교입니다. 우리나라에서도 유명한 하버드대학교의 뚜웨이밍[杜維明, 1940~]이라는 교수를 중심으로 한 미국의 도덕주의적인 뉴라이트 영향을 받은 것인데요. 리관유[李光耀, 1923~2015]의 싱가포르나 박정희의 남한을 중국으로 확대하자는 것이지요. 신유교주의자들은 앞으로 공산당의 권력을 신유교주의자들에게 이양하면 모든 문제가 해결된다고 보는데 이는 과거 공자가 유교도 학자들에게 권력을 도모하게 하면 된다고 생각한 것과 같은 것입니다. 그들은 개인의 주체성이나 권리보다도 가족, 씨족, 국가와 같은 공동체 안에서의 개인들의 관계, 특히 조화를 더욱 중시합니다.

이런 생각은 지금 한국에서도 상당히 널리 펴져 있습니다. 일제강점기에 파시즘 교육을 받은 노년 세대는 물론이고 박정희 체제에 향수를 느끼는 세대도 마찬가지이고, 전체주의적인 가정과 사회, 특히 군대나 기업에서 살아온 젊은 세대에서도 볼 수 있는 현상이에요. 또한 그러한 소위 우파 내지 뉴라이트는 물론, 좌파에게서도 볼 수 있는 현상입니다. 사실 한국은, 유교권이라고 하는 중국은 물론 대만이나 베트남 또는 일본보다도 훨씬 유교적인 나라입니다. 어쩌면 북한의 일당독재도 유교적인 잔재인지도 모릅니다. 저는 여기서 이런 문제에 대해 더 이상 상세히 검토하지 않을 것이지만, 최근 유교에 대한 무비판적인 수용이 고전 읽기니 인문학이니 하는 분위기 속에서 이루어지고 있는 점에 대해 우려를 표합니다. 최근 우리 사회에 만연한 유교적 악영향의 사례로 볼 수 있는 사건도 있었잖아요? 어느 교육부 관료가 민중은 개돼지로 밥이나 먹게 하면 된다고 말한 것이 그 예입니다. 사실 그것은 유교의 생각이었어요. 문제는 그런 생각을 하는 자들이 우리 사회 지도층에 너무나 많다는 점입니다. 물론 이는 유교의 생각이자 플라톤과 같은 서양철학자들의 생각이기도 했지요. 그런 점에서 무비판적인 고전 읽기도 지양해야 한다고 봅니다.

하지만 저는 그런 거창한 이야기보다 매우 단순한 이야기 하나로 이 책을 끝맺고자 합니다. 1932년 1월, 《중학생》이라는 잡지사에서 중국의 장래에 대한 글을 부탁받았을 때 루쉰은 "가장 먼저 언론의 자유를 쟁취하기 위하여 노력하라"고 답했다는 이야기를 앞에서 소개한 적이 있습니다만, 그 뒤 1세기가 다 되어가는 지금도 그 이야기는 여전히 유효합니다. 중국만이 아니라 한국에서도, 아시아에서도, 세계에서도 유효합니다. 언론의 자유만이 아니라 모든 인권의 신장이 필요합니다. 그리고 지식인이란 그 기본적 인권을 지키기 위해 권력과 싸워야 합니다. 루쉰의 처녀작 「광인일기」의 마지막 문장은 이것입니다. "사람을 잡아먹어본 적이 없는 아이들이 혹 아직도 있을는지? 아이들을 구해야지…."[2] 저도 그런 생각으로 이 책을 썼습니다. 여기서 구원이란 유교에 젖지 않은 새로운 세대에 의해서만 가능하다는 외침이라는 점은 두말할 필요도 없고요. 루쉰은 평생 그렇게 외치면서 살았습니다.

2) 『루쉰 소설전집』, 27쪽

**루쉰의 발자취를 찾아서**